Erschienen im
Jubiläumsjahr 1997
bei Klett-Cotta

Boris Pahor

Kampf mit dem Frühling

Roman

Aus dem Slowenischen übersetzt
von Peter Scherber

Klett-Cotta

Sie verkündeten besser als die Orchester auf den Plätzen die wahre Befreiung. Denn inmitten des Getümmels bekräftigten diese entrückten, eng umschlungenen und wortkargen Paare mit dem ganzen Jubel und der Ungerechtigkeit des Glücks, daß die Pest zuende und die Zeit des Grauens abgelaufen war.

Albert Camus, Die Pest

I

Der Zug durcheilte ohne Halt die holländische Tiefebene und wiegte sich weich in seinen Federn. Fast zu weich war es für sie, die solch eine Bequemlichkeit nicht gewohnt waren und die in ihrer Mehrzahl nicht dazu aufgelegt waren, dies genießen zu können. Ihre Kleider mit den weißen und blauen Streifen paßten nicht zu dem gelblichen Samt der Eisenbahnabteile. Die Jutestoffe ihrer Zuchthausbekleidung wirkten gewalkt und ausgewrungen, und die fast kahlen Schädel waren die traurige Fortsetzung von knochigen Wangen und tiefliegenden Augenhöhlen. Die Stoffe der Wagenpolsterung hatten einen goldenen Schimmer, und die hohen Sitze wirkten wie die von unbenutzten Logen. Ehrwürdige und verschwiegene Logen, die jemand an unpassende Reisende abgetreten hatte. Eigentlich waren sie noch nicht einmal abgetreten, sondern nur kurzfristig ausgeliehen zum Empfang dieser zebrastreifigen und so überaus seltsamen klapperdürren Erscheinungen. Die Linien auf ihren Kleidern sahen aus wie zerbrochene Stäbe; die Leute unter diesen Stäben aber wirkten wie die Überbleibsel eines unbekannten Geschlechts. Als stammten sie aus einem mehrere hundert Meter tiefen Bergwerk oder aus dem Schlund eines erloschenen Vulkans. Eigentlich konnte man sich gar nicht vorstellen, wo sie an den Tag gekommen sein könnten. Und es schien, daß der Zug sich auch aus Mitgefühl so weich wiegte und zugleich aus einer kaum merklichen Besorgnis heraus, daß seine Abteile von einem zu langen Kontakt mit dieser unsauberen Ladung verschmutzt werden könnten.

Er saß am Fenster. Zuvor hatte er gelegen, so daß seine Beine unter den gegenüberliegenden Sitz ausgestreckt waren. Der Körper ruhte und überließ sich dem einschläfernden Gefühl des Wiegens. Aber dann waren Windmühlen zu sehen, und er setzte sich auf; es war eine automatische Bewegung, die in seiner Verwunderung über die seltenen Bauernhäuser an der Strecke ihren Grund hatte. Als ob er die Bilder dieser kleinen Höfe mit einem heiligen Respekt seinem Bewußtsein einzuverleiben hatte. Vor allem aber deshalb, weil aus den Häuschen mitten im Grünen Frauen mit ihren Kindern vor die Tür traten und sie alle mit Tüchern dem Zug winkten und sich einige der Frauen mit einer Hand die Augen wischten, während in der anderen das Taschentuch flatterte. Aber auch deswegen, weil die seltenen Häuser Orte des Wohnens waren in einem unverseuchten Land und der Rückkehrer sie mit ruhiger und betonter Neugier betrachtete. Er suchte an ihnen nach Zeichen für *menschliche* Geschichte, für ein Bild des Lebens, das wirkliche Menschen während seiner Abwesenheit fortgesetzt hatten; er suchte sie mit den Augen, die müde waren und ungläubig.

Die Mehrzahl der Reisenden hatte aber keinerlei Interesse, sich von den Sitzen zu erheben und zu den Fenstern zu treten; sie waren zu schwach, die Nachricht von den holländischen Frauen vor den Häusern erzeugte in ihren Mundwinkeln nur ein müdes Lächeln, das aussah, als schläferte es sie ein.

Langsam begann der Samtbezug der Sitze zu verblassen, weil die Wagenfederung immer gleichmäßig und immer noch sehr sanft die Reisenden in das immer dichter werdende Grau des Abends einwiegte. Und es erschien ihm, als reisten sie an das äußerste Ende eines dunklen Landstriches, an eine leere Küste, wo jeder von ihnen dann alleine dastünde vor einem unbekannten und wilden Schicksal.

„Diese Abreise haben wir meisterhaft organisiert“, sprach dann René mit gedämpfter Stimme in das Dunkel.

„Zum Glück sind Jean und Marcel so geschickt“, sagte François mit einer Stimme, die, obwohl er ruhig war, einen ziemlich selbstsicheren Eindruck machte.

Sie unterhielten sich über die Evakuierung von Harzungen, und da fand auch er sich wieder mitten in der Menge der zum

Skelett abgemagerten Körper, er hörte die Klagen der auf dem Lastwagen aufgehäuften Brustkörbe, noch genauer sah er die unwahrscheinlich lange Reihe der Eisenbahnwaggons, die fünf Tage lang zwischen den beiden Fronten ziellos umherkrochen, schwer von den Massen vernichteter Menschen. Eine fahrende Nekropole voller so eng beieinander stehender Zebra-Gestalten, daß die Körper, die aufgehört hatten zu atmen, nur schwer auf den Boden zu gleiten vermochten. Eine Karawane des Todes, nicht vergleichbar mit irgendwelchen anderen Transporten, deshalb blickte man auf dem Bahnhof in Celle bei geöffneten Türen des langen Konvois eigentlich in eine endlose Reihe von offenen Totenhäusern.

Jetzt blieb der Zug stehen, Pierre stand auf und schwankte ein wenig, bevor er sich gegen die Abteiltür stemmte und sie aufstieß.

„Es ist Brüssel", sagte er.

„Brüssel?" fragte François und gähnte.

Aber Pierre war schon auf dem Gang und drückte mit aller Kraft die Fensterscheibe nach unten.

„Brüssel, ja?" fragte er und bestätigte es gleichzeitig.

Als sie gingen, um vom Fenster des Ganges aus zu winken, kamen ihnen Mädchen in den weißen Gewändern des Roten Kreuzes entgegen, mit Gefäßen voller heißer Getränke und mit Stimmen voll herzlicher Zudringlichkeit. Sie wirkten ängstlich und zart in der Sorge und Befürchtung, daß sie auch nur eine Minute zu spät kämen, um die notwendige Pflege dieser Körper zu beginnen.

Aus ihren Gefäßen stieg ein wenig Dampf und verbreitete in der nächtlichen Atmosphäre einen duftenden Teegeruch; es war, als umhüllte sie die Erinnerung an eine blühende Linde, die von summenden Bienen umgeben war.

II

Als man sie im Pariser Empfangszentrum unter den Duschen aufstellte, da fand er sich in seinen Gedanken wieder *dort*, umgeben von mageren Körpern und nackten Schädeln unter dem heißen Wasser. Jetzt aber wischte er diese Bilder beiseite, weil in den benachbarten Bädern die einstigen Kriegsgefangenen laut und übermütig waren; sie hatten keine solchen Trugbilder vom Tod unter den Duschen, wie sie die Deportierten hatten. Die Gefangenen machten ihre Witze nach Soldatenart, sie riefen sich über die Zwischenwände hinweg etwas zu, kletterten hinauf, dann wuschen sie sich wieder laut, schimpften auf das Wasser und lachten im Chor, das Wasser aber spritzte, als wollte es alle die Leute der Reihe nach abwaschen.

Auch er mußte lächeln, obgleich er ihnen in ihrer Verspieltheit kaum folgen konnte. Doch war es angenehm, volle Männerstimmen zu hören, die einen gesunden, animalischen Oberton enthielten, und die mit ihren Anspielungen über ihren treuen Kameraden, ihr Geschlechtsteil, die Fortsetzung der Menschheit zu garantieren schienen. Dies konnte der einstige Deportierte nicht. Dennoch war es ein Erlebnis, auch wenn der Körper noch da und dort schmerzte, auf ihm die warmen Wassergüsse zu spüren, die ihn belebten wie Balsam. Und es war ihm, als könnte er sich nach dieser Dusche alles noch einmal überlegen, noch sachlicher und etwas mehr aus der Ferne.

So gingen sie durch das Zimmer, wo allen der Reihe nach der Brustkorb durchleuchtet wurde, dann ging es in einen großen Raum, der so weit war wie ein Ballsaal. Hier waren viele Ärzte, und neben ihnen saßen Krankenschwestern und notierten die Daten, die ihnen von den Ärzten diktiert wurden. Es gab sechs oder sieben solcher Gruppen. Sie aber standen nackt in der Schlange, die sich langsam vorwärtsbewegte.

Jetzt bemerkte er, daß nur noch vier Körper vor ihm standen

und daß er also jeden Moment an der Reihe sein würde; dabei war ihm der Gedanke unangenehm, daß er sich einer Ärztin vorstellen mußte, denn gerade, als er an die Reihe kam, wurde diese frei. Sie war in mittleren Jahren und ging ihrer Arbeit streng und ein wenig in Gedanken versunken nach. Es widerstrebte ihm nicht, daß er mit nacktem Körper vor sie treten mußte. Er empfand aber das Gefühl einer unerwarteten Demütigung, als ihm bewußt wurde, daß sich seine ganze Lagergeschichte auf diesen armseligen Körper reduzierte und dies auch noch vor einer Frau. Aber vielleicht war daran ja auch nichts, und so trat er dann ganz einfach und natürlich vor sie; so ist es immer, überlegte er; auch wenn er noch so über einer Sache grübelte – wenn die Zeit gekommen war, zu handeln, dann kam ihm plötzlich alles ganz einfach vor. Die Ärztin saß auf einem Stuhl, und sie wirkte so, in ihrem weißen Kittel, ein wenig ungewöhnlich. Sie wirkte konzentriert, aber es war wohl nicht wegen der Menge nackter männlicher Körper, die den Saal füllten, sondern wegen irgend etwas, worüber sie nachgedacht hatte, schon bevor sie dorthin gekommen war. Sie unterhielt sich mit der Krankenschwester, die an einem Tisch zu ihrer Linken saß, während sie seinen Hodensack abtastete; genauso unbewußt befühlt die Frau zwischen ihren Fingern einen Seidenstoff, wenn sie sich mit einer Bekannten im Geschäft unterhält. Diese Art Sorglosigkeit war fast beleidigend, aber vielleicht in diesem Augenblick auch wieder das einzig Richtige. Interessant dabei ist aber, daß sie das Glied eines Menschen betastete, der sein Leben retten konnte, um festzustellen, ob er noch ein intakter Mensch ist. Und in diesem Moment erblickte er seine Kranken in dem engen Zimmer; fast alle diese skelettierten Überbleibsel starben mit der Hand an ihrem mumifizierten Glied. Jetzt entfernte die Ärztin ihre Hand und setzte ihm das Stethoskop an die Brust, und als sich in ihrem Ohr auf dem Trommelfell seine Lunge bemerkbar machte, da erwachten ihre Gedanken aus ihrer Versonnenheit, und ihr Gesicht nahm fast mütterliche Züge an; jetzt begann sie ganz automatisch, der Schwester etwas zu diktieren.

Als er dann durch den großen Ausgang hinausging, blieb er etwas unentschlossen stehen, weil ihn das Gefühl überkam, er sei zu schnell ein Mensch wie die anderen auf den Pariser Straßen geworden. Er stand auf dem Gehsteig und empfand, daß er nur wegen seiner Kleidung, an der die Blicke der Vorbeigehenden hafteten, ein wenig wunderlich aussah. Da erinnerte er sich an das Rote Kreuz, fragte einen Polizisten nach der Adresse und begann im Labyrinth von Paris danach zu suchen. Das Gewühl auf den Untergrundbahnsteigen und die Menschenmassen in der Metro, die durch endlose Schächte jagte, das war vielleicht der angemessenste Empfang für einen Zurückgekehrten, dachte er. Nicht der Pulsschlag der Großstadt dort oben auf den Boulevards und Avenuen, sondern die Dunkelheit der Tunnels hier, unter dem Boden der Stadt. So konnte der Heimgekehrte seine Anonymität und seine Heimatlosigkeit weiter fortsetzen, dabei bestätigten ihm die lebenden Menschen seine verborgene Besonderheit. Es störte ihn dabei aber wiederum seine Kleidung. Im engen Gedränge war sie nicht besonders aufgefallen. Er mußte sie so schnell wie möglich ablegen. Auf einmal waren in der Metro weniger Leute, und er fragte ein Mädchen, das neben einem jungen Mann stand und ihn beobachtete, ob er bald aussteigen müsse. Sie nickte. Dann sah sie auf seine Kleidung und fragte ihn, was der Buchstabe im roten Dreieck auf der Brust bedeute; als er ihr antwortete, es sei der Anfangsbuchstabe für das Volk, dem er entstamme, lächelte sie und sagte, sie sei Russin. Sie fügte hinzu, der junge Mann, der bei ihr sei, sei Franzose, und schließlich fragte sie nach dem Lager. Jetzt lächelte er und meinte zu ihr, das könnte man nicht einfach so schnell mal erzählen, und er murmelte etwas in Russisch, mehr zu sich als zu ihr gewandt. Aber sie errötete, so daß ihm bewußt wurde, daß er nicht vor einem Mädchen in Paris russische Ausdrücke verwenden konnte, die Vaska gebraucht hatte, als sie die Leichen von den durchnäßten Strohsäcken geschleppt hatten. So war er zufrieden, daß er schon aussteigen mußte und er damit seine Welt vor ihrer schamhaften Röte retten konnte.

Auf dem Place du Trocadéro gab es nur wenige Autos, und so konnte man die Breite der Avenuen ausloten, die sich in ihn ergossen, verlassene Schlagadern eines ausgestorbenen Europa. Als ob die wenigen Automobile auf dem asphaltierten Strom sich auf einen Weg machten, der, so verlassen und still, ans Ende der Welt führte; und als ob sie auf diesen einsamen irdischen Wegen ein lebendes Wesen zu finden hofften, das sie über den Sinn menschlicher Siedlungen, Städte und Aufenthaltsorte aufzuklären vermochte.

Das Palais de Chaillot glich den beiden Flügeln einer monumentalen Grabstätte, da erinnerte er sich der Situation mit dem Mädchen in der Metro, und er stellte fest, daß er alles dies durch das Prisma seiner eigenen Welt betrachtete. Aber ihr errötendes Gesicht, sagte er sich, hätte in einem fast das Bild einer sanft aufsteigenden rosigen Morgenröte entstehen lassen, die die Geburt des Weltalls begleiten mußte; aber diese Geburt war so weit entfernt, daß sie schon nicht mehr wirklich war. Aber dann öffnete sich vor ihm Paris, und in seiner Brust lösten sich erstarrte Muskeln. So ähnlich schlug wohl das Herz eines Ertrunkenen, wenn die künstliche Beatmung ihn aufweckt, denn es hatte sich nur verstellt und war nicht stehengeblieben. Auch die unseren haben sich wahrscheinlich nur verstellt, sagte er sich, als er über die breite marmorne Bühne schritt, die die beiden Flügel des Palastes trennte. Er ging über die ebenen Platten, und gleichzeitig betrachtete er von fern wie durch das Auge einer Filmkamera sich selbst; eine Gestalt im Zebragewand mitten auf der Terrasse in der Maisonne. Und in nichts konnte er eine Verbindung erkennen zwischen dem Bild von sich und dem hellen, leicht gelblichen Pflaster unter ihm und erst recht nicht mit der Weite der Stadt Paris jenseits des Eiffelturms. Und so stand er am steinernen Geländer und fühlte zwar, daß sich irgendwann einmal ein erhabenes Gefühl bei einer derartigen Aussicht regen könnte, aber in diesem Augenblick vermochte er den Sinn dieser Weite und Großartigkeit nicht zu erfassen. Alles war wie vorbereitet für edle und sonnige Menschen, die von irgendwoher kommen mußten, um in dieser wunderbaren Grenzenlosigkeit der Parks, der Avenuen und Boulevards, der Denkmäler und Paläste beginnen würden zu leben. Aber er konnte sich nicht ausmalen, woher diese neuen Bewohner kommen könnten, und obwohl er wußte, daß Jahrhunderte der Geschichte diese Grenzenlosigkeit geschaffen hatten, sah er als Zurückgekehrter auf sie mit einer Behutsamkeit, die fast widersetzlich kalt wirkte. Kein Bild von *dort* kam ihm vor die Augen, aber es schien ihm, als erblickte er in diesem Moment durch seine Augen hindurch die ganze Atmosphäre des Lagers. Deshalb suchte er selbst, erfolglos, nach einem inneren Bild, um dieses mit dem Ausblick vergleichen zu können. Aber er fand kein einziges. In Dora blickte er so vom Hügel hinunter auf den breiten Weg, der zwischen den Baracken zum Ausgang führte. Natürlich gab es auch auf den Hügeln verstreute Baracken, aber unten waren sie an der langen Straße bis hin zum Ausgang aufgereiht. Der Ausgang war breit, und weil er am Ende der schnurgeraden und breiten Straße lag, betonte er noch den Eindruck der Ferne; auch deswegen, weil man die Straße sehen konnte, die sich draußen jenseits des Ausgangs fortsetzte. Durch sie fuhren die Lastwagen ein und aus, und dort stand die Wache wie unter dem Bogen einer Seufzerbrücke. Morgens und abends aber schritten die Marschkolonnen durch den Eingang zur Arbeit, und wenn man sie in der Ferne, von der Anhöhe aus erblickte, so waren das lange Reihen apokalyptischer Fußsoldaten. Wegen der Streifen ihrer Kleidung bewegten sich diese Kolonnen wie der eben dahinfließende Strom eines graublauen Morastes.

Nein, der Ausblick vom Hügel *dort* hatte nichts zu tun mit diesem Rundblick, sagte er sich und ging die Treppen hinunter, aber irgendwie hätte es doch eine Verbindung geben müssen.

III

Mit der neuen Kleidung im abgenutzten Köfferchen und im Bewußtsein, in die Rue Léonardo da Vinci zu gehen, schreitet er am 4. Mai 1945 ein wenig anders über das Pflaster. Vor allem deshalb, weil die Leute ihn noch immer anstarren, wenn er, sagen wir, auf der Avenue Kléber oder auf der Avenue Victor Hugo läuft; dennoch wurde ihm nun klar, daß er sein anderes Ich im Koffer mit sich schleppte und daß er nun bald in dieses hinüberwechseln würde. Aber vielleicht war alles auch anders, weil es da die Namen Leonardo da Vincis und Victor Hugos gab, weil es ihm vorkam, als würden ihm nun am Wege gute und wohlgesonnene Symbole zur Seite stehen.

Die Avenue Victor Hugo war noch stiller als die anderen Straßen, auf ihr gab es so gut wie keinen Verkehr. Auf dem Platz thronte der gute alte Hugo, gefangen in der Stille des Mittags und zugleich in dem großen Schweigen, das sich über die Welt gelegt hatte wie auf den Ozean nach einem schrecklichen Unwetter, die Rue Léonardo da Vinci aber war ganz eng, viel zu eng für so einen Namen und zu klein; sie war mehr ein Abhang als eine Straße, denn auf der rechten Seite gab es eine Mauer mit Grün darüber. Fast am Ende der Straße, auf der Linken, öffnete sich ein breites Tor zu einem viereckigen Hof, der sich noch mit Bäumen im Hintergrund ein kurzes Stück verlängerte. Dort saßen an langen Tischen Familien mit Kindern und kräftige junge Burschen. Sie sangen ein Partisanenlied, das ein schmetterndes und schallendes Echo in dem so ruhigen Pariser Viertel erzeugte. Nur das reine Leben klang aus ihnen hervor, man konnte den Rhythmus von Fischern erahnen, die ruderten oder die Segel am Mast einholten.

„Buchenwald?“ fragte ein Blonder mit breiter Brust, als sie ausgesungen hatten.

„Eines seiner Nebenlager“, sagte er und versuchte zu lächeln.

Man verteilte Aluminiumteller und dünne, beinahe einen Meter lange französische Brote, und bald übertönten die Tischgespräche das Klappern der Löffel und Gabeln. Dann brachte man einen Kessel mit Suppe und einen anderen Kessel mit Beilagen, und alle stellten sich in einer Reihe zum Essen an. Sie schlürften die Suppe, und man hörte das Kratzen der Löffel am Aluminium. Und alles war fast so wie in einem angenehmen sonntäglichen Gartenrestaurant, wenn man nicht dann und wann Worte von Verbrennungen und von Viehwaggons für Mütter und Kinder gehört hätte.

Das Grün aber hing über die Mauer, und die Sonne beschien die Hälfte der Tische und füllte die Aluminiumteller.

Zuerst kam ein alter Mann in den Raum, wo es Pritschen und Gepäckbündel gab, und wühlte auf der oberen Liegestatt neben dem Fenster in einem kleinen Rucksack.

„Wir gehen spazieren in Paris“, sagte er. „Heute ist der letzte Tag.“

Dann war er allein.

Es gab Koffer an der Wand und auf den Betten und verschnürte Pakete des amerikanischen Roten Kreuzes; in der Nähe des Fensters an der Wand stand eine ziemlich große Kiste. Sie kehrten also nach Hause zurück. Aber da dies eine einfache, rationale Feststellung war, blieb er gefühlsmäßig ziemlich kühl; er gönnte es ihnen, wollte aber selbst nicht woanders sein. Mija gab es nicht mehr. Ohne Mija aber war die Stadt Triest wie ein Strand ohne Sonne, wie ein Segelboot mit gebrochenem Mast. Natürlich mußte ihm das Schicksal der zuhause Gebliebenen am Herzen liegen; aber so wie er fühlte, daß er ihnen Unrecht antat, verknüpfte sich bei ihm der Begriff der Eltern mit der Sinnlosigkeit der menschlichen Ankunft auf der Welt. Es war ihm, als hätte er im Sand alle die Säfte verloren, die aus der Vergangenheit unsichtbar in ihn geflossen waren und die ihn mit seiner Umgebung verbunden hatten. Aber auch sein Körper fühlte einen solchen Widerstand gegen das Reisen, daß er schon den Gedanken von sich wies, bevor dieser begann, sich in ihm zu regen. Er wollte liegen. Liegenbleiben für eine unbestimmte, grenzenlose Zeitspanne. Er wollte nur seinen horizontalen Frieden haben, auch wenn er wie hier nur mit einer rauhen Decke vorlieb nehmen mußte. Denn dort mußte man sogar im Schlaf auf der Lauer sein und auf den Beinen, denn die Horizontale konnte den Beginn eines unwiederbringlichen Rückzugs bedeuten. Deshalb war jetzt das Liegen für ihn ein Zur-Ruhe-Kommen, ohne Hinterhälte, eine grenzenlose Unbeweglichkeit; jede seiner Zellen forderte nämlich eine Ewigkeit für sich.

Dann kam eine Mutter mit ihrem kleinen Sohn in das Zimmer, eine große Frau mit noch jungem Gesicht, einem, das fünfunddreißig war, wenn sie heiter und ausgeruht, und fünfundvierzig, wenn sie besorgt war und still. Sie ging zu einem Bett in der Mitte des Zimmers, nahm einen Kamm aus der Tasche, ging dann mit dem Kind zum Fenster und setzte sich auf die Kiste. Sie begann es zu kämmen.

Er erhob sich und setzte sich hin. Am besten ist es, wenn ich mich umziehe, dachte er. Vor allem sollte man diese unmöglichen Stiefel ausziehen. Was hatte ihn dazu bewogen, sie anzuziehen? Vielleicht ein ferner Wunsch, noch aus Kindertagen, einmal Stiefel besitzen zu können? In Belsen hatte sie, als die englischen Truppen sie bereits befreit hatten, ein Unbekannter in die Ambulanz gebracht. Er sollte ihm etwas zu essen dafür geben, Suppe aus dem Eßgeschirr. Nimm die Suppe, aber behalt deine Stiefel, hatte er zu ihm gesagt, was soll ich mit Stiefeln, wenn mir der Husten die Luft zum Atmen nimmt. Der Junge zuckte aber mit den Schultern und ließ sie da liegen.

Jetzt schlüpfte er in die Militärschuhe, die er aus dem Koffer geholt hatte, und glättete mit seinen Händen auf dem Bett die Kleidung, die er vom Roten Kreuz erhalten hatte. Dann trat er hinter den hölzernen Pritschen hervor, so daß die Frau ihn sehen konnte.

„Im Erdgeschoß ist ein Bad", sagte sie, als wollte sie ihm aus einer Verlegenheit helfen. Er aber dachte daran, daß er nur in die Schuhe geschlüpft war und daß er so mit offenen Schuhen einem Verbrecher ähnelte, dem man Gürtel und Schuhriemen abgenommen hatte, damit er nicht fliehen oder sich aufhängen konnte.

Das Bad war eng und grau, und aus der Dusche tropfte in gleichmäßigen Abständen das Wasser. Es war kalt, aber er konnte nicht schneller machen, weil er sich an die Tür lehnen mußte, um ein Hosenbein und einen Schuh auszuziehen. Dann schlüpfte er wieder in den Schuh und stieg aus dem anderen Hosenbein. Das wiederholte er, um die dunkelblaue Hose anzuziehen. So brauchte er seine Füße nicht auf den nassen Boden zu stellen. Ein unbestimmtes, fast verstohlenes Gefühl nistet sich in einem ein, wenn man sich so in einen „anderen Menschen" verwandelt, überlegte er, so muß es einem Gefangenen gehen, der sich vor den Wächtern verborgen hat und sich nun auf die Flucht vorbereitet.

„So", sagte die Frau, als er wieder ins Zimmer kam, „das ist ja heute wie Neujahr für Sie!"

„Ein etwas trauriges Neujahr."

„Sie müssen sich etwas Schönes wünschen", sagte sie dann. „Das geht sicher in Erfüllung."

Er lächelte, weil ihn eine unklare Erinnerung an eine bunte und umfangreiche menschliche Gemeinschaft erfaßte, die es in der Vergangenheit gab und die ganz von Aberglauben und Symbolen erfüllt und gesättigt war.

„Wo soll ich das hintun", murmelte er und meinte seine Lagerkleidung.

„Vielleicht wäre es doch gut, sie aufzubewahren", sagte sie in den Spiegel.

„Wenn ich wenigstens eine Photographie hätte", meinte er.

Die Frau wandte sich vom Fenster ab und kam mit dem Kamm in der Hand in die Mitte des Zimmers.

„Kommen Sie mit uns!" und unterstrich ihre Aufforderung, indem sie mit dem Kamm schnippte.

IV

Unterm Arm trug er die Jacke mit den blauen und weißen Streifen, die auf der Herzseite ein rotes Dreieck mit einem großen Buchstaben in der Mitte hatte und eine Nummer unter dem Dreieck. Es war eine Jacke, aber das alles war so wenig, daß er den Eindruck hatte, er trage nur ein Geschirrtuch.

„Läßt der sich auch photographieren?" fragte das Kind. „Mama?"

„Sei brav", sagte sie.

Sie waren eine kleine Familie, die auf die breite Avenue tritt, nachdem sie sich vor der Sintflut gerettet hat, denn fast keine Menschenseele war zu sehen; nur einige seltene Automobile fuhren traurig dahin, als ob sie nach Überlebenden suchten.

Das Kind sprang neben seiner Mutter her, an ihrer linken Seite, und er lief zu ihrer Rechten; so war sie in der Mitte wie die Verbindung zweier Welten. Wie das Zünglein an der Waage. Und diese Waage drückt auf meiner Seite stark nach unten, dachte er, so wie sie auf der anderen Seite frei ist, weil der Junge so umherspringt. Vielleicht wird das Spiel der Kinder dieser Welt wieder eine Morgenröte bringen, dachte er, deshalb ist es nur recht, wenn ich mich dieser Kleider entledige.

„Bald sind wir da", sagte die Frau.

Die Avenue Foch hat auf beiden Seiten Grün, und sie ist ein heller Strom, der durch einen Wald fließt. Es mußte ja wirklich Wald in der Nähe sein. Vielleicht der Bois de Boulogne? Aber nur ein Militärjeep flitzte über den Asphaltstrom vorbei, und es war, als jagte er aus der einen in die andere Wüste. Wieder verschaffte ihm der Asphalt den Eindruck, daß diese Straßen hin und her verliefen über ein Erdenrund, kahl wie ein Totenschädel und bar jeder fruchtbaren Scholle. Nur das Grün gab es, was einen noch aufmunterte, dachte er, weil sich jetzt das Grün um sie herum verdichtete. Es war tatsächlich der Beginn eines Waldes. Aus ihm erklang Musik.

„Mama!" rief das Kind und zog sie an der Hand. „Mama!" Und es erschien ihm, daß sich auch in ihm etwas bewegt hatte, das schon lange taub geblieben war. Vielleicht war es möglich, mit Hilfe von Musik einige Stückchen der zerstörten und verflogenen Menschlichkeit wieder zusammenzutragen. Wer weiß, vielleicht stimmte es, auch wenn in Dora der Tod seine Musikkapelle am Eingang aufgestellt hatte, wo die Kolonnen zur Arbeit marschiert waren und von dieser wieder zurückkamen. Der Takt belebte sie. Vielleicht aber auch nur, weil für den Menschen nichts unmöglich erscheint; diese Musik *dort* und dieser Rhythmus und diese Akkorde hier in diesem Wald. Jetzt hatten sie die Straße überquert, und er sah, daß sie im *Lunapark* waren und daß im Wald Baracken standen. Aber hier waren es frohe Baracken, warum auch nicht, und drinnen waren Glücksräder und Clownspuppen, und da gab es auch ein

Karussell, das wie ein Perpetuum mobile altmodische Ideen herumwirbelte. So. Ein *Lunapark*. Und dort Buchenwald. Eine Station auf dem Lebensweg. Natürlich waren das verschiedene Stationen. Die Frage ist nur, wofür du eine Fahrkarte hast. Er blieb stehen.

„Hier ist Ihr Photograph?"

„Ja, Sie fahren ja nicht mit dem Karussell", sagte sie. Und sie kamen an den Schießbuden vorbei. Es stimmt ja, ein Photograph ist ein Photograph, dachte er. Und Gewehre sind Gewehre. Nur, daß man hier auf kleine Zielscheiben aus Gips zielt. Und die weißen Zielscheiben zerplatzen wie weiße Sterne. Und hier sind die Gewehre in der Baracke sauber aufgereiht, Schaft an Schaft, wie die historischen Waffen im Museum. Und es ist besser so, weil der Mai über Paris liegt und bald der Krieg zuende ist.

„Mama", rief das Kind. „Sieh mal da!"

„Das ist sein Flugzeug", sagte sie zu ihrem Sohn.

Sie blieben unter einer hölzernen Bühne stehen, ihm aber kam es vor, als müßte er seine Zebrajacke um Verzeihung bitten; aber die Musik dröhnte in den Ohren und das Karussell drehte sich jenseits der Baracken. Der Mensch ist vielleicht wirklich mal eine Wüste, dann wieder eine Musik, die wie eine Palme mitten in der Wüste hervorschießt, dachte er; erst wird er zu Holz mitten im Tode, und morgen versucht er wieder wie ein ungeschickter Tanzbär im Rhythmus seine ersten Schritte zu tun. Dieser unglaubliche Mensch. Dieses unglaubliche Kind.

Er trat hinauf auf die Bühne, weil er es schnell hinter sich bringen mußte, was nun zu tun war.

Mütter mit ihren Kindern warteten an der Kasse. Eine dicke Frau mit langen Ohrringen nahm schnell das Geld und gab die Karten aus.

Jetzt gab sie auch ihm Karten und fragte ihn gleichzeitig:

„Und Sie, Monsieur?"

Sie wartete nicht auf eine Antwort.

„Und Sie, Madame?"

„Neun", sagte Madame.

„Und Sie?"

Jetzt sagte er: „Für mich auch neun!"

„Neun für Sie?" fragte die Frau. „Verlieren wir keine Zeit, Monsieur."

„Ja", sagte die Frau.

„Verlieren wir keine Zeit, Monsieur", sagte sie noch einmal, als sie das Geld entgegennahm.

So, jetzt hatte er eine Karte. Und er hörte das Kind, das unten jammerte: „Mama, wann komme ich dran, Mama?" Aber der Photograph in der schwarzen Schürze, der die Kinder schnell auf das Flugzeug setzte, die Scheinwerfer anschaltete und auf den Auslöser drückte, zögerte nun wie absichtlich.

„Schieben Sie das Flugzeug weg", sagte er zu ihm.

„Weg?" Der Mann blickte ihn bestürzt an. Er hielt den Kopf ein wenig schief, er hatte rot umränderte Augenlider, so daß er aussah, als sei er durch die unerwartete Kränkung plötzlich krank geworden.

„Wie?"

Und danach erschrak er.

„Madame, Monsieur will kein Flugzeug!" rief er aus. „Madame!"

Vor der Dicken stauten sich die Mütter, um ihren Kindern Karten für den Abflug mit dem Flugzeug zu kaufen, das er nicht haben wollte und das nun jeden Augenblick abfliegen sollte.

„Madame", sagte der Mann zu der Dicken.

„Was ist?" Und gleichzeitig sagte sie zu der Frau: „Neun, nicht wahr?"

„Er will kein Flugzeug!“ sagte wieder der Photograph.

„Verlieren wir doch keine Zeit“, murmelte sie. „Und Sie, Madame?“

Jetzt entschloß er sich, zog seine Jacke aus und die Zebrajacke an.

„Er will kein Flugzeug“, beklagte sich der Mann wieder.

„Dann schieben Sie es halt weg!“ schrie jetzt die Dicke hinter der Masse von Müttern mit den Kindern hervor, der Mann in der schwarzen Schürze aber zuckte mit den Schultern und kehrte verwirrt zum Flugzeug zurück.

„Verlieren wir doch keine Zeit, Monsieur“, sagte sie noch, als ob sie überlegt und gönnerhaft auf ihre Gedanken geantwortet hätte. Der Mann aber schob das Flugzeug beiseite, das hinten einen Sitz hatte, so daß es auf dem Bild aussah, als würde das Kind im Flugzeug sitzen. Ihre Zeit ist wertvoll, erinnerte er sich, jetzt in seiner Zebrajacke, an die Frau, natürlich und gerade jetzt verging wieder Zeit, und sie lief davon. Vielleicht eilte es ja hier immer, auch wenn sie nicht da waren?

„Jetzt haben wir es geschafft“, sagte die Frau dann herzlich, als sie nach einiger Zeit mit dem Kind zurückkehrte. „Nicht wahr?“

Irgendwo seufzte ein Tango, wahrscheinlich beim Karussell, und man meinte, die Musik sollte helfen, einen sehr schweren Felsen zu bewegen. Wie viele Jahrhunderte hatte er so eine Musik nicht mehr gehört? Und jetzt war es, als ob sie doch all die Tage gespielt hätte und er sich mit Mija und Jadranka auf einem Spaziergang am besetzten Kai in Triest befunden hätte, Haufen von Knochen und Bomber, Clowns und Flugzeuge aus Pappe, auf denen die Kinder sitzen; Erhängte im Tunnel von Dora und ein Karussell mit Booten darauf, die herabfallen wie die Blätter von einer riesigen Margerite. Die Siegesmusik einer großen Farce, bei der diejenigen, die weinen, denen, die lachen, die Eintrittskarten bezahlen.

„Schau, Mama, schau!“ Und er zog sie an der Hand.

„Es wäre vielleicht besser gewesen, wenn ich mich in das Flugzeug gesetzt hätte“, sagte er.

„Sei brav“, tadelte sie das Kind, als hätte sie nicht gehört.

„Stellen Sie sich das vor! So eingefallen, ohne Haare und in dieser Gefangenenjacke!“

„Ach, seien Sie doch nicht so“, sagte sie leise.

„Unter das Bild hätte man dann schreiben können: Fliegender Sträfling.“

„Es ist nicht recht, daß Sie so verbittert sind“, sagte sie mit tiefer Stimme, als hätte sie gerade eine unerwartete Trauer überwunden.

„Schau, Mama!“ er zerrte an ihrer Hand. „Schau dort!“

„Jetzt beginnt ein neues Leben“, sagte sie zu ihm, ohne ihn anzublicken.

Sie standen vor einer Baracke wie Vater und Mutter, die ihr Sohn bei einem besorgten Gespräch störte. Es tat ihm leid, daß er so verbissen war, während sie so gut zu ihm war und ihn nur aus einer unschuldigen Neigung heraus eingeladen hatte, zu diesem Photographen mitzukommen.

„Schau“, sagte wieder das Kind.

In einer hölzernen Bude waren auf einem langen Brett Köpfe aus Pappe aufgereiht, breite und schmale. Alle waren sie da: Mussolini, Göring, Hitler, Ciano und so weiter. Hitler hatte auch ein Bärtchen, natürlich aus Pappe. Ein sehr einfaches Spiel: ein Mädchen gibt dir fünf Bälle aus Stoff, und du mußt die Köpfe treffen und vom Brett stürzen. Dann wankt der Kopf, als bräche es ihm den Hals. Mussolini ist weg. Und Hitler ist weg.

„Was sie sich alles ausdenken“, sagte die Frau mit ruhiger Stimme, als hätte es ihr gefallen, daß man sich daran erfreut. Auch wenn die Sache ziemlich idiotisch war, konnte man doch letztlich dem Budenbesitzer dankbar sein, der aus all dem noch ein Quentchen Humor herauszuholen wußte. Und auch ihr Söhnchen lachte dabei, während seine Lippen die Form eines Schmetterlings annahmen.

Aber dann ging das Mädchen zu dem Brett und stellte die Köpfe wieder auf. Alle der Reihe nach, dick, klotzig und den Hitler mit dem Bärtchen aus brauner Pappe.

„Warum sind diese Köpfe jetzt wieder da oben, Mama?"

Sie schwieg, und er dachte sich, daß sie eine einfühlsame Frau sei und daß sie stark sei und einfach, so wie er schon lange nicht mehr stark und einfach sein konnte.

Das Kind erinnerte sich aber: „Warum wollte er sich nicht mit dem Flugzeug photographieren lassen, Mama?"

V

Der Krankenwagen hielt vor dem Gebäude, das von bewaldetem Park umgeben war, und als er ausstieg, sah er, daß der Pförtner gerade den Flügel des Eisentores wieder schloß. Ein graues Gebäude, vor dem Eingang eine niedrige, aber breite Freitreppe, solch ein Gebäude nannte man in früheren Jahrhunderten ein Schloß. Das müssen Ämter sein, sagte er sich, als ein Beamter in grauem Gewand kam und ihn auf der asphaltierten Allee durch die Baumreihen und mitten über das Gras und die Blumen führte.

Das Zimmer, wohin er ihn begleitete, hatte sechs Betten, aber außer seinem waren sie alle leer unter den weißen Decken.

So begann die Zeit des Liegens, die an diesem Vormittag nur die Krankenschwester unterbrach, welche die Suppe auf der Platte seines weißen Nachtschranks abstellte, und nachmittags die Schwester mit dem Thermometer. Und eine alte, rundlich-liebenswürdige Ärztin. Sie verstand, daß ihm nicht nach Reden zumute war; und als sie ging, war er ihr dankbar, daß sie so schnell wieder fertig war. Nein, er war nicht müde. Aber er wollte seine Lider geschlossen halten und an nichts denken. Nichts sehen und niemandem antworten. Drei Betten gab es an der gegenüberliegenden Wand, drei standen auf dieser Seite, und er legte sich auf das mittlere, um nicht zu weit und zu nahe vom Fenster zu sein. Er konnte sich an kein Beispiel erinnern, wo er so allein gelegen hätte, und dieses Fehlen eines vergleichbaren Bildes erweckte ein wenig das Gefühl der Verlassenheit in ihm. Er gehörte nirgendwo hin. Trotz ihrer fortdauernden Gegenwärtigkeit war doch die Welt des Lagers eine entfernte, endlose, in Nebel getauchte Ebene, aber auch die alte menschliche Welt war ihm ebenso entrückt und verschlossen. Dieses Gefühl der vollkommenen Vereinsamung wurde von Zeit zu Zeit zur entschlossenen Gewißheit darüber, daß die Zerstörung nicht mehr rückgängig gemacht werden könne und eigentlich alles endgültig verloren sei; aber auch dieser Anflug eines kosmischen Todes verlor fast alle seine Schrecken angesichts seines geschwächten Körpers. Es war, als ob diese Atmosphäre der allgemeinen Leere seine Müdigkeit noch steigerte und sie gleichzeitig mit einer tonlosen, ewigen Stille einhüllte.

Es störte ihn nur der Gedanke, daß man ihn nach der Untersuchung wieder aus diesem Zimmer verlegen wollte; aber das würde heute nicht und wahrscheinlich auch noch nicht morgen geschehen. Wenn er aber die ganze Nacht für sich hätte und auch noch den morgigen Tag, dann, glaubte er, würde es ihm gelingen, sich zu sammeln und seine Gedanken zu ordnen, ihnen eine Ausrichtung zu verschaffen. Gleichzeitig wurde ihm bewußt, daß er sich jetzt nicht mehr wenigstens noch eine Nacht oder einen Tag wünschen durfte, weil dies ein Teil seiner unterbewußten Abwehr war in der verlorenen Welt, beinahe von dem Moment an, als die Züge der Viehwaggons vom Triester Güterbahnhof abfuhren und er, auf den Boden gekauert, versuchte, noch mehr seine Beine an sich zu ziehen, um sie ein wenig mit der Jacke bedecken zu können. Wie weit weg lag das alles schon! Und noch jetzt wußte er, daß er damals hoffte, der Stoff des dicken schwarzen Rocks möge nachgeben und sich weiten. Aber dann stellte er fest, daß sich sein Körper nicht mehr zusammenpressen, sich nicht noch mehr verdichten konnte; so daß sich schließlich die Füße langsam in verhärtete Stümpfe verwandelten, von denen aus die Starrheit langsam nach oben kroch. Und er fühlte dabei, daß er sich weniger bedroht vorkam, wenn seine Gedanken an Knöcheln und Fußballen verweilten, als wenn er sich klar bewußt wurde, daß sein Körper der Länge nach auf dem Boden des Viehwaggons lag. Wenn er an den Waggon dachte, dann kroch die verschneite Landschaft, durch die sie fuhren, ganz anders in ihn hinein. Die Kälte drang nämlich nicht nur durch die Schlitze, auch die Wände des Waggons, halb aus Eisen, halb aus Holz, waren von der Kälte durchdrungen. Vereist waren auch die Räder, die auf die Gleisfugen schlugen. Und auch die eisernen Schienen verbreiteten die Kälte in horizontaler Richtung. Und die Kälte des Metalls versenkte ihr Gift in diese unheilvolle Umgebung. So waren die Körper, die in den groben Verschlägen kauerten und lagen, fast nur noch Gegenstände, die bald kein Lebenszeichen mehr von sich geben würden. Deshalb konzentrierte er wieder seine Gedanken auf sich selbst, er begrenzte sie auf seinen eigenen Körper, versteckte sie dann noch mehr in seinem Inneren, um möglichst weit entfernt zu sein von seinen Gliedern, wo sie der Eishauch erfassen konnte, den der bayrische Schnee verbreitete. Draußen war nun Nacht, und sie hatten schon lange die Station verlassen, auf der sich das Schnaufen der Lokomotiven dem eintönigen Geräusch elektrischer Klingeln ergeben hatte, die unendlich lange die neue Ankunft ankündigten. Die wenigen Stimmen, die zuvor noch nach dem Namen der Bahnstation gefragt hatten, verstummten. Die Dunkelheit hatte auch einige erstickte Flüche zum Verstummen gebracht. Und die Lichtpunkte, die im Waggon hier und da aufglommen wie angebundene Glühwürmchen, waren ausgegangen. Ihm aber kam es vor, als sähe er sie noch immer, obgleich sie erloschen waren.

Einige Zeit lang waren sie so etwas wie Gefährtinnen der wärmenden Quelle, die er in sich fühlte, dann aber sah er hinter ihnen das Bild Mijas. Denn von ihr waren die Zigaretten, die in dem hölzernen Verschlag die Erinnerung an Wärme erweckten. Und obwohl der Vorrat langsam schwand, wuchs in ihm doch wie eine Wolke warmen Rauches eine Art Genugtuung darüber, daß Mija aus der Ferne ihre guten Hände über dieser vereisten Dunkelheit ausgebreitet hielt. Er wurde sich der Wärme bewußt, die sich bei der Berührung durch ihre Handflächen seinem Brustkorb mitteilten. Es war eine Liebkosung, Teil des Liebesrituals und gleichzeitig auch eine mütterliche Hinwendung zu dem in seiner Existenz bedrohten Mann. Und er ergab sich ihrer Zärtlichkeit, als schützten ihn ihre Hände wie wunderbare weiche Schilde vor der kalten Nacht; zugleich verband ihn ihre Nähe, trotz der Atmosphäre der Vernichtung, mit dem Ursprung einer Existenz, die irgendwo im Schoß der heimatlichen Erde verborgen war. Doch er wandte sich langsam von diesen Gedanken an Mija ab, weil er den Eindruck hatte, ihr Bild würde sich, wenn er es so ungeschützt mit sich führte, in diesem Frost in Eis verwandeln. Da ließ er es lieber zu, daß es sich tief in ihn versenkte, in ihm unhörbar anwesend war, wie ein neben seinem Herzen liegendes zweites Herz, das noch weniger hörbar und damit auch weniger verwundbar war als sein eigenes. Auch Zweifel über ihr Schicksal und die Absichten der Gestapo kamen in ihm irgendwo auf, aber dann verband sich das Unvermögen, ihre Lage beeinflussen zu können, mit der Ziellosigkeit seiner Reise. Die Verdunkelung hatte ihre Schwärze über ihre Liebe geworfen, dann brachte sie mit ihrem vernichtenden Hauch den Untergang über Körper und Seele. Und mit noch entschlossenerer Willenskraft entfernte er Mija aus seinen bewußten Gedanken, um sie vor der Invalidität zu bewahren, die aus seinen wie zu Stahl versteiften Beinen immer höher nach oben kroch. So wandte er seine Gedanken lieber auf die Zeit vor Mija, in die laue Gegend am Gardasee; doch das war nicht möglich, ohne sich mit dem Winter in Deutschland auf einen Vergleich einzulassen. Und dies um so weniger, da sich über dem unruhigen Wasserspiegel des Sees verschneite Berggipfel zeigten. So reiste er noch weiter hinunter über den italienischen Stiefel und setzte von dem sizilischen Ufer hinüber auf den Sand Libyens. Er sah die Ebene von Gharian, den gelben Staub, die steinerne Festung, unter der im Tal die tunesische Wüste lag. Und er sah, wie er vorsichtig die ausgetrockneten Lippen öffnete, damit deren rosige Haut nicht zerriß. Denn die Hitze und der Wind hatten seine Lippen in schuppige Wundmale verwandelt: wenn man sie mit lauwarmem Wasser befeuchtete, dann wurden sie vom Atem noch stärker entzündet. Ein Liter Wasser pro Tag. Es war für sie freilich gut, daß sich Frankreich so schnell ergeben hatte, so kamen sie schnell von dort weg. Dann stellten sie ihre Zelte unter Palmen auf, nicht weit von der Küste. Natürlich brannte der Sand golden und wie in Weißglut, als läge er auf einem Backofen, und als die nachmittägliche Hitze unerträglich auf die Zelte drückte und wild aus der Sandwüste herwehte, da eilten sie, um in die Fluten des Mittelmeers zu tauchen und dort Schutz zu suchen vor dem Feuerhauch der Sahara.

In der Eisenbahn damals kam es ihm so vor, als könnte er seine Fersen einen Moment in den Sand eingraben, und die Sandkörner würden sich seidig zurückziehen vor seinen beinhart gefrorenen Füßen. Und da sah er einen Augenblick auch das Maismehl, das seine Mutter, als er noch Kind war, in einer Pfanne erhitzt und in ein Säckchen geschüttet hatte, um es auf die erfrorene, schmerzende Stelle zu legen. Aber die Erscheinung verschwand wieder, und er wurde sich bewußt, daß seine Gliedmaßen unter der Jacke jammerten, sie seien nackt und bloß. So zwang er sich wieder in das Zelt in der Wüste, er versuchte, den Brief Verenkins zu verstehen, er versuchte, sich die Ansichtskarten anzusehen, die seine drei Mitbewohner an die Zeltwand über seinem Kopfteil geheftet hatten. Doch die beiden Klötze am Ende seines gewundenen Leibes drückten noch mehr, so daß er den Eindruck hatte, sie zögen ihn nach unten, sie brächen durch den Boden des Waggons, sie entwichen hin zum Metall der Räder, zum Stahl der Geleise. Und er versuchte noch einmal, sich zusammenzuziehen, dabei dachte er daran, aus dem Koffer ein wollenes Hemd zu holen und es um seine Fersen zu wickeln. Aber diese Lösung erschien ihm wie ein Sakrileg, wo ihm doch so zarte Hände seine ausgewählte Wäsche sorgsam zusammengelegt hatten. Lieber würde er noch schlimmeren Angriffen der Kälte standhalten, als daß er gotteslästerlich solch geweihte Dinge anrührte. Schließlich mußte diese Fahrt ja irgendwo enden, auch ein neuer Morgen würde nun bald anbrechen nach der Abfahrt vom Bahnhof in Triest. Und wirklich blieb der Konvoi schon in der Morgendämmerung auf einem Gleis stehen, das in eine einsame Gegend abgezweigt war. Dann hörte man Schritte im Schnee und die Stimmen von Raubvögeln, die diesmal aufgeregter klangen als auf den Straßen Triests, sie aber fühlten dennoch etwas Trost darin, daß ihre Gelähmtheit beendet war und sie wieder auf die Beine zu kommen schienen. Sie bewegten sich tatsächlich wie Invaliden, die hölzerne Prothesen von den Knien abwärts besaßen, ihre Körperbewegungen waren nur Schatten ihres Lebens, und die Koffer und Bündel gaben dem Zug den flüchtigen Beigeschmack einer Pilgerprozession, die auf Unterkunft und Unterstützung hofft. Nur da und dort ging jemand in dem Zug, der kein Gepäck hatte und die Hände in den Taschen behielt; wie ein vereinsamter Unglücklicher, den man fern von den Seinen gefangen hatte, war er noch mehr ein typisches Abbild von ihnen allen, verloren auf unfruchtbarem Ödland, über dem die scharfen, eisigen Schreie der erschreckten Raubvögel sich häuften.

Er versuchte, all diese Bilder zu vertreiben; aber dabei bemerkte er, daß er ganz aus ihnen bestand, daß er sich eigentlich auf ihnen ausruhte, sich in ihnen verlor.

VI

Dann unterschieden sich die Tage fast nicht voneinander, weil das Liegen einen halb bewußten, halb betäubten Dauerzustand darstellte. Die Zeitungen brachten jeden Tag Nachrichten aus Triest, doch die Euphorie, die sich seiner bemächtigt hatte, als er in Lille beim Friseur von der Befreiung der Stadt gehört hatte, verflog langsam wieder. Es war wie das Ende einer Utopie, besonders von dem Augenblick an, als ihm klar wurde, daß das Schicksal Triests abhängig war vom Verhältnis der östlichen und westlichen Hemisphäre. Die Titel der Artikel und die Landkarten, welche die Reportagen illustrierten, betonten alle, daß es sich hier um einen der neuralgischsten Punkte handelte, wo ein wirklicher Friede unmöglich zu erreichen war. Denn es konnte geschehen, daß trotz der Wahrheit über die Krematorien die Herrschenden nicht zu einer neuen und tieferen Einsicht gereift waren, sondern daß sie entlang der europäischen Scherbenhaufen wieder die alten ausgetretenen Wege gingen, in denen es wiederum nur um Vorherrschaft und Einflußbereiche ging. So war gerade der Streit um seine Stadt der handgreiflichste Beweis dafür, daß alle die Träume von der Wiedergeburt der Menschheit umsonst gewesen waren. Das Bewußtsein vom tragischen Tod Mijas verband sich jetzt mit dem Bild der Heimatstadt zu einem einzigen wahrheitsgetreuen Abbild eines unwiederbringlichen Verlustes. Alles war so entfernt, als gäbe es nur einen sehr schwachen Abglanz einer Vorstellung der Gegend und der Menschen, die er nicht erreichen konnte, weil sich jede Spur von ihnen verloren hatte.

Mija.

Jetzt war sie in ihm, wie die Welt, aus der er gerade zurückgekehrt war und die eine wirkliche Welt war, auch wenn sie gleichsam zu einer Art Bodensatz geworden war und sich nur dann bei ihm meldete, wenn er sie nicht herbeirief. Sie war eine Wirklichkeit, die nur deshalb untergegangen war, um dann, wenn man es am wenigsten erhoffte, wieder an die Oberfläche zu treten. So auch Mija. Sie war in ihm wie eine Abwesenheit, wie etwas Leeres, wie ein Abgrund, den zu überbrücken er nicht vermochte; aber gleichzeitig ruhte wieder in ihm eine verborgene Quelle irrationalen Verharrens und instinktiver Erwartung. Und jedesmal, wenn ihn die Erinnerung an ihre Voraussage überkam, das Schicksal werde ihm gewogen sein, was mit ihr nicht der Fall wäre, da gesellte sich zu dem Bewußtsein von ihrem endgültigen Verschwinden auch immer die Erkenntnis, daß es dem Unheil doch gelungen war, wie Schwefelsäure auch sein Wesen zu zerfressen, so daß sein Inneres jetzt einer nackten, horizontalen, bleiernen Platte glich, auf der es keinerlei Humus mehr gab. Mit den Schwächen und den Fehlern war auch ihr möglicher Reichtum versunken. Und Mija war ein Geschenk, das er in den Tagen der Erschütterung verloren hatte, beinahe noch bevor er es überhaupt gefunden hatte.

Dann und wann, als er feststellen konnte, daß die Welt der Menschen wieder näherrückte, da fühlte er, daß Mija noch bei ihm war. Besonders Mitte Juni, als er tagsüber nicht mehr in Bettücher eingehüllt war, sondern auf dem gemachten Bett ruhte, bis zum Gürtel in eine weiße Decke gehüllt. Aber jetzt, als er im Liegestuhl auf der Terrasse seinen Platz einnahm, dort, wo sich auch die Tür der Ambulanz öffnete, da näherte sich ihm leise Mija und lächelte, weil die alte Ärztin, wenn sie alleine war, immer laut meckerte und beim Laufen mit den Fersen an den Boden schlug, bis sie einmal bei der Durchsicht der Röntgenaufnahmen plötzlich mit schroffer Stimme fragte: „Vous avez des allumettes, Monsieur Suban?“ Natürlich sprach sie ihn auch an, wenn er auf seinem Bett im Zimmer lag, aber von dort konnte man nicht die Glasgefäße und die Röhrchen für den Pneumothorax sehen, auch nicht die Kästen mit dem beleuchteten Milchglas, an die man die Röntgenaufnahmen klemmte, wie das von seinem geflochtenen Stuhl auf der Terrasse aus zu sehen war. Noch schöner war es, wenn er auf seinem Liegestuhl lag, wo die Zweige der mächtigen Kastanie fast bis zum eisernen Geländer reichten, und auch deswegen, weil die Terrasse schmal war, eigentlich nur so breit wie eineinhalb Liegestühle, und über ihr der Boden der darüberliegenden Terrasse war, so daß alles wirkte wie ein schmales Zimmer ganz im Grünen. Wenn nur nicht ihre Türe gewesen wäre, die zumeist offenstand, eigentlich war sie fast immer geöffnet, so daß man ihre schnarrende Stimme hörte, die einem Kranken immer gerade etwas zu sagen hatte. Und schroff war sie auch, wenn sie feiertäglicher Stimmung war. Es schien, als wollte sie dem kranken Offizier beweisen, daß nun sie sein Kommandant sei, gleichzeitig wirkte sie aber auch, als wartete sie nur auf seine Einwände, um sich darüber zu erregen und bald darauf Nachforschungen anzustellen über den Klatsch unter den Patienten. Sie war nervös und zumeist außer Atem; als sie noch jung war, mußte sie sehr schön gewesen sein. Ihr Körper wirkte in dem weißen Kittel gut gebaut und aus einem Guß, und wenn man sie nur von hinten gesehen hätte, ohne ihr faltenreiches Gesicht zu kennen, hätte man sie ihrer Figur und ihren Beinen nach eher auf dreißig als auf sechzig Jahre geschätzt. Ja, ihre grauen Haare; aber sie waren dicht und fast wie eine Mähne, so daß man eher den Eindruck von Üppigkeit als von Alter hatte.

Und er beobachtete die Alte mit Mijas Augen, die keine *madame* sein wollte. Sie behauptete von sich, sie sei Arzt, und als Arzt sei sie weder Mann noch Frau, also ohne Geschlecht. Aber gerade ihr Widerstand dagegen, sich Frau nennen zu lassen, bewies, daß sie sich lieber zum männlichen Geschlecht rechnen lassen wollte, denn neben der Tatsache, daß sie nicht Frau sein wollte, wollte sie auch nicht Ärztin sein, sondern ein Doktor. Mit ihrer aufrechten Gestalt und ihren grauen Haaren sah sie Leif sehr ähnlich, auch wenn Leif größer war und noch weißere Haare hatte. Als er im Streifengewand in Natzweiler über die Treppe des Lagers kam, sah er trotz seines Stethoskops, das ihm auf der Brust leuchtete, eher aus wie ein norwegischer Kapitän als wie ein Mediziner. Er war immer geradeheraus und voller Würde, obwohl er zu den Deportierten zählte, die auf dem Rücken zwei rote Buchstaben trugen; N. N. Nacht und Nebel. Was bedeutete, daß ihr Sterben wie ein Weg durch Nacht und Nebel war, der im Rauch der Krematorien sein Ende fand.

Er lag da in weicher Wärme und sagte sich, daß alle diese Bilder mit der Zeit zu Symbolen würden; er fühlte, daß diese Vergangenheit sterben mußte, aber gleichzeitig fragte er sich, welchen Sinn eine Zukunft bei so einer Vergangenheit hätte. Genaugenommen, so überlegte er sich, wäre es das einzig richtige, wenn man die Kinder wie gegen Pocken und Diphtherie auch gleich gegen Blutrünstigkeit impfte. Dies müßte man aber sicher sehr bald tun, gleich nach der Geburt, mit einer Injektion direkt ins Herz, wie damals Leif.

Nein, die Ärztin hatte eigentlich nichts von der kühlen Ruhe, die Leif besaß. Gewöhnlich knallte sie die Tür zur Ambulanz zu, dann hörte man ihre scharfe Stimme, während ihre Fersen hart und streitbar über den Korridor schritten.

Damals waren die Röntgenaufnahmen alle in ihrer Kartei gesammelt, und weil sie nicht immer nur darüber schimpfen konnte, deshalb zündete sie sich manchmal auf dem Gang eine Zigarette an, stellte sich an die Tür eines Zimmers und ärgerte sich über einen Patienten, der spät schlafen ging. Sie tat, als überhörte sie seinen Einwand vollkommen, und berief sich nur auf das Bild seiner Lunge in ihrer Mappe; gleichzeitig war sie natürlich auch für jede Neuigkeit empfänglich. Die aber brachte ihre Neugier eher in Wallung, als daß sie sie besänftigte. Und sie fing Fräulein Ribau, die Oberschwester, ab, als sie über den Korridor ging, und erklärte ihr, als ginge es um eine dienstliche Angelegenheit: „Wußten Sie schon, Fräulein Ribau, daß sich Herr Bichard verlobt hat? Nicht zu glauben!"

Bei ihnen fühlte sie sich in ihrem Element, weil in ihrem Pavillon ehemalige Kriegsgefangene lagen, nur Offiziere. Und von den einstigen Deportierten nur diejenigen, die aus intellektuellen Berufen kamen. Diese Vorliebe verbarg sie nicht. Sie betonte es sogar, wenn sich nur eine Gelegenheit dafür ergab. Genauso übrigens, wie sie ihre Abneigung gegenüber den „Roten" betonte; über sie sprach sie mit einem ähnlichen Unterton, wie wenn sie über die Schwindsucht sprach, die sie auf große Zelluloidblätter zu zeichnen vermochte, die aber sonst noch unausrottbar war.

Dennoch verstand sie sich sehr gut mit Nalecki, obwohl dieser nicht verheimlichte, daß er Kommunist war; sie waren sogar große Freunde. Tatsächlich war Leutnant Nalecki Pole, der sich dem französischen Widerstand angeschlossen hatte, und einem Ausländer verzeiht man wohl eher als einem Angehörigen des eigenen Volkes. Außerdem war Nalecki auch Anwalt, und er war gescheit, belesen und geistreich, so daß sie anerkennen mußte, daß sie ihm so einfach nicht am Zeug flicken konnte. Daneben bediente er sich der geschliffensten Umgangsformen. Und zu guter Letzt sah ihre Sekretärin, Fräulein Chatain, trotz ihrer

Frömmigkeit und ihrem bereits überschrittenen fünfunddreißigsten Lebensjahr den Leutnant Nalecki sehr gerne. So hielt die Ärztin seine Neigung zu ihr für eine Folge gewisser familiärer Bindungen. Fräulein Chatain hoffte freilich im stillen, es möge ihr gelingen, den Leutnant zu bekehren; aber nicht in offener Feldschlacht, nein; nur mit ausdauernder Ergebenheit; und dies war für die Ärztin ein unerschöpfliches Reservoir für Nachfragen und Ratschläge, für Ermahnungen und senile Eifersüchtelei. Denn es war natürlich keineswegs klar, daß es Fräulein Chatain gelingen würde, den Leutnant Nalecki wieder auf den rechten Weg zu bringen, jedem nur einigermaßen wachen Auge konnte aber doch nicht entgehen, daß Fräulein Chatain, wenn sie des Leutnants Zimmer verließ, manchmal erhitzte Wangen und sogar zerzauste Haare hatte, auch wenn dies natürlich nicht immer und jedem offenbar wurde.

VII

Als er aufhörte, in Bewegungslosigkeit dazuliegen wie ein Ertrunkener, den das Wasser an das Ufergestein gespült hatte, da besuchte auch er den Leutnant. Eigentlich stattete er einen Gegenbesuch ab, denn Nalecki war es, der als erster bei ihm gewesen war, als er noch kaum das Zimmer verlassen konnte. Die Bewegungen des mittelgroßen und ziemlich verbraucht wirkenden Leutnants hatten etwas Konspiratives an sich. Die hohe Stirn und die sichtbaren Backenknochen; und stoßweise rang er nach Luft. Wie man es bei vielen Polen findet, war er innerlich unruhig, ja im Übermaße ruhelos, auch wenn er es meisterhaft verstand, dies unter seiner sympathischen und angriffslustigen Geistigkeit zu verstecken. Aber mehr als das nationale Erbe waren alle die Jahre in der Gefangenschaft ein ausreichender Grund für seine Unruhe; auch alle Berufe, die er ausüben mußte, nachdem er vor dem Kriege aus Polen geflohen war, um zu überleben und das juristische Studium abschließen zu können. Dann die Zeit bei den Partisanen und die Schwindsucht, während seine Frau nicht aus dem deutschen Lager zurückkehrte, und wenn sie bis jetzt nicht zurückgekehrt war, würde sie auch später nicht mehr kommen. Er sprach stoßweise, mit einer angenehm scharfen und zeitweilig heiseren Stimme, wie auch insgesamt sein lebendiges und unermüdliches Sprechen jedesmal durch die Lunge moduliert wurde. Er saß auf seinem Bett, mit einem Kissen im Rücken und bis zum Gürtel unter der Bettdecke. Auf der Decke lagen zahlreiche Zeitungen ausgebreitet. An der Wand neben dem Bett stand ein hölzernes Gestell, mit Brettern voller Bücher, denn er war schon seit der Zeit der deutschen Besatzung hier; heimlich hatte man ihn damals in das Sanatorium eingeschmuggelt. Es war aber auch die höchste Zeit gewesen, denn die linke Lungenhälfte war schon arg geschädigt gewesen, und die eingepumpte Luft drückte auf das Herz; dabei war zu befürchten, daß es auch mit der rechten Hälfte bald so stände wie mit der linken.

„Ich weiß schon, warum Sie gekommen sind", sagte er und legte seine Zeitung ab.

„Entschuldigen Sie, aber ich finde mich nicht zurecht."

Nalecki nahm wieder ein Blatt in die Hand und raschelte damit, als fühlte er die Notwendigkeit, etwas Konkretes haben zu müssen, was zwischen ihnen beiden vermitteln konnte.

„Haben Sie Churchills Rede gelesen?" fragte er, sprach aber gleich selber weiter: „Die Leute irren sich gewaltig, wenn sie glauben, daß diese Erwähnung einer ‚roten Gefahr' nur eine politische Harlekinade ist, wie es der *News Chronicle* meint. Wir dürfen nicht vergessen, daß England und dann Amerika gegen Deutschland gekämpft haben, weil sie dazu gezwungen wurden; jetzt, wo die deutsche Industrie für einige

Zeit kaltgestellt ist, ist es ganz natürlich, daß der Sozialismus wieder ihr größter Feind geworden ist. Das ist doch klar wie der helle Tag."

„Das verstehe ich", sagte er. „Aber kann es denn möglich sein, daß wir trotz allem, was die Welt erleben mußte, wieder unter so traurigen Umständen von vorne beginnen müssen?"

„Wie Sie sehen, es ist möglich", sagte Nalecki mit einem halb bitteren, halb spöttischen Lächeln. „Auf der anderen Seite kann man es dem Westen eigentlich nicht verübeln, wenn man daran denkt, daß heute ein einziges ununterbrochenes Machtgebiet von Wladiwostok bis nach Triest reicht."

„Triest ist jetzt aber in westlicher Hand."

„Das schon, aber die Grenze liegt dort direkt vor den Toren der Vorstadt."

Er sah Radko Suban an, und das ironische Lächeln verschwand.

„Sind Sie sehr enttäuscht?" fragte er ernst.

„Um ganz ehrlich zu sein, wegen Triest bin ich es nicht allzusehr, wegen der Dörfer, die entlang der Küste alle slowenisch sind, bin ich wirklich sehr erbost."

„In Triest, so schreibt man, soll die Mehrheit italienisch sprechen."

„Das sicher, aber wenn die Dörfer an der Küste dem Hinterland zufallen, zu dem sie gehören, dann hätte Rom nur noch eine Schiffsverbindung nach Triest."

„Triest ist immerhin ein Hafen in Mitteleuropa", sagte Nalecki und legte die Zeitung auf die Bettdecke. „Wenn Jugoslawien nicht auf sowjetischer Seite stände, würden sich die Dinge wahrscheinlich ganz anders fügen."

„Glauben Sie?"

„Sehr wahrscheinlich. Weil dann der Westen nicht die sowjetische Anwesenheit am Übergang von der Adria in den Norden fürchten müßte!"

Als er fortging, dachte er daran, wie Nalecki die Zufriedenheit über seine unerbittliche Logik aus den Augen strahlte. Aber er konnte nicht verhehlen, daß es ihm gefiel, wie trotz der Tatsache, daß er ideologisch auf der Seite der Sowjets stand, sich sein polnischer Verstand nicht der Wirklichkeit verschloß, wenn ihm klar wurde, daß er diese erkannt hatte. Freilich konnte auch Nalecki über Triest nicht wissen, wie es mit ihm stände, wenn sich die Dinge anders entwickelt hätten; aber was ihn selbst betraf, er hätte es am liebsten gesehen, daß Triest eine freie Stadt geworden wäre, wenn nur die slowenischen Vorstädte unter slowenische Hoheit gekommen wären. Daß sie jedoch noch einmal der Gefahr ausgesetzt werden würden, überfremdet zu werden, konnte er sich nicht vorstellen. Es wäre gewesen, als würde sich die Welt über die Toten, über ihre Asche einen Witz machen.

Und auch deshalb machte er sich halsstarrig immer wieder auf den Weg durch den Wald, besonders in der Nacht oder am Abend, wenn der Wald langsam menschenleer wurde. Und dabei wurde ihm klar, daß dies einer Flucht gleichkam, wie sie leider noch immer seine Vergangenheit erforderte. Denn im Wald, wo es keine menschlichen Wörter gab, war die Wahrheit der grenzenlosen Vernichtung noch in Geltung und der Zurückgekehrte konnte seine Bilder unberührt so lassen, wie sie waren. Zwischen den Bäumen gab es zwar weiße Gebäude, aber sie waren entfernt voneinander, es gab noch so viel freien Wald dazwischen, daß sich in ihm ein Gedanke verstecken konnte, so wie ein wildes Tier seine Beute in einer Höhle versteckt. Es waren natürlich dieselben Gedanken wie tagsüber. Aber am Tag muß man die Lider zudrücken, um sich vor dem Überfluß der weißen Hitze und der Lichtstrahlen zu retten; nachts aber vereinigen sich die Gedanken mit der kalten Luft und mit der Feuchtigkeit der Wiesen. Denn der Mensch ist ein Kind der Natur, dachte er, nur zu ihr kann seine Zuflucht nehmen, wer

Heilung sucht; es war aber besser, sie nicht bewußt zu suchen, sondern sich nur voller Vertrauen ihrem mütterlichen Schoß zu überlassen. Ganz besonders, wenn man zurückgekehrt war. Also mußte er hinaus in die weite Nacht des Waldes, damit die endlose Stille all den Tod, den er in sich trug, aufnehmen konnte; ihn übernehmen und bewerten konnte, so daß er vollkommen außerhalb seiner blieb und er ihn dann gelegentlich von außen betrachten konnte, auch wenn er gleichzeitig etwas gemildert in ihm verblieben wäre.

Er lebte wie ein Wesen, das sich nur bei Sonnenlicht bei den Menschen zuhause fühlt, sich am Abend aber vorsichtig und unmerklich in die Geborgenheit eines Dickichts zurückzieht. Dabei versuchte er vor seinem Bewußtsein zu verbergen, daß er sich mit all dem beschäftigte, was ungeklärt aus der Tiefe seines Ichs heraufgestiegen war. Er wollte ohne Gedanken sein, so wie er *dort* die ganze Zeit versucht hatte, ohne Gedanken zu sein.

VIII

Der Juli kam plötzlich, als hätte er über Nacht eine schlimme Krise überwunden, am Morgen drang zu ihm auf einmal der Geruch von warmem Brot. In ihm entstand der Eindruck, daß alle Zellen seines Körpers auf einmal erwacht waren und sie wie trockene Schwämme die Feuchtigkeit in sich aufsogen; und dieser Zustand, so erschien es ihm, wurde auch den anderen bewußt, weil man es sehen konnte und sich ihre Blicke auf ihn richteten. Und bald gewöhnte er sich daran, im Speisesaal noch Beilagen vom Tablett zu nehmen. Besonders, weil er beobachtete, daß die anderen voller Freude seine neue Gier beobachteten. Aber dennoch aß er absichtlich so langsam, daß sich der Tisch vorher auflöste und er alleine blieb; dann konnte er sich, ohne sich schämen zu müssen, von zwei Platten das auf den Teller schieben, was noch übrig geblieben war. Noch besser als bei den Beilagen ging es mit der Marmelade. Fast niemand mochte sie, und so blieb sie ihm ganz; als er dann allein war, fühlte sein Körper auf einmal, daß diese Marmelade seine Rettung bedeutete. Vielleicht war es der Zucker darin oder die Vitamine oder der prickelnde, säuerliche Geschmack. Oder alles zusammen. Zuerst aß er sie mit Brot, dann direkt mit dem Löffel, als schlürfte er eine Suppe aus frischem Lebenssaft in sich hinein, die direkt ins Blut überging.

Noch immer befiel ihn eine gewisse Kurzatmigkeit, wenn er sich aus dem Speisesaal in sein Zimmer im ersten Stockwerk begab. Aber seit er nach dem Weggang der anderen noch am Tisch zurückblieb, schien es ihm, als seien seine Muskeln wieder elastischer geworden. Es war, als hätte eine Schale begonnen abzufallen, die ihn bis jetzt gestützt und verborgen hatte, deshalb aber zeigte nun der Körper wieder seine richtigen Formen. Etwas wie Narzißmus lag in diesen Blicken auf den eigenen Körper, nur daß dieses Betrachten eher wie ein Betrachten eines Menschen wirkte, der aus tödlicher Betäubung erwacht war.

Deshalb nahm er dieses Erwachen zuerst mit unbetroffener Vorsicht auf, wie aus der Angst heraus, nichts übereilen zu sollen. Dann schwand seine Zurückhaltung ein wenig, und in der Folge ertappte er sich bei der Betrachtung seines Körpers in den Momenten, wenn er aufstand oder untätig dalag. Natürlich waren dies nur augenblickliche Gedanken, die er schnell wieder von sich schob. Aber es war doch, als schliche sich das Leben heimlich und von der Seite in ihn ein, er aber wollte das eigentlich nicht recht wahrhaben, als hätte ein einziger freudiger Gedanke diesen unsichtbaren und stillen Strom aufhalten können. Und er war davon überzeugt, daß er wohl niemals mit vollem und von ihm akzeptiertem Bewußtsein dieses neuen Lebenselixiers froh geworden wäre, das da still in ihn hineinfloß. Doch erkannte er, daß auch dieses passive, halb unbeteiligte Aufnehmen die verborgene Quelle eines sonst nur von ferne eingestandenen Glückes war, eines Glückes jedoch auf jeden Fall. Und als er sich beim Liegen lange Tage in ökonomische Broschüren und politische Artikel vertiefte, entdeckte er, daß wegen des neuen Bewußtseins, das er von seinem Körper empfand, wenn er las, auch die gelesenen Absätze neue Plastizität und neues Gewicht erhielten.

Jetzt fand sich im Pavillon auch die ein, die ihn in den ersten Tagen untersucht hatte. Von ihr bekam er das Thermometer und gab es ihr nach einigen Minuten wieder, ohne die Veränderung bemerkt zu haben. Denn es war ja ein mehr oder weniger automatisches Handeln, das zu der Tagesordnung einer jeden Heilstätte gehörte und bei der man zumeist kaum von seiner Lektüre aufblickte. So sah er auch keinen Unterschied zwischen dem Kommen von Fräulein Chatain und dem der Neuangekommenen. Ihre hohe Stirn war leicht eingewölbt, wie bei einem Kinde, darüber sah man einige Strähnen blondes Haar aus der engen und gestärkten Haube herausschauen, welche die Stirn umschloß und im Genick zusammengebunden war. Er sah das alles und lag einfach da, als sie kam, und auch dann, als sie das Thermometer wieder abholte. Er wußte natürlich auch, daß dies sein ganz normales Verhalten war, weil er niemals einen Eindruck, den jemand auf ihn machte, erkennen ließ, vielmehr nutzte er seine scheinbare Geistesabwesenheit zur Beobachtung und Beurteilung. Und gleichzeitig wurde ihm auch klar, daß bei ihr in ihm jedesmal auch hartnäckige Auflehnung entstand. Es war, als ob sich ihm mit Gewalt etwas zu nähern versuchte, das seine verschlossene Welt zerstören konnte; wegen dieser Furcht besuchte er auch so regelmäßig den Leutnant Nalecki und ging lieber, wenn er am Abend sein Zimmer verließ, in den Wald oder auf der breiten, asphaltierten Straße in das Dorf. Und wenn er sich danach eingestand, daß er an sie gedacht und sich sogar ihr Kommen gewünscht hatte, dann hüllte er sich, wenn sie sich zeigte, gleichzeitig wieder mit noch größerem und zugleich fast stumpfem Widerstand in eine kalte Unbeteiligtheit.

Die Juliwärme überflutete ordentlich das Zimmer, trotz der braunen Leinwand, die schräg die Terrasse beschattete; deshalb war es ihm, als läge er in einem Boot, unter gelbem Segel, und die Sonne knallte senkrecht auf die unbewegliche Meeresfläche. In einer solchen schwülen Hitze würde der Körper wie in Trance am liebsten alles andere vergessen; und das Bewußtsein rettete sich vor der Hitze und der Schwere, indem es sich an die besonnte Küste Triests absetzte. Er kannte sie bis zum letzten Winkel, aber sie erschien ihm seltsam verändert; es fuhren überall englische Jeeps herum, und in Miramare wohnte ein General der Engländer. Aber die alten Klippen waren noch am Wasser, und die Badenden sonnten sich am Strand, der sich von Barkovlje nach Miramare in einem weichen Bogen dahinzog, der einem langgestreckten Seepferdchen glich, mit seinen Augen auf der Höhe des Schlosses von Miramare. Über dem Ufer blühten auf stufenartigen Terrassen die Weinspaliere bis hinauf zu den Dörfern des Karstes. Jetzt zeigte sich auf dem steilen Pfad Darinka. Ganz erhitzt kehrte sie vom Baden zurück und wunderte sich, als sie ihn sah; „Menschenskind, sie haben doch gesagt, du wärst in Frankreich!“ Er lächelte nachsichtig über ihr Erstaunen und zwang sich, nicht wie ein Held dazustehen, der den Tod überwunden hatte. Denn ganz sicher würde sie etwas Bissiges bemerken. Was willst du auch anderes, so war eben Darinka schon immer! Doch sie konnte ihn fragen, wie es gekommen war, daß er sich retten konnte. Wenigstens dies. Fast hätte es sich nicht gelohnt, von so weit herzukommen, zu so einem Empfang; deshalb war es fast noch besser, wieder hierher zurückzukehren in sein Zimmerchen im französischen

Sanatorium. Auch deswegen, weil man gerade den Besuch einer jungen Dame angekündigt hatte, die aus seiner Gegend stammte und ihn zu sehen wünschte. „Sie ist sehr schön und hat blonde Haare", sagte die Ärztin auf dem Gang, und er wandte sich um und wischte sich den Schweiß, der sich während des Mittagsschlafs angesammelt hatte, ab, um sie angemessen empfangen zu können. Und husten würde er keinesfalls... Jetzt klopfte es auch schon an der Tür, und er fragte sich, welche Frau ihn wohl besuchen käme.

„Monsieur", sagte sie.

„Ja." Und da wachte er auf und sah, daß sie ihm das Thermometer reichte.

„Haben Sie etwas Schönes geträumt?"

Er betrachtete sie durch die Tönung seiner Träume.

„Dann ist es schade, daß ich Sie gestört habe", rief sie aus und winkte mit der Hand.

Angesichts seiner geheimnisvollen Art verstummte sie einen Moment.

„Heute werde ich alles schnell erledigen." Und sie zuckte mit den Schultern. „Heute, wo alle nach Paris gefahren sind!"

Jetzt erinnerte er sich.

„Ach ja", sagte er. „Der vierzehnte Juli."

„Heute nacht tanzen sie in Paris auf allen Straßen und Plätzen", sagte sie abwesend.

IX

Die Ärztin war bei der Visite noch reizbarer als gewöhnlich. Auch mit Fräulein Chatain, die sie wie immer mit dem Notizblock in der Hand begleitete.

„Nach der Visite werden wir es mit einem Pneumothorax versuchen."

„Lassen Sie es für heute“, sagte er und lächelte.

Fräulein Chatain sah zuerst auf ihn, dann auf die Ärztin, so als wollte sie den unvermeidlichen Zusammenstoß verhindern.

„Ich bin hier wohl der Arzt und nicht Sie, oder?“ sagte sie zornig, und zu Fräulein Chatain gewandt: „Das wäre ja noch schöner. Bin ich nun der Arzt oder er?“

Und noch entschiedener: „Haben Sie es notiert, Fräulein Chatain?“

„Oui, docteur“, antwortete ruhig Fräulein Chatain.

„Gut. Nach der Visite werden wir es versuchen.“

Aber es war zu sehen, daß ihr Eigensinn doch nicht ganz so stark war, denn sie machte weiter, indem sie Fräulein Chatain unter Beschuß nahm: „Will er nun gesund werden oder nicht? Was? Aber so kann es nicht gehen. Und Sie, Fräulein Chatain, Sie wissen doch, wie seine Röntgenaufnahme aussieht. Oder? Und überhaupt, bin ich nun der Arzt oder er?“

Er kreuzte die Füße unter der Bettdecke, damit sein waagerecht daliegender Körper nicht so entwaffnet wirkte zwischen den beiden Frauen, die da in ihren weißen Kitteln um sein Bett standen.

„Sie haben sich hier nicht zu weigern“, brauste sie wieder auf und schlug heftig mit den Gummischläuchen ihres Stethoskops auf ihren weißen Kittel.

Aber an der Tür drehte sie sich noch einmal um.

„Ihr Platz“, sagte sie, als wollte sie Genugtuung haben für seine Widersetzlichkeit, „Ihr Platz ist dort draußen, auf dem Liegestuhl!“

Die Sonne schien schon schräg auf die Kastanien, und das Zimmer füllte sich langsam mit einer Welle von nachmittäglicher Wärme; dieser Übergang des engen und langgezogenen Zimmers zu einer warmen Atmosphäre war wie das Gleiten eines Kahns vom sandigen Ufer in das laue Meerwasser, die Reste der morgendlichen Kühle waren bequeme Schwaden, die sich unsichtbar in der Ferne verloren.

Das Einlassen von Luft in das Rippenfell. Pneumothorax. Gut, aber wenn man nicht will, daß sie mit einer Nadel dort herumstechen? Natürlich ist hier ein Widerstand nicht sehr vernünftig, aber wenn es einem egal war, auch auf Kosten der Vernunft? Wer weiß, wann wieder einmal eine Zeit anbricht, wo man über das Vernünftige und das Unvernünftige nachdenken kann. Sie wird es wenigstens versuchen. Soll sie es doch. Aber so oder so wird es ihr nicht gelingen. Es mag gut sein, daß sie ihn dann wenigstens in Ruhe lassen wird. Natürlich war es nicht vernünftig; aber war es denn vernünftig, daß er mit Schwindsüchtigen auf so engem Raum zusammenlebte? Er konnte doch gar nicht anders, lehnte es sich in ihm auf, als des Nachts umzuziehen und so die zum Tode verurteilten Kranken zu verraten. Aber er wußte auch, daß er die Atmosphäre des Nachbarraums nicht ertragen konnte, in dem die Ruhr und eitrige Phlegmonen herrschten. Für jede Kategorie des Gestanks gab es nämlich ein entsprechendes Stadium. Doch war er durchdringend, dieser Geysir, der ihm die Kehle füllte, und noch jetzt sah er, wie er hinausrannte aus den Waben der Liegestätten, obwohl ihm klar war, daß er sich selbst nicht entfliehen konnte. Ganz besonders schlimm begann es, als während der Fahrt nach Bergen-Belsen der Hunger verging, so daß ihn sein Körper auf den Boden zog und er den ganzen Tag in eine Decke gehüllt in einer Ecke des Waggons lag. Und diese Ohnmacht kam noch besonders auf dem Bahnhof in Celle zum Ausdruck, als in einem der nahegelegenen Waggons ihn einer der dort liegenden Unglücklichen um Hilfe bat. Aber er konnte ihn nicht tragen, beim besten Willen nicht. Und als er in dem Häuflein der Überlebenden dahintrottete, da vergewisserte er sich natürlich, daß er nicht versuchte, irgendeinen invaliden

Körper neben sich herzuschleppen, er beruhigte sich aber bei der Nachricht, sie würden mit Wagen kommen wegen der Erschöpften, was bedeutete, daß die Wachen diese nicht einfach umbrachten, wie es woanders der Brauch war. Ja, er war wirklich arm dran, als ihm der warme Strahl wieder die Kehle füllte, kurz bevor sie befreit wurden, aber auch als er auf dem amerikanischen Lastwagen lag, stand es schlecht um ihn, während Pierre, René und François an der Seitenwand des Fahrzeugs saßen und die entgegenkommenden motorisierten Truppen begrüßten.

Gut, also sollte sie es versuchen; er würde dabei aber vollkommen abwesend sein. Wie *dort*. Und er griff nach der Zeitung vom vorigen Tage.

Die Bombe über Hiroshima.

Nach all diesen Verbrechen auch noch das! Sozusagen als Zugabe, als Krönung des Ganzen. Wie eine Kuppel oben auf der ungeheuren Basilika des Bösen. Dafür, daß man sich infiziert hatte, noch dieses bißchen Genugtuung, das man empfand wegen des Kriegsendes? Das muß apokalyptisch sein, ein solches Massensterben einer Bevölkerung. Auf seine Art noch schlimmer als im Lager. Nein, vielleicht nicht einmal. Im Lager leben die Menschen vor dem Leichenhaus. Und sie warten. Und sie wissen dabei, daß der einzige Ausweg durch den Schornstein des Krematoriums führt. Unter der Atombombe ist das anders. Du verbrennst wie Zelluloid. Und in Hiroshima haben die Menschen in der Tat ziemlich nachlässig dieses Flugzeug verfolgt, das über ihnen kreiste. Sie dachten, es sei ein Aufklärer. Dann wurden sie alle in einem einzigen Moment zu einem weißen Lichtblitz. Zehntausende. Und das in einem einzigen Moment. Etwas hätte man doch unternehmen sollen. Aber was? Dem einen spritzen sie Luft zwischen die Rippen und pflegen ihn auf alle nur mögliche Weise, fünfzigtausend schaffen sie mit einem Wisch aus der Welt. Und wenn er einer von den fünfzigtausend gewesen wäre, dann hätte sich kein Teufel um sein Rippenfell Sorgen machen müssen.

Am wichtigsten dabei war, daß man nun nichts mehr hatte, wohin man hätte fliehen können. Der ferne Osten ist nun das Versuchsgebiet für eine neue Todesart. Gauguin hätte jetzt nichts mehr, wohin er sich absetzen könnte.

Auf dem Gang hörte man jetzt undeutliche Wagengeräusche, dann klopfte es an die Tür.

„Sind Sie schlechter Laune?“ fragte Chatain. Und sie begann, einen baumlangen Apparat auf Gummirädern durch die Tür zu schieben; hoch oben hingen zwei Gefäße, jedes zur Hälfte mit Wasser gefüllt.

„Die Ärztin kommt sofort“, sagte sie, lächelte und ging wieder. Das da hat sie hiergelassen, dachte er; wie ein Gespenst, wie ein Storch mit großen gläsernen Augen.

Er blickte auf die breitkronigen Kastanien, und im selben Moment kam es ihm so vor, als hätte er in ihnen treue Genossen, die auf ihn achteten. Dieses eiserne Gestell, die Gummischläuche, Krankenschwestern mit Thermometern und mit kombinierten Pülverchen gegen Kopfschmerz, all das kam ihm wie ein schönes Spiel vor, das die Mädchen und Frauen in ihren weißen Kitteln spielten. Und dabei wurde ihm klar, daß er wieder Unrecht hatte, und am liebsten wäre er auf die Terrasse gelaufen, hätte sich am Regenrohr in den Park hinabgelassen und sich im Grünen versteckt, weil er wußte, daß nur die Natur es war, die ihn gesund machen konnte.

Dann kam sie mit ihrer lärmenden Mitteilsamkeit.

„Wo ist Fräulein Chatain?“

Sie ging zur Tür.

„Fräulein Chatain!“ rief sie. „Ich habe ihr doch gesagt, sie soll hier sein“, sagte sie wieder an seinem Bett. „Wo ist sie jetzt schon wieder hingegangen?“

„Gerade war sie noch hier.“

„Sie war hier?“ Und wieder trippelte sie zur Tür. „Fräulein Chatain!“

Endlich meldete sich die Chatain an der Treppe, die auf den Flur führte.

„Ich habe doch gesagt, Sie sollen hier auf mich warten. Nicht wahr?“

„Das Telefon hat geklingelt“, sagte ruhig Fräulein Chatain und trat an den Apparat.

„Wer war dran?“ fragte sie auf einmal sehr neugierig, weil Fräulein Chatain so abwesend ruhig war.

„Der Chefarzt“, sagte die Chatain wie zu sich selbst.

„Was wollte er?“ Aber nun war sie schon wieder ganz sanft.

„Er kommt am Nachmittag“, sagte Fräulein Chatain kühl.

„Nachmittags? Und Sie sagen mir nichts!“

Jetzt schob Fräulein Chatain das Bett zur Seite, und die Ärztin ging um das Fußende herum zur Wand.

„Natürlich, rechts ist es“, sagte sie zu sich selbst und beugte sich über ihn. „C'est ça“, murmelte sie dann und stach die Nadel ein. „Er möchte aber hartnäckig bleiben und es besser wissen als ein Arzt. Es tut doch gar nicht weh? Natürlich tut es nicht weh! Geht es?“ fragte sie Fräulein Chatain.

„Nein, Doktor.“

Er aber dachte sich, daß die Kastanien vor der Terrasse Wache hielten, wie eine Reihe lebender Wesen, die stolz auf ihre Säfte waren, die sie ihm konspirativ zur Verfügung stellen würden, wenn ihn die Ärztin verlassen hatte; unsichtbar würden sie in ihn hineinfließen, ohne Gummischläuche und lange Nadeln, die zwischen die Rippen stachen.

„Schon vorbei“, sagte sie, als sie die Nadel herauszog und sie an einer anderen Stelle zwischen die Rippen einstach. „Nichts, wie können Sie wagen, zu sagen, Sie hätten die Nadel gespürt?“ sagte sie. „Und jetzt?“ sagte sie zu Fräulein Chatain.

„Immer dasselbe, Doktor.“

„Mince alors!“ rief sie jetzt aus und erhob sich. „Das ist Zeitverschwendung“, brummte sie mehr zu sich selbst und ging in die Mitte des Zimmers. „Kleben Sie ein Pflaster drauf.“

„Kann ich es rausfahren?“ fragte die Chatain.

„Raus, raus“, sagte sie und winkte mit der Hand ab. „Aber wir werden es schon noch versuchen.“

Er schwieg.

„Tut es weh?“ fragte sie, als sei sie verwundert, daß er jetzt nicht damit prahlte, er habe recht gehabt, als er behauptete, es würde nicht gelingen. Und so schien es ihm, daß es recht war, wenn er sich in diesem Moment so darstellte, als benötigte er ihre Hilfe.

„Die Schulter tut mir immer weh, Doktor“, sagte er. „Die rechte Schulter.“

„Die Schulter?“ Dann rief sie an der Tür sofort: „Fräulein Chatain!“

„Ja, Doktor?“ antwortete die Chatain in der Ambulanz.

„Schreiben Sie in das Heft, man soll ihm die Schulter massieren. Herr Suban sagt, die Schulter tut ihm weh.“

Aber schon auf dem Gang sagte sie vorwurfsvoll zu Fräulein Chatain: „Nachmittags kommt der Chef. Und Sie sagen mir nichts davon!“

X

Ein gnädiger Regenguß hatte den Park so erfrischt, daß es mitten im August so aussah, als respektierte die Sonne das lebendige Grün der dichten Kastanien; als nähme sie Rücksicht auf ihre neue Feuchtigkeit. Es war schon später Nachmittag, denn den undeutlichen Geräuschen auf dem Gang nach war zu schließen, daß die Schwester mit ihren Thermometern im Becher von Zimmer zu Zimmer ging. Nein, er erwartete sie nicht.

Aber das Bewußtsein, sie werde jeden Augenblick hereinkommen, störte ihn beim Lesen; er hatte das Gefühl, es wäre ihr nicht recht, daß er so kurz angebunden war, und bei diesem Gedanken, den er nicht bereit war, auszusprechen, fühlte er doch irgendwo tief in sich eine entfernte und ebensowenig eingestandene Zufriedenheit.

Dann verscheuchte er diese Fetzen von Gedanken und Gefühlen und ließ seine Blicke ins Grüne schweifen. Weil er in der Horizontalen lag und auch sein Blick fast horizontal verlief, war es, als hingen die großen Blätter nicht dort auf der engen Terrasse, sondern über seinem Kopf. Und es war, als kröche das Grün bereits in ihn hinein, zwar noch nicht in seine Gedanken, aber doch schon bis zum äußeren Rand seiner Glieder.

Es klopfte.

Und schon drückte sie die Klinke herab und trat ein. Als sie eine Art Drehung vollzog, stellte sie ihre schmalen Füße zur Schau. Wie bei einem Sperling, dachte er sich.

„Das Thermometer." Und sie richtete ihre weiße Haube zurecht, als hätte sie sich gerade daran erinnert, daß ihr Kopf die enge Einschnürung nicht gewohnt sei.

„Danke", sagte er und winkte ab.

„Sie müssen!" Aber gleichzeitig lag in ihrem kindlichen Lächeln etwas von verschwörerischer Einwilligung.

„Sechsunddreißig acht", sagte er und schob seine Hände unter den Kopf. „Schon seit zwei Wochen unverändert!"

Sie zuckte mit den Achseln und legte das Thermometer wieder in den Becher.

„Schreiben Sie es auf", flüsterte sie und blickte auf die Terrasse; dabei zupfte sie wieder unnötigerweise an dem gestärkten Stoff, der im Nacken zusammengebunden war.

Dann sagte sie: „Auf Wiedersehen!" Und ging.

Sie war nicht arrogant in ihrer Haltung, sondern ziemlich lakonisch, wie Mädchen, die in früher Jugend die Kinderlähmung überstanden haben. Er dachte darüber nach: eine eigensinnig aufrechte Figur, so daß es so aussieht, als wenn ein schon erwachsener Körper in den Fußstapfen eines Kindes läuft, das noch kleine Schritte macht. Dabei erhob er sich und stützte sich auf den Ellbogen, nahm den Bleistift von der Platte des Nachttischs und zog eine kurze Linie auf dem karierten Papier über seinem Kopf. Dann legte er sich wieder hin. Diese gezackte Linie war eigentlich lächerlich; als ob sie ein Erstkläßler gezogen hätte, sagte er, ein ABC-Schütze, dem man einen Bogen karierten Papiers auf einer Tafel über dem Kopfteil des Bettes befestigt hat. Aber es war sicher gut, daß die Linie nicht sehr interessant aussah. Wenn sie starke Ausschläge nach oben und unten aufgewiesen hätte, dann hätte es nicht gut um den Körper gestanden, der unter ihr lag; sie waren ja auch ein wenig lächerlich, diese Franzosen mit ihrer Temperaturmessung im Dickdarm. Nicht wie die Amerikaner im Mund. Und auch nicht unter der Achsel. Gerade dort. Sie aber schien nicht besonders überzeugt zu sein von ihrer Sendung als Krankenschwester. Vielleicht hätte gerade dies ihn eher beunruhigen sollen. Dabei wurde ihm klar, daß er nicht anders konnte, als ihre gespielte Betroffenheit mit milder Nachsicht zu betrachten. Alles, was die Schwestern anfingen, erschien ihm nämlich wie ein gutgemeintes Spielen, verglichen mit dem Bild des Krankenpflegers aus dem Lager, das er in sich trug. Die liebe Ordnung, die die Leute beschäftigt und die auf all ihr Handeln beruhigend einwirkt. Es war klar, daß er wieder ungerecht war, aber er konnte nicht verhindern, daß er bei diesen Kurven auf dem karierten Papier an Josef Kramer dachte. Sicher vor allem auch deswegen, weil sein Foto in der Zeitung stand, die am Fußende seines Bettes lag. Und das war nur eines dieser Schreckgespenster. Wissen Sie, würde er der Kleinen sagen, Sie treten hier so interessant auf mit Ihren Thermometern, aber Sie würden nicht davon träumen, daß sie dort zum Beispiel den Frauen und Mädchen die Haare abgeschnitten haben, bevor sie sie dem Feuerschlund überließen; dann waren sie müde von der großen Zahl ihrer Opfer, und sie machten sich aus den seidenen Frauenhaaren weiche Daunenbetten für ihre müden Glieder.

Es ist sinnlos, mit solchen Mitteln gegen sie zu arbeiten, dachte er, aber er fühlte dabei fast körperlich, daß er in seinem Kopfkissen nichts anderes zu haben schien als solche Frauenhaare. Und er hob leicht den Kopf. Das ist die Misere des zwanzigsten Jahrhunderts, dachte er, und er verscheuchte nur mit Gewalt das Gefühl, auf der glatten Seide junger Verblichener zu liegen. Und er zwang sich wieder an ihre Thermometer zu denken; vielleicht war es wirklich besser, jeden Morgen einen Strich nach unten zu zeichnen und am Nachmittag einen nach oben. Bedeuteten doch diese Striche auf dem karierten Papier jeder für sich einen halben Tag, den ihm das Leben abgetreten hatte und den ihm die Kastanien dort draußen geschenkt hatten.

Wieder klopfte es.

„Darf ich hereinkommen?" fragte sie, denn sie war es noch einmal. „Habe ich hier irgendein Thermometer vergessen?"

Er lächelte.

„Ach, stimmt. Sie wollten ja gar nicht!" Dabei drehte sie sich und ging ein wenig naiv aufgerichtet zu dem Tisch auf der linken Seite.

Dann stellte sie den Becher mit den Thermometern auf den Tisch.

„Haben Sie es aufgeschrieben?"

„Ja", sagte er und wühlte absichtlich in den Zeitungen herum.

„Sie lesen immer." Aber ihre Stimme verriet keine besondere Aufmerksamkeit. Im Gegenteil, sie löste ihre Haube im Nakken, als sei dies eine vollkommen alltägliche Verrichtung, dort, vor dem Spiegel vor ihrem Waschbecken.

Er beobachtete sie. Wenn ihr Verhalten kokett gewesen wäre, wäre das alles viel einfacher, dachte er.

„Es ist eng", sagte sie, zog mit der Rechten an dem Stoff der Haube und nahm sie fast ab, dann hob sie den Kopf und schüttelte ihn, so daß die Haare herabfielen. Hellblond, dicht und um eine Idee zu gekräuselt; hierbei kamen der eng zugeknöpfte Kragen des weißen Kittels und das rosige Gesicht noch besser zum Ausdruck. Sie wirkte jetzt fraulicher.

Dabei waren ihre Bewegungen wie die eines unschuldigen Kindes, das immer wieder zu einem Fremden „Du" sagt, obwohl die Mama es deswegen unzählige Male gescholten hatte.

„Jetzt geht es besser." Und sie befestigte die Haube wieder am Kopf und band sie wieder fest, währenddessen schüttelte sie ganz kurz den Kopf.

„Wenn mich jetzt die Ärztin gesehen hätte", sagte sie dann. Ihre Linke griff dabei wie von selbst nach dem Becher auf dem Tisch.

Wie nicht betroffen, lächelte er ihr zu und schwieg, sie aber beugte sich ganz frech über seine Zeitung.

„Hm, die revolutionäre Presse." Und in ihrer Stimme klang ein gespielter Vorwurf mit.

Er zuckte die Achseln.

„Ich weiß, man liebt das nicht in diesem Pavillon." Er faltete nachlässig die Zeitung, als langweilte sie ihn mit ihrem Interesse. „Aber das ist mir vollkommen egal."

Sie hörte ihm nicht zu, wie es schien; als sie sich umwandte, war ihr Kopf in dem schneeweißen Leinen wie in einer Kindermütze gefangen. Vielleicht hatten ihre kleinen Schritte doch ihr Eigenleben, das sich vom Leben des übrigen Körpers unterschied.

Als ihre Hand die Klinke niederdrückte, sagte sie: „Ach, wir Plebejer", schmunzelte und ging.

Es war ein wenig Hohn in ihrer Bemerkung, als wäre dies

notwendig angesichts des ausgesprochenen Wortes, aber es lag auch ein wenig verschwörerischer Stolz darin. Sicher ähnelte dieser Stolz dem Selbstbewußtsein der jungen Schülerin, die schmunzelt, wenn sie stolz ausruft: „Auch mein Papa hat einen Goldzahn."

Er ließ die Zeitung sein und verschränkte die Arme unter dem Kopf.

Die Sonne ging jenseits der Bäume unter, die als dichter Vorhang vor der Terrasse standen; deshalb kam das Licht auch nur schwer durch sie hindurch. Aber so war der grüne Vorhang eine Arabeske, gesponnen aus goldenen Spitzen und Fäden und aus blitzenden Sternchen. Was sollte dies nun bedeuten? Wenn sie kein leichtes Mädchen war, dann war sie ganz sicher so etwas wie eine Schlafwandlerin. Nein, sie war nicht „leicht", zumindest nicht in der alltäglichen Bedeutung dieses Wortes. Sie war eher einem Nachtschmetterling ähnlich, der starrsinnig in die Flamme drängt. Auf jeden Fall war es das Angebot eines Geheimnisses, welches mehr bedeutete, als wenn sie sich als richtige und sehr anständige Frau offenbart hätte; denn bei einer solchen ordentlichen und unkomplizierten Frau hätte er weder gewußt, wie er sich zu benehmen hätte, noch hätte er sich bei ihr frei gefühlt. Und doch wäre auch der Sprung aus seiner Welt in ihre verträumte Umgebung noch zu groß gewesen. Vielleicht aber auch nicht. Vielleicht hätte sich ihre fehlende Verantwortung auch ganz gut vertragen mit einem, der noch nicht herausgefunden hatte aus dem tödlichen Nebel.

Der Sonnenuntergang war durch das dichte Laubwerk noch immer als sehr starkes Glühen bemerkbar; denn für ihn begann der Untergang immer sehr früh, weil ihm der Blick dorthin durch die hohen Bäume verstellt war. Im Binnenland ist ein Sonnenuntergang völlig anders als am Meer, dachte er; das Eintauchen der glühenden Kugel in die Wasserfläche erinnert an einen riesigen Hochofen, über den sich ein violetter und blutiger Himmelsvorhang spannt. Hier aber verkroch sich die Sonne hinter den Bäumen, so daß man das Ende nicht sah, vielleicht war es still und sanft, weil so dünne orangefarbene Fäden über den bläulichen Himmel zogen. Es schien, als hätte sich gerade jetzt eine Kuppel aus hellblauer Seide geöffnet und würden dann lange und schmale Stufen aus rosa Farbschattierungen daraus entstehen.

XI

Vom Speisesaal im Parterre bis zum ersten Stock war der Weg kurz; doch er ging absichtlich langsam durch das Treppenhaus, weil er auf dem Wege immer in diese halb beschwingte, halb heitere Stimmung verfiel, die den nahenden Besuch vorbereitete. Es war ein ganz eigenartiger Reiz, dieser Übergang vom langen Schweigen in das gemeinsame Gespräch, und jedesmal von neuem mußte er sich darauf einstellen. Er fühlte sich wie ein Schauspieler, der einen Gesichtsausdruck aufsetzte, kurz bevor er die Bühne betrat. Dies war auch keine Menschenscheu, sondern eine eifersüchtige Verbundenheit mit seiner eigenen Welt; wenn er sie für einige Zeit verlassen mußte, fühlte er, daß er sich gleichzeitig um so tiefer in sie verkriechen mußte. Und es war die Angst vor dem unaufhaltsamen Voranschreiten der Alltäglichkeit. Nalecki war auch ein Teil dieser Alltäglichkeit, obgleich er ein Revolutionär und Kämpfer war. Denn Umsturz und Kampf sind Teil des Lebens, während der, der mit dem Tode geschlafen hatte, sich fast daran gewöhnt hatte, sich an dessen Ofen zu wärmen.

Der Leutnant saß auf dem Bett und hatte einen niedrigen Tisch auf den Knien, den die Kranken zum Essen besaßen.

„Haben Sie schon zu Abend gegessen“, fragte er mit krächzender Stimme. Er war ganz hilflos in seiner offenen Pyjamajacke und atmete schwer, vielleicht wirkte er auch deswegen noch ungebärdiger und gehetzter beim Sprechen.

„Ein schöner Abend“, sagte Radko Suban und trat hinaus auf die Terrasse. Auf dieser Seite standen die Bäume etwas weiter entfernt vom Gebäude; sie begannen jenseits des Weges, und zwischen den Baumstämmen sah man noch einen anderen, schmaleren Waldweg.

Zur Rechten aber zog sich der Wald vom Wege, der zur Ausfahrt führte, zurück bis zu einem Hang, so daß ein breiter Streifen des Himmels sichtbar wurde.

Er kehrte ins Zimmer zurück.

„Hier müßte es Kiefern geben“, sagte er.

„Sehr richtig“, meinte Nalecki und schnitt sein Kalbsschnitzel in kleine Stücke.

Auf dem elektrischen Kocher schmorte etwas in einem Topf; Fräulein Chatain hatte etwas für ihn auf die Herdplatte gestellt; wenn sie zu Abend gegessen haben würde, wollte sie schnell wiederkommen. Und sie wäre wahrscheinlich verstimmt, wenn sie ihn nicht allein anträfe, weil der Moment des Wiedersehens derjenige ist, auf den man am eifersüchtigsten ist.

„Was gibt es Neues?“ fragte Nalecki.

Radko Suban trat von einem Fuß auf den anderen.

„Heute? Eigentlich war von allen Artikeln der über Polen der brauchbarste.“

„Hab ihn gelesen“, sagte Nalecki schnell. „Hier irgendwo habe ich ihn.“ Und er langte nach dem Bündel auf dem Bett.

„Er ist sehr sachlich geschrieben.“

„Ja, ich hab's gelesen“, meinte wieder Nalecki, als fürchtete er, überholt zu werden. Es durfte einfach keine Dinge geben, die für ihn neu waren. Und doch war seine geistige Unruhe interessant; es schien, als neidete er einem schon im voraus die Möglichkeit, ihm auf irgendeinem Gebiete voraus zu sein. Er war natürlich um so neugieriger, weil es um Polen ging.

„Ich weiß das", sagte er. „Denn ich habe das Regime zwischen den Kriegen am eigenen Leib erlebt. Ich bin ja gerade damals aus Polen geflohen. Das waren feudale und mittelalterlich zurückgebliebene Herrschaften und eine unsinnige, verbrecherische Politik. Denken Sie nur, sie bestanden darauf, daß Polen ein Verteidigungswall gegenüber Sowjetrußland sein sollte, und gleichzeitig waren sie natürlich auch gegen Deutschland. Zwischen Deutschland und Rußland wollten sie selbständig bleiben."

„Sie haben sich auf den Westen verlassen!"

„Klar haben sie sich auf den Westen verlassen. Und so hat Polen einen heldenhaften Selbstmord begangen!" rief er zornig aus; sein stoßweiser Atem aber war wie der allernächste und sichtbarste Beweis dieser historischen Fehler.

Draußen begannen nun die Grillen. Radko Suban dachte daran, daß jeden Moment Fräulein Chatain ins Zimmer kommen würde. Er schwieg absichtlich, damit auch Nalecki in diesem Schweigen zur Ruhe käme.

„Ich bin ganz außer Atem", sagte dieser mit halb heiserer, sich halb überschlagender Stimme. Dabei lächelte er, aber seine Augen waren doch etwas konfus von den Folgen dieser Anstrengung.

Er ging fort vom Pavillon und machte sich auf den Weg zum Ausgang. Vielleicht würde er sie treffen; aber dieser Gedanke erschreckte ihn zugleich. Im hohen und schmalen Schwesternhaus war eine senkrechte Reihe breiter Fenster erleuchtet; dies war das Treppenhaus; von den anderen Fenstern war nur hie und da eines hell. Eines war das ihre. Aber dann dachte er wieder an Fräulein Chatain. In solchen Momenten trug sie immer eine ernste Miene. Vor allem war sie erstaunt, ihn bei Nalecki anzutreffen. Das war verständlich; sie kommt, hat sich schon ein paar Worte zurechtgelegt, um ihn zu begrüßen, da ist jemand in seinem Zimmer. Wahrscheinlich war sie nur deswegen so förmlich und voller Widerstand, weil sich Nalecki wegen des Gesprächs mit ihm so aufgeregt hatte, ihm, der aus dem Lager kam und linke Zeitungen las. Dies bedeutete, daß sie auf ihre Art über Dinge redeten und in einem Zusammenhang, der ihnen beiden vertraut war. Ihr war diese Umgebung fremd, und er war in ihren Augen der Verführer, der Nalecki eine Gelegenheit bot, seine Ansichten weiter zu entwickeln. Sie hätte es nämlich lieber gesehen, wenn Nalecki mit seinen Gedanken alleine geblieben wäre, denen dann nur sie widersprochen hätte, während sie ihn mit ihrer Pflege, mit Kompott und mit Tee, der auf dem Kocher vor sich hin köchelte, langsam entwaffnet hätte.

Er trat durch die Ausfahrt hinaus und auf die Straße ins Dorf; er hatte dort nichts zu suchen, aber von Zeit zu Zeit war es doch angenehm, an den Haustüren vorbeizugehen, hinter denen sich Familien auf das Abendbrot vorbereiteten. Besonders jetzt in der Dämmerung, wenn die Patienten schon begannen, zurückzukehren; als noch Licht genug war, waren beinahe noch zu viele Menschen auf der Straße. Die amerikanischen Soldaten aus einem nahen Dorf verkauften Wäsche und Schuhe, Tuben mit Rasierseife und Stangen *Lucky Strike*. Die meisten der Patienten gingen nur spazieren, solange es noch nicht Zeit war, zurückzukehren. Sie bewegten sich auf der Asphaltstraße durch das langgezogene Dorf und dann weiter an den Äckern und Weiden vorbei. Diejenigen, die sich noch besser fühlten, liefen die drei Kilometer bis zur Seine und blieben bei dem langen Stauwehr stehen. Sehr oft konnte man eine Gruppe von zehn oder zwölf Russen beobachten, die immer zusammen waren und es meisterhaft verstanden, mit den amerikanischen Soldaten Handel zu treiben. Alle standen um Aljoscha herum, der Unterleutnant war und strohblondes Haar hatte; sie saßen auf dem Mäuerchen beim Waschplatz unter der Straße am Ende des Dorfes und schwatzten mit den Mädchen. Wahrscheinlich waren alle in Aljoscha verknallt. Aber die russischen Burschen unterhielten sich, während die Wäscherinnen untereinander lachten, und sie meinten, die französischen Sanatorien seien nicht mit den herrlichen russischen zu vergleichen, die auf der Krim lägen, wohin sie bald auch gehen würden. Jetzt warteten sie hier nur, daß einer käme, um sie holen. Wegen jeder Kleinigkeit aber wandten sie sich an Aljoscha. Wie ein blonder Gott stand er unter ihnen und verbarg in nichts sein jugendliches Selbstbewußtsein. Auch ein mongolischer Junge war unter ihnen, der erklärte, daß man bei ihm zu Hause die Schwindsucht mit Pferdeblut heile; wenn die Pferde geschlachtet werden, trinkt man einen Liter Blut, natürlich noch warm, und man ist gesund...

Dann hörte er die Stimme in einem Radiogerät im Haus, an dem er gerade vorbeiging. Die kleinen Häuser waren zu beiden Seiten der Straße aufgereiht, nur hier und da fiel etwas Licht aus offenen Türen und Fenstern auf den Asphalt, ansonsten herrschte über allem die Dunkelheit. Gerade dieses undeutliche Leben in der Dunkelheit zog ihn am meisten an, viel mehr als das Gespräch mit Nalecki. Nalecki hatte ja recht, daß er so sachlich war, aber vielleicht war das alles doch nicht bis ins letzte klar und ausgemacht, daß die Menschheit einfach so unbeteiligt blieb angesichts aller dieser Opfer. Die Menschheit? Was ist die Menschheit anderes als die einfachen Menschen, die Tag für Tag auf den Feldern und in den Fabriken arbeiten und die sehnsüchtig den Abend erwarten, an dem sie ausruhen können. Nach dem ersten Augenblick der reinigenden Erschütterung stand nun der gewöhnliche, alltägliche Mensch wieder im Mittelpunkt der Presse, die mit seinem einfachen und leichtgläubigen Gewissen Geschäfte machte.

Er kehrte langsam um.

Zu beiden Seiten der Straße versuchten die Grillen, die Natur zum Schlafen zu bringen, und trotzdem war es, als sei Tau auf ihre kleinen Stimmorgane gefallen und habe sie beim Zirpen dazu gebracht, so angenehm dunkle Töne zu erzeugen.

XII

„Hier bin ich."

„Haben Sie also Ihre Thermometer endlich weggelegt."

Sie stellte einen Porzellantopf mit Salbe auf den Tisch und drehte sich erst jetzt um, denn sie war von der Tür direkt zum Tisch gegangen.

„Sind Sie bereit?"

„Ja." Und er dachte, daß sie wie ein Kind war, das unter die Erwachsenen kam und direkt auf einen Gegenstand zulief, ohne ihn sich vorher angesehen zu haben. Eine blonde Strähne fiel unter der weißen Haube hervor auf ihre Stirn. Ihre Augen wirkten gleichzeitig gedankenverloren und verspielt. Er saß auf dem Bett, und als er sein Hemd über den Kopf zog, stand sie schon neben ihm.

„Warum spotten Sie über meine Thermometer?" Und sie sah ihn dabei verschmitzt von der Seite an.

„Weil Sie immer in der Soße stehen."

Jetzt hob sie das Kinn und schaute mit kindlichem Eigensinn an ihm vorbei. Ihre Nasenflügel bebten, dann bewegten sich kaum sichtbar ihre Lider, und sie rief aus: „Was wollen Sie nun, soll ich Sie massieren oder nicht?"

„Natürlich möchte ich das", sagte er. „Genauer gesagt, ich bitte Sie darum."

„Aber wenn Sie mir nicht den Rücken zuwenden, komme ich nicht dran."

Noch immer sah er sie dabei gutgelaunt an. Es schien ihm, als hätte er sich auf einen unbekannten und Mut erfordernden

Weg gemacht, aber plötzlich wurde ihm bewußt, daß es keine andere Möglichkeit gab.

„Was ist?"

Er drehte sich um, so daß er schief auf dem Bett saß, und blickte zur Wand. „Sie sind nicht wie eine richtige Krankenschwester", sagte er zur Wand.

„Wieso?" Ihre Hand, die seine Schulter berührte, hielt plötzlich inne; eine kleine Kinderhand, dachte er.

„Wieso?" fragte sie noch einmal, als sei seine Antwort die Bedingung dafür, daß sich ihre Hand wieder in Bewegung setzte.

„Ich weiß es nicht. Gleich zu Anfang hatte ich diesen Eindruck."

„Wann, zum Beispiel?"

„Wann?" Und er dachte an die Hand, die sich da auf seiner Haut bewegte; die Finger einer Tochter, die die Schultern ihrer Mutter treuherzig im Sommer am Strand mit Mandelöl einreibt. „Wann? Na, sagen wir an dem Tag, als Sie kamen, um sich Ihre Haube zu binden."

„Hatten Sie den Eindruck, es sei unpassend gewesen?"

„Aber nein."

„Oder kokett?"

„Auf eine gewisse Weise, ja."

Ihre Hand hielt auf seiner Schulter inne.

„Aber ich habe schnell herausgefunden, daß ich mich verrechnet hatte."

„Wirklich?"

„Es ist die reine Wahrheit."

„Und ich habe geglaubt, Sie merken nichts!"

„Und ich habe mir gedacht: Sie kommt mir vor wie ein Kind, das an Märchen glaubt", sprach er weiter zur Wand.

„Sie haben sich kaum geirrt", sagte sie mit einer Stimme, die ein wenig abwesend wirkte. Ihre Zustimmung war für ihn jetzt wie eine unerwartete Bestätigung, daß er vollkommen recht gehabt hatte, sein Schweigen zu brechen. Er hatte sogar den Eindruck, daß er nun der ihm so bekannten Welt untreu wurde und begann, sich einer neuen zuzuwenden, aber seine nicht auf Nachdenken beruhende Zufriedenheit versicherte ihm, daß es so recht war. Eine solche eher erahnte Sicherheit brachte ihm immer Freude und Vergnügen. Deshalb sagte er: „Fräulein Dubois."

„Ja bitte?"

„Könnten Sie so freundlich sein und mir meine rechte Schulter massieren?"

„Die rechte Schulter tut Ihnen weh? Das ist ja nett! Und warum haben Sie das nicht gleich gesagt?"

„Ich weiß nicht. Vielleicht hab ich es vergessen", flüsterte er der Wand zu.

Sie lächelte und setzte sich an den Bettrand; sie faßte mit der Linken um seine Schultern und strich mit der rechten Hand über seine rechte Schulter. Auch dieses Auf-dem-Bett-Sitzen, auf dem Bettrand, ist typisch für sie, dachte er.

„Wenn uns beide die Ärztin oder Fräulein Chatain sehen würde", sagte sie hinter seinem Rücken.

„Die Ärztin ist wohl nicht da."

„Nein. Sie ist mit dem Chefarzt nach Paris gefahren. Aber ist die Alte nicht sonderbar?"

„Sie wollte mit aller Gewalt Luft unter meine Rippen bekommen", sagte er lächelnd.

„Und es klappte nicht?"

„Nein."

„Und die Alte? Was hat sie gesagt?"

„Daß sie der Arzt ist und nicht ich."

„Schade, daß es nicht ging", murmelte sie, mehr zu sich. „So viele Menschen werden damit gerettet." Er fand es aber großartig, daß sie sie die „Alte" nannte und daß ihre Stimme, als sie ihm das sagte, kameradschaftlich klang. Ihre Handfläche massierte ihn nicht mehr, sondern sie folgte nur noch automatisch ihren Gedanken. Er stellte sie sich ohne weiße Haube vor, mit herabfallenden Haaren wie an jenem Tag vor dem Spiegel. Dabei bemerkte er zugleich, daß im Zimmer ein aufsässiges Klima einzog; sein Bett war zum ersten Mal in einer solchen Unordnung, und dies lag am Gewicht ihrer beiden Körper.

„Ich mag es nicht, wenn sie mit ihren Instrumenten in meiner Lunge herumstochert."

„Ach, das hat sie gesagt. Daß sie der Arzt ist!" rief sie ausgelassen hinter seinem Rücken. Sie setzte sich anständig hin, drängelte wie ein Mädchen, dem seine Schwester nicht mehr Platz auf dem Bett zugestehen will.

„Beinahe wäre ich runtergefallen", murmelte sie.

„Setzen Sie sich etwas höher." Und er machte ihr Platz.

„Es reicht, ich bin ja schon fertig. Was denken Sie denn, ich will Ihren Rücken nicht ewig massieren."

„Da wäre ich sofort dafür."

„Sieh mal einer an!" rief sie kieksend wie ein Kind, das soeben aufgehört hat zu weinen oder mit dem Fuß aufzustampfen. „Ich habe gedacht, Sie seien ein engstirniger und trübsinniger Eigenbrötler!"

„Heute ist eine Ausnahme."

„Mir scheint, Sie sitzen hier in ihrem Winkel, beobachten alles, was um Sie herum vor sich geht, behalten aber im stillen alle Ihre Gedanken für sich. Stimmt's?"

„Vielleicht. Aber heute ist gewiß eine Ausnahme."

„Es ist nicht in Ordnung, wenn man alles für sich behält."

Wieder veränderte sie mit einem Ruck ihre Position. Dann sagte sie: „Hier bleibe ich noch ein wenig, dann gehe ich."

Sie wandte sich um und blickte zur Terrasse, so daß er seitlich auf ihre Sandalen und die Fesseln sehen konnte. Die offenen Sandalen und die braungebrannten Beine ohne Strümpfe waren von den Knien abwärts ungewöhnlich schlank. Sie paßten nicht zu dem weißen Kittel, der die Knie bedeckte. Diese Fesseln aber wirkten eher wie die Fesseln eines lebhaften und herumstreunenden Jungen.

„In welchem Teil Frankreichs leben solche Leute?“ fragte er und lächelte.

„Welche?“ Aber auch sie lächelte und legte ein Bein vor das andere, so daß bei der Bewegung die Bettfedern knarrten; dabei stemmte sich ihre linke Sandale noch fester in den Boden, was die Kuhle unter ihren beiden Körpern noch vertiefte.

„Im Norden.“

„Bei Le Havre?“

„Nein.“

„Bei Calais?“

„Nein, nein. Nicht dort oben! Mehr nach rechts!“

„Lille?“

„Nein, weiter unten. Verdun, Reims, Sedan. Dies sollte der Herr aus der Geschichte kennen!“

„Wirklich aus Sedan?“

„Jetzt sind Sie mir aber zu neugierig“, sagte sie gutgelaunt und stand auf.

Dann stand sie im Zimmer und hielt ihre fettigen Hände vor sich.

„Ich denke, ich habe Sie nun ausgiebig massiert.“ Und sie schürzte die Lippen.

Langsam, um das Kopfkissen nicht zu berühren, drehte er sich auf dem Bett um. Währenddessen ging sie zum Tisch und beugte sich über die Zeitung. Sie schwieg und las konzentriert, als hätte sie es verdient, jetzt in Ruhe gelassen zu werden. Wie an jenem Tag, an dem sie wegen ihrer Haube ins Zimmer gekommen war.

Zuerst lagen nur ihre beiden Ellenbogen auf der Zeitung, dann näherten sich ihr auch die Handgelenke. Sie dachte nicht daran, daß ihre Hände fettig waren und die Zeitung verschmierten. Es war, als gehörten die Hände nicht zu ihr. Als geschähe dies alles einer unschuldigen Gesetzmäßigkeit zufolge, so ging sie wie im Märchen an allen Grenzpfählen vorbei, die zur Regelung des Zusammenlebens aufgestellt worden sind. Ihm wurde dabei klar, daß er es eigentlich wünschte, daß ihre Hände lang auf dem Papier verweilten und daß er sie sogar in Gedanken darum bat, sie möge auf diese Weise in seinem Zimmer einen sichtbaren Abdruck ihrer so passenden Verträumtheit hinterlassen.

„Todeslager", murmelte sie und erhob sich.

Er schwieg und blickte sie fröhlich an.

„Waren Sie in Buchenwald?" Mit einer Kopfbewegung zeigte sie auf die Zeitung.

„In Buchenwald selbst nicht", sagte er und lächelte. „Aber in einer seiner Zweigstellen."

„Schrecklich", flüsterte sie.

Dann zuckte sie zusammen: „Warum lächeln Sie? Und Sie haben es so zynisch ausgesprochen: In einer seiner Zweigstellen!"

Fast im selben Moment durchfuhr es sie: „Ich kann es ja verstehen. Es erscheint Ihnen dumm, wenn wir ausrufen ‚wie furchtbar' und ‚wie schrecklich'. Sie haben ja recht, wenn Sie mich auslachen."

„Ich habe nur über Ihre Hände gelächelt", sagte er. Doch sie konnte ja nichts von seinem Vergnügen wissen, das es ihm machte, als er sah, wie ihre Handgelenke Flecken auf der Zeitung hinterließen.

Deshalb sagte sie: „Ich kann ja gut verstehen, daß Sie auch zynisch sein können."

Dann zuckte sie kurz mit dem Kopf.

„Jetzt muß ich gehen“, sagte sie. „Auf Wiedersehen.“

„Warten Sie, noch etwas.“ Und er wußte selbst nicht, was er jetzt sagen sollte.

„Was tut Ihnen noch weh?“

„Ein paar Tropfen“, sagte er und zeigte auf das Auge.

„Ins Auge?“

Jetzt richtete sie sich auf und nahm eine ernste Haltung ein.

„Haben Sie den *Arzt* gefragt?“

„Ja.“

„Wirklich?“

„Aber ja.“

Dann lächelte sie, und als sei nun ein Ende des Scherzens erreicht, fügte sie vertrauensvoll mit weicher Stimme hinzu: „Kommen Sie vor dem Abendessen beim Schwesternzimmer vorbei, ja?“

Als sie ging, kam ihm sein Zimmer vor, als hätte einer vergessen, die Fenster zu schließen und der Wind hätte seine Papiere auf dem Boden zerstreut und hätte ihm unter die vertrauten Gegenstände den Duft unbekannter Wälder und steiler Felsschrofen mitgebracht. Vor dem Abendessen, hatte sie gesagt, und dabei wird es jeden Moment läuten. In einem solchen Zimmer, das der Wind durchlüftet hat, sind alle Gegenstände auf einmal gekünstelt und ohne Sinn, weil sie ein scharfer Geruch von Erde überflutet. Aber anstatt eines Gefühls der Kälte war ihm, als verbreitete sich um ihn die wachsende Hitze des Sommers; als kehrte die wirkliche Welt zurück, aus der er sich die ganze Zeit fortgedacht hatte. Und während er versunken war, schien ihm, als dauerte dieser hypnotische Zustand schon unwahrscheinlich lange an; zugleich regte ihn die Idee, die Welt des Lagers sei nur eine wohlbemessene Zeitspanne in seinem Leben gewesen, auf wie eine unglaubliche Entdeckung.

Er erhob sich, machte sein Bett, schlug das Laken unter und glättete alles. Dabei hatte er den matten und angenehmen Eindruck, er richte, obschon ein lediger Mann, eine Liegestatt her, auf der eben eine intime Liebesfeier stattgefunden hatte. Und dieser Mann sei er selbst und gleichzeitig ein anderer, der erst noch kommen sollte; und alles das habe eben stattgefunden und sei doch gleichzeitig nur eine Erinnerung an einen sehr entfernten Wunsch, der auch wieder fühlbare Wirklichkeit geworden war.

Er zog sein Hemd an und dachte, alles sei in Wirklichkeit wie in einer warmen und weißen Wolke der Leidenschaft geschehen, die kaum spürbar, aber in der Berührung ihrer Körper gleichwohl existierte, in der Vertiefung auf dem Bettuch, im Geräusch der Bettfederung, als sie sich mit einemmal umwandte. Und ringsum hüllte sie der Sommer in einen Dunstkreis konspirativer Schwüle. Gleichzeitig war er sich freilich bewußt, daß auch Spielerei, Lachen und Scherzen seinen Anteil hatten. Aber gerade diese scheinbare Teilnahmslosigkeit bei aller Nähe verlieh ihrer angedeuteten Leidenschaft etwas unschuldig Authentisches.

So etwa mußte die Entstehung einer Welt aussehen, dachte er; eine kaum merkliche Leidenschaft; dann lächelte er, weil er die Abdrücke ihrer unverantwortlichen Handgelenke an der Zeitung auf dem Tisch erblickte.

XIII

Sie war schon da; sie hatte bereits die beiden Türflügel des weißen Schrankes am Ende des Korridors geöffnet, dabei verdeckte der linke Flügel sie fast ganz. Nur ihre Fesseln waren zu sehen und die kleinen Füße ohne Strümpfe in den Sandalen.

Sie stand auf Zehenspitzen und suchte etwas unter den Flaschen und Töpfchen: eine Tochter, die in der Abwesenheit der Mutter im Küchenschrank herumstöbert.

„Hier irgendwo muß es sein“, sagte sie ganz in Gedanken.

„Suchen Sie nur. Es ist nicht so eilig.“

„Sind Sie nicht in Eile, Sie wollen doch zum Abendessen?“

„Nein.“

Sie sah ihn nicht an, sondern suchte konzentriert weiter.

„Eigentlich bin ich etwas im Zweifel, ob Ihnen die Alte wirklich Augentropfen verschrieben hat“, sagte sie mit aufgesetzter strenger Miene.

„Sie zweifeln?“

„Ja, denn im Heft von Fräulein Chatain steht nichts davon.“

„Ach, deshalb.“

„Jetzt habe ich Sie erwischt, nicht wahr?“

„Nein, überhaupt nicht.“

„Ich glaube doch.“

„Ich habe die Ärztin schon vor drei Tagen gefragt“, sagte er. „Heute steht sicher nichts darüber im Heft.“

„Und Sie haben die ganzen Tage gewartet?“

„Ja, denn eigentlich nutzen die Tropfen ja doch nichts.“

„So ein ungläubiger Thomas.“ Aber schon war sie wieder fast im Inneren des Schrankes verschwunden. „Aber die da werden ganz sicher helfen.“

„Die von Ihnen ganz sicher.“

„Hier sind sie“, sagte sie und sah ihn schelmisch an.

Sie drückte auf die Gummikappe der gläsernen Pipette.

„Na, gehen Sie ein wenig in die Knie!“

„Soll ich Ihnen besser einen Schemel holen?“

„Oh, so groß sind Sie nun auch wieder nicht! Bitte lachen Sie nicht, sonst tropft es Ihnen in den Mund, wenn Sie so den Kopf bewegen! Warten Sie. Noch einen Tropfen“, flüsterte sie, während er sich mit dem Taschentuch die Augen wischte.

„Schön, Sie mal weinen zu sehen.“ Und langsam setzte sie den Stöpsel wieder auf das Fläschchen.

„Wahrscheinlich ist nur dies so richtig“, sagte er. „Nur Glück geht mir zu Herzen.“

„Jetzt werden Sie aber Augen haben wie ein Fisch“, sagte sie, als hätte sie nicht zugehört, und dann stellte sie das Fläschchen weg.

Auf dem Gang war alles ruhig, aus dem Speisesaal kam das Geräusch von Menschen, die gleichzeitig sprachen und mit dem Besteck klapperten.

„Ich gehe jetzt, Sie haben schon so viel Zeit mit mir verloren.“

„Das ist doch meine Pflicht, meine Pflicht und Schuldigkeit.“

„Aber auch Sie werden wohl zum Abendessen gehen, oder nicht?“

„Natürlich, aber das wird sehr schnell gehen, denn meine Schwester wartet auf mich!“

Sie drehte den Schlüssel im Schloß herum.

Dann fragte sie: „Gehen Sie noch spazieren, Herr Suban?“

„Ja“, sagte er. „Warum fragen Sie?“

„Kommen Sie mit uns“, sagte sie plötzlich, als käme dies Angebot aus ihrer fernen Welt. „Natürlich nur, wenn Sie Lust dazu haben.“

„Mit Ihnen beiden?“

„Ich habe ihr schon von Ihnen erzählt. Meine Schwester kennt Sie schon.“

„Mich?“

„Warten Sie.“ Und sie überlegte. „Wissen Sie, wo das Kriegerdenkmal steht? Nach dem Abendessen werde ich dort sein. Aber es eilt nicht.“

Als er in den Speisesaal trat, bemerkte er, daß sein Appetit verschwunden war, wie bei einem, der sich auf eine Reise macht. Nach außen hin war dies nicht zu erkennen, alle hörten einem

Marineunteroffizier zu, der erzählte, wie die französischen Schiffe bei Toulon oder irgendwo dort untergegangen waren. Auch er mußte einige Male lächeln, wie überzeugt jener davon war, daß ihn das interessierte, denn man konnte sehen, daß Herr Ledoux solche Aufmerksamkeit von einem Ausländer sehr schätzte. Bei der Marine war er wohl so etwas ähnliches wie ein Feldwebel auf der Schreibstube oder Lagerverwalter gewesen. Für einen Feldwebel im aktiven Dienst wirkte er sehr eingebildet und fast ein wenig schmierig. Dazu war er empfindlich wie ein schwärmerisches junges Mädchen, sein Gesicht war weich und weiß und ein wenig zu pausbackig. Seinem Gesicht nach sah er eher einem Kellner denn einem Seemann gleich, und wie ein Kellner wirkte er auch, wenn er der Ärztin auf dem Korridor seine selbstgefällige Art, geistreich sein zu wollen, zu Füßen legte. Bei Tisch, wo man so lebhaft über versunkene Schiffe disputierte, war Radko Suban noch ganz gefangen von ihrer spielerischen Art, dort am geöffneten Schrank und als er in die Knie ging, damit sie ihm die Tropfen verabreichen konnte. Und dann diese Flecken auf der Zeitung. Daß sie ihrer Schwester schon etwas erzählt hatte. Dabei sah er das Bild einer Schülerin vor sich, die jeden Tag, wenn sie aus der Schule heimkam, alles hervorsprudelte, was in der Klasse und auf dem Wege geschehen war. Eigentlich war das für sie eine schwierige Welt, weil sie sich nichts Schlimmeres vorstellen konnte als ein Märchen. Herr Ledoux aber sprach von de Gaulle so freundschaftlich, als wäre dieser sein Onkel. Aber er dachte an sie und erkannte, daß er damit seiner Welt untreu wurde. Es war, als kündigte er dem konspirativen Umfeld seine Treue auf. Gleichzeitig vertrieb er aus seinen Gedanken alle apokalyptischen Bilder, die sich von überall erhoben. Eigentlich war sie es, die sie vertrieb, ihre schmalen Beine, ihr schlanker Körper. „Ich habe ihr schon von Ihnen erzählt." Als hätten sie schon vor einiger Zeit abgemacht, daß sie ihrer Schwester von ihm erzählte, so betont sprach sie es aus. Jetzt sah er das Kriegerdenkmal vor sich, und er hatte den Eindruck, sie wartete schon lange auf ihn.

Am Tisch war man ein wenig verwundert, daß Herr Ledoux gar nicht auf einem dieser gesunkenen Schiffe gewesen war, sondern ein anderer, mit ihm befreundeter Maat. Radko Suban legte jetzt Messer und Gabel auf den Teller und stand auf.

„Marmelade, Herr Suban“, sagte der Unteroffizier herzlich besorgt, nicht zuletzt auch um den Eindruck zu verwischen, den die nun aufkommende Erkenntnis verursacht hatte, daß er alles andere als ein Held war.

Es ist ja keine Eile vonnöten, sagte er sich, sie werde ja nicht so schnell zu Abend gegessen haben. Und dabei wußte er genau, daß diese Eile auch eine Angst war, daß jetzt nicht diese Geister nach ihm griffen, an die er sich in seinem Zimmer allmählich gewöhnt hatte.

Nein, das waren nicht bloß Geister, er durfte sie nicht so nennen, er wollte es nicht, weil er jetzt nicht mit ihnen lebte, denn er war im Begriff, zu einem Treffen mit dem Leben zu gehen, um diese Welt zu negieren. Aber er hatte den Eindruck, daß der vernachlässigte Tod sich in die warmen Schatten des Abends verkrochen hatte und daß er selbst in diesem Moment einsam war wie ein Mensch, der, reich geworden, nun seine arme Mutter verleugnete. Aber er empfand dennoch nicht, daß er sich ihr gegenüber einen überheblichen Anstrich gab, im Gegenteil. Und jetzt plötzlich erschien ihm das Bild Mijas, es schien ihm, als wäre ihm Mija aus der Ferne freundlich gesonnen; als ob sie ihm durch das Dunkel der Kastanien zuraunte: „Du hast genug am Rande des Verderbens verbracht, deshalb soll es ihm jetzt nicht gestattet sein, sich dir in den Weg zu stellen.“

So erstarben dann auch diese Gedanken in ihm, als er den Schrank öffnete und nach einem Gegenstand suchte, den er mit auf den Weg nehmen konnte. Wer sich auf ein solches Treffen begibt, der wechselt doch wenigstens seine Kleider, der zieht ein anderes Hemd an, der richtet doch sein Äußeres her. Er aber hatte sozusagen nur leere Hände, hatte keine Dinge, die notwendig waren, um sich dem Leben zu stellen.

Er zuckte mit den Schultern. Nein, es war schon in Ordnung. Er war ja so etwas wie menschliches Treibgut. Nur das, was vom Menschen blieb nach der Sintflut. Solch ein Wesen braucht keine Kleider zu wechseln; es ist umgeben von den Schatten der Leere und der Bodenlosigkeit. Das aber ist wieder ein sehr eigenartiger Hintergrund für jede Art von Treffen. Freilich war eine solche Haltung übertrieben, wo es ja doch nur um ein Treffen mit der kleinen Krankenschwester ging. Doch in diesem Moment war sie wie eine Stellvertreterin aller Menschen. Um so mehr, als sie eine Frau war und sehr schnell ihren Widerstand gegenüber einem Menschen offenbaren würde, der immer dieselbe Hose und immer dasselbe Paar hoher Soldatenstiefel trug. Soll sie es doch zeigen. Es würde ein kaum zu spürender Hinweis genügen, dachte er.

Er trat vor das offene Fenster auf die Terrasse: Eine Gestalt von einem Meter siebzig, mit strohblondem Haar, mit sehr ausgeprägten Backenknochen, wenn auch weniger auffällig als im Mai; graublaue Augen. Der Ausdruck der Augen? Ein wenig müde und grau. Wie eine einsame rohe Mauer an einem bewölkten Tage auf einem verlassenen Abhang in der Vorstadt. Er trat weg vom Fenster; man dürfte sich niemals im Spiegel betrachten; nur das Gesicht eines Mitmenschen kann einem da entgegenschauen, dachte er. Nur ein Gesicht kann ein Gesicht lesen und Augen andere Augen. Und das weiß sie womöglich, denn wenn dies nicht der Fall wäre, wie wäre es zu erklären, daß sie sich so verhielt? Vielleicht war sie mit allen so. Auf alle Fälle würde ihn das Interesse einer besorgt mitfühlenden Frau jetzt in apathisches Schweigen versetzen. Ihre Neigung war aber irgendwie der unpersönlichen Neigung des nächtlichen Waldes ähnlich. Der nahm ihn immer ohne jede Bedingung auf und schloß ihn ein in seine ausgedehnte und lebendige natürliche Ordnung.

Er verließ das Zimmer und verließ den Pavillon.

Neben dem Schwesternpavillon weidete in einem dreieckigen umgrenzten Weidestück eine braune Stute mit ihrem Fohlen; die Weide beschirmten Bäume, und alles wirkte wie die gute und beruhigende Atmosphäre auf einem abendlichen Bauernhof.

Als er am Pförtnerhaus vorbeikam, sah er auf einmal den Eingang ins Lager, aber er verscheuchte die Erinnerung, denn er wollte jetzt sein wie ein neugieriger Sommerfrischler, der am Nachmittag auf dem Spaziergang eine geheimnisvolle Unbekannte getroffen hat und sich nun gegen Abend aufmachte, diese zu besuchen.

XIV

Die Mauer des Sanatoriums verlief unweit des Denkmals, und von dort ging es steil hoch in den Wald, unter ihr plätscherte neben dem schmalen Fußpfad ein anderthalb Hand breiter Bach und quoll in einen Fleck hellgrünen Grases hinein. Es sah aus wie dünn gesätes, kaum ausgekeimtes Getreide, und die Gänse watschelten unbekümmert darauf herum.

Wie ein Stein am Wege, dachte er beim Anblick des Denkmals; und wenn es ihm jetzt in die Augen fiel, so lag dies an der Verabredung, die Namen der Gefallenen aus dem Ersten Weltkrieg auf dem Stein hätten sonst sicher nicht seine Aufmerksamkeit erregt. Sie waren still und verborgen in den Körnchen des grauen Steins, niemals konnten sie die Gänse aufscheuchen, die sich faul vom Bach zu den Bauernhöfen hin bewegten. Aber es stimmte ja nicht, er war ja schon früher hier stehengeblieben. Nur hatte er damals mit diesen Namen geredet, so als wäre er einer von ihnen gewesen. Nun entfremdete ihn seine Verabredung von ihnen, und er war deshalb darum bemüht, sie der Gegenwart gegenüber wohlwollend und geneigt zu stimmen, und doch wünschte er, sie sollten ihm dabei möglichst vom Leibe bleiben.

Er trat auf den Weg und kehrte wieder um.

Da erschien sie hinter einer Ecke.

Sie kam mit kurzen Schritten daher, in einem grauen Rock und einer weißen Jacke, während ihr die Haare in zwei Strähnen über das Gesicht fielen.

„Im letzten Moment mußte ich noch jemandem eine Wärmflasche bringen", sagte sie, ohne ihn anzusehen, und trat mit ihren kleinen Schritten auf, als ginge sie geradeaus auf ihrem Wege weiter, wie sie gegangen wäre, wenn er nicht dagestanden hätte. So kam sie immer in sein Zimmer, nur daß sich ihre aufrechte Haltung jetzt noch mehr von dem starren Habitus ihrer Schritte unterschied; ihre Brüste betonten ihre Weiblichkeit, auch wenn sie vielleicht etwas zu üppig waren, während ihre Beine von den Knien abwärts zu dünn waren und eine etwas zu schwache Basis für ihre Büste abgaben.

„Geht es mit Ihren Augen?" Sie blickte vor sich hin.

„Ja." Und er vergrößerte seinen Schritt, in dem er innegehalten hatte, um zu sehen, ob sie dies bemerken würde. Aber sie ging weiter ihren Weg.

„Gehen Sie immer so?"

„Finden Sie mein Gehen ungewöhnlich?"

„Ist es das nicht?"

„Nicht daß ich wüßte."

Er blickte sie unbemerkt von der Seite an. Ihre hohe, gewölbte Stirn war jetzt nicht so gut sichtbar, weil ihre seidigen

Haare über sie fielen, ihre Lippen waren feucht und aufgeworfen wie bei einem Kind, wenn sie gerade vom Weinen ins Lachen übergehen.

„Wieso denn?“ fragten diese Lippen.

„Weil es unüberlegt wirkt.“

„Mein Gehen?“

„Ihr Gehen und damit alles an Ihnen“, sagte er; sie aber betonte halb automatisch, halb wohl auch aus Koketterie ihre aufrechte Haltung.

„Wollen Sie damit sagen, daß auch dieser Spaziergang unüberlegt ist?“

„Ja, auch das.“

„Vielleicht haben Sie recht.“ Sie sagte dies wie zu sich selbst.

Der Weg begann jetzt anzusteigen. Auf der Rechten gab es Obstgärten, die sich über ein hügeliges Land hin erstreckten, auf der Linken sah man Stangenbohnen.

Jetzt ging sie vom Wege ab, riß sich eine lange grüne Bohnenschote ab und kehrte wieder zurück.

„Aber es ist doch nicht ganz so“, sagte sie. „Es stimmt doch nicht, daß er vollkommen unüberlegt ist.“

„Wollen Sie etwa sagen, der Spaziergang sei eine vorher geplante Angelegenheit?“

Und dabei beobachtete er sie, wie sie zu lächeln begann und dann in die grüne Schote biß. Dabei wölbte sie wieder die Lippen und vertrieb mit einem Ruck ihres Kopfes die Haarsträhnen, als sie ihn ansah. Dann zog sich ihr heller Blick wieder zurück.

Vielleicht blickt sie einen dann so an, wenn sie besonders listig wirken möchte, überlegte er. Er fand, daß ihre Lippen so aufgeworfen waren wie bei einem Fisch, der im Aquarium nach einer Luftblase schnappt. Es schien ihm, als habe er schon am Vormittag an sie gedacht, als er sich gegen die

Wand gewendet hatte und sie ihn massierte. Vielleicht da noch nicht, ganz sicher aber, als sie ihm die Augentropfen verabreichte.

„Sie glauben mir nicht?"

„Nein."

„Aber Sie sind im Unrecht, wenn Sie zweifeln."

„Ich zweifle nicht", sagte er lächelnd. „Ich bin überzeugt."

„Sehr selbstsicher", murmelte sie unversehens und biß wieder in die Schote.

Plötzlich, als hätte sie ihre Gedanken jäh unterbrochen, sagte sie: „Sie halten mich für besser, als ich in Wirklichkeit bin."

„Aber es geht doch nicht um besser oder schlechter."

„Worum geht es dann?"

„Um Verantwortungslosigkeit."

„War ich verantwortungslos, als ich Sie zu dem Spaziergang eingeladen habe?"

Als sie mit ihren blauen Augen zu ihm emporblickte, bissen ihre Zähne entschlossen in die Schote.

„Sie haben recht", sagte sie fast ein wenig verschwörerisch, und dann spürte er zum ersten Male in ihren Augen den feuchten Schatten einer aufsässigen und gleichzeitig konspirativen Leidenschaft. „Aber nicht völlig und in allem", fügte sie schnell hinzu und starrte wieder vor sich hin. „Einer, der immer schweigt, verursacht Unruhe."

„Hinter Schweigen verbirgt sich oft auch Leere."

Sie kaute noch immer auf der Schote herum, als wäre dies das Schönste auf dieser Welt, während ihre kleinen Schritte in spielerischem und gleichzeitig abwesendem Rhythmus weiter dem Weg folgten. Man muß in aller Ruhe und ernsthaft darüber nachdenken, wie sie geht, sagte er sich.

Dann meinte sie: „Diejenigen, die von dort zurückkehren,

können nicht leer sein. Wenn sie nichts anderes haben, dann ist ihnen das, was sie gesehen haben, ins Gesicht geschrieben."

Dann schwiegen sie beide, und er dachte sich, daß auch ihr Verstand seinen Weg ging, wie ihre Beine und ihre Brust, die ein wenig zu aufrecht wirkte. Fast etwas Leichtlebiges lag in dieser Wölbung; so laufen häufig die Kurtisanen, deren Körper auch auf der Straße automatisch der erlernten Bewegung des Liebesaktes folgt. Bei ihr war dies dagegen ein sympathischer und reizvoller Fehler.

Sie blieb stehen und wandte sich um.

„Wissen Sie, daß Sie wunderbar gesprächig sind!"

Sie sah ihn einen Moment lang an, dann wandte sie sich wieder um.

„Alle Eigenbrötler werden zu Klatschbasen, wenn sie jemandem etwas beichten können", sagte er.

„Der Ausgleich für das durchlittene Schweigen?"

„So in etwa. Aber wenn sie sich ausgesprochen haben, dann kommen sie sich lächerlich vor und ziehen sich wieder zurück."

Sie lächelte.

„So wollen Sie also auch wieder schweigen wie ein Misanthrop."

„Das habe ich doch nicht getan."

„Mich hat es jedenfalls furchtbar wütend gemacht."

„Es geschah aber nicht absichtlich."

„Es wäre besser gewesen, wenn es absichtlich geschehen wäre." Er dachte, daß er sie in den letzten Tagen absichtlich wenig beachtet hatte und daß sie nicht wußte, daß sie letztendlich den Sieg davongetragen hatte.

„Dort wohnt meine Schwester", sagte sie. „Bei einem Bauern, der jede Ferien zwei Zimmer an immer dieselben Gäste vermietet."

In diesem Moment trat aus dem breiten Hof eines Bauernhauses ein schwarzhaariges Mädchen und kam ihnen mit schnellen Schritten entgegen.

„Bin ich zu spät?" fragte sie. „Ihr müßt mich entschuldigen", sagte sie dann wie jemand, der sich unter Druck fühlt und nicht recht weiß, welche Rolle man ihm in seiner Abwesenheit zugeschoben hat.

Die Kleine hatte sich aber schon wieder umgewandt und kehrte selbstbewußt auf den Pfad zurück, auf dem die beiden gerade gekommen waren.

„Es ist der, von dem ich dir schon erzählt habe, Josephine", sagte sie.

„Meine Schwester hat mir viel von Ihnen erzählt", sagte Josephine.

„Von mir?" Aber er wunderte sich noch mehr über die Kleine, die vor ihnen lief, wie von ihnen getrennt, und fast zufrieden, daß sie so selbständig sein konnte. Es schien, als hätten die Schatten des Abends sich über sie gelegt, die nun schon durch den rosaroten Filter des Sonnenunterganges vordrangen; aber er wußte doch, daß ihr Gehör anwesend war, daß es neben der Schwester Josephine und neben ihm existierte wie ein nur angedeutetes orangefarbenes Licht, das oben auf den Obstbäumen lag und nun dort verging.

Die Kleine blieb stehen, so daß sie mit ihr aufschlossen; in diesem Moment faßte sie ihn an der Hand.

Seine erste Empfindung dabei war eine plötzliche und unerwartete Zufriedenheit, daß ihre kleine Hand ihn so festhielt. Es war viel wunderbarer, als wenn er sie zuerst berührt hätte, denn es war ja unbestritten, daß in jeder Liebe bei allen Zweifeln und bei all den Unsicherheiten gerade die ersten Augenblicke ganz besonders betörend sind. Jetzt hatte sie ohne einen Übergang und ohne Vorbereitungen diese zwischen ihnen bestehenden Unklarheiten beseitigt. Aber gerade dieser automatische und erstaunliche Beweis innerer Bereitschaft war wie jenseits von aller Wirklichkeit, unbestimmt und realitätsfremd. Um so mehr, als es in Gegenwart ihrer Schwester geschah, auch wenn Josephine dies noch nicht bemerken konnte. Es war, als ob sie sich gerade wegen Josephines Nähe auf einmal heimisch fühlte, in sicherem Umfeld, und als ob sie deshalb automatisch nach seiner Hand gegriffen habe.

„Hm“, murmelte sie jetzt. „Am Vormittag habe ich ihm die Schulter massiert! Wir haben gelacht. Gut, daß die Alte nicht da war.“

„Arlette!“ rügte sie Josephine.

„Sie heißen also Arlette!“ sagte er.

„Ein blödsinniger Name, nicht wahr?“

„Aber Arlette!“ klagte ihre Schwester fast mütterlich.

Als Josephine dabei ihren Kopf neigte, um ihre Schwester anzusehen, drückte er sich noch näher an Arlette. So konnte sie ihre verschlungenen Hände nicht sehen. Eigentlich waren sie nicht miteinander verschlungen. Arlettes Hand hielt seine Hand fest. Wenn sie allein gewesen wäre, wären diese Augenblicke eindeutig gewesen; so aber erwehrte er sich ihrer Hand, weil es ihm schien, als wollte sie ihn wie ihr krankes Brüderchen an der Hand nehmen, wo sie doch selbst ein mondsüchtiges Kind war. So versuchte er, ihr langsam zu entkommen. Aber ihre Hand hielt ihn sehr fest. Dabei war sie nicht ausgestreckt, auch fuchtelte sie nicht herum, wie man dies oft als Zeichen der Freude tut; nein, sie hielt ihren Ellenbogen angewinkelt, als fürchtete sie unbewußt, er würde sich ihr entziehen. Trotzdem war ihr abstehender Ellenbogen sehr angenehm; so hält eine Tochter ihren Vater an der Hand, wenn sie ihn mit sanfter Gewalt zu einem Schaufenster hinschiebt, auf welches sie ein Auge geworfen hat.

„Weißt du, Josephine, er war auch bei Buchenwald.“

„Furchtbar“, sagte Josephine. Dann fügte sie hinzu: „Was

muß ein Mensch wohl empfinden, wenn er von da zurückkehrt und wieder frei unter Bäumen wandeln kann?"

„Ja", murmelte er, ein wenig in Verlegenheit, denn vom Fußpfad kamen sie jetzt auf den Weg, wo Arlettes Hand schlechter zu verbergen war. Ganz sicher konnte Josephine alles beobachten. Und es schien ihm, als erblickte er wohlmeinende Verwunderung in ihren Augen; vielleicht war sie erstaunt und gleichzeitig auch wie getröstet. Er dachte, daß man es ganz sicher merken konnte, wie verwundbar ihre Schwester mit ihrer fehlenden Verantwortung war; es war auch zu sehen, daß ihr mütterliches Gefühl getröstet war, weil Arlette Zuflucht in seinen Händen suchte. Natürlich war sie deswegen auch wieder besorgt.

„Dann gefällt es Ihnen bei uns?" sagte sie mit höflichem Lächeln.

„Wie zu Hause."

„O, sicher nicht wie zu Hause!"

Schöne Augen hat sie unter ihren dunklen Brauen, dachte er; zugleich näherte er sich Arlette.

„Eigentlich sind wir ja nirgends zu Hause", sagte er, so, als wäre es hinsichtlich ihrer Hände viel sicherer, wenn sie ihm beide zuhörten. „Auf jeden Fall ist es besser, wenn man nicht plötzlich vor bekannten Gesichtern und den Dingen daheim steht. Sie wären einem nicht mehr verständlich, vielleicht würden sie einen sogar abweisen; an so viele Freunde erinnert man sich jetzt nur wegen ihres tragischen Todes. Ich bin fast dankbar, meine Krankheit zu haben."

„Ein Gipfel von Ironie", murmelte Arlette.

„Vielleicht. Aber auf eine Weise ist es eine Suche nach besonderen Bedingungen, wie das Verbleiben in einer Tatenlosigkeit, ohne Verantwortung tragen zu müssen. Wie wenn man sich auf den warmen Rücken einer einsamen und unbewohnten Welt legt und wartet, daß irgend etwas geschieht. Das könnte ich nicht tun, wenn in der Heimat Menschen und Dinge von überall auf mich einstürmten und mich daran hinderten, zu mir zu kommen."

Aber ihre Hand war ihm im Wege. Ganz sicher war auch sie ganz ohne Verantwortung und damit in einer Lage, wie er sie ihnen gerade geschildert hatte; deswegen waren sie sich ähnlich. Aber dieses Zusammentreffen sollte eigentlich ohne Zeugen verlaufen.

Jetzt entschloß er sich und bückte sich, um seine offensichtlich lockeren Schuhriemen zu binden. Und dort, gebeugt über sein Schuhwerk, atmete er tief und getröstet.

„Auf einer menschenleeren Welt liegend, haben Sie gesagt?" fragte Arlette. „Danach sind Sie in Ihrem Zimmer wie losgelöst von der Welt, und wir, alle, die wir um Sie herum sind, wir sollen nichts sein?"

„Entschuldigen Sie, aber dies war auf keinen Fall als Überheblichkeit gedacht."

Arlette sagte mehr zu sich selbst: „Den ganzen Tag liest er und schweigt, und wenn du in sein Zimmer kommst, beachtet er dich noch nicht einmal." Dabei tat sie ihm in seiner Lage einen Gefallen, da ihn ihre Hand jetzt nicht mehr beunruhigte.

Josephine war still mit ihrem immer höflichen und mitfühlenden Lächeln; es war, als ob sie sich in eine Welt verirrt hätten, in der sie sich nicht zurechtfinden konnten, weil sie keine gemeinsamen Maße hatten. Josephine erwachte aus ihrer respektvollen Nachdenklichkeit.

„Wir müssen uns beeilen, Arlette", sagte sie.

Es war, als hätte sich plötzlich ein Hinterhalt aufgetan. Um so niederschmetternder war, daß er davon nichts geahnt hatte.

„Es wartet jemand auf Sie?"

„Oh, das gehört zu unseren Pflichten!" rief Arlette; sie redet halb freundschaftlich, halb spinnt sie eine erfundene Geschichte fort, dachte er. „Vormittags sind amerikanische Offiziere zur Direktorin gekommen, sie sollte ihnen Schwestern besorgen, weil abends in ihrem Club eine Tanzveranstaltung stattfindet."

„Und Arlette sagt, auch ich soll mitkommen", sagte Josephine mit einem Lächeln, das zeigte, daß es ihr unangenehm war, und gleichzeitig wirkte, als wollte sie ihn um Rat fragen.

„Klar, warum nicht", sagte er. In ihm regte sich ein wenig Ironie, zugleich aber auch endlose Gleichgültigkeit; so als ob er sich auf einmal endlos weit entfernt fühlte angesichts ihres kindischen und somnambulen Verhaltens.

„Sie werden uns mit dem Jeep abholen", sagte Arlette.

Sie waren am Kriegerdenkmal angekommen, deshalb blieb er stehen.

„Begleiten Sie uns noch bis zum Eingang!" rief Arlette aus.

„Ich will lieber noch ein wenig spazierengehen", antwortete er.

„Sie würden Sie sicher auch einladen, aber sie brauchen nur Mädchen", sagte Arlette, doch es war zu sehen, daß sie selber merkte, wie ihr Versuch, eine geistreiche Bemerkung zu machen, mißlungen war.

XV

Er trat unter die Bäume, während sich die Dämmerung immer mehr zwischen die Stämme schlich und sie vorsichtig durchflutete wie ein sanftes Luftmeer. Es schien ihm, als wäre er von der Zuneigung der dunklen Natur abgeschnitten. Er fühlte, daß sein Körper nicht zu den Stämmen gehörte, und trotz der Dunkelheit konnte er seine Beine sehen, wie sie sich bewegten, während seine Gedanken ineinanderflossen. Doch verscheuchte er diese erschütternde Gewißheit, die in einem einzigen Moment imstande war, alle Teile des menschlichen Organismus aufzulösen; eine solche Situation war vergleichbar mit der aufkochenden Flüssigkeit in einem übervollen Gefäß, bei der ein Tropfen mehr genügt hätte, um es zum Überkochen zu bringen. So war es an jenem Morgen im Bad, als er ein Taschentuch in der Hand hielt. Und er verscheuchte mit Mühe diese Gewißheit und rief die Bäume zu Hilfe. Aber die Dunkelheit des Waldes konnte ihm nicht helfen; die Stämme standen da in der Dunkelheit ungerührt und streng voneinander getrennt, in trotziger Entfernung. Es war nur Holz, das sich nicht mit der endlosen und anonymen Gegenwart des Alls verbinden konnte, während in den vergangenen Monaten die Vereinigung mit dem nächtlichen Wald eine Vervielfältigung seiner Erinnerungen an die Vernichtung bedeutet hatte und wie eine Dunkelheit ohne Grenzen war. Jetzt aber fühlte er, daß sich das Meer des dunklen und stillen Grauens auf einen Schopf blonder Haare reduziert hatte. Es wäre ja, wenn er sie nicht dort im Jeep gesehen hätte, nicht allzu qualvoll gewesen. Aber er konnte nicht auf diesem Wege bleiben, nachdem die beiden nicht mehr da waren, er mußte hierher kommen, zu seinen Bäumen. Vor dem Tor hatte sie sich ins Auto gesetzt und ihm noch zugewinkt wie ein Kind, das fröhlich auf einem Holzpferdchen reitet. Gut, daß der Jeep sofort abfuhr und wie ein viereckiges Tier auf langen Beinen verschwand. Aber dieser Moment dauerte lang genug, um ihn zusammenfahren zu lassen. Wahrscheinlich war sie doch ein wenig verrückt; wie konnte sie ihn auch vor ihrer Schwester mir nichts, dir nichts plötzlich an der Hand fassen? Eine kleine Somnambule, die mit offenen Augen quer durchs Land ihrer Kindermärchen reist. Aber das verspielte Gesicht und die flatternden Haare hatten nun nichts mehr gemein mit der Vertrauensseligkeit eines Kindes, das die Hand des Mannes ergriff, als wäre es die seines Vaters. Aber sie war es ja auch. Aber warum hatte sie ihn dann eingeladen, wenn sie kein Interesse zeigen konnte und ihn ohne viel Federlesens für einen Soldatenclub eintauschte? Und wie sie lachte im Jeep, als hätte sie die einzige Formel für das Glück gefunden! Es war eine Sünde wider den Geist, daß er seine Welt verlassen hatte für so ein verwirrtes kleines Mädchen; deshalb wollte auch der Wald ihn nicht aufnehmen, und aus demselben Grunde war sein Körper ein fremder Gegenstand unter diesen Bäumen. So kam ihm dieser Augenblick vor, als lebte er in der Lagerwelt in nebelhafter Zeit, lange vor seiner Geburt, und hier auf der Erde kannte er jetzt niemanden mehr, der ihn akzeptiert hätte. All das war so, weil er jetzt niemandem mehr angehörte. Sie hatte ihn mit Hinterlist aus seinem Schlupfloch gelockt, dann hatte sie sich über seine Verlegenheit lustig gemacht. Er hatte seine Welt verraten, als er sich nach dem Abendessen auf den Weg gemacht hatte, mit dem Gefühl, seine Vereinsamung werde nun ein Ende haben. Weil er sich schon im vorhinein all der Bilder erwehrte, die ihn an seinem neuen Erleben hindern konnten. Aber jetzt wünschte er wieder nur, er möge sich nicht so von der Natur ausgeschlossen fühlen, weil dieser Moment es erforderte, daß er in der Dunkelheit des Waldes und der Nacht verborgen war, so daß er wieder ganz von seiner Vergangenheit umgeben war. Es war nämlich nicht möglich, gleichzeitig ein Fremder in der Welt des Todes und ein Fremder unter den Menschen zu sein. Die Evidenz, die in dieser Feststellung lag, beruhigte ihn, so daß er aufatmete und zugleich das Gefühl hatte, daß der Wald langsam in seiner lauernden und widerspenstigen Haltung nachließ. Es stimmte ja, er hatte sich verrannt, künftig würde er besonnener sein. Es würde alles anders sein, wenn sie wieder mit ihren Thermometern vorbeikäme. Sie würde ihn schon mit seiner kühlen Haltung kennenlernen. Und wieder fühlte er, daß er sich im Schoße der Natur befand und daß er von dieser lebte wie ein Geschöpf im Mutterleib und so, daß ihr Saft kaum merklich von ihm aufgenommen wurde. Von Zeit zu Zeit bewegten sich über ihm Blätter, und es flog ein Vogel auf; diesen Geräuschen antwortete dann sehr weit entfernt die Endlosigkeit, und es summte die Zeitlosigkeit der Erde.

Dann erklang die Glocke vor dem Flur seines Pavillons, und sofort wurde die Nacht unruhig. Von nun an glich sie nicht mehr einer Klosterglocke, sondern eher einer anderen, doch er hätte nicht auszusprechen vermocht, welcher. Seine Schritte wandten sich aber nicht dem Pavillon zu, sondern setzten ihren Weg fort zum Wald hin.

Ganz sicher würde die diensthabende Schwester bald an seinem Zimmer vorbeikommen und feststellen, daß er noch nicht schlafen gegangen war. Es war egal. Vielleicht hatte heute abend der langsame Michel Dienst, der vorsichtig die Tür öffnete und durch den hellen Spalt das Bett mit der Taschenlampe kontrollierte. So eine Besorgnis, daß man zur bestimmten Stunde zu Bett ging und schnell gesund wurde, und dann vernichten sie millionenfach Menschen wie Herdenvieh. In welcher Verbindung stand zum Beispiel diese stille Freundschaft des französischen Waldes mit dem Land des Todes? Diese ruhige Konzentration des Waldes flüsterte etwas von dem Guten, das niemals zu einem Ende kam, aus ihr kam der Hauch einer gnädigen Gewißheit, daß nichts Irreparables geschehen würde und daß die Natur ihre unberührte Reinheit bewahren könnte. Und doch, hatte er nicht gerade dadurch erreicht, daß er dies so empfinden konnte, daß er die Atmosphäre *dort* zu verdrängen suchte? Hatte er nicht bewußt das Bild des Lagereingangs zu verscheuchen versucht, als er auf dem Weg zu dem Treffen an der Pförtnerloge vorbeikam?

So war er, um seine Individualität in dieser verlorenen Welt zu erhalten, ganz bewußt in seine Umgebung zurückgekehrt. Nur ein kurzer Moment – und schon wird die verlorene Landschaft wieder auftauchen und ihn sogleich ganz in sich aufnehmen. Wie an jenem Morgen, als sie vor der Morgendämmerung die Viehwaggons verließen, mit denen sie aus Triest hergebracht worden waren. Damals hatten sie, vor dem großen Tor und der Fassade, an der das bleierne Grau des erwachenden Räubernestes hing, sofort die Wirklichkeit dieses Backsteinbaus erfaßt. Sie fühlten es, daß verschlossene Räume auf sie warteten, Aufenthaltsorte mit Schornsteinen und Treppen, mit Türen und Toiletten, so daß ihr Urin nicht mehr an den Seiten des ratternden Waggons herabfloß, ihre Abfälle würden sie nicht mehr, in Papier gewickelt, durch die eisernen Schlitze drücken. Deshalb schritten sie im ersten Augenblick durch das Eingangstor wie Unglückliche, die befürchten, sich in der eisigen Nacht zu verlieren, und die beim Hellwerden die geschwärzten Balken einer Waldhütte erblicken. Als sich die geordneten Marschkolonnen dann auf dem weiten Hof aufstellten und im fahlen Licht auf der Fassade die drei schwarzen Worte in großen Buchstaben zu lesen waren, da erfaßte sie ein noch eisigerer Hauch als der, den sie auf der Reise gespürt hatten. Dieser Spruch von der Arbeit, die frei machte, trug eine Ahnung herbei von der Hohlheit und von dem Gefühl der Einkreisung in einem Klima, in dem ringsum Empfindungslosigkeit herrschte. Schließlich entließ man sie in das Innere des langen Gebäudes in ein riesiges Bad, und es erfaßte sie das Gewimmel einer verrückt gewordenen Karawanserei; anstatt des geheimnisvollen Geknurres der Kamele, des durchdringenden Gewiehers kleiner Pferde und der gutturalen Laute ihrer Berberführer erklangen über dem Gestampfe hunderter von Füßen und den Geräuschen der Leiber, über dem Gewirr von Fragen und Antworten, die Befehle von Männern in Zebraanzügen. Diese ersetzten die bewaffneten Einpeitscher, konnten sie doch von jenen den Wortschatz und den aggressiven Ton übernehmen, es fehlte ihnen jedoch die Krampfartigkeit, die immer den Schreien der Deutschen eigen war. „Los!“ Denn Schnelligkeit ist auch der Rhythmus der Angst. Und so legte er auch schnell die Kleider ab und zog seine Schuhe aus, die schon begannen, heiß zu werden. Dann mußte er ebenso plötzlich seinen Kopf dem Barbier hinstrecken, der ihm mit einem Apparat die Haare schor. Als er die Hände ausstreckte, damit ihm der eilige Figaro die Behaarung unter den Achseln beseitigen konnte, blickte er, ohne an sich zu denken, auf die anderen Verurteilten. Er dachte nicht nach, seine Augen erfaßten völlig unsinnige Szenen, die wie aus Träumen ausgeschnitten wirkten. Erst als ihm das Rasiermesser entgegenflog, als wäre es das Werkzeug eines Kastrierers, da wurde ihm mit einem Male wie aus einem Nebel heraus klar, daß es hier nicht nur um die Beseitigung der Behaarung ging, sondern daß man damit dieser Menge von nackten Leibern auch noch den letzten Wesenszug ihrer Persönlichkeit raubte.

Eilig und mit Geschrei, so, als wenn ein aufbrausender Kutscher auf einen verschlafenen Gaul einbrüllt, entfaltete sich nämlich das zwar unblutige, aber unerbittliche Ritual, aus dem alle die Neuen als für immer gezeichnet hervorgingen. So daß er danach, als er mit anderen unter eine der Duschen trat, von denen aus sich über der nackten Haut und über den kahlen Schädeln gnädige Dampfwolken ausbreiteten, nicht die heißen Sturzbäche fühlte, die über die gefühllosen Glieder rannen, dafür wanderte er mit den Augen von einer zur anderen nackten Gestalt und versuchte, einen Sinn zu finden in den Tropfen, die von den Kahlschädeln absprangen und über die trapezoiden Hüften tanzten. Es waren die weißen Körper von Männern aus dem Karst, die auf ihre alten Tage zu Rekruten eines verrückten Glaubens geworden waren. Es waren Körper ohne Bosheit, schwerfällig und unfähig, mit all diesem ungeheuren Übel den Kampf aufzunehmen. Daran dachte er auch später, als ihn der riesige Pinsel mit der Desinfektionslösung an den geschorenen Stellen traf, so daß ihn ein dreifaches Feuer brannte, auch da dachte er an die Körper der Bauern, die man hier auf das Niveau von Jungvieh herabwürdigte. Natürlich versuchte er, die Flammen zu löschen, und drückte seine Handflächen auf den Flammenherd, der ihm Leisten und Hodensack ausbrannte, und dabei fühlte er, wie rettungslos verwundbar er wurde, wenn er diese Bloßstellung von Filip und Pepi, die für ihn die Garanten von Kraft und Stärke waren, ansehen mußte. *„Los!"* Weil der Rasierer sich auch an betagten Körpern austobte, die sich, als er nach ihrem Glied griff, ihm entzogen, und dann doch die Rasur in der alternden Einöde ausgeführt wurde, schob seine schnelle Hand das Geschlechtsteil mal nach rechts, mal nach links wie ein schlaffes Gummiband. In einem solchen eiskalten Rhythmus mußte man seine Kleider in einen Papiersack stecken. Er versuchte, seine Sachen schön zusammenzulegen, aber schnell griffen fremde Hände dazwischen und packten krampfhaft die gebügelte Wäsche. *„Schneller, schneller"*, zischte ein wütender Mund und beugte sich gerade in dem Moment über seine Hände, als er die wollenen Unterhemden aus dem Koffer holte, die ihm Mija in das Gefängnis geschickt hatte. Aber weil man in der großen Halle wie auf einer apokalyptischen Messe hier nun alles, von den Haaren bis zu den Schuhen, abgegeben hatte, so daß der Leib nackt und bloß dastand, wie in dem Moment, als er das Licht der Welt erblickt hatte, erschütterte es ihn nicht mehr, daß man ihm auch Wäsche und Kleider wegnahm. Er war nun verarmt, und dabei fühlte er sich auf einmal wie ausgehöhlt, weil auch Mijas Botschaften auf den kleinen Zetteln fort waren. Er hatte sie im Saum des schwarzen Mantels versteckt, weil er in seiner Naivität überzeugt davon war, mit ihm dem deutschen Winter trotzen zu können. Er glaubte, auch wenn er nun ohne all das geblieben war, daß er dennoch diese Heimsuchungen überstehen konnte, wenn ihn nur ihre Worte begleiten würden, welche die ganze Zeit die Nähe ihres Herzens, ja ihres ganzen Wesens bedeuteten. Jetzt aber war er wie der Welt der

Lebenden entrissen, wie ohne jedes Gewicht. Und so mußte er hinaus, und dann stand er mit den anderen in einer Reihe vor der Baracke, in der man die persönlichen Daten aufnahm. Sein nackter Körper stand im Schnee, und die Luft war wie ein eisiger Verband um die Hüften und wie eine eiserne Mütze über dem kahlen Schädel, und es erschien ihm immer mehr, als wirbelte ihn das Bewußtsein eines irrealen Geschehens durcheinander. Aus dem Atem entstanden nämlich scharfe Nadeln, die ihm in den Schädel stachen, so daß es ihm vorkam, als würde dort sein Bewußtsein wie der Dampf entweichen, aus dem sie in den Februarschnee gekommen waren. In der Hand hielt er ein Taschentuch, und darin hatte er die Schächtelchen mit Mijas Zigaretten, die ihm noch geblieben waren. Ein ganz kleines Bündelchen. Im letzten Augenblick hatte er sie gerettet und sie dann unter den Handflächen vor die Brust geklemmt festgehalten, als gelänge es ihm mit ihnen, den letzten Pulsschlag seines Lebens zu schützen. So hatte er sich auf den verharschten Schnee begeben, um sich nicht dem eisigen Nichts zu ergeben, das Taschentuch aber gemahnte ihn daran, daß den anderen noch nicht einmal eine so dürftige Erinnerung an die Welt der Menschen geblieben war. Und durch Mijas Geschenk, das er krampfhaft in seinen Händen hielt, während er die Schultern einwölbte, um dem zudringlichen Luftzug zu entgehen, versuchte er in sich ihr Bild hervorzurufen; aber ihre Züge verschwammen, bevor es ihm gelang, sie zu einem Bild zu vereinigen. Und da stand er auch schon vor dem Tisch, während durch die gegenüberliegenden Türen der Durchzug von einem zum anderen Ende der Welt zog. Dann griff am Eingang eine versierte Hand grüne italienische Kniehosen von einem Haufen, dazu eine kurze Ziviljacke und Holzschuhe. Und dann begann wieder der unheilvolle Rhythmus den Haufen der Nackten aufzurütteln. „*Los, los!*" Und beim Skandieren dieses Rhythmus begann er sich die Unterhosen und das kurze Hemd überzuziehen, auf dem Wege zog er die Hose an, während die ganze Meute sich schon zum Abmarsch rüstete. So hielt seine linke Hand noch die Hose am Bund fest, während seine rechte, in der er das kleine Bündel hielt, versuchte, die beiden Flügel seiner Jacke zusammenzuhalten, damit der Wind seiner Brust und seinem Halse nichts antun konnte. Die Holzschuhe wateten im Schnee, bis sie zwischen zwei Baracken anhielten und das Schuhwerk der Marschkolonne in einer Schneeschicht stecken blieb, die Kälte, die aus dem unerschöpflichen Vorratslager des Verderbens wehte, drang durch den Stoff vor zum Rücken, umklammerte die Knöchel, wo die Socken endeten, und schlich dann an den Knien vorbei in die Hosenbeine. Wie lange standen sie so? Die Zeit war eingefroren, und auch seine Gedanken waren erstarrt. Alles hatte sich in ein weißes und unbewegliches Nichts verwandelt. War schließlich das eingetreten, was ihm in Kindertagen bei den faschistischen Pogromen die blanke Angst diktiert hatte? Eine Leere, die nirgendwo begann und die keinerlei Zukunft versprach. Eine blinde Ewigkeit. Die Sinnlosigkeit, die sich jetzt verdichtete wie zu einer glühenden Nadel, die sich anschickte, in das Gehirn vorzudringen, dann wieder gelockert, aufgeknöpft, nicht ermeßbar wie ein kaltblütiger Angriff, der von allen Seiten auf einen eindringt und wo man gerne zahllose Hände hätte, um damit seinen exponierten Leib zu bedecken. Ein Schicksal ohne einen Rahmen. Immer der ungeschützte Kern ohne die Schale, unverhüllt. Und jetzt auch ohne all die zusätzlichen Gegenstände, die normalerweise den Menschen auf dem Wege begleiten, an dessen Ende er seine Ruhe findet. Alles Überflüssige blieb in dem Papiersack. Die Wäsche, die nur von Mijas Hand ausgewählt werden konnte. Der schwere Mantel aus den Jahren, als er über theologischen Büchern in Zweifel geriet, was wiederum Mija zu Spott veranlaßte, worauf sie dann aber wünschte, er möge ihr diese Torheit nachsehen und sie aus seiner Erinnerung löschen. All das war nun im großen Sack aus braunem Papier. Dort sind auch die wollenen Strümpfe. Dort ist der Pullover. Im Zuge wollte er seine Füße nicht in ihn einwickeln und in die Unterhemden, um sich ihnen gegenüber nicht unziemlich zu verhalten. Wer wußte, ob er all das noch einmal berühren würde. Und im Papiersack blieben auch ihre Zeilen mit all ihrer Zerrissenheit. Weil ihre harmonische Natur nur ein Anschein war und nur für Kurzsichtige glaubhaft erschien. Im Sack befanden sich alle ihre Verabredungen in der verdunkelten Stadt. Der Spaziergang mit Jadranka und das offene Maul rubinfarbener durchscheinender Fische im Aquarium. Das Meer, das aschfarben leuchtete. Der Strand, der nun deutsche Militärstiefel zu ertragen hatte. Dann der Zug. Akazien an der Bahnstrecke. Im Papiersack auch der kleine Hafen von Barkovlje. Und der Kakibaum mit seinen Früchten aus hellem Onyx. Und die Kiefer, der die Windstöße der Bora den Hals verdreht hatten. Und so stand er noch immer da, die Ellbogen an den Körper geklemmt, um dem bayrischen Winter den Weg abzuschneiden. Er war allein. Er fühlte nicht mehr, daß sie neben ihm in der Reihe standen. Es war, als ob auch das Körnchen von Wärme, das er noch die ganze Zeit in sich getragen hatte, nun als Schneeflocke auf seiner Hand lag. Das Nichts war nun um ihn herum und in ihm. Und dann blieb am Ende der Marschkolonne jemand stehen, der sich auf dem Weg zur benachbarten Baracke befand. Er sah ihn nicht, aber nach einiger Zeit kam die Reihen entlang die Nachricht, daß sie schon früher oder später in eine Baracke kämen, es sei auch nichts Schlimmes dabei, noch zu warten, vor einiger Zeit habe man Bottiche mit Wasser über den Neuen ausgeschüttet, natürlich über den Nackten, so daß sie zu Eissäulen erstarrt seien. Aber auch das sagte der Unbekannte, daß man unter der Hand von denen etwas zurückkaufen konnte, die mit ihren Papiersäcken zu tun hätten, ein paar Strümpfe vielleicht oder einen Pullover. Eine Schachtel Zigaretten gibst du für einen Pullover. Oder für ein Paar Strümpfe. Und noch immer drückte er die Ellenbogen zum Körper, aber jetzt lockerte er die rechte Elle, um das weiche Bündelchen an seiner Brust zu spüren. Denn er ahnte, daß der Pullover als solcher noch nicht die Lösung war, wenn sein ganzes sonstiges Wesen weiter so allem ausgesetzt war; und doch wußte er nun, daß Mija mit ihm gekommen war, daß sie ihre Hand auf sein Herz gelegt hatte, daß dort ihre Hand eine verborgene Hilfe für ihn bedeutete.

Irgendwo bellte ein Hund.

Und er blieb stehen, als hätte er einen deutschen Schäferhund gehört; aber im nächsten Moment wurde ihm klar, daß das Bellen von einem entfernten Bauernhof kam. Dies war ein unglaublicher Trost, die Erkenntnis nämlich, daß ihn nun zwar nicht sichtbare, aber französische Bauernhöfe mit ihren Hunden umgaben. Sein Leib war in Sicherheit, und nichts bedrohte ihn. Arlette? Er mußte dieses kindische Intermezzo schnell vergessen. Immerhin, sie werden merken, daß er nicht in seinem Zimmer war. Aber warum schlafen gehen, welchen Sinn hatte es, sich in die Bewußtlosigkeit zu versenken, wenn morgen wieder alles von neuem ungelöst und ohne Sinn war? Und während er seinen Weg unter den Bäumen fortsetzte, kehrte er *dorthin* zurück und dachte darüber nach, daß der Neuling ein ganz anderer Neuling war, als einer im gewöhnlichen Leben, beispielsweise ein Rekrut. Deshalb, wenn du dir eine wollene Jacke und ein Paar Strümpfe besorgst, so daß beim Appell der Frost dir nicht allzu brutal zusetzt, so ist deshalb der Neuling in diesem Moment auf keinen Fall besser gestellt, wenn die Ältesten Arbeitskräfte aussuchen, die woanders hinsollen. Denn alle die Ausgewählten bringt man vor das Lagerhaus, wo sie sich ausziehen und dann andere, vielleicht bessere, vielleicht aber auch schlechtere Kleidungsstücke anziehen müssen. Und so gehörte auch er zu dem Transport, der ins Unbekannte aufbrach. Und gerade ihrer, der Ankömmlinge aus dem Triester Gefängnis, haben sich die Dachauer Prominenten zuallererst entledigt. Weil sie als letzte angekommen waren. Weil Dachau doch so etwas wie ein zu feudales Lager war, als daß in ihm eine so formlose Masse Platz gefunden hätte; wie in jeder gut eingerichteten Institution galt auch dort eine Rangfolge von Kategorien, von Ansehen, von Ausbildung, von Parteizugehörigkeit oder von Empfehlungen durch einen einflußreichen Gefangenen. Sie aber waren nur einfache Bauern vom Karst und gewöhnliche Bürger der Stadt Triest, deshalb hatte man sie schon nach kurzer Zeit an einen Ort verlagert, wo Arbeitskräfte gebraucht wurden. Und er ging mit ihnen, mit den Männern aus Repentabor und aus Dutovlje; und ihre Gesichter und Gestalten bedeuteten ihm heimatliche Nähe, als sie wieder durch verschneite Landschaften fuhren. Die Kälte zog durch die Wagen und durch Kleider und Knochen, und trotzdem wirkten die Männer irgendwie aufgeweckt. Als ob ihnen die hoffnungslose Lage, in der sie sich da zusammenfanden, den Keim ausschweifender Landstreicherei eingeimpft hätte. Die Bestürzung hatte sich irgendwo ganz unten verdichtet, sichtbar war nur eine unerwartete Neugierde, eine offene Bereitschaft, die sich mit der Wesenseigenschaft des bäuerlichen Menschen verband, die ihn dazu befähigte, ganz konzentriert und aufmerksam den Verlauf von Keimen und Wachstum zu verfolgen. O, natürlich begann auch sie, als sie dann im Elsaß waren, der irrsinnige Rhythmus der Arbeit anzutreiben, mußten sie doch den halben Tag in einem einsamen Stollen verbringen, auf ihren Pritschen in der verlassenen Fabrik war es ihnen nicht vergönnt, in Ruhe zu schlafen. Markerschütternde Schreie rissen sie aus dem Schlaf und wählten sie aus für die Kolonnen. Aber die Vertrautheit mit Hacke und Schaufel ermöglichte es ihnen, daß sie beherzt die Spitzhacke schwangen oder daß sie mit eisernen Stangen die Schienen von der Mitte des Stollens auf seine linke Seite hebelten. So schufteten sie in der Zugluft, die draußen vom Schnee hereinwehte, aber die Widerstandskraft, die sich in ihnen auf Grund des tausendjährigen Kampfes gegen die steinige Erde des Karstes verfestigt hatte, sie bewahrte jetzt ihre Körper vor dem Verderben. Dem aber, dem nachts in die gerade eingeschlafenen Zellen die Schreie wilder Vögel giftig die Krallen einschlugen, dem, der seinen Körper am Morgen nicht mehr von der Pritsche erheben konnte, den schleppten sie, während die anderen in der Kolonne zum Stollen marschierten, in eine Kiste, die da halb vom Schnee verweht auf dem Hof stand. Und als eines Tages der Lastwagen diese Kiste über die engen Kurven hinauf in die Vogesen fuhr, da saß er auf dieser Kiste, er, der seine kräftigen Genossen mit der Spitzhacke im Stollen verlassen hatte. Völlig geschwächt hatte er auf dem Boden gelegen, als sie ihn auf den Lastwagen warfen, der in die Zentrale des Todes fuhr, hoch oben in den Bergen, wo man in den steilen Berghang eingeschnittene Terrassen hatte, die rechts und links durch Treppenstufen verbunden waren, so daß jede der Ebenen eine zweifache Verbindung mit der darüber- und der darunterliegenden hatte. Zu beiden Seiten stand auf jeder der Ebenen je eine Baracke, das heißt links und rechts von den beiden Treppen. Mitten auf der höchsten Terrasse standen hölzerne Galgen, die mit ihren Hakenschnäbeln zum Himmel beteten. Auf dem untersten Terrassenplatz erhob sich über einer Baracke, die äußerlich den anderen glich, ein schmaler und hoher Schornstein, aus dem immer Rauch aufstieg. Wenn der Wind hin zu den Baracken wehte, da wehte mit dem Rauch der Geruch von geschmolzenem Talg herüber. Wer vom Durchfall gequält wurde und dann in der Nacht von seiner Pritsche aufstehen mußte, der konnte ganz tief unten, nicht weit von der Lagergrenze aus Stacheldraht, eine glühende Rose über dem Schornstein erkennen. Sie blühte in der Nacht, als hinge sie mitten in den Bergen in der Luft und würde nicht versiegen, solange in dem Lagerraum unter dem Schornstein die sonst schwer zu beseitigenden Vorräte menschlichen Brennstoffs vorhanden waren. Und dort, nicht weit von dem ewigen Brennofen, der sie in Rauch und Asche verwandelte, bewegte auch er sich in der Menge herumirrender Gestalten. Er war da im stillen Reich des Nichts. Und er war da ohne Gedanken, denn die waren entflogen wie Vögel, denen das Feuer die Flügel angesengt hatte. Nur der Körper wehrte sich noch, und die Zellen lehnten sich auf. Aber als das verwaiste Gewebe in sich nicht mehr die Feuchtigkeit halten konnte, als die ausgedörrten, stangenartigen Beine klumpenförmige Füße erhielten, die sich nur schwer Schritt für Schritt vorwärtsbewegen konnten, da blieb auch dem Körper nichts anderes übrig, als sich niederzulegen und sich nicht mehr zu bewegen. Und als er so ohnmächtig neben der Baracke lag, auf der Erde, auf der gerade der letzte Schnee geschmolzen war, da kam dieser Brief. Die Nachrichten von denen zu Hause waren von der Triester Küste in die an Deutschland angeschlossene Südsteiermark gelangt, von wo eine von einfacher Frauenhand geschriebene Nachricht vermeldete, zu Hause sei alles in Ordnung, nur Mija sei zu ihrer Schwester Mimica gezogen. Aber obwohl es fast an ein Wunder grenzte, daß er den Brief bekommen hatte, konnte er seine Gedanken doch nicht so weit konzentrieren, daß er verstanden hätte, was die Unbekannte sagen wollte. Denn Mimica war während des Ersten Weltkriegs von der spanischen Grippe dahingerafft worden. Und er strengte sich an, den Sinn der Worte zu entziffern und zu verstehen. Aber es zerriß und verschwamm immer wieder alles vor ihm, als ob in ihm ein unsichtbarer Hauch gegen den beständigen Nebel anwehte, der sich hinter seinen Schädelknochen ansammelte. Er lag auf dem schmalen Stück Erde vor der Baracke und fühlte, er müsse aufstehen, weil sich die Gewebestränge in ihm wieder geregt hatten, um die Flüssigkeit zu entfernen, als wollten sie so schnell wie nur irgend möglich alle Feuchtigkeit aus seinen Gliedern beseitigen. Und er ging, als liefe er ins Unbekannte, aber dann kehrte er, wenn auch ohne jede Kraft, wieder zurück und legte sich hin. Unter sich fühlte er die festgestampfte Erde, und mit kaum bewußtem Wunsch versuchte er, sie zu ermuntern, ihm zu Hilfe zu kommen, ihm seine schlaff gewordenen Zellen zu stärken und in ihm irgendwo zu gerinnen. In der Luft hing beständig eine unsichtbare Wolke, aus der der Geruch von verdampfendem Fett drang, dieser schwere Dunst drang aber jetzt durch seinen daliegenden Körper wie durch ein Netz, wie ein Schwall Dampf durch ein Sieb. Mija sollte zu Mimica gegangen sein. Dies war, als hätte man ihm gesagt, man hätte sie die Treppen hinunter in den Lagerraum geschafft, über dem die ganze Nacht die rote Blume brannte. Aber, auch wenn er sich zu zwingen versuchte, es gelang ihm nicht, wirklich darüber nachzudenken. Er befand sich am anderen Ende der Welt, inmitten anderer Wesen; vielleicht glich Mijas Schicksal auch dem ihren hier in diesem verdammten Gebirge. Aber er hatte nicht genügend Lebenskraft in sich, daß er Mijas Bild bewußt in sich hervorrufen konnte; er mußte sich ja auch schon wieder erheben, weil das Böse sich hartnäckig in seinen Därmen eingenistet hatte und ihn wieder in die Gegend trieb, die wie ein verlassener und nebliger Sumpf wirkte. Dann kehrte er zurück, aber sein Gedanke war versiegt, wie eine Quelle versiegt, wenn die Dürre ihr die letzte Feuchtigkeit aufsaugt und der Sand in der stillen Bodenmulde weiß wird. Die Grenzenlosigkeit, aus der heraus es ihm nicht gelang, Mijas Bild in sich hervorzurufen, verfolgte ihn auf diesen Terrassen die ganze Zeit zwischen den Galgen und dem Ofen, so daß er Mijas Verschwinden als einen Schritt in die Leere erlebte, die sich in ihn ganz von selbst und für dauernd versenkt hatte. Aber auch nachts, als er oben auf der dreistöckigen Pritsche lag, und als er im Schlafen wieder nach ihrem Gesicht suchte, entzog es sich. Er schlief und wußte zugleich, daß er schlief. Sie, die er vergebens erwartet hatte, gab es nicht, die Lagerstätte aber begann zu stürzen und senkte sich wie ein Unterseeboot, das sich in die Tiefe aufmacht. Nach einiger Zeit aber erhob sich die hölzerne Koje wieder, so daß die dicken Balken seiner Füße hoch über ihm in der Luft hingen wie zwei weiße Gewichte. Als hingen von der Decke zwei Bälge, voll von Fett. Und er versuchte sich klar zu machen, daß er nicht schlief, und doch wußte er zugleich, wie er im Traum zu Mija flog und fest dabei wünschte, es möge ihm möglich sein, ihre Züge klar zu erkennen. Aber er konnte sie nicht erreichen, er schwamm nur herum, während er mit den Armen krampfhaft versuchte, sich an den hölzernen Seitenteilen festzuhalten, um nicht vom Gerüst zu fallen, das sich nun wieder neigte, ins Dunkel eintrat und in einen tiefen Schlund stürzte.

Er wurde sich schließlich der nächtlichen Stille bewußt, seines Weges durch den Wald; er wußte, daß er versucht hatte, vor dem Bild des Mädchens zu fliehen, das ihn zuerst so wunderbar an der Hand gefaßt hatte und dann tanzen gegangen war. Und es war, als hätte er sich damit in eine Umgebung begeben, die zugleich entwicklungsbedürftig war und dennoch unreflektierte Erniedrigung zuließ. Er fühlte, daß er sich einer unbekannten Welt genähert und der Zufall ihn zurückgehalten hatte, bevor er seine Grenzen überschreiten konnte. Aber so wie er zwar getröstet war, daß er diesseits der entscheidenden Trennlinie verblieben war, so fühlte er doch zugleich, daß er der Beklommenheit, in der er sich befand, entrinnen mußte.

Mija, dachte er, und dabei erinnerte er sich ihrer harmonischen und ruhigen Stärke; er begann zurückzukehren, als ob sie im Zimmer auf ihn wartete, und dabei fühlte er wieder ganz klar, daß Mija ihn nicht auf dem Wege aufhalten werde, den er zu gehen hatte.

Und er schritt schnell, als wäre er vor sich selbst auf der Flucht und ginge zugleich sich selbst entgegen.

XVI

„So also, der Herr schläft schon?“ rief die Ärztin und war dabei von etwas unbeholfener Heiterkeit, denn sie hatte ihn schlafend vorgefunden und schien damit sich ihm überlegen zu fühlen. Als ob sie so ihre Männlichkeit bestätigt zu haben schien; denn ein guter Teil ihres so burschikosen Auftretens hatte ganz sicher seinen Grund in der instinktiven Empfindung, daß sie, obwohl schon in den Jahren und grauhaarig, so beherzt an den Betten solch schwacher Männer aufzutreten vermochte.

„Wie fühlen Sie sich? Dieser Tage werden wir es mit dem Pneumothorax versuchen.“

„Sie haben es doch schon versucht, Doktor“, sagte er und erhob sich auf seine Ellbogen.

„Sie wollen nicht!“ rief sie barsch und klopfte mit ihrem Stethoskop auf den weißen Kittel. „Aber ich bin der Arzt!“

„Sie haben es wirklich versucht, Doktor“, sagte ruhig Fräulein Chatain, sie fühlte sich in der Klemme zwischen der Notwendigkeit, den genauen Hergang der Dinge festzustellen, und der Rücksichtnahme auf ihre Vorgesetzte. Dabei war auch zu sehen, daß Fräulein Chatain sehr vorsichtig und rücksichtsvoll ihre Überlegenheit einsetzte.

„Natürlich habe ich es versucht. Es klappte nicht. Ich weiß das sehr gut“, sagte schnell und abgehackt die Ärztin.

„Wie ist es mit Ihrer Schulter, Herr Suban?“ fragte jetzt Chatain.

„Was ist denn mit seiner Schulter?“ Sie drehte sich abrupt um. Ja, man kann noch im weißen Kittel ihre männlichen Schultern erkennen, dachte er.

„Die Massage haben Sie angeordnet", sagte höflich Chatain.

„Ich weiß. Ich weiß. Haben Sie ihn massiert? Nein? Wer hat Sie massiert, Fräulein Ribau, Herr Suban?"

„Fräulein Dubois", sagte Chatain verhalten.

„Also die Kleine", sagte die Ärztin wie zu sich selbst.

Und schon verschwand sie aus der Tür, aber nach einem Moment erschien sie noch einmal und sagte durch den Türspalt: „Aber Ihr Platz ist jetzt auf der Terrasse!" Dann hörte man den kräftigen Schlag ihrer Fersen auf den Fliesen des vormittäglichen Korridors.

Er stand auf und ging auf die Terrasse.

Dann legte er sich auf den Liegestuhl und kreuzte die Beine.

Im Walde schlug eine Amsel, als wollte ihn die Natur an ihre Gegenwart erinnern. Er dachte: eine einzige Vogelstimme erweckt in einem Menschen, der die Augen geschlossen hat und den Wald nicht sieht, das Bild von Zweigen, von den Blättern einer Baumkrone und dann eines ganzen Waldes. Die Zweige, auch die Bäume vermögen dies aus sich selbst heraus nicht zu bewerkstelligen. Allenfalls dann, wenn der Wind in ihnen erklingt. Aber der Wind ist eine Hilfe von außen. Traurige Gedanken. Aber auch nicht. Und er begann zu fühlen, daß er eigentlich langsam sein Verhältnis zur Natur in Ordnung zu bringen hatte, denn er hatte bis dahin nur mit dem nächtlichen Wald zu tun gehabt; bisher verband er immer nur eine Nacht mit der vorherigen in einem dunklen Tunnel des nächtlichen Grünens und erging sich in ihm wie ein Soldat in seinem überdeckten Unterstand. Tagsüber hatte er immer jedes Nachdenken über die Natur von sich gewiesen, als ob er fürchtete, zu früh mit einer neuen Entdeckung zu beginnen und sie damit zu verderben.

Er drehte sich, damit ihm diese körperliche Bewegung helfen konnte, auf andere Gedanken zu kommen. Es stimmte, sie war heute morgen nicht mit den Thermometern gekommen. Die

Ärztin und Fräulein Chatain waren ziemlich zurückhaltend, als sie sie erwähnten; „die Kleine“ schien ihnen ganz sicher nicht zu gefallen. Bei diesen Gedanken schien ihm ein Band konspirativer Gemeinsamkeit zu bestehen zwischen ihm und Arlette, die zu ihm von der „Alten“ gesprochen hatte, so als sei dies eine Selbstverständlichkeit zwischen ihnen. Sie hatte sich ihm geradezu auf ihre Art genähert. Und er fühlte, wie ihn ihre Hand massierte und wie die Bettfeder zu hören war, als sie sich umsetzte. Eigentlich würde er ihr den gestrigen Verrat wohl verzeihen. Nach dem nächtlichen Spaziergang war er ruhiger und besonnen. Schließlich hatte sie ihn gestern abend nur zu einem Spaziergang eingeladen. Nicht mehr hatte sie ihm versprochen, und sie war nicht schuld, wenn ihr Weggang in ihm so einen Widerstand provoziert hatte.

Jetzt denke ich an sie mit der Urteilskraft eines Großvaters, der froh ist über die ungebändigte Jugend seiner pfiffigen Enkelin, sagte er sich, und es war ihm angenehm, so als wenn sein Körper in einer weichen, sandigen und warmen Vertiefung ruhte. Man konnte es ihr ja auch nicht verübeln, wenn sie aufgeregt war wegen der Einladung, die aus dem Kreis der Offiziere gekommen war. Was sollte sie auch sonst interessieren in diesem verlassenen Winkel? Natürlich hatte ihn ihre Unüberlegtheit geärgert und ihn niedergeschlagen gestimmt, aber genau diese Unüberlegtheit verlieh ihr auch wieder ihren Reiz.

Das ist gerade ihr Zauber, sagte er sich noch.

Er hatte die Lider geschlossen und lag im Schatten, aber er fühlte ganz genau, wie der Vormittag entlang der Kastanienstämme immer höher wuchs wie die Flut eines hellen und warmen Meeres. Er erinnerte sich, daß sie ihrer Schwester von ihm erzählt hatte; und wieder sah er sie, wie sie ihn an der Hand faßte; und in dem Moment bedeutete ihre Abwesenheit ein sanftes Bedauern, das ihn mit leicht anwachsender Wärme umgab. Ja, sie waren sich sehr ähnlich in ihrer fehlenden Verantwortung. Das Leben im Sanatorium war eine Art Warten in einem gläsernen Gewächshaus, in dem man vom wirklichen Leben isoliert war. Und es war tatsächlich so, wie er es den beiden am gestrigen Abend bekannt hatte: er wünschte nicht, nach Hause zu kommen. Er hatte das Gefühl, nicht den Grund dafür zu finden, der ihn überzeugt hätte, daß er irgendwo ein Heim besäße, um dorthin über kurz oder lang zurückzukehren.

Als wäre er ein Weltbürger und zwar einer solchen Welt, welche die Nachkriegsmenschen bereit wären, zu bauen, und die auch er, wenn er soweit wäre, helfen würde, zu schaffen. Und ihm wurde klar, welchen Unterschied es gab zwischen ihm, so, wie er es in seinen Gedanken war, und ihm, wenn er sich auf dem Spaziergang mit ihr befand. Fast würde er sich nicht wiedererkennen. So waren dort sofort Gesprächigkeit und Optimismus zutage getreten; es war stärker als er. Eine Kraft ohne Kontrolle. Und womöglich war er die vergangenen Tage nur deshalb so ruhig geblieben, weil er ahnte, daß diese Woge des Lebens für immer alles *andere* unter sich begraben könnte. Dennoch sollte zugelassen werden, daß diese beiden Menschen sich miteinander auseinandersetzten, auch wenn dann der siegte, der sich als der Stärkere erwies. Beim Gedanken an sie erschien es ihm, als wüßte er, wer der Stärkere ist; nur wie sollte er sich ihr nähern, ohne daß er sein Erbteil verleugnete? Sie mußte alles wissen über ihn, durch ihn hindurchblikken und ihn annehmen; so sein, als hätte sie alles mit ihm durchlebt und wäre gleichzeitig davon unberührt wie Brachland, das bereit ist, jede Saat zu empfangen. Und ahnen, daß sie das alles wegen seines ungewöhnlichen Charakters zu tun fähig wäre. Sicher forderte er zu viel, aber er fühlte zugleich, daß sich auf seinem Bett die Einbuchtung vergrößerte, die sie nach dem Massieren zurückgelassen hatte. Er wußte natürlich, daß sich der Abdruck ihres Körpers nur in seiner Erinnerung vergrößert hatte, aber trotzdem besaß dieses Bild ein Siegel der Wahrheit. Er war überzeugt, daß sich jedesmal das verwirklichte, was er vorher so körperlich empfunden hatte. So war es kurz danach wieder so, als läge er allein in dieser Vertiefung irgendwo am sandigen Ufer, das ihm so bekannt war. Weil die Bilder des Ufersandes wohl die einzigen waren, in denen ihm das Bild seiner heimatlichen Gegend so lebendig vor Augen gebracht wurde. Dieses Stück Strandufer von Barkovlje bis Miramare. Die Klippen jenseits des Hafens von Kontovel. Die Bucht von Miramare unterm Schloß. Grljan ganz im hellen Glast der Augustsonne. Einst hatte Tatjana dort im Sand von Grljan ihre schokoladenbraunen Glieder vergraben. Das wollte er noch sagen: obwohl er sich rational bewußt war, daß er derjenige war, der damals mit Tatjana in Grljan war, stand es fast wie eine unverrückbare Wahrheit fest, daß er es nicht war. Er vor Deutschland und nach Deutschland – wer weiß, ob sich diese beiden Menschen einmal begegnen würden.

Aber diese Gedanken sind nicht gesund, dachte er. Es war besser, mit Arlette zusammen zu sein, auch wenn er überzeugt davon war, daß sie von ihm jetzt nicht träumte; weil der Gang dieser Beine ein ungewöhnlicher Rhythmus war, der einem ins Blut drang; dann waren es auch zwei ziemlich schwere Früchte, die an einem sehr dünnen jungen Ast gewachsen waren, nur mit dem Unterschied, daß zwei saftige Birnen beispielsweise den Ast beschwerten und bogen, während sie ihren Körper fest und angenehm gerade trug. Ja, diese Brust, der besondere Gang, die kindlichen Hände, alles für sich genommen und dann noch ihre Worte.

Er nahm seine Hände unter den Kopf.

Ich habe sie schon unter meiner Haut, sagte er sich, aber diese Vorstellung gefiel ihm. Überhaupt kam es ihm die ganze Zeit vor, als sollte er aufstehen und irgendwo hingehen, da ihm das Zimmer auf einmal zu klein erschien. Das beste war wohl, wenn er die Ärztin um Urlaub bäte und dann einen Tag fortginge.

Er erhob sich und setzte sich wieder hin. Es war ja alles ganz recht, nur leere Hände sollte man nicht haben, wenn man in die Stadt ging.

Er stand auf.

Dann trat er ins Zimmer und öffnete den weißen Schrank. Die oberen Ablagen waren leer; in der Mitte war ein kleiner Koffer. Unten standen zwei Stiefel, schön einer neben dem anderen in „Habacht-Position". Als ob noch vor einer Minute ein deutscher Soldat in ihnen gestanden hätte, der verschwand, als sich der Flügel der Schranktür öffnete.

Er streckte die Hand aus und hob die Stiefel hoch; es schien ihm, als hätte er die Schuhe eines Menschen in den Händen, den er erschlagen und im Schrank versteckt hatte.

Er schwang sie in der Luft umher.

Sie waren in Ordnung. Oben breit wie eine Trompete und das Leder ganz und hell; die Sohlen waren nicht mehr viel wert, aber wenn man sie abgeschnitten hätte, wäre noch dieses wertvolle Oberleder geblieben. Er stellte sie wieder auf den Schrankboden und rieb sich automatisch die Finger, die das Leder angefaßt hatten. Jetzt erblickte er die graue Plane in dem Schrankfach. Gut, er würde auch die Plane tragen, auch wenn sie nach Stroh roch, weil sie auf der Reise zwischen Bergen-Belsen und der holländischen Grenze im Stroh übernachtet hatten. Sie war wie ein Stück von ihm, diese Plane. Aber was half es, vielleicht würde er etwas für sie bekommen.

Klar würde er sie auch verkaufen; aber als er den Schrank schloß, war es, als hätte er sich entschlossen, ein lebendiges Wesen zu verkaufen. Dennoch war er getröstet, daß der Schrank wieder zu war; ohne diese dunklen Gegenstände wäre das Zimmer einfach und gut gewesen; ganz aufgeräumt und weiß, mit einem weißen Waschbecken aus Porzellan, mit einem weißen Bett, einem weißen Tisch und einem weißen Schrank, der dazu noch so glatt aussah, als sei er aus Emaille.

XVII

Dieses von der Sonne ausgedörrte und staubige Gelände sah deprimierend aus, es lag am Rande der Großstadt; es war staubig, weil sich eine Menschenmenge wie ein schwarzer und langsamer Strom darüber bewegte. Als ob die Atombombe Paris zerstört hätte und sich seine geflohenen Einwohner mitten durch den heißen und unbeweglichen Auguststaub drängten. Er ging an den Ständen mit Kämmen, billigen Rasierklingen, mit Schnürsenkeln und mit Schlüpfern vorbei. Auch die Kämme waren die von den besseren Sorte mit scharfen Zinken, die Schnürsenkel dagegen waren einfach Schnürsenkel; nur die blaßblaue und rosa Farbe der Schlüpfer belebte ein wenig diese ganze Wüste. Dann gab es in der Reihe Stände mit reparierten Schuhen, die im hellen Sonnenlicht dastanden wie verstaubte Gegenstände beim Trödler, eine Erinnerung an ausgestorbene Zeiten. Der Staub aber lag über den Köpfen, über den alten Schuhen auf dem Stand und über den Lederstücken aller Formen und Größen, die der Krämer feilbot.

Es wäre wohl am besten, wenn er sie schnell weggäbe und dann fliehen könnte.

Er richtete die Verpackung unter der Achsel zurecht. Er sah einen Mann hinter dem nächsten Stand an und sagte sich: ihm biete ich sie an. Er wird die Stiefel mitten unter seine kleinen Schuhe stellen, so daß sie dort wie die Überbleibsel eines verstorbenen Riesen wirkten.

„Ich möchte etwas verkaufen", sagte er halblaut, als er zu dem Mann trat; er war hager und mit einem unrasierten schwärzlichen Schatten auf seinem Gesicht.

„Was wollen Sie?“ fragte der Mann laut. Vielleicht habe ich in meiner Verlegenheit nur geflüstert, dachte er.

„Stiefel“, sagte er. „Soldatenstiefel.“

„Hab ich nicht.“ Er schrie fast. „Verkaufe ich nicht.“

„Ich will sie verkaufen!“ sagte er übereifrig. „Ich habe welche zu verkaufen.“

„Nein, auch nicht zum Spaß, nicht einmal aus Spaß!“ Und man konnte sehen, daß er nun weniger gereizt war, als er hörte, welch unwahrscheinliche Ware ihm da einer anbot.

„Ich gebe sie Ihnen um jeden. . .“

„Nein, keine Rede davon“, sagte der Krämer und wehrte zugleich mit den Händen ab. Und mit seinem Kopf.

Er nahm das Einwickelpapier zusammen, das er schon zu entfernen begonnen hatte, und überließ sich der Menschenmenge. Er hätte doch freundlicher sein können, für jeden Preis hätte er sie ihm abgegeben, er aber wollte nicht, ließ noch nicht einmal zu, daß er sie auspackte, um sie ihm zu zeigen. Er ging mit der Menge weiter. Doch jetzt gab es keine Stände mehr, sondern nur einen breiten Fluß von Menschen, die auf dem staubigen Weg mitten durch das trockene und gelbe Gras gingen. Frauen und Männer drängten voran, als wäre ein Flugzeug auf die ausgedörrte Ebene gefallen und alle würden sich danach drängen, das große Unglück zu sehen. Dennoch gab es zwei Ströme in der Menge, denn eine Prozession von Menschen ging in eine Richtung, während die andere zurückdrängte. Jeder hatte etwas in den Händen. Ein gebeugter Alter hatte schön gebügelte Hosen über seinen Unterarm gelegt. Eine grauhaarige Frau hielt ernst einen Rock in ihren Händen. Ein hochaufgeschossener Kerl trug einen Photoapparat. Einer eine Schallplatte. Ein dürres Männchen hielt eine Weste in der Hand, er trug sie so vorsichtig, als wäre sie ein Blümchen, an das niemand rühren durfte.

Dann aber bemerkte er, daß außer den beiden Prozessionen

nach rechts und nach links auch Leute da waren, die auf einem Fleck standen. Sie stellten Gegenstände auf den Boden und standen neben ihnen. So gab es da einen ausgezehrten Mann in sehr engen grauen Hosen, auf der Erde hatte er nur ein Paar gelbliche Stiefel; von Zeit zu Zeit sah er sie an, als wollte er ihnen sagen: „Seid schön brav, bald wird alles in Ordnung sein." Und gleichzeitig so, als wären die Stiefel zwei kleine Hunde und er würde fürchten, daß sie von der Menge etwas abbekämen. Denn es gab unwahrscheinlich viele Menschen dort, und sie bewegten sich wortlos. Und niemand bot etwas an, aber eine Frau hielt nur eine Kinderjacke und ging langsam voran, während zum Beispiel der mit der Weste in der Hand ebenso schweigend auf der anderen Seite ihr entgegenkam. Das ist ja grauenhaft, dieses Schweigen, dachte er. Warum sollten wir mit Worten feilbieten, wo doch jeder unsere Schande sehen kann, das hatten sie wohl beschlossen. Und dies war ihre traurige Größe. Besonders, wenn man daran denkt, daß bald die Lager und auch die Bombe, die auf Hiroshima gefallen war, vergessen sein werden, auch wenn den Japanern nun die Atome das Gewebe zersetzten, so daß sich die Muskeln auflösten wie verrottete Strümpfe. Die hier aber schwiegen und trugen jeder seinen Gegenstand in der Hand.

An der Seite stand ein Mann, zu seinen Füßen hatte er ein altes Grammophon, neben dem Grammophon stand als Wächter sein kleiner Sohn.

„Gibt es nicht mehr?" fragte er seinen Vater.

„Nein, nicht mehr", sagte der Vater zum Sohn. Der aber schaute den Vater an und fragte: „Wen gibt es nicht mehr?" Und es schien ihm, als würde der Kleine fragen: „Auch Mama ist dort verbrannt, nicht wahr, Papa?" Zugleich aber dachte er, er riefe aus: „Wacht auf, Männer und Frauen, entfernt euch von hier, denn ihr seid hierher gekommen, eure Armut zu verkaufen!" Aber was durfte er sich aufspielen, wo er doch auch so einer war: war nicht sein Bündel ebenso Erniedrigung wie das Jäckchen des gestorbenen Söhnchens, das die Frau mit den Fingern der rechten und linken Hand vor sich hielt und vorsichtig durch die Menge trug.

Er wandte sich um, um zu fliehen, aber da blieb sein Blick am Gesicht eines verschlafenen Alten hängen; sanft hielt er beide Augen geschlossen, so als wäre er von den Toten auferstanden und würde nun unterwürfig darauf warten, sich wieder zur Ruhe legen zu können. Zu seinen Füßen hatte er drei Paar kleine und spitze alte Schuhe.

„Ich möchte die Stiefel verkaufen", sagte er zu ihm, so, als hätte er sich seines traurigen Gesichtes erbarmt.

„Zeigen Sie her", sagte der Alte, aber auch er tat dies eher aus Dankbarkeit für die erwiesene Tröstung.

Schnell entfaltete er die Plane und zeigte sie.

„Nein", sagte der Alte sofort, als er die Soldatenstiefel sah.

„Sie sind ganz."

„Nein. Das ist keine Ware für mich!" sagte unwillig der Alte. „Nein."

„Ich gebe sie Ihnen billig, sehr billig."

„Es ist keine Ware für mich", sagte jetzt ganz schroff der Alte und wandte seinen Kopf zur Seite.

So würde er sich wieder in den Strom einmengen, der da durch den Staub unter der brennenden Sonne ging. Keine Ware für ihn! Als ob seine spitzen, vorsintflutlichen kleinen Schuhe wer weiß was für eine Ware wären! Nein, aber dennoch würde doch niemand behaupten, daß in dieser Nachkriegszeit, wo es an allem fehlte, die Stücke alten und verwitterten Leders besser als das glatte und helle Leder dieser Stiefel war. Man würde ja die Absätze wegwerfen, aber dennoch würde genug Leder für zwei Paar Sohlen bleiben.

Er stellte sich auf die rechte Seite, wo das Gras des vergilbten Geländes begann, und stellte die Stiefel auf den Boden; dann richtete er sie mit dem Fuß in einer Reihe aus, die Plane aber legte er über seinen Unterarm. Der Alte hatte sich ganz sicher erschrocken, als er die Stiefel sah, vielleicht hat er im selben Moment sogar gehört, wie sie zur Polizeistunde über einen Pariser Boulevard marschieren, deshalb hatte er sich wohl so gereizt abgewandt. Nein, er würde sie ja nicht verkaufen. Wer sollte sie schon kaufen. Ein jeder Pariser hätte nachts von ihnen geträumt und dabei gesehen, wie sie dem Schrank entkommen waren und ganz alleine auf den Straßen des schlafenden Montmartre marschierten. Eine Sequenz für einen Kriegsfilm.

Er stand da, wartete und fragte sich, warum er es der Menge nicht beibringen konnte, daß er sie für jeden Preis abzugeben bereit war, nur um fort zu können. Aber womöglich würde ja jeder von denen gerne um jeden Preis seinen Gegenstand loswerden und dann fliehen; schweigend die Banknote in die Hand nehmen und schweigend fortgehen. Da fuhr er zusammen. Jemand rief: „*Charascho, charascho!*"

Er blickte auf und sah einen gutgebauten jungen Russen; und es war wie ein unerwartetes Zeichen der Kameradschaft. Wie es mit Wanja war. Oder mit Waska. Mit beiden trug er die Toten, deshalb war es eine Kameradschaft besonderer Art, weil es notwendig war, wenn sie sie auf die Tragbahren legten, sie an den knöchernen Knöcheln und an den Schultern zu fassen. Jeder an einem Ende.

Er hob die Stiefel vom Boden auf und brachte sie zu dem Russen. Er war groß und stand da unter all dem Kram wie ein Reicher, der gekommen war, alle diese Armut aufzukaufen.

Eine Zeitlang sah er ihn schweigend an; es gab ja genug von denen, die arrogant und unwirsch waren, dachte er, aber doch hat der Wagemut russischer Menschen seinen ganz besonderen Reiz.

„Gib mir dafür, was du willst", sagte er.

Aber der Junge zählte ganz in Gedanken sein Geld, aufrecht,

als sei er zufällig unter diese endlose Menschenmenge geraten und habe rein gar nichts mit dem kleinen Mann zu schaffen, der schön gebügelte Hosen in den Händen hielt und der sich auf dem Heimweg in eine Ecke verkriechen und brav auf sein Ende warten würde.

„Für jeden Preis gebe ich sie dir", sagte er noch einmal.

„Stell dich in die Reihe, und du wirst sie verkaufen", sagte jetzt der Junge. „Warum schämst du dich!"

Dann kam einer, und sie gingen zusammen weg; Radko Suban aber starrte auf die Reihen von Füßen, die da vorübermarschierten. Ja, vielleicht war es ihm wirklich die ganze Zeit so vorgekommen, als würden alle nur auf ihn und seine Stiefel achten. Wessen schämte er sich? Wahrscheinlich hatte der Junge recht, niemand fragte ihn, er sagte nichts, stand nur da und wartete, wie die Frau an seiner Seite, die ein paar wollene Strümpfe in der Hand hielt. Die Hauptsache war, daß sie da waren. Und daß sie gemeinsam auf diesem Gelände die Schauspieler waren und gleichzeitig die Zuschauer dieser verrückten Geschichte des zwanzigsten Jahrhunderts.

Vielleicht aber schämte er sich wirklich: vor denen, die in den Öfen verbrannt waren. Aber womöglich war es nur notwendig, daß er sie in dieser stummen Vorstellung vertrat, die da in Staub gehüllt und von der Sonne verbrannt wurde, dachte er.

Jetzt schrie jemand auf: „Polizei! Polizei!"

Die Fläche der Köpfe beugte sich mit einem Male, als wäre über ihnen ein Flugzeug zerschellt, sie beugten sich nieder, um ihre Gegenstände vom Boden aufzuheben, und stoben auseinander. So fliehen erschreckte Ameisen und schleppen Strohhalme in alle Richtungen. Der Mann packte seine Schuhe unter die Achsel, die Weste verschwand am Busen, der Photoapparat versank in der Tasche. Radko Suban hielt seine Stiefel vor den Bauch und ging ganz langsam, als wäre er auf einem Spaziergang.

Der Staub erhob sich zur Wolke, die Menschen aber wirkten wie versprengte Fallschirmspringer, die ein Flugzeug ausgespuckt hatte und die nicht recht wußten, was sie auf so einem sonnenverbrannten Gelände anfangen sollten.

Im stillen fluchte er, so wie jeder anständige Mensch in diesem Jahrhundert über die Polizei fluchte, doch zugleich meinte er, es sei doch ganz recht, wenn wenigstens die Polizei die Leute an die menschliche Würde erinnerte. Jemand muß uns doch aufwecken, sagte er sich.

Aber langsam begannen sich die zerstreuten Massen wieder zu sammeln. Wer weiß, ob da überhaupt jemand war; eine Menge erregt sich schon von etwas blasser Ahnung, sie ist ein sehr entzündlicher Stoff, so eine Menschenmenge. So stand er nun wieder neben der Frau, die zwei wollene Strümpfe in den Händen hielt.

„Zweihundert Francs", sagte sie.

„Zweihundert Francs!" fragte verwundert ein Mädchen. Aber es sah nicht auf die Strümpfe, sondern auf seine Stiefel.

Es war ein Mädchen, das von seinem Freund am Arm gefaßt wurde, so daß sie da nebeneinander durch die Hitze, den Staub und die Menschenmenge gingen. Sie hielten nichts in ihren Händen und hatten auch nichts gekauft; sie führten nur ihre Liebe spazieren. Ihr Junge zeigte mit ausgestreckter Hand auf die Stiefel am Boden, sie aber folgte seiner Hand mit dem Blick. Dann sagte der Junge ihr etwas ins Ohr und lächelte.

„Verkaufst du die Stiefel?" fragte die Frau mit den wollenen Strümpfen in den Händen.

„Ja", sagte er trocken und ärgerte sich über das Grinsen des Jungen, denn es stimmte nicht, daß er sich jenes Soldaten entledigt hatte, auf keinen Fall hätte er sonst dessen Stiefel verkauft.

„Wieviel?" fragte die Frau, aber sie wartete nicht auf eine Antwort, denn in diesem Moment bot sie wieder ihre Strümpfe flehentlich den Vorbeigehenden an.

„Für jeden Preis geb ich sie her", sagte er.

„Sie sind nicht teuer", sagte sie, weil sie nicht zugehört hatte, und sie kreuzte wieder gedankenschwer ihre Arme.

Jetzt streckte aus der Menge ein grauhaariger Alter seinen Kopf hervor und fragte:

„Was kostet die Plane?"

„Wieviel geben Sie dafür?"

Der Alte schwieg und berührte die Plane mit knöchernen Händen, die wie Spinnenbeine mit grauem Flaum darüber aussahen. Der erste Käufer, dachte er, und er war dem russischen Jungen dankbar. Ja, jetzt war er vielleicht ein wenig selbstbewußter geworden. Denn es war ja nicht gleich, wie man sich verhielt, seine Ausstrahlung war einfach eine andere, wenn er in Verlegenheit war, und wieder eine andere, wenn er voller Mut war.

Der Alte näherte seine Nase der Plane und roch daran; interessant, daß er sich gerade für die Plane interessierte, während er so gerne die Stiefel verkauft hätte. Riech nur, dachte er belustigt, riech nur, sie riecht nach Stroh, weil ich am Rhein in ihr geschlafen habe, ich war in sie eingewickelt, als ich nachts über dem Stollen hockte, um meine Notdurft zu verrichten.

Dann ging der Alte.

Auch mit der Plane wurde es nichts; vielleicht war es nicht recht, wenn er ihn in seinen Gedanken so herausforderte, aber was half es, daß man immer vergaß, daß man alle seine Gedanken an den Mitmenschen verschwendete.

Nach einem Moment kam der Alte zurück.

„Sie ist alt", sagte er.

„Ist aber eine gute Plane." Und er dachte dabei an den russischen Jungen.

„Ist aber alt", murmelte wieder der Mann. Er faltete die Plane aus und maß sie mit ausgestreckten Händen. Sie war weiter als seine Arme reichten, und er stand dabei hinter ihr wie eine Fledermaus, auf beiden Seiten dieser beiden Flügel aus Stoff waren seine gelblich blassen Krallen, die Finger einer Mumie aus Pergament.

„Ich kann Ihnen nur wenig dafür geben“, sagte er schließlich.

„Wieviel?“

„Sie ist abgeschabt“, sagte der Alte wie zu sich selbst. „Sehr alt und abgeschabt.“

„Wieviel geben Sie dafür?“

„Dreihundert.“ Jetzt sah er ihn zum ersten Mal an; mit unsicheren und fragenden Augen.

„Mhm!“

„Wie?“ fragte der Alte, und sein Gesicht erschrak. Er hatte angenommen, daß dies eine klare Ablehnung bedeutete. Im nächsten Moment begriff er, daß seine Äußerung Zustimmung signalisiert hatte. Er bezahlte das Geld und verschwand in der Menge.

Es war nun eigentlich schon zu sehen, daß die Menge sich langsam lichtete, wie bei einem Staubecken der Wasserstand fiel, wenn die Schleusentore geöffnet wurden. Es wird Mittag, überlegte er. Noch immer hielt er die Banknoten in der Hand, und es schien ihm, als hätte sich die verwaiste Flur ziemlich verändert. Und dies nur wegen des Papiers, das nun in seinen Händen knisterte. Als ob er nicht mehr unter diese Armen gehörte und nun frohe und ausgeruhte Menschen irgendwo auf ihn warteten, denen er jeden Augenblick begegnen konnte. Noch einen weiten Weg müssen wir gehen, um dem Geld diese erschreckende Macht zu nehmen, dachte er.

„Die Stiefel aber will niemand haben“, sagte er zu der Frau, die jetzt nur ihr Paar Strümpfe in der Hand hatte.

„Ich würde sie im Winter verkaufen“, sagte sie, als wäre er ein anderer Mensch geworden, weil er die Plane zu Geld zu machen vermocht hatte.

„Im Winter werde ich zu Hause sein!“

„Zu Hause?“

Und wieder war ihr die Antwort nicht wichtig, denn ihre Augen verfolgten die dichte Menschenmenge, die sich sichtbar lichtete.

Nach einer Zeit sagte sie: „Die Bauern würden sie kaufen, im Winter.“

„Die Bauern?“

„Mhm“, machte sie in Gedanken versunken.

„Man hat mir gesagt, daß die französischen Bauern Gummistiefel tragen.“

„Die würden sie schon kaufen.“ Aber sie antwortete wie eine Mutter, die ihre Arbeit verrichtet und ihrem Kind zehnmal denselben Satz wiederholt. „Im Winter kaufen sie sie.“

„Im Winter bin ich zu Hause“, sagte er wieder. „Ich hoffe es wenigstens.“

Sie hatte nicht gehört, was er gesagt hatte, aber in ihrer Gedankenverlorenheit hatte sie an der Betonung seiner Worte erkannt, daß er etwas eingewandt hatte.

„Trotzdem würden sie sie im Winter sicher kaufen“, sagte sie mit Betonung und noch immer genauso zerstreut.

Zu Hause, dachte er. Und es kam ihm seltsam vor, daß er mit einer solchen Sicherheit sein Zuhause erwähnt hatte, wo er doch nicht das geringste Heimweh nach ihm verspürte; hier auf diesem Gelände noch am allerwenigsten. Aber womöglich war sein Geburtsort doch tief in ihm, wie ein Gefäß mit blauer Flüssigkeit, das sich über den Tod hinweg retten konnte und welches das ewige Feuer nicht auszutrocknen vermochte, wenn es nun so unerwartet und so instinktiv zutage trat wie das Höhlenwasser aus einer Karstquelle. Es stimmte ja, die zu Hause warteten ja auf ihn, die kranke rothaarige Schwester Vidka, es wartete auf ihn auch das befreite Land mit seinen kleinen Tälern und den Kiefernwäldern, aber er war doch hier auf dieser gelben und staubigen Ebene fast noch mehr zu Hause. Beides war richtig. Am ehesten fühlte er sich noch daheim in seinem Sanatoriumszimmer, obwohl sein Ansehen bei der Ärztin dahin wäre, wenn sie ihn jetzt hier gesehen hätte.

„Auf Wiedersehen, Monsieur“, sagte die Frau.

„Auf Wiedersehen, Madame.“ Aber obwohl er am liebsten gleich nach ihr gegangen wäre, stand er noch immer an dem Platz. Wie einer, auf den niemand wartete, und es war ebensogut, ob er irgendwo hinginge, oder dort bliebe, wo er gerade war. Es bedeutete nichts, die Stiefel aufzuheben und fortzugehen. Aber es war ebenso bedeutungslos, neben ihnen stehenzubleiben.

Er schaute sie nicht an, und deshalb fühlte er noch stärker ihre Anwesenheit. Er wußte genau, wen man sich mit diesen Stiefeln an den Füßen vorzustellen hatte; und gerade deshalb, weil er sie nicht ein einziges Mal anblickte, sah er um so deutlicher sie und sich selbst. Vielleicht würde ein Wunder geschehen, und sie würden auf einmal von der Bildfläche verschwinden. Aber er wußte, daß nichts geschehen würde. Es wurden nur immer weniger Menschen, weil sie abflossen wie unhörbares Wasser. Und das Fehlen von Geräuschen, diese Stille der tausendfachen Menge war geheimnisvoll und allumfassend, wie der unhörbare Umlauf der Erde. Jetzt mußten die Stiefel verschwinden, in den Nebel des gelblichen Staubes gehüllt. Aber sie werden nicht verschwinden, weil man durch alle Erfahrungen hindurch mußte und man nicht einfach auf ein Wunder hoffen durfte. Wenn sie einer klaute, könnte alles zu einem guten Ende kommen. Aber wer würde Schuhwerk stehlen, das zum Symbol alles Bösen geworden und vielleicht selber das Böse war? Auch wenn der französische Mensch barfuß liefe oder lieber barfuß auf den Acker ginge, als daß er sich solche Stiefel zumutete?

Gerade er mußte solche Dinge zum Verkauf tragen, niemand anders bot etwas Ähnliches an, und es war kein Wunder, daß sich niemand dafür interessierte. Es war eigentlich noch gut, daß ihn niemand anbrüllte, weil er hier die Quellen all dieses Unglücks zur Schau stellte.

Es gab immer weniger Menschen. Nur hie und da stand noch ein Haufen beieinander, als hörte man einer unhörbaren Rede zu. Das Gelände setzte entblößte breite Flächen seiner gelben Haut der Sonne aus, die von der Hitze ausgetrocknet und in Pergament verwandelt wurden. Alles ist wie trockene und mumifizierte Geschichte, die Erde und der Mensch auf ihr, dachte er. Im nächsten Moment fuhr er zusammen, wie aus einer Angst heraus, daß sein Körper nun auch zu einem Abbild der toten Welt versteinern könnte. Er packte seine Stiefel zusammen und ging; er hätte sie ja weggeworfen, aber es war ihm instinktiv bewußt, daß sie mit ihm kommen mußten, denn sie gehörten irgendwie zu seiner derzeitigen Erniedrigung.

Der Staub legte sich langsam, die Sonne aber hatte jetzt, wo es nicht mehr so viele Menschen gab, wieder ihre unwahrscheinliche Kraft gewonnen. Er hielt die Stiefel vor sich in der Hand, dann nahm er sie unter die Achseln. So war er doch ein klein wenig selbstbewußter. Er näherte sich den Ständen, aber die letzten Haufen verloren sich auch dort, nur einige einzelne blieben stehen und suchten noch die alten, in allen möglichen Größen und Mustern geschnittenen Lederstücke aus. Sie könnten sich ja auch das helle Leder hier zerschneiden, dachte er, aber im nächsten Moment wurde ihm klar, daß er sie dazu nicht bringen sollte.

An den Ständen vorüber ging auch ein Zeitungsausträger. Bei ihm kaufte er eine Zeitung. Und er dachte, daß vielleicht nur Arlette allein ihn so nehmen konnte, wie er war. Aber wer wußte schon, was sie sich überlegt hatte, nun, wo alles vorbei war? Er ging an den Ständen mit den Schlüpfern vorüber und kam zu der Überführung, unter der die breite Autostraße verlief; auf ihr eilten die Autos dahin, als ob sie ein besonderes Spiel in ihrer eigenen gesonderten Welt veranstalteten.

Er ging einige Schritte zur Seite und lehnte sich an die Mauer, unter der die Autos dahinrasten. Zuerst zog er einen Schuh aus und legte ihn an die Mauer; dann zog er einen Stiefel über. Womöglich hätte er sich vor den Leuten geniert, aber diese gingen auf der Überführung und kümmerten sich nicht um ihn. Aber wenn einem die Welt zum Heim geworden ist, dann war die Straße nur noch ein Korridor in seiner Wohnung. Dabei war er auch ganz beruhigt, weil die Hose nun den Stiefel verbarg. Dann zog er noch den zweiten Schuh aus und den anderen Stiefel an, aber dabei mußte er einige Schritte an der Wand entlanghüpfen, da die Fußsohle nicht sofort in die Öffnung des Stiefels fand.

Jetzt hatte er an der Mauer seine Schuhe und die Zeitung, und als er diese auseinanderfaltete, sah er auf der ersten Seite das Bild der blonden Irma Gröse mitten unter den alliierten Soldaten, die ihr galant die Hände reichten, so daß sie leichter aus dem Lastwagen steigen konnte. Sie bringen sie natürlich zum Gericht, aber dennoch gehen sie mit der Mörderin unserer Mädchen um wie die Kavaliere, dachte er. „Was für ein schönes Mädchen!“ werden die einfachen und wohlmeinenden Menschen sagen. Er konnte sie sich gut vorstellen. „Wie schade, daß sie sterben muß, so ein schönes Mädchen.“ Genauso wird man sie reden hören. Denn die Mädchen, die die blonde Irma ins Feuer schickte, die konnte man nicht mehr hören. Sollten wir den Rauch photographieren?

Und wir verkaufen Westen, Schallplatten, amerikanische Zigaretten und Stiefel, dachte er und wickelte dann schnell seine Schuhe in die Zeitung.

Aber einen Augenblick später wickelte er sie wieder aus und legte die Schuhe so hin, daß die Sohlen Irma und ihre Locken verdeckten.

Es ist kleinlich und fruchtlos, dachte er und nahm das Bündel unter die Achsel. Aber er zuckte mit den Schultern. Jetzt war alles sinnlos, die schnellen Automobile, die in der steinernen Gasse unter ihm dahinrasten, und diese Menschen, die auf der Überführung liefen.

Und langsam, gemächlich ging er in die Richtung, wo die Metrostation lag.

XVIII

Im Zug stand er mitten in der Menge. Er war müde, weil er den ganzen Vormittag gestanden hatte, während er sonst gewöhnlich ganze Tage liegend verbracht hatte. Aber es war trotz allem angenehm, daß er so eng mit Menschen zusammen war. Weil sie sehr überzeugt irgendwo hinfuhren; und es waren auch andere Leute als dort am *marché aux puces*. Er war sich klar, daß er mit der Zeit auch jenes Gelände wieder vergessen würde. Als ob ihn das alles nicht sehr berührt hätte. Es war die wirklich außerordentliche Fähigkeit, etwas völlig vergessen zu können. Er erinnerte sich an den Nachmittag, als er sich mit der Frau und dem Kind photographieren lassen wollte und der Photograph nicht bereit war, das Flugzeug beiseitezuschieben. Auch dies war, als wäre es nicht ihm passiert. Diese Fähigkeit, nicht persönlich betroffen zu sein, war ganz sicher auch noch ein Erbe von *dort*, und diese eigentümliche Freiheit, die laufend, Tag für Tag Geschehnisse austilgte, war in diesem Moment ganz brauchbar. Die Müdigkeit, die ihm Füße und Knie beschwerte, ließ einen Eindruck von weicher Schlaffheit aufkommen, deshalb war er dankbar für die Menschenmenge, die ihn in ihrer Mitte gefangen hielt. Die Metro aber eilte und ratterte durch unendliche Tunnelröhren. Wenn sich die Türen auf den Stationen öffneten, wälzte sich zuerst die eine Menge hinaus, dann die vom Bahnsteig herein. Dann und wann hörte man in voller Fahrt einen scharfen Pfiff; so auch jetzt an der Station Château Rouge. Er packte sein Bündel unter die Achseln, damit es nicht auf den Boden fiel, und er sagte sich dabei, daß dies ja ein ausgezeichneter Name für eine Bahnstation war, die unter der Erde lag. Ein rotes Schloß. Ein großartiger Name. Und auch ein Schloß war ja schön, wenn es rot war, etwas mußte schon dran sein, wenn es einen solchen Namen trug. Dunkelrot, mitten im Grün. Wie Miramare, wenn die Sonne es beim Untergang rot färbte, daß es aussah, ganz wie mit Rotwein übergossen. Natürlich war dann auch das Meer rot, nicht nur das Schloß. Und auch die Weinberge, die sich in Terrassen die Küste hinaufzogen. Jetzt würde er gerne mit dem Zug an Miramare vorbeifahren und die runde blaue Bucht unter der Schloßmauer sehen, die Kähne auf dem klaren Wasser, die großen und bunten Sonnenschirme vor dem Restaurant, den Dampfer, der die Badenden an der hölzernen Mole abholte. Das rote Schloß. Womöglich war das da oben gar nicht rot. Aber wenn man auf der Fahrt unter der Erde solchen Namen begegnet, dann denkt man, man jagt durch eine Zauberwelt, denn alles, was man will, kann man sich in einem der Orte über einem vorstellen.

Die Metro raste durch den Tunnel, dann plötzlich umgab ihn das Licht einer neuen Station, und er kam sich vor wie ein Taucher, der sich von Zeit zu Zeit seine Lampe anschaltet. Wenn er sich nur nicht so erschöpft fühlte oder sich wenigstens zur Not in irgendeine Ecke setzen könnte. Oder sogar auf den Boden. Daß er die Stiefel vor den Leuten von Paris ausgestellt hatte, war sehr unvernünftig gewesen; jetzt hatte er mit Arlette gleichgezogen. Ihr Verschulden, daß sie den Soldatenclub ihm vorgezogen hatte, war nicht größer als das seine, als er die Schuhe des Schlächters seiner Kameraden verkaufen wollte. Wer weiß, was sie jetzt gerade machte? Auf jeden Fall würde er sehr freundlich mit ihr sprechen. Als ob er nach dem Vormittag auf dem Gelände klüger und weniger streng war, weil ihm klar wurde, daß er sich langsam von der untergegangenen Welt lösen mußte. Über kurz oder lang war dies einfach notwendig, auch ein Kind mußte den Mutterleib verlassen, es half nichts. Um so besser war es, wenn sie nichts von diesen Schrecknissen ahnte; sie waren ja auch alles andere als ein Exportartikel. Und bei diesen Gedanken wünschte er, sehr bald in seinem Zimmer zu sein, um sie so bald wie möglich zu sehen.

An der Station Barbés-Rochechouart stieg er aus, weil er zum Étoile umzusteigen hatte. Beinahe eine halbe Stunde Fahrt, wenn nicht mehr. Im neuen Wagen waren viel weniger Fahrgäste, er konnte sitzen und das Bündel mit den Schuhen neben sich legen. Verflixt, er fühlte sich noch mies. Nur ein wenig streckte er die Füße aus, und es schien ihm, als seien sie nur noch Lappen. Dennoch war es tröstlich, sich so hängenzulassen, so daß ihn der stählerne Zug mit sich nahm und ihn wer weiß wohin entführte. Bei einer solchen Erschöpfung und Müdigkeit wäre wohl auch der Tod leicht gewesen; deshalb sind die dürren, dehydrierten Körper auf den Strohmatten immer ganz still gestorben. Jetzt war dieses Gefühl eigentlich ein weiches und einschläferndes Wohlsein, das ewig dauern könnte. Pigalle. Vielleicht wäre es am besten, wenn man hier auf dem Montmartre leben könnte. Sich in den engen Gassen hinter den Mühlen des Montmartre zu verstecken, in den Farben und mit der Ironie Toulouse-Lautrecs und der Möglichkeit, dort eine seiner Frauen zu treffen. In einer Erotik, die gesättigt war von jahrhundertealten Erinnerungen und Schicksalen, hier würde man sehr schnell den Boden gewinnen, in dem die bloßliegenden Wurzeln wieder Halt fänden. Warum sollte er beispielsweise an die Heimat denken und sich dorthin wünschen, wenn es dort niemanden mehr gab, dem er seinen Besuch in der Hölle anvertrauen konnte? Mija gab es nicht mehr. Deshalb zog es den modernen Odysseus nicht mehr nach Ithaka. Es war ihm egal, wo er an Land ginge. Und wahrscheinlich würde er auch nicht seinen Homer finden. Denn der Homer des zwanzigsten Jahrhunderts hätte gleichzeitig Goya, Bosch und Picasso sein müssen, und seine endlose Geschichte wäre nur in Worten, Bildern und Musik zugleich darzustellen. Dennoch, trotz eines solchen Meisters hätte die Menschheit keine Erklärung für das finden können, was mit ihm geschehen war. Die Station Clichy. Aber lassen wir das doch; mit Arlette wäre er gerne am Montmartre. Alle die Dinge um ihn würde sie mit einem besonderen Licht beleuchten. Und hier, unter dem Place Pigalle, würde er ihr ihren Tanz nicht mehr übelnehmen. Ihre Verantwortungslosigkeit hätte angesichts des Moulin Rouge ihren ganz besonderen Reiz. Aber gib nur zu, daß du ihretwegen hierher gekommen bist. Warum solltest du es verbergen? Die Station Courcelles. Wunderbar, wie die Zeit vergeht, wenn dich eine Wolke angenehmer Gedanken umgibt, jeden Moment wirst du am Étoile sein. Schließlich hatte er damals, als sie diese grüne Bohnenschote pflückte, den Wunsch gehabt, sie möge ihn küssen. Aber in diesem Moment war die Überraschung größer, so daß der Wunsch keinerlei Chance hatte, ihm richtig bewußt zu werden. Eigentlich war dasselbe noch früher der Fall, als sie auf den Zehenspitzen zwischen den offenen Türen des Schrankes stand und nach dem Fläschchen suchte. Ihr schlanker Körper stand direkt vor seinem Gesicht, so daß ihr weißer Kittel sein Gesicht berührte. Station Étoile. Der Triumphbogen. Wer weiß, wie sie reagiert hätte, wenn er versucht hätte, sie zu küssen? Natürlich nicht einfach so und ohne Vorbereitungen. Wahrscheinlich hätte sie sich nicht sehr gewehrt, hätte dann aber etwas für sie sehr Typisches angemerkt. Oder sie wäre zärtlich gewesen, wer weiß. Aber so ein Rätseln war ja ziemlich nutzlos. Auf alle Fälle war ihre Hand, die ihn so eng gefaßt hatte, ein gutes Omen. Wenn er nur seine Hand um ihre Taille gelegt hätte. Möglicherweise hätte sich dann die Welt rings um ihn ganz verändert, und es könnte sein, daß er nun ein Gefäß mit neuem Saft in Händen hielt, das ihm die Natur angeboten hatte. Ja, zuerst hätten seine Hände, noch leidenschaftslos, ihre Brust sanft umrundet. Das wäre die erste Berührung mit dem rettenden Ufer des Lebens gewesen. Er wäre entschlossen gewesen; zugleich aber wahnsinnig verletzlich, weil ein ganzes Jahrtausend vergangen war, seit so etwas zum letzten Mal geschehen war. Wenn er überhaupt dieser damals war. Die Hauptsache war dabei, daß er in einem solchen Augenblick nicht kaltblütig und raffgierig vorginge. Das würde alles verpatzen. Natürlich hinge es auch von ihr ab; aber wenn sie sich ihm entzöge, dann durfte er ihr auf keinen Fall nachlaufen. Dann verlöre alles seinen Wert; ein solcher Ansturm würde alle die versunkenen Ungeheuer zwischen ihnen beiden auferstehen lassen. Nein, der Beginn müßte weich sein und die Hand so sanft wie die Hand einer Hebamme bei einer schwierigen Geburt.

Er stieg aus und setzte sich vor ein Café.

Er drückte seinen Rücken an die Lehne des Sessels und schlug die Beine übereinander. Dies war das erste Mal, daß er ein solches Selbstbewußtsein empfand, zum ersten Mal, seit er zurückgekehrt war. Vielleicht war es dieser Ort, vielleicht waren es diese Champs-Élysées, die ein so angenehmes Gefühl erzeugten. Denn auch sonst war dieser außerordentliche Luxus kein genügend großer Rahmen für jemanden, der wieder seinen Platz unter den Menschen gefunden hatte. Etwas lag wohl auch an dem Triumphbogen und den Truppen, die dort zur Parade des 14. Juli marschierten, zur Feier der Bastille. Wegen der Feierlichkeiten, die dann hier stattfanden. Freiheit, Brüderlichkeit und Gleichheit für alle Menschen. Ganz sicher. Wegen des Glaubens an die Menschen mitten in Paris. Wegen Paris selbst. All dem zuliebe und auch wegen des französischen Wermuts, des Absinths, der so an den Karst und seinen Wermut erinnerte. Man war hier auch wie an einem Ufer. Als hätte man über sich die großen Sonnenschirme und die Mole San Carlo, jeden Moment würde der Dampfer anlegen und die Badegäste würden dort hervorquellen. . .

So griff er automatisch, als wäre es ganz selbstverständlich, nach einem Stück Papier und schrieb einen Brief.

Ich sitze hier auf den Champs-Élysées und habe gerade die Zeitung mit einem Artikel über die Stadt niedergelegt, ‚von der die ganze Welt redet', wie Sie es ausdrücken würden. Nachrichten über Demonstrationen und Proteste auf den Straßen Triests bewegen mich gelegentlich, mich ihnen anzuschließen; aber ich muß bekennen, daß mich dieser Lärm um den wirren Knoten, der sich um meine Stadt geknüpft hat, auch wieder ermüdet. Der Ort, wo wir einige Jahrzehnte lang Schrecknisse und Erniedrigung erleiden mußten, ist zum Epizentrum eines europäischen Erdbebengebietes geworden; ich wünsche mir aber nur Ruhe und Frieden. Es ist so, daß ich mich wie ein Obdachloser fühle, und so ist meine Heimat überall und nirgends. Ich weiß nicht, warum ich Ihnen dies schreibe. Womöglich ja nur deswegen, damit Sie mir erklären, ob ein Mensch, der aus dem Lande der Vernichtung heimgekehrt ist, sich in einen Mund verlieben darf, der in eine grüne Bohnenschote beißt. Und ob sich derselbe Mensch dagegen auflehnen darf, wenn es seine junge Begleiterin danach dürstet, ihrem Wunsch nach Tanzveranstaltungen zu folgen.

In Wahrheit weiß ich mir selber keine Antwort zu geben, von Zeit zu Zeit aber scheint es mir, daß Sie mich wie damals auf dem Spaziergang an die Hand nehmen. Ihr Griff war damals so fest, was Ihnen vermutlich nicht bewußt war, so daß es noch wunderbarer war. Nun, ich wünschte, Sie säßen mit mir hier an diesem Tisch und wären zu Scherzen aufgelegt. Eigentlich weiß ich nicht recht, vielleicht wäre es auch noch schöner, wieder an diesem Wege zu sein mit einer grünen Schote zwischen den Zähnen. Auf jeden Fall werden Sie nun bei mir sein, wenn ich jetzt in der Menschenmenge auf die Avenue trete, den Stimmen zuhöre und in die Gesichter der Menschen blicke;

womöglich werde ich dabei etwas von den Antworten erahnen, die es auf all die zahlreichen komplizierten Fragen gibt.

XIX

Der Zug fuhr in den Abend hinein, und die Fahrgäste waren lebhaft; zwei Frauen strickten und beobachteten gleichzeitig, während sie sich unterhielten, mit angemessener Aufmerksamkeit das Abteil. Wenn die Glocke zur Ruhe aufruft, dachte er, werde ich dort sein. Und er wünschte sich, daß er auf dem Weg in sein Zimmer niemanden antraf. So wäre es am besten. Allein sein. Denn er war nun dabei, damit zu beginnen, sich eine neue Welt zusammenzubauen, hierzu sammelte er alle Kleinigkeiten, die dazu notwendig waren. Es waren wohl lebendige und heitere Kleinigkeiten, so schien es ihm. Und er war auch davon überzeugt, daß er damit beginnen mußte, sie langsam und sorgsam zu sammeln, denn man mußte sie aus allen Richtungen zusammensuchen und sie einer genauen Auswahl unterwerfen. So nahm er ohne Zögern bei dem Buchhändler am Seineufer *Colas Breugnon* mit und war dabei dem Alten mit den dürren Krallen überaus dankbar, daß er die Plane gekauft hatte. Das Gelände dort hatte er schon vollkommen vergessen. So kaufte er auch eine kleine Broschüre mit der Übersetzung des fünften Buches von Lukrez' Gesang über die Natur, weil er in der Einführung den vergessenen Satz fand, der ihm mit dem Lager in Verbindung zu stehen schien: „Epikur erkennt zweifelsohne an, daß es Götter gebe, aber diese leben glücklich und sorglos, und menschliche Krisen und Probleme sind ihnen egal." Ja, von jedem das übernehmen, was zu passen schien. Wenn im Zweiten Weltkrieg die Welt ein Schlachthaus für fünfzig Millionen Menschen war, so geschah das in der Welt der Menschen, deshalb mußte der Mensch sie wieder vernünftig und wirklich menschlich machen. Kurz danach wird er dann die Götter zu sich einladen, wo sie Blumen in den Garten pflanzen, kaum daß das Haus erbaut ist.

Im Autobus vor dem Bahnhof waren nur wenige Menschen, und aus dem Zug stiegen auch nur drei weitere ein; so war diese Fahrt über die ausgedörrte Ebene wie absichtlich still und gesammelt. Der Mond spiegelte sich im Fluß, als sie über eine Brücke fuhren. Dann wand sich die Straße sanft am Ufer entlang, vorbei an Abhängen, die alle bläulich vom Mondschein waren.

Das große Tor am Eingang.

Irgendwo läutete eine Glocke.

Das ist nicht unsere, dachte er, unsere ist kaputt.

Die Allee war einsam, nur auf dem Weg links stiegen einige Patienten hinauf zu den Pavillons, die im Wald und in der Nacht verborgen waren. Das schmale Gebäude, wo die Schwestern wohnten, hatte mehrere erleuchtete Fenster. Wer weiß, ob sie jetzt in ihrem Zimmer war? Und in diesem Augenblick erschien es ihm unwahrscheinlich, daß er ihr tatsächlich in eines dieser erleuchteten Zimmer geschrieben hatte.

Dann hörte er direkt vor sich unerwartet eine Glocke, so daß er zusammenfuhr. Ganz sicher hatte Fräulein Ribau an dem Seil gezogen, der Klang dieser Glocke aber war einem ihm bekannten Ton sehr ähnlich, nur welchem? Einem sehr entfernten, aber heimatlichen Klang.

An der Schwelle stand tatsächlich die betagte Ribau, die gerade das Seil losgelassen hatte. Ihre hohe und baumlange Figur wandte sich den Schritten zu, die sich näherten.

„Ach Sie sind's", sagte sie.

„Ich dachte an die Glocke. Sie erinnert mich an etwas, aber ich weiß nicht mehr an was."

„Die Glocke hat einen Sprung." Und sie lächelte abwesend.

„Gerade deshalb klingt sie auch so... Ja, jetzt weiß ich es,

Fräulein Ribau. Sie erinnert mich an die Glocke auf dem Hof der Triester Feuerwehr! Wenn es irgendwo brannte, begann sie zu läuten. Und sie läutete, wenn die Feuerwehr Übungen veranstaltete. Wir Kinder aber blieben am Tor stehen und drückten unsere Gesichter zwischen die Eisenstäbe. Wissen Sie, es war für uns wunderbar zu sehen, wie die Männer sich die Helme am Kopf festmachten und dann über hohe Leitern auf den Turm in der Mitte des Hofes kletterten! Dann sprangen sie, um zu üben, in das viereckige Sprungtuch."

„O, heute abend sind Sie unverbesserlich!" Und in einer höflichen Verlegenheit bewegte sie ihren großen und geschmeidigen Körper. Dann eilte sie fort in das Halbdunkel des Parterrekorridors. „*Bonne nuit! Bonne nuit!*" wiederholte sie im Gehen mit der singenden Betonung, die als melodische Spielerei den Gruß aller Franzosen auszeichnet.

Als er im Zimmer das Licht anschaltete, war der schmale Raum angenehm fremd und wirkte zugleich bedeutsam in seiner weißen Farbe; als hätte er sich während seiner Abwesenheit entleert und wäre zu einem Zimmer geworden, das nun für die Ankunft eines unbekannten Gastes bereit gemacht worden war. Er stellte die Stiefel auf die Terrasse und meinte dabei, er sei nun nicht mehr böse auf sie. Dann ging er durch das Zimmer und suchte nach einem Gegenstand, der irgendwie in einer Verbindung zu seiner neuen Befindlichkeit stehen konnte. Er öffnete den Schrank und hob den Deckel seines kleinen Koffers an. Nur Kleinkram. Keine Dinge, die der Erwähnung wert waren oder die als Willkommen dienen könnten. Diese Pyjamajacke noch am allerwenigsten. Eigentlich sollte er sie der Wäscherin geben, für die Kochwäsche; vielleicht würde er sie irgendwann noch brauchen. Aber jetzt war es besser, nicht an diese Jacke zu denken und auch nicht an den Ort, wo sie herstammte. Vorsichtig legte er die Hose über den Stuhl; solche viereckigen Krankenhausstühle waren sehr gut dazu geeignet, um die Hosen in Form zu halten. Bei diesem Gedanken hatte er nicht das Gefühl, in Armut zu leben, weil er nur diese Hose hatte und er deshalb sehr auf sie achten mußte. Es war das konspirative Gefühl eines Glücks, das wohl ein Mensch empfinden konnte, der im Walde ein totgeweihtes Tier findet und dem es wie durch ein Wunder zu Hause gelingt, dieses wieder gesund zu pflegen. Und dabei ging es ihm nicht nur um dieses Stück dunkelblauen Stoff, das seine Bügelfalten nicht verlieren sollte; es schien ihm, als hätte das Gewebe die Sorge aller der menschlichen Hände bewahrt, die aus ihm das gemacht hatten, was es geworden war, und daß dies die Hände von Männern und Frauen für ihn getan hatten, weil sie überzeugt davon waren, er werde zurückkehren.

Ähnlich war es bei der Berührung seines ausgestreckten Körpers mit dem Leinen des Bettuchs.

Schon den vierten Monat löschte er so das Licht aus und legte sich zur Ruhe, aber jeden Abend umgab ihn von neuem ein Wohlbehagen angesichts der Weiße und der Reinheit des Stoffes. Und heute abend war dies ganz besonders lebendig, weil er mitten in dieser unerwarteten Freiheit verbracht hatte, die sich endlos ausweitete und die er von jedem Ende aus ergreifen konnte und die sich auch ausnutzen ließ in jederlei Richtung. Natürlich konnte man das Bettuch einen Moment lang der Länge nach ausstrecken, und es wurde eine weiße Ebene, auf der kleine Züge rollten mit einem Menschengemisch, das unter den Schneeflocken zitterte; aber jetzt wußte er genau, daß man das Leben nicht mit dem Tod vermengen durfte. Vielleicht hätte es dieses Gelände oder Paris vermocht, vielleicht die Bücher am Seineufer oder die Menge der jungen Menschen in den Kneipen und Buchhandlungen des Quartier Latin; vielleicht die Indochinesen und die tunesischen Mädchen und die chinesischen Speisekarten an den Türen asiatischer Restaurants. Weil er sich dort klar darüber geworden war, daß er nur einen Platz finden mußte unter all diesen Menschen, die für ihre Zukunft lebten.

Von der Terrasse her wehte laue Luft herein und ein rundum wechselndes Zirpen. Von irgendwo hörte man einen Waldkauz, weit weg vom Pavillon, weil sein Ruf sehr schwach und kaum hörbar war. Der Atem der Pflanzen kam dabei herein und ein Bild des Waldes. Nein, er erinnerte sich nicht, daß er vor dem Kriege so lebendig die Nähe des Waldes gespürt hätte und den Wunsch nach dieser Nähe. Wie würde er dieses Bedürfnis nach der Natur und sein alltägliches Leben vereinen können? Aber das war ja noch weit weg und deshalb noch ohne wirkliche Bedeutung.

Daß ihn die Glocke an die Feuerwehr erinnerte, hatte er ihr gesagt. In der Tat, vielleicht war es am besten, damit anzufangen, ganz vom Anfang an, bei diesem Kopf des kleinen Jungen, der durch die Eisenstäbe des Tores die Männer mit den Helmen an den Strickleitern beobachtete. Am Anfang beginnen und alles beurteilend überblicken. Oder auch nicht: von heute an beginnen und von dem, was vorher war, nur das sich zu nehmen, was geeignet war, zum Bau des Neuen etwas beizutragen. Und es war ihm, als würde jeden Moment ein Klima von Optimismus und von Schaffenskraft beginnen und aus der Nacht heraus zu atmen.

XX

Er war beunruhigt, als er hörte, wie die Schwester den Gang entlang von Zimmer zu Zimmer ging und die Thermometer im gläsernen Becher schepperten; und dabei war er böse auf sich wegen dieser Anspannung und gleichzeitig erstaunt, daß er das Ohr nicht davon abhalten konnte, immer wieder von neuem die Schritte zu verfolgen, die da auf dem Korridor von Tür zu Tür gingen.

Es trat Fräulein Luçon ein, und im ersten Moment war er es

zufrieden, daß das Treffen mit Arlette aufgeschoben schien. Im nächsten Moment überwand er sich, um ihr nicht auch noch seinen Unwillen zu bezeugen. Als aber Herr Ledoux die Post brachte, war ein blauer Brief für ihn dabei.

Mittwoch abend. Einfach so, ohne Anrede. Und hingeschrieben war es mit Bleistift.

Ich bin allein in meinem Zimmer und dies ist überraschend für mich, da mich in der letzten Zeit beunruhigende und unnötige Freundschaften bedrängen. Ich bin allein, liege im Licht der Nachttischlampe, das sich ruhig um mich verbreitet. Gerade habe ich das Fenster geschlossen, und die Nachtfalter müssen draußen bleiben, aber sie wollen sich nicht darein fügen und klopfen mit ihren behaarten Leibern gegen die Scheibe, sie kommen mir vor wie ruhelose Seelen.

Die Luft ist kühl wie der Atem eines Kindes. Die abgerissenen Klänge eines Musikstückes kommen gerade noch zu mir. O, welch große Versuchung ist es, wegzugehen und sich unter die erhitzte und leidenschaftliche Menschheit unter dem weiten Himmel zu mischen. So überlasse ich mich gern einem Tun, dem meine wahre Natur seine Erlaubnis versagt. Doch ist es nicht auch richtig, daß jede Frau oder jedes Kind einer Frau im Tanz wie eine Blume auf der Wiese erblüht? Es ist so angenehm, sich dann und wann dem Wind hinzugeben, sich selbst nicht mehr zu kennen, ein vielfältiges Leben zu versuchen. (Dies ist schwer durchführbar, aber ich bin ganz einfach impulsiv; und aus Erfahrungen kann man einfach keine Lehren ziehen!)

Also, heute abend mußte ich einfach dort unten bei diesem Dorftanz sein, aber wer weiß aus welcher seltsamen Laune habe ich eine Halsentzündung bekommen; so daß jetzt nichts anderes hilft, als daß man dem Zwang der Verhältnisse sich unterordnet und tugendhaft bleibt. Aber ich habe jetzt doch die angenehme Freundlichkeit meines kleinen Zuhauses und dieser Beleuchtung entdeckt. Aus wer weiß welcher Zelle dieses Gebäudes hört man leise einen Wiener Walzer (mir scheint, ich könnte ihn Ihnen vorsummen).

Und so kann ich Ihnen schließlich antworten. Ja, auch ich habe mich über dieses Treffen am Denkmal gefreut, mit seinem grünen Zaun darum (wie ärmlich ist es doch), und dann erschien es mir, als würde ich alles verlieren, wenn ich wegginge; obwohl ich nicht genau wußte, was das wäre. Ich war zerrissen zwischen dem unentschiedenen Wunsch, bei Ihnen zu bleiben und weiter unser lebendiges Gespräch zu pflegen, und dem Wunsch, ich bekenne es, so schnell wie möglich Josephine zu treffen und dann auf diese Veranstaltung zu gehen. Zu den ‚Besatzern', die um uns standen wie große und gierige Bären. Ein neuer Stamm, wie wir sagen, doch ein noch zu wenig patinierter Stamm.

So bin ich schwer bestraft worden für meinen Verrat an unserer gemeinsamen Freude daran, daß wir diesen Abend zusammen sein wollten.

Ein schrecklicher Abend! Als der alte Oberst (er glich Churchill) seine Dulcinea erwählte, begleiteten wir unsere modernen Ritter im Ehrenkranz. Es war ein langer Raum, der verlassen aussah mit seinen leeren Stühlen und seinen weißen Vorhängen; diese zitterten unter den Fingern eines nicht sichtbaren Windes. Ein bitteres Bier, Zigaretten, Swing und Versuche zweisprachiger Konversation: wir vier gähnten diskret hinter unseren Handflächen. Und dieser vermaledeite Oberst, der in einem Haus aus Balken wohnte (ich hätte gerne in den Sommerferien eine solche Hütte), dieser Oberst, der eine Attacke auf die Luçon vom Zaun brach! Die Schlacht mußte sehr heiß verlaufen sein, zumindest ihren Erzählungen und den zerzausten Haaren nach zu urteilen.

Jetzt aber gute Nacht, ich werde nicht schlafen, nur die Lampe löschen und dann das Fenster öffnen, weil es heiß ist; und dann werde ich einfach und brav dasitzen.

Gute Nacht und auf baldiges Wiedersehen. Es ist gut möglich, daß ich dieser Tage Urlaub mache und nach Hause fahre. Ich würde Sie gerne vor dieser langen Abwesenheit noch sehen.

Er ging auf die Terrasse und legte sich in den Stuhl aus Weidengeflecht. Das mußte man langsam und in Ruhe überdenken, jedes Wort für sich, jeden Satz und jeden Buchstaben, dachte er. Die Ärztin war mit dem Chefarzt im Schloß, und sie würden nicht so schnell zurückkehren. Genau jeden Ausdruck zu genießen versuchen und ihn bis zur Neige auskosten, denn auf etwas Derartiges konnte man sich vorher nicht einstellen. Und alles mit Bleistift geschrieben und im Liegen, aber klar und lesbar; als sie alle vier Seiten des Briefpapiers beschrieben hatte, riß sie einen neuen Bogen zur Hälfte entzwei und beschrieb auch den noch. Wie ein Arzt, der ein neues Blatt aus seinem Notizbuch reißt und es ganz schnell mit Rezepten versieht.

Eine etwas kindliche Schrift; aber doch flüssig und originell mit ihren gedruckten *s* und *v*, mit Wörtern, die aus voneinander getrennten Buchstaben bestanden, dann wieder aus ganzen Sätzen, die eng verbunden waren, eine rhythmische Kette. Und gleichzeitig war das alles sachlich und dabei über der Wirklichkeit stehend. – Ich liege im sanften Licht, und die Motten klopfen mit ihren haarigen Körpern an meine Scheibe. – Daß jede Frau oder jedes Kind einer Frau im Tanz wie eine Blume auf der Wiese erblüht. – Sie standen um uns wie gierige Bären. – O welch wenig polierter Stamm, diese modernen Ritter! – Ein Mosaik von Bildern, das sie im Vorbeigehen da ausbreitete, beinahe unversehens, aber doch auch mit vernünftiger Klarheit und mit spielerischem Humor. Dann aber, ganz ohne Umschweife: „So bin ich gut bestraft worden für meinen Verrat an unserer gemeinsamen Freude daran, daß wir diesen Abend zusammen sein wollten."

Er schloß die Lider. *Verrat*. Sie gebrauchte dasselbe richtige Wort, das, welches er selber verwendet hatte; und wegen dieses einen Wortes würde man sie glücklich preisen und sie an die Hand nehmen. Und wenn jetzt diese Woge von Ergriffenheit in der Brust das Glück war, dann war er in diesem Augenblick glücklich. Das mußte man sich eingestehen. Eingestehen und bescheiden bleiben, ohne zu prahlen, damit sich der Tod nicht aus dem Hinterhalt rächte. Das war es, was er, ohne es zu wissen, von ihr erwartet hatte. Und es war die Hauptsache. Nämlich, daß sie ihn darin nicht enttäuschte. Nein, es stimmte nicht. Sie schrieb noch viel mehr: „Dann schien es mir, als würde ich alles verlieren, wenn ich von Ihnen wegginge; obwohl ich nicht genau wußte, was das wäre." Das bedeutete, daß sie das fühlte, was er fühlte, als er dann in den Wald verschwand. Und wenn sie dies fühlte, dann war dies das richtige, dann hatte er sich nicht verrechnet. All dies aber wäre fast bedeutungslos, wenn es eine andere Frau erzählt hätte, nicht die, die da brav in der Dunkelheit lag, nachdem sie das Licht gelöscht hatte. Brav. Das war wie ihre Hand. Das war wie ihre Hand, die ihn auf dem Spaziergang wie von selbst führte. Und so war es recht, denn die Liebe ist die Suche nach dem Undefinierbaren, sie ist Leidenschaft und Spiel. Eine Leidenschaft, verteilt auf alle die Mosaiksteine und doch eine einzige. Auch die Motten mit den behaarten Leibern, auch die Nacht, die kühl war wie Kinderatem, auch die Beschreibung des Offizierskreises. Alles stammte ganz aus ihr. Auch ihre Hände nach der Massage auf der Zeitung. Das vor allem. Auch die grüne Bohnenschote, der Tropfen im Auge und der Wiener Walzer, der aus einer Zelle dieser Bienenwabe stammte, die ihr Gebäude darstellte, sie aber waren die Bienen in ihren Zellen. Ich wüßte ihn Ihnen zu summen. Nein, gern würde ich ihn Ihnen vorsummen. Er öffnete und suchte nach dieser Zeile. Gern würde ich ihn Ihnen vorsummen, steht da; vorher hatte er schlecht gelesen. Auch dies ein Stückchen Mosaik, denn ohne all dieses Hineinversetzen in die Dinge war die Liebe wie ein Segelboot ohne Wind. Und sie hatte dies: so als wäre all das nicht wirklich.

Jetzt öffnete sich die Tür, und auf der Schwelle stand die Ärztin.

„Ach, da sind Sie."

Ihre Stimme war streng wie immer; so als ob sie in Gedanken

immer mit jemandem im Streit läge. Fräulein Ribau begleitete sie.

„Wie lange ist Herr Suban schon hier?“ fragte sie Fräulein Ribau.

„Seit Mai, nicht wahr, Herr Suban?“

„So ist es. Seit den ersten Maitagen.“ Sie wird mich aus dem Pavillon wegschicken, dachte er, deshalb ist sie in Begleitung von Fräulein Ribau gekommen.

„Wir werden neue Schwerkranke bekommen.“ Sie war gereizt und fuchtelte mit ihrem Stethoskop in der Luft.

„Ich verstehe, Doktor.“

„Da gibt's nichts zu verstehen, weil auch ich vor einer Stunde noch nicht geahnt habe, daß sie kommen!“

„Soll ich sofort gehen?“ Und er setzte sich, so daß der Liegestuhl ächzte.

„Jetzt. Warum nicht?“ fragte die Ärztin zu Fräulein Ribau gerichtet. „Wäre es am besten jetzt?“

„O, das geht ganz schnell“, sagte er. „Ich habe nur einen kleinen Koffer und ein Paar Stiefel!“

„Aber ja. Seit Mai sind Sie hier“, sagte die Ärztin wie zu sich selbst. „Stiefel? Was für Stiefel?“ fragte sie dann.

„Soldatenstiefel, Doktor.“

Fräulein Ribau öffnete die Schranktür, die Ärztin aber fragte: „Deutsche?“

„Ja, deutsche, Doktor. Soll ich sie Ihnen zeigen?“

„Nein, das will ich wirklich nicht sehen.“ Und sie ging zur Tür hinaus.

„Was er sich nicht alles ausdenkt“, sagte sie auf dem Gang.

XXI

Eigentlich war dieser Pavillon ja schön gelegen. Der Ausblick reichte weit hinaus über das Tal. So wie er war, dreistöckig und sehr lang, wirkte der Pavillon wie ein weißes Schiff mitten im Wald, man erreichte ihn aber auf einem Weg, der gleich beim Eingang und beim „Schloß" nach links bergan stieg. Dichte Kastanien standen die ganze Zeit am Wege. Ein dichter Zaun und Stacheldraht bildete die Grenze. Aber trotz des Zauns führten verborgene Wege steil durch den Wald. Dort unten, wegen der Bäume nicht sichtbar, war der Weg, wo an einer Biegung das Denkmal für die Gefallenen stand. Auch die oberen Terrassen konnte man nicht sehen, nicht den Weg und nicht die drei Häuser. Nur ein Hahnenschrei zeigte ungefähr die Lage der Bauernhöfe an. Zufrieden dachte er an die beiden Zeilen auf dem blauen viereckigen Aufkleber: „Nach dem Abendessen, beim Kriegerdenkmal." Zwei Zeilen. Doch bedeutend wie Erde und Sonne zusammen. Ein Gegenpol der Angst. Er versuchte nicht, an den Abend zu denken, deshalb schlug er wieder *Colas Breugnon* auf. Aber Romain Rolland störte ihn jetzt mit seinen Harmonien. Rhythmisches Geklingel. Zu verspielt in diesem Moment; dieser Stil konnte einen nicht begeistern, wenn man selbst zu unruhig war, um sich einer solchen Wortmelodie auszusetzen.

Die Liegestühle standen an der Mauer entlang, vor ihnen lag ein breiter Sonnenfleck, der unter die breite bräunlich-rote Leinwand fiel. Eiserne Stangen hielten sie ausgestreckt über dem Geländer. Jemand schnarchte gedämpft am Ende der Terrasse. Sein Nachbar war schon zweimal von der Liegestatt aufgesprungen und hatte ihn geschüttelt.

Sie kam von der Hauptstraße her. Wegen ihres offenen Kragens und ihrer glatten, unten leicht wallenden Haare wirkte ihre Erscheinung gleichzeitig salopp und seriös.

Ihre Sportschuhe kamen schnell über den feinen Sand des Weges.

„Ist wieder alles in Ordnung?“ sagte er.

„O, es war ziemlich schlimm. An dem Abend habe ich mich erkältet. Es zog in dem Raum, kreuz und quer, die Vorhänge flatterten wie weiße Fahnen.“

„Weil mit ihnen die Finger eines unsichtbaren Windes spielten?“

Sie sah ihn an, und in ihrem Anblick lag ein gutgelauntes und spitzbübisches Selbstvertrauen.

Mit dem Abend wurde es langsam ernst; die Reihe der Häuschen entlang der Straße, jenseits der breiten Feldflur leuchtete im rötlichen Sonnenlicht; sie standen alle auf der linken Straßenseite, so daß man ihre Stirnseiten sehen konnte. Welche erhitzten und zugleich ruhigen Gesichter in dem gesättigten Licht des Sonnenunterganges. „Am meisten erstaunte mich die Offenheit“, sagte er.

Sie hatte ein etwas krauses Lächeln in den Mundwinkeln.

„Jetzt würde ich mir eine Bohnenschote holen, wenn Sie nicht das von mir geschrieben hätten.“ Aber sie näherte sich doch einer Bohnenstange am Wege und riß eine Schote davon ab.

„Aber man kann von einer Frau nicht erwarten, daß sie immer aufrichtig ist“, sagte er, als sie wieder mitten auf dem Weg stand.

„Außerdem ist es zuviel, wenn man erkennt, daß man wie eine Klette ist. Eine Frau darf sich niemals zu anhänglich zeigen“, sagte sie.

Sie biß in die Schote, aber nicht so sorglos wie beim ersten Mal, sondern überlegt und beherzt.

„Ich müßte wohl zutraulich und aufrichtig sein, ohne meine Anziehungskraft zu verlieren?“

„Ja, aber das ist unheimlich schwer. Auf jeden Fall ist das alles besser als dieses Kleben am anderen. Ich kann mir nichts unmöglicheres vorstellen, als eine Frau, die am Mann hängt wie eine nasse Fahne an der Stange." Und ihr Gesicht hatte ernste, fast harte Züge.

Sie wird niemals so sein, sagte er zu sich, denn sie stellt alle Gegenstände, die sie umgeben, zwischen sich und die anderen. Und weil sie es versteht, sich den Dingen zu schenken, so daß man sie auch in ihnen finden konnte. Es scheint, daß sie im Wind davongetrieben wird wie die Samen des Löwenzahns.

„Sie werden niemals wie eine Klette sein", sagte er.

„Glauben Sie?" Es war, als hörte sie nicht zu; ihre kleinen und hellen Zähne konzentrierten sich wieder mehr auf die Schote.

Der Weg stieg nun an, und ihre Schritte bewegten sich ganz wie von selbst auf einen nach links abbiegenden Fahrweg.

„Wie kam es, daß Sie Krankenschwester geworden sind, Fräulein Arlette?" fragte er sie nun.

„Mein Vater hat mich dazu gedrängt, zu arbeiten", sagte sie trotzig. „Aber es war nicht wegen des Verdienstes. Wer weiß, welche Befriedigung er damit gehabt hat."

Jetzt war ihr Gesicht fremd und abwesend, gleichzeitig waren ihre Züge entschiedener und wirkten beinahe auch ein wenig freier.

„Aber zum Glück fand bald danach ein Arzt einen Schatten an der linken Lungenspitze. Es folgte das Sanatorium. Aber es war eigentlich nichts, eher die Gefahr, daß etwas angefangen hätte. Diese Monate kamen mir aber gerade zupaß. Als wäre es eigens so arrangiert worden. Man entschied, ich sollte die Bibliothek betreuen, und Sie können sich vorstellen, daß ich das die ganze Zeit ausgenutzt habe. Die halbe Bibliothek habe ich ausgelesen."

„Es gibt genügend Leute, die viel gelesen haben, aber man sieht es ihnen nicht an."

„Dann wurde im Sanatorium ein Kurs für Krankenschwestern eingerichtet. Mich mußte der Arzt beinahe dazu zwingen, teilzunehmen."

Der Abend färbte die Kronen der Birnen- und Apfelbäume unter ihnen; das Gras hatte den Weg fast ganz überwuchert, nach links aber zog ein kleiner krummer Pfad hinunter in den Obstgarten.

„Papa ist ein seltsamer Mensch. Als er aus dem Ersten Weltkrieg zurückkehrte, besuchte er die Frau seines Freundes, der an der Front gefallen war. Der hatte ihn dazu überredet, er solle sich mit Mama verheiraten, die damals schon Josephine hatte. Aber sie paßten nicht zusammen. Sie ist schüchtern und geduldig, er aber ist gewalttätig und laut. Jetzt hat sich das etwas gelegt; aber als er noch jung war, war er einfach unmöglich."

„Aber Sie scheinen ihm mehr zu ähneln."

Sie blieb stehen und sah ihn an, als hätte sie vergessen, wie sein Gesicht aussah.

„Vielleicht. Aber Mama habe ich sehr gern."

Sie setzten sich auf das Rasenstück zwischen den Obstbäumen und einer Hecke, die die Einsicht vom Fahrweg verdeckte.

Er bot ihr eine Zigarette an; als sie aber hastig daran zog, beobachtete er sie, als fürchtete er, daß sich ihre Lippen nun auf diese unangenehme Art verziehen würden, die man bei einigen Raucherinnen beobachten konnte. Aber ihre Kühle war jetzt kindlich und anziehend; nur ein ganz schwacher Umriß einer unklaren Sorglosigkeit lag in ihr.

„Ich habe Mama wirklich sehr gern. Vielleicht ein wenig auch aus Mitleid, eigentlich liegt ja jeder Liebe auch Mitleid zugrunde."

„Jeder vielleicht nicht."

Sie hob die Schultern: „Aber fast jeder."

Die blaue Jacke mit dem offenen Sportkragen und mit Ärmeln, die an den Handgelenken eng geschlossen sind, steht ihr gut, dachte er, und dazu die dichten und weich herabfallenden Haare, die schräg über der linken Schläfe hängen.

„Als ich noch klein war, mußte meine Mama nachts immer zu mir kommen, anders konnte ich nicht einschlafen", sagte sie und schaute vor sich durch den Zigarettenqualm. „Ich lag neben ihrem Bett, aber ihre Hand lag über mir, so daß ich sie ergreifen konnte. Niemals durfte sie ihre Hand vergessen, ob sie nun schlief oder wach war."

„Und wenn sie es doch vergaß?"

„Dann wachte ich auf und schrie in die Dunkelheit hinein. Es war, als würde vollkommene Finsternis eintreten. Eine so schreckliche Angst hatte ich."

Die Dämmerung senkte sich langsam herab; man konnte sehen, daß wegen des aufgehenden Mondes dieser breite Fallschirm, mit dem er sich auf die Welt herabgelassen hatte, nun blau blieb. Jetzt müßten sie, so überlegte er, von diesem Seitenweg auf den gemeinsamen Weg zurückkehren. Langsam müßte er nun ihre Hände berühren. Aber er lag nur auf dem Rücken und legte sich seine linke Hand unter den Kopf.

„Ich weiß nicht, ob ich vor Dunkelheit und Einsamkeit Angst habe", sagte er. „Aber man sagt, daß ich geschrien habe, als ich alleine im Zimmer bleiben mußte. Der Mensch hat wohl doch einen sechsten Sinn, mit dem er sich schon als Säugling der Einsamkeit bewußt wird."

Sie wandte sich ihm zu, als interessierte sie sich für seine neue Lage, dann drehte sie sich langsam wieder um.

Das Mondlicht trat nun schon stärker hervor, auch wenn das Tageslicht noch nicht ganz geschwunden war; im Gras hörte man die Grillen deutlicher, als hätte sie die Dämmerung erst richtig in Stimmung versetzt.

„Und Ihre Schwester?" sagte er.

„Am Tag nach dem Tanz ist sie weggefahren."

„Ich war nicht sehr freundlich zu ihr. Zuerst deshalb, weil sie sich uns so früh angeschlossen hatte. Dann war ich auf sie wütend wegen Ihrer Hand."

„Wegen meiner Hand?"

Und so, als ob ihr Wesen jetzt sein autonomes Leben weiterführte, legte sich ihre Hand nun auf das Gras neben seinem Oberarm.

„Als ich davon las, wie Sie im schummrigen Licht lagen, da mußte ich an diese Hand denken." Und er versuchte seine Handfläche auf die Hand im Gras zu legen. Sie war klein und kaum mehr sichtbar, aber doch waren Kräfte dazu nötig. Und gerade deswegen, weil die Unentschiedenheit noch so lebendig war, wußte er, daß gerade diese Momente unauslöschlich waren und daß sie damit auf so altmodische Weise als ewig gelten konnten.

Arlette zog ihre Hand nicht zurück, und er legte nun seine Hand unter ihre, so daß ihre kleinen Hände auf den seinen zu liegen kamen. „Ja, als ich das las", sagte er, ohne seine Worte besonders abzuwägen, „da wünschte ich mir, ich läge neben Ihnen, damals, als Sie aufstanden, um das Fenster zu öffnen, und dann brav in der Dunkelheit lagen. Nur so."

„Nur so?" fragte sie heiter in der Dunkelheit über ihm.

Ihre Hand wurde schmiegsam, ihre Finger bewegten sich nun selbst hin zu seiner Hand. Es bestand diese Spannung, die sich in der Luft ausbreitete wie ein Schleier; jeden Moment wird sie sichtbar und fühlbar, dachte er.

„Vielleicht werde ich draußen vor der Scheibe bleiben, wie die Nachtfalter, diese verlorenen Seelen, und dann vergebens anklopfen."

„Die Nachtfalter haben es wenigstens versucht", sagte sie, gleichzeitig schelmisch und abwesend, als unterhielten sie sich aus großer Ferne. „Man muß es immer versuchen, nicht wahr?"

„Wir sind nicht alle als Don Juans geboren."

„Also nur dann, wenn der Erfolg gewiß ist? Kein bißchen Wagemut?“

„Es geht nicht um die Gewißheit des Erfolges, sondern darum, Einvernehmen zu erreichen“, sagte er, als spräche er zu sich selbst. „Vielleicht kann man auch damit Erfolg haben, daß man in sich den Draufgänger sucht. Aber was ist dann, wenn ich die Gefühle nicht spielen kann, die es nicht gibt? Wenn aber doch, warum sollte man sich der Gefahr aussetzen, daß man abgelehnt wird und sich damit vernichtet, wenn man im richtigen Moment die Vollkommenheit einer nahen Beziehung erreichen könnte?“

„Vielleicht brennt aber eine Liebe, die im ersten Moment zurückgewiesen wurde, dann noch viel stärker. Große Dichter haben Frauen besungen, die sie nicht erhört haben.“

„Wahrscheinlich muß man dazu ein großer Dichter sein; dem einen kann natürlich ein verunglückter Versuch der Grabstein einer kaum geborenen Liebe sein. Aber das, was mit einer Demütigung beginnt, kann keine große Liebe sein. Ein Dichter, der für sie Gedichte schreibt, tut das weniger für diese Frau als zu Ruhm und Ehre seines inneren leidenschaftlichen Dranges.“

Er setzte sich auf.

Arlette schwieg und erwartete vielleicht von dieser Umgebung, daß da nun geschah, was zu geschehen hatte. Und vielleicht gerade deswegen, um diese Spannung herauszufordern, sagte sie: „Ich fürchte um meinen Hals bei dieser feuchten Nacht.“

Er erhob sich und reichte ihr die Hand.

„O, ich habe doch nicht gemeint, wir sollten sofort gehen!“

Er aber sagte: „Ich habe Ihren Hals ganz vergessen.“ Seine Stimme wirkte ganz ruhig, aber dennoch mußte sie einen leichten Unwillen an ihm bemerkt haben.

Denn sie sagte: „Dann werden wir aber ganz langsam zurückkehren.“

XXII

Er half ihr aus dem Obstgarten hinauf auf den Weg.

„Ja, wir werden langsam nach Hause gehen", sagte er nach einigen Augenblicken versöhnlich; der Mond hatte jetzt schon die Farbe von durchscheinendem und zugleich bläulichem Silber. Die Grillen erweiterten immer umfangreichere Lautreviere in der ruhigen Offenheit der Nacht.

„Ich glaube, das Werk eines Dichters ist sein Ausdruck einer großen Liebe zu diesem Werk", sagte sie. „Es ist das Werk, das er ihr schenkt, weil die stärkste Liebe alles verschenkt, auch wenn sie nichts bekommen hat."

„Ganz sicher, sein Gedicht ist etwas Großes. Auch seine Liebe ist etwas Großes. Aber es ist *seine* Liebe und *sein* Gefühl. Wenn aber diese Liebe zum Schmerz geworden ist, und der Dichter von ihr flieht und die Liebe zum Gedicht, zur Gesellschaft an ihre Stelle setzt, dann ist diese wirkliche Frau womöglich auch ohne Bedeutung. Dann haben wir es mit der Sublimierung eines konkreten starken Erlebnisses zu tun, das der Dichter zu höheren Zwecken verwendet. Das ist aber nicht die wahre und wirkliche Liebe, denn eine solche erfordert zwei Herzen und zwei Körper und nicht nur ein Herz."

„Ich verstehe. Ihnen zufolge dürfte nur der über die wahre Liebe dichten, der damit eine geglückte Verbindung zweier Menschen meint."

„Geglückt und zerrissen, wenn es nun so sein soll, und wieder geglückt. Und wenn sie stark war und weich, gefühlvoll und lustvoll, sanft und stürmisch, dann war sie eine große menschliche Liebe. Eine zurückgewiesene, eine gedemütigte Liebe kann der Dichter sublimieren, er vermag ihr aber nicht Fleisch und Blut zu verleihen, ohne die eine wirkliche Liebe nicht bestehen kann." Jetzt gingen sie auf dem Weg, er aber fühlte ihre Hand neben sich, als hätte sie darauf die ganze Zeit vergebens gewartet. Er faßte sie sanft und ohne viele Umstände an.

„Wegen all dieser Überlegungen haben wir fast Ihren Hals vergessen."

„Einige Tage in der heimatlichen Luft, dann wird alles vergangen sein."

Dieses Gespräch wird uns nicht viel weiterbringen, dachte er; dieser glückliche Ton entsteht ständig aus Gefühlen, die im verborgenen bestehen, aber mit ihnen hielten sie immer die gleiche Nähe und auch immer dieselbe Distanz zueinander ein. Man müßte Worte finden, die sich mit seiner Hand im Einklang befänden, wenn er ihre Taille umfaßte. Aber es war zu sehen, daß es ihnen beiden sehr unangenehm und banal erschiene, wenn es so begänne.

„Was lesen Sie Interessantes?" fragte sie ihn jetzt.

„Colas Breugnon."

„O, welch ein Stil, finden Sie nicht? Ist Ihnen der Rhythmus aufgefallen, den die Klangharmonien in seinen Sätzen erzeugen?"

„Fast ein wenig zuviel kam es mir vor. Als ich darüber nachdachte, daß Sie weggegangen waren, haben mir diese Rhythmen geradezu Pein verursacht. Ich habe nämlich die Geschichte von Bellette gelesen."

„Ich erinnere mich."

„Aber kann es etwas Quälenderes geben, als auf seine alten Tage feststellen zu müssen, daß dieses Mädchen gewartet hat, das doch scheinbar so froh und unerreichbar war, daß er es nie wagte, sie zu erringen?"

Aber sie war abwesend; sie gingen an dem Denkmal vorbei und näherten sich langsam dem Tor. Das Mondlicht beschien die Asphaltstraße und die Kronen der hohen Kastanien. Beide schwiegen, als wären sie zu schnell angekommen und dächten nun darüber nach, wie sie sich ihren Weg verlängern könnten.

Es war zwar nirgendwo festgelegt, daß sie durch den Eingang zu kommen hatten, aber sie gingen doch am Pförtnerhäuschen vorbei in den Park. Und er fühlte, daß eine leichte Unruhe ihn wie eine Flut bedrängte.

„Gehen wir dort." Und er führte sie auf einen Weg, der beim Pförtnerhäuschen in den dichten und dunklen Wald hinein führte.

„Der führt doch in Ihren Pavillon."

„In unseren Käfig." Ihre Hand führte ihn jetzt wie auf dem Spaziergang mit Josephine.

„Dort kommt man ins Helle, da wo gewöhnlich die braune Stute mit ihrem Fohlen weidet, denke ich", sagte er.

„Da es hier so dunkel wie in einem Tunnel ist, kann es ja nur noch heller werden."

Sie war etwa einen halben Schritt vor ihm. Jetzt hielten sich ihre Hände ganz fest, als hätten sie eine Abmachung getroffen, und auch seine Unruhe entsprang nicht mehr einem einzigen Herd, was ihn veranlaßt hatte, ihr nahe und entfernt zugleich zu sein; es war wie das Summen der Schilfrohrspitzen, das sich in der Seitenströmung des großen Stroms den Halmen mitteilte.

„Hier ist ein ganz versteckter Bauernhof", sagte er.

„Ja, und ein Waschhaus."

„Ein Waschhaus?"

„Ja, ich glaube. Hoffen wir, daß der Hund nicht anschlägt."

Aber die Worte beider waren wie eine automatische Begleitung ihrer gemeinsamen Unruhe und Anspannung; nur das äußere Murmeln innerer, verborgener Bewegung.

„Hier irgendwo muß der Werkzeugschuppen sein", sagte sie.

Dort teilten sich die Bäume, und der Mondschein beleuchtete das Dach über vier Pfeilern; an den Seiten standen Wagen und viereckige Strohballen.

„Gehen wir dorthin“, sagte sie wie zu sich selbst.

„Was, dort soll der Weg sein? Dort durch den Schuppen?“

Aber sein Flüstern war nur für ihn selbst bestimmt, weil sie ihn auf dem kurzen Weg durch den Mondschein führte. Sie hielt ihn fest an der Hand und war immer etwa einen Schritt vor ihm, als hätte er keine Sicht und sie müßte ihm dazu verhelfen. Die Grillen drehten ihre Spieluhren, aber auch ihr eintöniges Zirpen war ein Teil dieser Magie, von der die Luft erfüllt war. Und so brachte er bei dem Schuppen automatisch ihre Hand zum Stillstand und legte seine Hand um ihre sanft herabfallenden Haare. Dies war eine selbstverständliche Bewegung, von der er wußte, daß er ganz in ihr versunken war. Am weichen Bogen ihrer Lippen fühlte er, daß sie sowohl kindlich gespannt als auch weich und erwartungsvoll waren. Dann spürte er mit seinen Händen den glatten Stoff auf ihrem Körper. Und wieder die Feuchte des Mundes. Ihre Brust war runde Entfernung und zugleich weiche Brücke, die in ihn drang, sich verbreitete, ihn spaltete, aber doch uneingenommen verblieb. Und dies war ihr Körper, zugleich war er nur Mondschein, der blau über die Scheune mit dem bläulichen Stroh schien.

„Arlette“, flüsterte er, als sich die Spitzen ihrer kleinen Küsse über seinen Hals ergossen und sich in der Hingebung vermehrten, während seine Hände durch die Bläue zu ihren Früchten hinabtauchte und sie formten und verformten. Und es war wie die Geburt einer Welt, die er jetzt besaß, so, daß der Saft des Lebens nun in ihn drang, und er war es, der sich das Leben wiedergab. Der Tod aber blieb in seiner tiefen Kluft, weit jenseits der schräg einfallenden Wand des blauen Mondscheins. Aber er unterdrückte doch die ausgelassene Stimmung, die er in sich trug. Sorgsam und vorsichtig widmete er sich der Aufgabe, ihre Jugend anzunehmen. So, daß die Wogen des Lebens, die nun heranrollten, sie beide auf ihrem unsichtbaren blauen Floß ins

Wanken brachten. Und sie versuchte ganz automatisch und sanft, sein Untertauchen in weiche und dunkle Tiefen zu verhindern; aber das Deck kam wieder ins Wanken, so daß ringsum das Wasser aufrauschte, während sie beide darin zwei Delphine waren. Biegsam und gespannt. Schnell im Lauf und wieder schnell beim Zurückkommen in den vorherigen Kreis, in der Jagd durch die Wasserschichten, im Plätschern an der Wasseroberfläche. Dann wieder in sanfter Fahrt über die blaue Ebene unter dem blauen Himmel; dann fast unbeweglich, als wären sie beide zur gleichen Zeit durch und durch vom Pfeil eines Fischers getroffen worden.

Er ging mit seinen Lippen über ihre Schläfen und Lider, langsam, um die Folgen des sich entfernenden Sturmes zu mildern. „Arlette", murmelte er, um sich auch durch dieses Wort ihrer Wirklichkeit zu vergewissern.

Sie schwieg, in langer Folge küßte sie seine Hand, die ihre Wangen streichelte.

„Es ist also wahr", sagte er.

Sie schwieg, als wäre sie alleine und weit weg.

„Ihr Armen, aus welcher Gegend seid ihr zu uns gekommen", sagte sie danach.

„Das heißt, doch aus Mitleid, wie du es vorhin erklärt hast?"

„Ich habe nicht gesagt, daß es nur Mitleid sein muß."

Er lockerte die Umarmung; wenn er etwas nicht benötigte, dann gerade dies. Und schon im selben Moment fand er sich wieder im Winkel seines Lagerzimmers, gegen Abend, wie er und Vasko am Boden die dürren Skelette bekleideten. Was sollte das hier verschwendete Erbarmen? Bei dem Gedanken kam sie ihm plötzlich nicht anders vor als eine überflüssige Krankenschwester. Zugleich sah er sie an, wie sie ihn wie eine Mondsüchtige an der Hand faßte, und er dachte, daß sie wohl selber nicht so recht wußte, was sie da gesagt hatte.

„Mitleid oder etwas anderes, Hauptsache, es ist wahrhaftig!" sagte er lebhaft.

„Und daß wir jetzt nicht zu prahlen beginnen?"

„Dürfen wir das denn nicht? Bei einem Mädchen, das sich *erbarmt* hat? Nein! Ich könnte schreien, so daß ich den Hund und die ganze schlafende Bauernfamilie aufwecke!"

Aber er hatte nicht das Gefühl, daß irgendwo Menschen schliefen. Zu dem Gebäude, wo sie wohnte, war es wohl nicht weit, aber alle anderen Pavillons waren auf dem Hügel im Walde. Sie waren alleine im Mondschein, der sie unmittelbar mit dem All verband.

„Ich müßte jetzt gehen", sagte sie.

„Ja, damit dein Hals nicht wieder rebelliert."

Ein wenig kühl wird ihr Abschied sein, dachte er. Vielleicht lag es auch daran, daß dieses Treffen zweier Welten doch zu schnell erfolgt war. Und vielleicht war dabei auch zu sehr seine Begierde zutage getreten. Aber dennoch waren sie doch in allem verständig und einig geblieben. Oder nicht?

Er schob mit den Händen ihre Haare beiseite.

„Wann werde ich dich wieder sehen?"

„Zuerst werde ich in Urlaub fahren."

„Gerade jetzt? Ausgerechnet jetzt?"

„Du weißt doch gut, daß mit dem Urlaub schon alles vorher entschieden war."

„Sicher", sagte er. Das wußte er natürlich, dennoch war ein Ton in ihrer Stimme zu abwesend und fast unwillig.

Sie standen auf und kehrten langsam wieder auf den Weg und in den Mondschein zurück.

„Aber bevor du verreist, meldest du dich noch?"

„Ich hoffe." Er aber hoffte, daß sie nach einigen Tagen käme und ihre Abreise verschoben hätte. Auf alle Fälle aber, mein Lieber, sei auch du nicht so betroffen, dachte er sich. Der Mondschein war ein durchscheinendes blaues Meer ringsherum, während nun vor ihnen mitten im Wald ein hohes und schmales Gebäude erschien, das da ohne Licht still und stehend schlief.

Jetzt richtete sie selbst ihren Blick auf ihn.

Man kann nicht unbeteiligt sein, sagte er sich, und fest und vorsichtig umklammerte er ihre Schultern, während seine Rechte an ihrem Kinn lag. Sollte sie gehen, wohin sie wollte, aber sie war doch wirklich, sagte er sich und hörte das Zirpen ringsherum um die Küsse und im Kuß selbst und auch als Echo in ihrer weichen und saftigen Mundhöhle. Dann verblieb seine Hand an ihrem Busen, und langsam drückte sich in seine Handflächen ein unauslöschbarer runder Abdruck.

„Auf Wiedersehen", flüsterte sie.

Dann wandte sie sich um und ging.

Einen Augenblick später blieb sie noch einmal stehen und zog ihre Schuhe aus.

„So ist es sicherer", sagte sie.

„Arlette", flüsterte er.

„Es ist spät." Und sie lächelte.

Aber sie kehrte noch einmal zurück und stellte sich vor ihn auf die Zehenspitzen, dann rannte sie barfuß durch das Mondlicht, mit ihren kleinen Schuhen in der Rechten.

XXIII

Das Bewußtsein, daß sie abgereist war, begann am Abend unerträglich zu werden, als er vom Spaziergang über den Hang zum Pavillon zurückkehrte. Vielleicht ist dies die Naivität, die den Zurückgekehrten eigen ist, dachte er, nur diese gehen in der Hoffnung spazieren, daß auch sie dasselbe Bedürfnis haben würde, den gemeinsamen Ort aufzusuchen. Nur ein Zurückgekehrter konnte so den ganzen Tag durchleben, die Bilder und

Worte der Liebe nachempfindend. Mag sein auch deshalb, weil er vom Morgen bis zum Abend auf dem Liegestuhl lag, in der Wärme verschmolzen und vervielfachten sich dann diese Bilder wie von selbst. Um so mehr, als sich nun auf einmal alles ereignet hatte, was in der Liebe geschehen konnte. Und alles ohne Vorbereitungen und langes Suchen. Halb im Traum. Diese kleine Hand, die ihn durch den Mondschein zum Schuppen geleitete, sie war dieselbe, die dann die Schuhe hielt, während ihre Schritte sich unhörbar von ihm entfernten. Und mit noch größerer Spannung beobachtete er die Figuren und den Gang der Personen, die nun immer seltener in der Dunkelheit zurückkehrten. War es denn möglich, so einfach wegzugehen? Vielleicht gähnte sie heute morgen, als sie aufwachte, und wunderte sich ihrer ungewöhnlichen Träume wegen. Und es war ihm, als wäre er dem Pavillon entschlüpft und wäre durch den Wald spaziert; aber er fühlte, daß der Wald ihm nicht helfen konnte. Der nächtliche Wald konnte in der Tat die grenzenlose Stille der Vernichtung herbeizaubern; aber jetzt ging es um das Leben, um den Kern des Lebens.

Das braune Leinen ragte über das Geländer, wie verwitterte Augenlider; sie schützten die lange Terrasse vor der Sonne, aber die Sonnenstrahlen wollten trotzdem keine Mittagsruhe einhalten. Sie duckten sich schräg unter die Leinwand und beleuchteten einen breiten Streifen der Terrasse vor den Liegestühlen; dort, wo die Leinwand eingebeult war, traten sie in breiten Bündeln ein und schufen eine Insel des Lichts unter den geflochtenen Liegen. Die Körper lagen in der Schwüle und deckten sich im Schlaf mit kleinen Schweißtropfen zu; die Hitze tropfte ihnen wie eine weiße Krankenschwester den Schlaf aufs Gesicht, die Lider fielen ihnen langsam zu.

Hier und da las jemand oder beobachtete das Land durch

die Stangen des eisernen Geländers. Dort unten in der Sonne lagen müde die unbearbeiteten Felder wie die Invaliden in gelber Kolonialkleidung; die Äcker setzten die Traurigkeit der Kriegsjahre fort. Am Ende der Terrasse knarrte ein Türflügel, und vor den Liegen begann sich die Krankenschwester zu bewegen; sie sah die Nummern an der Wand über den Kopfteilen durch und schrieb sich diejenigen über den leeren Liegestühlen auf. Als sie sich näherte, verbarg Jules ein Buch unter seinem Oberschenkel. Dann ging sie an ihm vorbei, Jules aber schloß die Augen, als ob er sanft träumte.

„Jetzt weiß ich nicht mehr, auf welcher Seite ich aufgehört habe", brummelte er, als sie verschwand. Dann erklang die Glocke im Erdgeschoß, und diejenigen, die noch schliefen, fuhren zusammen, als wären sie in einem Kahn eingeschlafen, der nun mit der Nase ans Ufer gestoßen war. Dann waren seine Augen, als sie sich öffneten, langsame Muscheln. Jules lehnte sich auf seinen Ellbogen. Es gefiel ihm, so in einer halb nachlässigen, halb selbstbewußten Lage die lange Reihe der Liegen zu beobachten. Sein schmales Gesicht war ermüdet; als er dann aufstand, war seine rechte Schulter sichtbar niedriger als seine linke.

Er legte ein Päckchen auf die Knie. Sorgsam begann er, sich eine Zigarette zu drehen, während sich seine Lippen langsam auf einen Scherz vorbereiteten. Er schüttelte einen Nachbarn, dann schrie er: *„Aufstehen!"*

„Schweig!" erboste sich einer.

Jules aber machte ein wütendes Gesicht.

„Aufstehen! Los, Mensch!"

„Halt's Maul, du Mißgeburt!" rief Jojo heiser. Er drehte sich auf dem Bett um, so daß die trockenen Weiden knackten. Sein Körper war wie der Leib eines Gewichthebers, und als er zu husten begann, mußte er, wie eben, unter sein Kopfende fassen, um die Pappschachtel zu holen.

„Werft ihn aus seinem Bett“, rief er dann.

„Also, es gibt drei Dinge, die der Mensch unbedingt braucht“, sagte sehr überlegt und langsam Jules. „Nur drei.“

„Schauspieler!“ rief Jojo fröhlich.

„Schweig“, sagten einige Stimmen zu Jojo.

„Die erste der wichtigsten Wahrheiten: Das ist die Gesundheit.“ Und Jules hatte das Gesicht eines Kapuziners, der sich nicht von den Einwürfen der Ungläubigen stören läßt.

„Zeig her! Zeig!“

„Gesundheit, die haben wir doch!“

„Zeig!“ Und die Terrasse lachte.

Jules warf die Füße vom Bett und zog seine Hausschuhe an; dann stand er auf.

„Warum?“ Und er war ganz ernst. „Zweifelt da einer?“

„Beim Schreiner haben sie schon deine Kiste bestellt!“ rief Jojo. „Ha-ha-ha!“

„Still“, brummelte es auf den Liegen, aber nun lachten sie auch über Jojo.

„Zweifelt da einer?“ Und Jules streckte sich aus und preßte seine Fäuste an die Brust wie ein Läufer, dann rannte er mit schnellen und großen Schritten die ganze Terrasse entlang bis zum anderen Ende und zurück.

„Harlekin!“ rief Jojo fröhlich.

„Bitteschön, und ich schnaufe kein bißchen“, sagte Jules. Und wieder lief er herum. Dann blieb er stehen und klopfte sich auf die Brust.

„Diese Lungen sind gesund“, sagte er, während seine Hand nun in der Luft herumfuchtelte. „Erstklassige Lungen, bitteschön!“

Aber dann packte ihn der Husten, so daß sein Brustkorb zitterte und sich krümmte und man wieder sehen konnte, wie niedrig seine rechte Schulter herabhing. Er setzte sich an den Rand der Liege und griff in die Tasche nach der runden Schachtel.

„Wer kommt mit mir zum Schreiner, um ihm einen Sarg zu bestellen?“ schrie Jojo, daß es in dem langen Raum widerhallte.

„Das kommt vom Rauch“, sagte Jules herablassend. „Von den Zigaretten.“

„Das kommt, weil drinnen in dir alles klopft wie in einem Topf, wenn die Bohnen kochen“, sagte Jojo. „Hahaha.“

„Die zweite wichtige Sache, die gleich nach der Gesundheit kommt, mein Lieber, ist die Arbeit“, sagte mit ruhiger Stimme Jules; er saß auf der Liegestatt und hielt die Hände verschränkt um die Knie, so daß er asketisch und bescheiden aussah.

„Die haben wir auch.“ Und er drehte den Kopf und starrte mit dem Gesicht eines Heiligen die lange Reihe der Liegen entlang.

Die Gesichter feixten, er aber rieb sich langsam die Hände und hielt den Kopf zur Seite.

Jetzt schob die Schwester den Flügel der Glastür zur Seite und trat auf die Terrasse. Aber weil das Lachen bei ihrem unerwarteten Eintreten verstummt war, waren ihre Augen in Verlegenheit.

„Kommen Sie, kommen Sie“, sagte Jules.

„Ich kann jetzt nicht.“

„Kommen Sie, wenn ich es Ihnen sage.“ Und Jules war wie ein Vater, der ungeduldig war, weil seine Tochter sich vor einem Hündchen fürchtete, und doch war seine Stimme dabei auch nachsichtig gegenüber einem so kleinen und jungen Wesen.

„Hören Sie zu, Fräulein Gilbert“, kam es von den Liegen. Sie aber stellte sich gleich neben das Geländer, um sich durch die Nähe der Eisenstäbe gegen die Verlegenheit abzuschirmen.

„Das dritte ist die Liebe.“ Und Jules sah sie fragend an, als ob er auf ihre Frage antwortete.

„Ich verstehe nicht“, flüsterte die Gilbert. Dann wandte sie den Kopf und blickte über die Liegen hinweg.

„Es gibt drei Hauptwahrheiten“, sagten die Kranken und lachten verschwörerisch.

„Ich verstehe nicht“, sagte nun etwas mutiger die Krankenschwester. „Um was geht es?“

„Sie wissen nicht, was mit der Liebe ist?“ Und Jules war ernst, fast zerknirscht, als müßte er jetzt für sie büßen, weil sie solche wichtigen Wahrheiten nicht wußte.

„Sag's ihr, Jules!“ rief Jojo.

„Das ist so. Gegen Zehntausende ehemaliger Häftlinge, also gegen uns, hat man Scheidungsklage eingereicht.“

Er sprach langsam, fast ein wenig zu leise, aber der Ton seiner Stimme hatte etwas in sich, was bedrohlich wirkte; es war, als würde seine Stimme gerade dann, wenn sie sich senkte, fast verschluckt werden. Die Krankenschwester machte jetzt einen kleinen Schritt, drehte ein Krankenblatt um, das sie in der Hand hielt.

„Sie sehen alles zu schwarz“, sagte sie unentschlossen.

„Wissen Sie, was eine Scheidung kostet?“ wollte Jules wissen und griff nach seiner Brieftasche in der Innentasche seiner Jacke.

Sie drehte sich nun um und eilte dem Ausgang zu.

„Warten Sie. Ich zeige Ihnen einen Zettel!“ rief Jules. Aber sie hatte schon den Türflügel aufgestoßen und war verschwunden.

Jules zuckte mit den Schultern und lachte trocken in sich hinein, als er das Papier wieder in die Brieftasche legte.

„Diese Deutsche hättest du dir genehmigen sollen!“ rief Jojo. „Hab ich dir nicht gesagt: Jules, schnapp sie dir, du siehst doch, daß sie darauf wartet?“

Robert rief: „Das konntest du ja auch, bist ja nicht verheiratet!“

„Und wenn du dann nachhause kommst wie diese armen Schweine und herausfindest, daß dir die Frau mit einem anderen davongelaufen ist?" sagte jetzt Jojo. „Und daß du als Zugabe noch die Kochschen Bazillen bekommen hast?"

„Sie wollte den Zettel nicht sehen", sagte Jules zu sich und verzog seine Miene.

Sie begannen zu gehen, und die Terrasse leerte sich schnell. Auf den engen vergilbten Matratzen der Korbstühle blieben Zeitungen und offene Bücher liegen, die Sonnenstrahlen aber brachen sich vereinzelt an den Liegen. Diese waren an der Mauer entlang leer und mit ihren erhöhten Kopfteilen anzusehen wie Fragezeichen ohne Antwort. Unten, im Erdgeschoß, schalteten sie jetzt das Radio ein, und aus dem Lautsprecher erklang Musik wie ein Strom, der die ganze Zeit nicht versiegte, in der sie mit der Vernichtung zu tun hatten. Und er erinnerte sich der ersten Musik, die er nach der Rückkehr gehört hatte, im Lunapark, als er sich photographieren ging; aber die, die da unten jetzt spielte, kam ihm schon sehr vertraut und freundlich vor. Sie war wie ein lauter Zeuge der Jugend des Menschen. Und es schien ihm, als gäbe es im Menschen Keime von Grün, die kein tödlicher Frost abzutöten vermochte. Auch Jules und alle anderen hatten trotz allem noch diese Quelle von Lebenskraft in sich. Natürlich ist der Hohn eine bittere Arznei, weil sich Kranker und Arznei nicht unterscheiden, aber gerade die Möglichkeit der Selbstbeherrschung zeichnet ja das Menschengeschlecht aus.

Das dritte ist die Liebe.

Oder sogar das erste.

Nein, das erste war die Gesundheit; ganz anders wäre seine Beziehung zu Arlette, wenn er so eine runde Pappschachtel mit sich führen müßte wie Jules, Jojo, Robert und so viele andere. Arlette aber war wie die Musik im Erdgeschoß, lebendiger und zugleich kluger Mozart. Es war nur die Frage, ob sie für ihn bestimmt war.

Die Musik unten verstummte plötzlich.

Es folgten einige Augenblicke der Stille, dann sagte eine männliche Stimme im Radio: *Wir fahren fort mit dem Verlesen der Vermißtenlisten. Jacques Ducour wurde weggebracht am soundsovielten soundsovielten. In Belsen ist er gesehen worden. Wer etwas über ihn weiß, möge an die und die Adresse schreiben. Antoine Lemaire war in Struthof bis September 1944. Wer ihn danach noch gesehen hat, der schreibe seiner Mutter Frau Lemaire an die und die Adresse.*

Er drehte sich leicht auf dem Liegestuhl; es war, als kämen diese Worte aus sehr entfernter Gegend, die mitten in der Erdkugel verschlossen war; Blasen, die von einem Ertrunkenen hoch an die Meeresoberfläche drangen. Und das alles war doch erst vor ein paar Monaten. Jetzt sorgten sich die Menschen schon wieder um die Ernte oder um die kommenden Wahlen, und ihm ging es um Arlettes Brief. In der Ferne blies eine Flöte, die Stimme klang wie das Muhen einer Kuh, die ein Kälbchen in einem Stall jenseits des Flusses hatte, aber nicht übers Wasser konnte und deshalb verloren im Schilfrohr umhertrat. Dann schrie ein Schwarm Krähen jenseits des Waldes, und es war, als stritten sich ihre Schnäbel wegen toter Namen.

Und so lag er nun ordentlich unter der braunen Leinwand und schimpfte über ihre Abreise; und er fühlte sich wie ein Missetäter, der heimlich Radio hörte, der seine persönlichen Daten aufzählte und ankündigte, wie sich der Kreis der Verfolger immer mehr verengte. Das war ein ungerechtes Gefühl. Dennoch, er war wohl auf die Welt gekommen. Und das endlose Aufzählen der Namen im Erdgeschoß brachte ihn immer wieder dazu, daß ihm wohl jeder dieser Namen eigens vorwarf, er lege sich so sorglos hin. So sollte er doch besser aufstehen. Vielleicht wäre es wirklich angemessen, wenn er stehend zuhören würde, aber er lag teilnahmslos da, wie angebunden, nur die Pyjamajacke war ihm schon von der Brust gefallen. Furchtbar heiß, dachte er, und zugleich sah er den alten Belgier, der diese

Pyjamajacke trug, als er aus dem Baderaum in sein Zimmer kam. Damals war er nicht mehr dort, wo er des Abends mit Vasko die röchelnden Körper auf den Lastwagen lud, sondern er war in dem Raum, wo die Kranken mit Wundrose waren. Dem Alten hatten sie im Baderaum diese Jacke anstatt eines Hemds gegeben. Und als er kam und sich wegen der Wundrose wie ein Blinder mit den Händen bedeckte, war wegen der kurzen Jacke viel mehr als seine baumlangen und knochigen Beine, seine alte und winzige Nacktheit zwischen den Beinen sichtbar. Denn diese Jacke mit den blauen und weißen Flecken war wesentlich kürzer als ein normales Hemd. Und der Alte war lang wie eine Bohnenstange. Es war wohl auch besser, daß er wegen seiner entzündeten Lider dieses ärmliche Schauspiel nicht sehen konnte. Zwei gerötete Blasen verdeckten seine Augen. Und als er dann da lag und er ihm in einer runden Schüssel das Essen brachte, berührte es der Alte nur mit seinen dürren Fingern. Das Brot mochte er nicht, sollte er es denn aufheben, sagte er dann, wenn es ihm der Zigeuner aus dem unteren Bett einige Male doch unter dem Kopfteil geklaut hatte, wo er es versteckt hatte, weil er hoffte, daß er es irgendwann werde essen können. Aber es half nichts; und als er starb, da wurde der Kapo wieder wütend, weil seine Beine unter der Decke über den zu engen Sarg hinausragten.

Das Radio im Erdgeschoß setzte seine Sendung mit den Namen fort. Wieviele Nummern hatte er mit Tintenstift auf die Schenkel geschrieben. Und weil die Haut welk und rauh war, mußte man alles gut anfeuchten, damit der Bleistift zu lesen war. So konnte der Heizer vor dem Ofen, bevor er sie ins Feuer stieß, noch die Nummern von den Beinen abschreiben. Er aber, der das Brot der Häftlinge aß, lag nun bequem auf dem Liegestuhl und würde zu einem Rendezvous eilen, wenn es sich jetzt herausstellen würde, daß sie nicht in Urlaub gefahren wäre. Er war schuldig und nicht schuldig; alles zugleich. Er hatte das

Brot, das von den Gestorbenen übrig geblieben war, und ihr Sterben war für ihn jeden Tag sofort auch eine Möglichkeit, satt zu werden. Er brachte sie nicht um ihr Leben, er lebte nur von ihrem Sterben. Natürlich konnte ihm das niemand verübeln. Weder die Mutter noch die Frau des Häftlings. Aber es wäre wohl besser, wenn die Schwester im Büro an den Knöpfen drehte, so daß wieder die Musik erklang.

Nein. Es sollte ruhig zu Ende gehen. Hm, zu Ende! Und so, als würde ihm sehr schnell ein Beweis für die Berechtigung seiner Ironie geliefert, da wechselte eine weibliche Stimme im Radio die männliche ab. Es ermüdet einen, Tausende und Tausende von Gräbern aufzuzählen; insbesondere, wenn ein solches Aufzählen eigentlich bedeutungslos war. Auch die Gegend dort unten am Fluß weiß das, und die Zahlen aus dem Radio fielen auf sie wie tote Samenkörner. *Den und den sah man zuletzt in Dachau im April des Jahres 1944*... Gut, er nahm also diese blaue Jacke. Als er starb, mußte er ihn sowieso ausziehen; dann erhitzte er Wasser in einem Gefäß und kochte die Jacke aus. Eigentlich brauchte er sie nicht, er nahm sie nur als Erinnerung an sich; als wäre der alte Belgier ein Verwandter gewesen. Und wenn er sie jetzt trug, war es, weil er nur ein Hemd hatte und es zu schade war, um sich mit ihm hinzulegen. O, natürlich hätte er so manches nicht angezogen, aber das hier konnte er sich eigentlich nicht als Schuld anrechnen.

Er stand auf. Nein, nicht nur er war schuld. Wenn, dann waren alle schuld. Deshalb, weil sich mancher des Bösen noch nicht einmal vor dem Ofen bewußt wird, und kaum, wenn der Tod sich in Zebrastoff kleidet. Aber damals half es nichts, daß sie eine so große Menge waren. Im Gegenteil, das abgestumpfte Bewußtsein, das schließlich noch nicht einmal immer vor dem Krematoriumsschlund zum Erwachen kam, bestand nur in einem Gefühl sanfter und stiller Ohnmacht. Vorher hätte man denken müssen.

Deshalb war es notwendig, schon jetzt an die Zukunft zu

denken, sagte er sich und ging am Geländer entlang. Ja, schon heute an morgen denken, in erster Linie aber von dem Durchlebten Zeugnis abzulegen, damit die Leute schwarz auf weiß Bilder von allem bekämen, was sich abgespielt hatte.

Mit dieser Erkenntnis beruhigte er sich und setzte sich wieder auf den Liegestuhl. Er nahm sein Notizbuch in die Hand, um die Sequenz von dem alten Belgier niederzuschreiben, aber schon beim ersten Satz: *Damals war er nicht mehr allein...* kam er ins Stocken, weil er zweifelte, ob ein solcher Anfang berechtigt war. Er mußte doch vorher die Umgebung beschreiben, damit verständlich gezeigt würde, wo dieser Erinnerungsfetzen sich ereignet hatte. Diesem ersten Zweifel folgte aber sogleich ein anderer: hätte er nicht, bevor er von dieser Jacke berichtete, die nächtlichen Fahrten in den eisernen Loren über die verschneite Landschaft beschreiben sollen?

Und bei dieser Unentschiedenheit sah er vor sich hin, mit dem Bleistift in der Hand, unwillig, weil ihn der Reichtum an Stoff jedesmal von neuem so außer Gefecht setzte.

XXIV

Vormittag; und auf der Terrasse unterhielten sie sich leise, obwohl noch Ruhezeit war. Aber ihm war es, als wäre er nicht bei ihnen, und ihr Gespräch bildete eine unsichtbare Grenze, die ihn von den anderen trennte.

Lieber, gerade bin ich in das kleine Gästezimmer gekommen, das leer ist, nur der Ton der Wanduhr füllt es, und dieser Ton kommt mir ganz seltsam vor.

Ganz sicher, ich könnte Dir unter dem Eindruck schreiben, den meine Heimkehr hervorgerufen hat, aber wie seltsam ist das Leben und wie ändert der Mensch doch seine Einstellungen. Ich war noch krank, als ich ankam. Vielleicht war das daran schuld? Und ich bin wie eine Unbekannte im Hause meiner Jugend herumgeirrt. Ich öffnete Schubladen, las alte Briefe, hielt mich mit alten Kleidern auf und hatte bei all dem das Gefühl unbeschreiblicher Leere. Wie ein kleines Mädchen (das war ich ja vor kurzem auch noch) kletterte ich auf den Getreidespeicher und linste durch die Dachluke. Jenseits der Schieferdächer blickte ich auf die endlose Kette von Hügeln, wohin ich einst gern Spaziergänge machte.

Der Hals tat mir gestern wieder weh, und so verlebte ich den Tag im Bett mit meinen Büchern um mich herum (ich dachte, ich sollte Dir die Colette bringen und zwar „Le blé en herbe"). Ich habe an Dich gedacht, Radko, habe Dir aber nicht geschrieben, weil für mich alles eine Quälerei war und ich wie ausgehöhlt, unausstehlich und leer war. Wie wirst Du das verstehen? Ob Du mir verzeihen wirst?

Jetzt, hör nur, Alençon bellt. Ich bin schon hingegangen und habe die Tür zur dunklen Straße geöffnet. Alençon ist unser Hund, ein Herumtreiber, rot und häßlich, mit Haarsträhnen, die in die Augen hängen. Die Rasse, die er hat, sollte, so glaube ich, Jungtiere hüten (er hat mich aber auch nicht wiedererkannt, als ich nachhause gekommen bin).

Jetzt gute Nacht, ich werde noch eine Woche hier bleiben, schreib mir und sag mir, daß –

Alles war wie ein Geschenk, wie in diesem Moment aus dem Nichts heraus für ihn geschaffen. Fast unwirklich. Und sehr genau hörte er das Ticken der Uhr an der Wand und sah sie, wie sie brav am Tisch saß und schrieb. Wenn man sich damit wirklich irgendeinen Verdienst erwarb, könnte man fast sagen, daß es sich oft lohnte, einige quälende Tage zu verbringen. Aber so etwas behauptete jeder hinterher.

Er griff nach dem Schreibpapier und schlug die Beine übereinander, damit das Buch auf den Knien ihm einen Tisch ersetzen konnte. Es war, als befänden sich um ihn herum alle Keime des Lebens und er wäre ein Reisender, der vor seinem Zelt saß, mitten in der wiedergefundenen und nach ihm rufenden Natur. Er hatte zudem den Eindruck, daß ihn die einstige Briefkrankheit wieder zu befallen drohte. Denn es war ganz sicher eine Krankheit, wenn ein gesunder Mensch ein Mann der Tat ist. Aber er war gern von dieser Krankheit befallen. Vor allem, weil er ihr schrieb. Aber als er aus Deutschland zurückkehrte, war er wie ein Apostel ganz für die Wiedergeburt der Welt eingenommen. Er war überzeugt, daß alle Menschen bereit waren, sich zu versammeln und vertraglich zu verständigen, wie die Zukunft einzurichten sei, damit sie menschlich und gut werden konnte. Das war damals, als sie ins Zimmer kam und er sie kaum bemerkte, weil er in seinen Erinnerungen befangen war. Als er sie aber gefunden hatte, war es die Berührung von einer Frauenhand, die alles zugunsten des Lebens auslöschte. Deshalb war ihm nach ihrer Abreise und wegen ihres Schweigens die Zeit wieder nutzlos und richtungslos vorgekommen. Es war das Gefühl, so zu nichts nutze zu sein wie ein Lappen, der aus dem Fenster auf die Straße fällt und dessen sich noch nicht einmal ein Windstoß erbarmt, mit ihm die Gosse entlang zu treiben. Dem gesellte sich auch die traurige Feststellung bei, daß er eines Tages irgendwo Wurzeln schlagen mußte, sich einer Sache zu widmen hatte, während in ihm immer das Bewußtsein, ein Heimatloser zu sein, wirksam war. Ja, wie sollte er Arlette entsagen, wo er durch sie ein neuer Mensch geworden war. Aber wie sollte er ihr etwas vom Glauben an die Zukunft vorlügen, wenn er erfolglos in sich nach Plänen dafür suchte? Sie aber war einer sanften und dauerhaften Neigung wert.

Trotz allem konnte man ziemlich sicher sein, daß man nicht log, wenn man vorgab zu lieben, wie er dies jetzt behauptete. Und ganz sicher wußte er, daß sie in diesem Brief nicht das finden würde, was sie erwartet hatte; er wußte aber auch, daß er es gerne hätte, daß sie in ihm jemanden verspürte, der beständig an die Hände dachte, die so unwahrscheinlich zu streicheln vermochten. Immerhin wäre ihm lieb, daß sie dann, wenn sie diesen Brief gelesen hätte, ihre Schubladen öffnete und dort ihre gute Vertrautheit wiederfand, die sich an die Dinge hielt, wegen derer wir sind, was wir sind. Und er hatte den Eindruck, daß er sah, wie die Schieferdächer silbern in der Sonne glänzten, wie aber trotz des Lichtes ihre Augen an der Luke des Getreidespeichers am stärksten leuchteten.

„Zufrieden?" Auch wenn sein Französisch noch schleppend war, war das kaum zu bemerken, weil Nikos keine Verlegenheit kannte. Er sprach immer so bedächtig, daß er älter wirkte, als er war. Achtundzwanzig Jahre. Wegen seiner kernigen, etwas zu gut genährten Figur glich er einem ernsten und zurückhaltenden Arzt. Er ging festen Schrittes, wie aus einem Guß.

„In den vergangenen Tagen warst du nicht da", sagte er und schüttelte ein wenig den Kopf; seine schwarzen Haare waren dicht und fest, ganz klein gekräuselt. „Liebe?"

Und Nikos verzog seine Lippen. Dann schüttelte er den Kopf. „Es lohnt sich nicht", sagte er. „Eine Frau kann nur ein guter Kamerad sein."

„Du denkst zu sehr in Schablonen." Aber gerade diese einfache und zugleich unbeugsame Art, mit der er seine Überzeugung äußerte, hatte den Reiz einer naiven Selbstsicherheit.

Sie gingen in den Wald hinter dem Pavillon und wanderten langsam den Weg hinauf unter den Roßkastanien; zur Rechten stand unter den Bäumen ein einstöckiges Häuschen mit einem eisernen Zaun ringsum und mit einem eisernen Tor in der Mitte des Zauns.

„Es geht nicht um die Anbetung eines weiblichen Wesens, sondern um die Anerkennung ihrer Besonderheit. Die Frau kann ein guter Kamerad sein, wie du sagst, es ist sogar zu wünschen, daß sie immer mehr zum Kameraden wird. Aber welche Bedeutung hätte das Leben ohne die Liebe?"

„Liebe ist die Anziehungskraft zweier Körper."

„Ganz sicher, ohne Körper gibt es auch keine richtige Liebe. Aber schon allein der weibliche Körper ist, ungeachtet des ganzen ungreifbaren Reizes seines Charakters, schon der weibliche Körper selbst ist für den Mann ein Geheimnis und zugleich die Vervollständigung seines eigenen Lebensgeheimnisses."

„Alles Plunder, der nur den Blick vernebelt und den Verstand davon abhält, die wichtigen Fragen zu lösen." Etwas Unerbittliches war in seinen Worten, noch mehr aber in seiner ernsten Haltung als in den Worten. Etwas, das niederschmetternd wirkte in diesem Vormittagslicht, welches den Kastanien die Kronen ausbildete und die Atmosphäre mit goldenen Glanzlichtern versah.

„Wir verstehen uns nicht, Nikos. Die befreite, die sich frei fühlende Frau wird ganz sicher kameradschaftlicher sein. Auch in der Liebe. Aber darin liegt gerade der ganze Reiz ihres Bildes in der Zukunft. Denn ihr Körper wird bei all dem doch immer ein weiblicher Körper bleiben. So wird sie vielleicht für den Mann ein *kameradschaftliches* Geheimnis sein, ein Geheimnis aber bleibt sie dennoch; etwa so, wie für das Festland zu allen Zeiten das feuchte und bewegte Meer ein Geheimnis bleiben wird."

„Philosophie." Und es war zu sehen, daß er gerne diese Interpretation fortgesetzt hätte, aber es fehlten ihm die französischen Worte dazu. Sie standen jetzt auf freiem Feld, durch die Bäume war ein weiterer Pavillon zu sehen; wie ein Wohnhaus, das der Architekt dort auf Bestellung einer Gruppe von Naturliebhabern hingestellt hatte. Sie begannen, langsam zurückzukehren.

„Ja, die Philosophie", sagte Nikos. „Wenn du bedenkst, daß in den griechischen Bergen jetzt unsere Jugend kämpft. Und wenn du daran denkst, daß woanders der Krieg schon zuende ist, bei uns aber die Mädchen mit den Kämpfern sterben."

„Es ist verkehrt, sein Leben nach den Gesetzen der Kriegszeit auszurichten."

„Wir leben jetzt. Und jetzt ist die Zeit des Kampfes.“

Er ging festen Schrittes im dunklen Anzug, der ihm etwas zu eng war; die Hosen zwei Finger zu lang, so daß sich an der Ferse Falten bildeten. Ihretwegen sah er noch mehr einem Arzt ähnlich, wie man ihn auf Bildern des neunzehnten Jahrhunderts sehen kann. Trotz des Anzugs, den ihm das griechische Rote Kreuz besorgt hatte, und seines Ganges strahlte er eine anziehende Zähigkeit aus.

Er schwieg und schritt ernst über die Maschen des Netzes aus Licht, das die Blätter der Bäume auf den Weg zeichneten.

„Wo hat man dich gefangen? In Athen?“

„Sie haben einen ganzen Haufen von uns gefangen, dann haben sie jeden Zehnten ausgewählt und an die Wand gestellt. Wer weiß, weshalb sie es sich dann überlegt haben und mich nach Deutschland geschickt haben.“ Und er verzog vernichtend die Lippen. „Schon damals habe ich Blut gespuckt.“

„Es ist ein Wunder, wie du da rausgekommen bist.“

„Kein Tier hätte das ausgehalten.“

Nikos sah zur Seite, als wollte er das Thema wechseln, und dann fragte er tatsächlich auf einmal:

„Was ist das für eine Zeitung?“ und er zeigte auf das Blatt, das Radko Suban in der Hand hatte.

„Die Zeitung aus meiner Stadt.“

„Auch ich bekomme eine aus Athen.“

„Ich weiß“, sagte er. „Aber doch ist es bei uns anders.“

Nikos hielt im Schritt ein.

„Du kannst es dir noch nicht vorstellen, wie es ist, wenn man den Menschen ihre Zeitung nimmt.“

Nikos' Augen zeigten Widerspruch, nur sein Körper ging langsam weiter. „Denkst du, bei uns war die linke Presse nicht verboten?“ fragte er spöttisch.

„Ich weiß, Nikos, aber bei uns war unsere Sprache zum Tode verurteilt.“

„Ihr habt keine Zeitungen gehabt? Auch keine faschistischen? Gar keine?"

„Nein, denn wenn etwas in unserer Sprache geschrieben worden wäre, wäre das ja ein Beweis gewesen, daß wir existierten, es durfte uns aber nicht geben."

„Schlimmer als in den Kolonien."

„Triest ist aber nicht in Afrika, sondern zwei Schritte von Venedig entfernt. So waren wir inmitten des kulturellen Europa der Gnade und Ungnade von Wilden ausgeliefert."

„Aber manchem muß der Faschismus doch gefallen haben", sagte Nikos. „Er war ja immerhin ein wichtiger Verteidigungswall vor dem Kommunismus."

„Bei uns haben sie sogar auf einen Priester geschossen, der von der Kanzel slowenisch gepredigt hat."

„In Triest?"

„In Triest. In der großen Kirche am Kanal, mitten in der Stadt."

Nikos begann zu lächeln, ohne daß er sich dessen bewußt wurde. „Die antibolschewistische Festung", sagte er

„Ich könnte dir von einem Priester erzählen, den sie in einem Dorf auf den Balkon schleppten, gefesselt, mit Ketten an den Händen, an den Füßen und um den Hals", sagte Radko Suban. „Ich könnte dir von zahllosen Priestern erzählen, die über die Grenze flüchten mußten oder interniert wurden. Aber Geistliche interessieren dich nicht sonderlich, ich weiß, aber es wird dich vielleicht interessieren, daß bei uns in der Zeit des Faschismus sogar zwei Bischöfe gehen mußten, weil sie das Evangelium achteten und die Rechte der Slowenen verteidigt haben."

„Das hört sich an wie ein Märchen."

„Und was würdest du sagen, wenn ich dir erzählte, daß man bei uns slowenische Bücher sogar vor dem Verdi-Denkmal verbrannt hat?"

„Nicht möglich!"

„Doch. Und wenn du mal zu uns kommst, wirst du sehen, daß das Verdi-Denkmal mitten in der Stadt liegt."

Nikos blieb wieder stehen.

„Und auch unser Theater, das sie anzündeten, lag in der Stadtmitte."

„Barbarei", sagte Nikos mit einer tiefen, kindlich gedämpften Stimme, die die Nähe seiner Betroffenheit anzeigte.

„Jetzt weißt du, was eine Zeitung bedeutet, die jetzt dort erscheint, wo man einer Volksgruppe die Zunge herausreißen wollte."

„Das ist eine große Genugtuung", sagte Nikos und streckte die Hand aus, um sich der Wirklichkeit des Blattes, von dem die Rede war, zu versichern. Er raschelte mit dem Papier, öffnete und faltete die Seiten wieder zusammen.

„Viel früher als das übrige Europa hattet ihr euch mit dem Faschismus rumzuschlagen", sagte er wie zu sich selbst und gab ihm das Blatt zurück.

„Neben Triest haben 1918 die Verbündeten dem italienischen Königreich auch sein Hinterland zuerkannt, das fast ein Viertel des slowenischen Gebietes ausmachte, bis hinauf zu den Julischen Alpen. Aber in Triest hat man schon zwei Jahre danach, also noch bevor der Faschismus an die Macht kam, angefangen, die Kulturhäuser anzuzünden."

Dann schwiegen sie, als ob ihnen bewußt geworden wäre, daß das Aufzählen von Unglück ein Beginnen war, das zu keiner Lösung führte.

„Ihr solltet dieses Kapitel eurer Geschichte aufschreiben", sagte dann Nikos.

„Ganz sicher. Die Leute schieben das alles nämlich dem ganzen Bösen zu, das dieser Krieg gebracht hat, und Jahreszahlen werden vergessen!"

Jetzt kündigte die Glocke vor dem Pavillon die Nachmittagsruhe an, und sie kehrten zurück.

Als er sich danach auf seinen Korbstuhl legte und auf den Knien sein Notizbuch hielt, da machte er sich klar, daß er sich tatsächlich dem Schreiben einer Chronik widmen sollte. Die gelben Blätter des Notizbuchs sahen beinahe aus wie Löschpapier. Es war eben Kriegspapier. Und das paßte ihm eigentlich, denn auch die Gedankenblitze, die er zu Papier brachte, waren eher zerrissen und verwittert. Eine Chronik schreiben! Das war etwas. Aber was half es, wenn sich ihm jedesmal, wenn er begann, die Bilder aus so vielen Epochen anboten und ihm die Aufeinanderfolge der Notizen Kopfschmerzen bereitete. Er hätte mit diesem Morgen anfangen sollen, als sie kamen und ihn holten und er Vidka zuflüsterte, sie solle die Papiere verstecken. Die arme Vidka, noch im ersten Brief, den sie ihm hierher schrieb, klagte sie sich noch immer an, sie hätten ihn, weil sie die Papiere nicht zu verstecken vermochte, ihretwegen nach Deutschland geschickt. Dabei hatte er ihr doch schon aus dem Gefängnis berichtet, daß ihre Befürchtung unbegründet war. Ja, er hätte mit diesem Klopfen an der Wohnung vor Sonnenaufgang beginnen müssen. Vielleicht aber auch nicht. Vielleicht wäre es besser gewesen, wenn er seine Beschreibung mit dem Tage begann, den er im Keller unter dem Oberdankplatz verbrachte. Von diesem Augenblick an, als das Auto mit den Offizieren der SA auf dem Gehsteig hielt und dann Egon und er in die Eingangshalle des großen Gebäudes traten, bis zur Rückkehr in das Gefängnis. Er wußte noch ganz genau um die Angst, die ihn in der Zelle unter der Erde befiel, auch wenn später die Lageratmosphäre in ihm so lebendig war, daß sie alles überwucherte.

Bei dem Zwang, den er sich antat, um die Erinnerung an die Triester Straßen in sich hervorzurufen, kamen auch Erlebnisse aus Kindertagen hervor, wo sie eiserne Reifen vor sich her trieben, wo sie unter den Straßenbahnwagen kleine Bomben deponierten, die aus einer Mischung von Schwefel und Kali bestanden und die, wenn ein Straßenbahnzug vorbeifuhr, unter ihm mächtig krachten. Ihm war klar, daß er auch diese Erinnerungsfragmente in seine Niederschrift einzubringen hatte, aber dies wollte ihm nie so recht gelingen. Dann und wann gelang es ihm, daß er die Selbstherrlichkeit und die Wildheit der Straßenjungen, welche die Straßen der Stadt beherrschten, vergleichen konnte mit der Gefangenschaft im unterirdischen Gestapobunker mit den Betonzellen; aber im nächsten Moment erschien es ihm zu banal, daß er in die Erzählung von der Gestapo zum Beispiel Unternehmungen einflocht wie die mit den 10 Centesimi, die sie von den Straßenbahnrädern so platt walzen ließen, daß sie in den Kaugummiautomaten paßten. Alle diese Bilder keimten allerdings wieder auf, als in der Via Carducci ein schwerer Straßenbahnzug durchfuhr und es in der Zelle unter der Erde leicht bebte. Dennoch war jetzt hier auf der französischen Terrasse diese Wirklichkeit so weit entfernt, daß er sich vor ihr wie machtlos vorkam. Auch deswegen, weil Ivo, dem dort unter der Erde jedesmal, wenn er den Rauch seiner Zigarette inhalierte, das Leder auf der Brust aufleuchtete, auch weil Ivo nun wirklicher vor ihm erstand, ganz abgemagert auf der hölzernen Pritsche des Lagers. Irgendwo hatte er die Rasierklinge hingesteckt und ihn rasiert, bevor er ihn mit Vasko in den Lagerraum unter dem gefräßigen Schlund des Ofens schleppen mußte; so verabschiedete sich Ivo unhörbar von den Vogesen, wie er sich ihm bescheiden unter der Erde des Triester Platzes anvertraut hatte. Ja, er mußte von ihm berichten, wie er seinen Erzählungen in der Dunkelheit des engen unterirdischen Verlieses in Triest zugehört hatte, und er mußte auch von seinem Ende erzählen, als er in den Vogesen in seiner Bewußtlosigkeit den Namen seiner Frau flüsterte.

Aber er konnte sich wieder nicht entscheiden, ob er nun die zeitliche Reihenfolge einhalten oder sich lieber den Spaziergängen seiner Gedanken durch die Erinnerungen überlassen und sie dann zu einem Ganzen vereinen sollte. So blieb diese Frage weiter ungelöst, das gelbe Papier aber füllte sich mit Ausschnitten, die unverbundene und voneinander isolierte Episoden blieben.

Hie und da kam es ihm vor, als sollte er sogar mit dem Brand des slowenischen Theaters beginnen. Die Flammen hatten das Gebäude vernichtet, als er sieben Jahre alt war. Es war ein riesiges Feuer, das die Berge und das Meer erleuchtete, und es brannte auf der anderen Seite des Platzes, unter dem er ein Vierteljahrhundert später mit Ivo saß. Die Lebensbeschreibung dieses Kindes, beginnend mit dem Brand, der vor seinen Augen das Zentrum der slowenischen Kultur in Schutt und Asche legte, bis hin zu seiner Unbeugsamkeit, als ihn der Gestapomann in den gemauerten Schrank einsperrte. Es war die Geschichte eines einzigen Genozids, die, wenn ihm der Blick zurück gelänge, um so wirkungsvoller den Kreuzweg seiner ganzen Gemeinde bezeugen würde. Sagen wir bis zu dieser Aufschrift an der Seite des Wandschranks neben der Gestapo-Schreibstube: „Anica, ich habe geschwiegen." Oder aber bis zu dem, der gleichzeitig bitter und entschieden war und der am Schluß ausrief: „O, Triglav, meine Heimat!" Bei alledem würde natürlich nicht nur ihre massenhafte Auflehnung zum Ausdruck kommen, sondern mit der Beschreibung würde er auch die im Mauergelaß gefangenen Opfer und mit ihnen die Auslöschung aller slowenischen Lebensäußerungen bekanntmachen. Denn ein Volk, das einem derartigen Ethnozid ausgesetzt war, daß es in der Zeit des Faschismus sogar die Worte seiner eigenen Sprache in sich abtöten mußte, war einem Lebewesen sehr ähnlich, das in einen luftlosen Raum gesperrt war, wo sich der Körper nur um seine horizontale Achse drehen konnte. Und dann würde natürlich die Beschreibung des wahnsinnigen Gefühls der Einschließung und der Angst folgen, der ohnmächtigen Auflehnung und des Suchens nach einer Lösung, indem man seine Gedanken nach Hause schweifen ließ, an den Wandschrank, wo die Mama die Korbflaschen aufbewahrte, die Zinnbadewanne für die Kneippschen Sitzbäder, die schmalen Kissen für die Fensterbank im Winter, wenn die Bora durch alle Ritzen pfiff. Und er würde auch den Fluchtversuch aus der Angst eines in einem Schrank eingeschlossenen Menschen mit dem Übergang in Gedanken durch die heimische Wohnung bis zur Küche hinzufügen, wo er dann den Spiegel am Fensterkreuz aufhängte, um sich zu rasieren. Mama hätte die Bohnen geputzt und wie zu sich selbst gesagt: „Stehen wir es durch, das Gesindel wird sich früher oder später schon aus dem Staub machen." Er würde sie nicht sehen, da er sein Gesicht vor den Spiegel hielt, aber er wüßte, daß sie dabei lächelte, während ihre Hand, nachdem sie mit den Fingern die Bohnen gesäubert hatte, die fertigen Bohnen in den Aluminiumtopf warf. Ja, all das hätte er gleichzeitig aneinanderreihen müssen, dazu kämen dann noch diese bösen Träume, als der Ochsenziemer, mit dem ihm der SS-Mann auf den Leib rückte, sich verlängerte zu einem Seil, das aus dem Schlunde voll glühendem Eisen hing, mit einem riesigen Krebs am Ende. Es würde kaum sichtbar schwanken, als er sich aber umwandte, würde das dicke Seil aus dem Bauch eines da hängenden Gestapomannes heraus bis in den Himmel wachsen –

Als er das Notizbuch niederlegte, wurde ihm klar, daß er noch lange zögern mußte, bevor aus seinen Sequenzen etwas organisch Verbundenes werden konnte. Dennoch tröstete ihn der Gedanke ein wenig, daß er wenigstens versuchte, sich mit den Bildern auseinanderzusetzen, die jedesmal, wenn er die Augen schloß, um sich zu konzentrieren, in großer Zahl über ihn kamen.

XXV

Und er bemerkte nicht, wann der September begonnen hatte.

Die Terrasse war noch immer die Terrasse an Deck eines langen Schiffes, das unaufhörlich auf großer Fahrt war, aber man sah nicht, wohin es ging, weil die Leinwand den Blick verhängte. Tage gingen vorbei, die Vergangenheit verging, die Zukunft kam, sie aber lagen dauernd auf den Liegestühlen und sahen auf das Leben herab wie die Reisenden auf die Wellen, die um ein Schiffsdeck schäumten. Er dachte darüber nach, und dann wiederholte er noch einmal ihre Antwort. Er solle ihr verzeihen, wenn sie zu ihm ‚mein Kleiner' sagte. Es war lächerlich, aber ihr gefiel es, weil sie wohl den Eindruck hatte, sie wiegte ihn in ihrem Schoß. Sie hätte seinen Brief auf dem kleinen Weg mitten zwischen den Villen gelesen, wo es umzäunte kleine Gärten voller fröhlicher Rosen gab. Die Sonne sei hinter dunklen Wolken verschwunden, aber gerade deshalb schien sie dann um so heller, als sie sich kurz danach wieder zeigte. Und sie ging da und las. Er wisse ja, daß ihr sein Brief gefallen habe, sei es nötig, dies extra zu sagen? Und sie verstehe auch sehr gut, was er ihr schriebe von sich und über sie selbst. Es konnte doch jemand nicht wirklich lügen, der behauptete, er liebe, und der sich gleichzeitig bewußt wurde, wie wenig Leben seine Liebe haben werde (nicht an Kraft, sondern an Dauer). Einige Personen hätten wahrscheinlich ein besser entwickeltes Gefühl für Vorläufigkeit als andere. Es sei wohl sehr gut möglich, daß er schon jetzt wisse, daß sie ihm in der Zukunft nicht mehr notwendig wäre. Und doch müsse sie über die Liebe mit der ihr eigenen Naivität urteilen (es war jetzt schon eine bewußte Naivität und natürlich bewußte Einfachheit). Sie hätte zwar erkannt, daß es vielfältige menschliche Lebensverhältnisse und Charaktere gebe, aber für sie mußte Liebe den Eindruck von Dauer und Ruhe vermitteln. Von Ununterbrochenheit. Es konnte sein, daß es nachher schiefging, aber zu wünschen wäre es doch für Dauer, das war es. Und wenn sie sich an einen Menschen band, dann wünschte sie, daß dieses Wesen die Verkörperung ihrer Zukunft darstellte, deren Mittelpunkt. Und dieses hatte auch umgekehrt zu gelten. Sie sei ja auch nicht tyrannisch, wolle niemanden zum Sklaven. Ob er sie verstehe? Aber es sei doch auch so, daß das, was er wünschte, er auch verwirklicht haben wolle; und wenn sie sich daran hielten, einer dem anderen beim Leben zu helfen, auch wenn es nur für einige Zeit sei, dann würden sie vielleicht davon sagen, es sei ehrlich und tief erlebt gewesen.

Und es war großartig, daß die Terrasse still war; für die Ankunft der Freude war Einsamkeit notwendig. Sie komme heute abend, berichtete sie. Und sie wird es sein, die er zuletzt im Mondlicht gesehen hatte, als sie mit den Schuhen in der Hand in den Pavillon gelaufen war, damit man auf den schlafenden Fluren ihre Schritte nicht hören konnte. Sie wird wirklich da unten auf dem Weg, jenseits des Waldes sein! Und zugleich schien es ihm auch, daß sich ihr Körper inzwischen mit einem Schutz unbekannter und unbesiegbarer Selbständigkeit umgeben hatte und sie nun unberührbar sei. So, als sei sie ihm niemals nahe gewesen, oder sie war ihm möglicherweise gerade deswegen nun entfernter, weil sie die Seine gewesen war und sich vor dieser Erinnerung bewußt bewahren wollte. Und jetzt gab es, so fürchtete er, keine Hilfe mehr. Während, wenn sie sich ihm noch nicht genähert hätte, er jetzt hätte hoffen können, sie für sich zu erobern.

Aber das war nur Furcht, sagte er dann. Nur die Furcht, daß ihr Treffen ein Spuk gewesen sein könnte. Nur die Furcht. Weil sie doch behauptete, ihm anzugehören. Der Leib war ja eine Sache für sich. Man konnte ja das Opfer des Körpers aus seiner Liebe ausschließen. Nein, sie würde es nicht. Ihr Brief war der beste Beweis. Und doch fürchtete er ihren Rückzug.

Als ob die große Überraschung über die Nachricht von ihrer Ankunft sofort auch den Zweifel auf den Plan gerufen hätte. Warum?

Neben den Liegestühlen näherte sich Nikos. Jetzt würde er stehenbleiben, dachte er. Und fast wäre es ihm lieber gewesen, daß er hätte allein bleiben können; zugleich wünschte er aber auch voller Spannung, daß Nikos ihn zwingen würde, nicht an sie zu denken, und daß ihm dieser Aufschub den Wert der verschobenen Wirklichkeit erhöhen würde.

Nikos' Augen hefteten sich an den Brief.

„Liebe?" sagte er und schüttelte den Kopf. „Immer noch Liebe?"

„Das ist doch alles, was uns an Wertvollem geblieben ist."

„Die Liebe?"

„Ist das nicht der einzige Grund, auf den der Mensch noch bauen kann?" Und er lächelte weiter über seine Einwände. „Und wenn es dem Menschen schon nicht um die Erneuerung der Welt geht, ist dann nicht die Liebe das einzige, das ihm die Sinnlosigkeit der Ereignisse in etwas weniger verrücktem Lichte zeigen kann?"

„Dekadenz", sagte Nikos ruhig. Aber auf seinem Gesicht war zu sehen, daß die gerade ausgesprochene, beinahe persönliche Beschimpfung vorüberging wie sanfter Rauch. „Die Frage ist doch, ob wir imstande sind, die Lebensbedingungen der Menschheit zu ändern. Die Menschheit ist das Ziel, der Mensch ist kein Ziel."

„Die Menschheit ist die Summe der einzelnen Menschen, lieber Nikos. Und wenn die einzelnen nicht zufrieden sind, ist auch die Menschheit unglücklich."

„Besser, der Mensch opfert sich für die künftigen Generationen, als daß er in seinem Egoismus befangen ist."

„Jede Entsagung, jedes asketische Tun ist nur fruchtbar, wenn es frei und bewußt getan wird."

„Solange die Menschen nicht herangereift und umerzogen sind, geht es nicht anders. Wenn dich am Abend die Kontrolle nicht im Bett findet, dann mußt du das vor den Ärzten verantworten."

Er setzte sich, so daß das Geflecht des Liegestuhls knackte.

„Aber hier sind wir Kranke im Sanatorium!" sagte Radko.

„Auch eine Gesellschaft, die sich verändert, ist krank", sagte Nikos und wandte sich um. Seine Bewegung war ruhig und kräftig.

„Nein, Nikos, der Sozialismus bringt den Menschen den Glauben an sich selbst, und deshalb sind diese Menschen nicht irgendwelche Kranke, sondern eine optimistische Kraft. Dieser Schwung ist im großen Maße real und tief empfunden. Aber gerade deswegen paßt zum Sozialismus kein verästelter Polizeiapparat. Das wollte ich sagen."

„So spricht ein Reaktionär." Und er war ernst und kein bißchen erregt.

Radko lächelte.

„Nein. Ich spreche wie einer, der nicht gerne den Glauben an den Sozialismus verlöre; an einen solchen etwa, der im Namen der Arbeiterklasse entscheidet, was die Bürger denken und schreiben sollen, was die Maler malen sollen und so weiter."

„Auch mit dem Schreiben kannst du zerstören, was die Massen mit großer Anstrengung aufgebaut haben."

„Nein. Eine solche absolute Intoleranz kann kein Sozialismus sein. Auf diese Art kannst du den Staat in ein Kloster verwandeln, wo alle vorher ihren Willen dem Pater Prior abgegeben haben. Wenn aber der Sozialismus wirklich die Jugend der Welt ist, Nikos, dann darf er uns nicht eine Kopie der Inquisition bescheren."

„Solche Vergleiche darfst du nicht ziehen." Und er war kalt wie ein Faustkämpfer, den die Schläge des Gegners nicht vom Fleck zu bewegen vermochten.

„Ich verstehe, die Inquisition war rückschrittlich, der Sozialismus aber will fortschrittlich sein. Und doch ist Gewissenszwang nicht fortschrittlich, auch wenn er für eine fortschrittliche Sache ausgeübt wird."

„Nein. Die Kirche darfst du nicht erwähnen", rebellierte Nikos. „Der Sozialismus erzieht die Menschen in der Liebe zum Leben, in der Freude am Schaffen. Die Kirche aber will, daß der Mensch an den Tod denkt."

Er verzog die Miene. „Es fehlen mir die Worte." Halb unwillig, halb ergeben winkte er ab.

Es läutete zur Pause, und sie gingen am Geländer entlang zum Ausgang.

Nikos trat fest auf.

„Sie ist von ihrem Mann getrennt, ist Griechin, fristet ihr Leben mit Näharbeiten", sagte er plötzlich im Vertrauen. „Sie hat ein Kind und will, daß ich mit ihr zusammenlebe, wenn ich von hier wegkomme." Und es schien Radko Suban, als hörte er, wie er sie auf griechisch von der Jämmerlichkeit dieses Plans zu überzeugen versuchte. Zugleich fühlte er, daß Arlette und er etwas anderes anfingen, etwas Einzigartiges.

Nikos schwieg und stieß die Tür auf; es war, als müßte er sehr weit ausholen, wenn er etwas von seinen Gefühlen berichten wollte. So schwieg er lieber.

Unten hörte man den Lärm im Speisesaal und der dorthin eilenden Patienten.

„Was soll ich jetzt in Paris machen? Außerdem, wie kann man sich so bürgerlich verkriechen, wenn in der Heimat die Markos-Partisanen kämpfen?"

„Ich würde mich ja auch nicht verbergen. Und schließlich hast du schon dein Teil beigetragen. Glaubst du, du hast noch nicht genug mitgewirkt?"

„Krank war ich schon früher, bevor sie mich ins Lager geschickt haben."

Jetzt erreichte sie eine Gruppe von Kranken, die in den Speisesaal gingen, jeder ging an seinen Tisch.

„*Eh bien, ça va, mon petit pote?*“ Das war Jojo, der Nikos angegriffen hatte, als er an ihm vorbeiging. Und Jojo freute sich schon im voraus auf die Verlegenheit in Nikos' Antlitz ob seiner Ausdrücke im Pariser Dialekt.

„Ich verstehe nicht“, sagte Nikos.

„*Ça gaze?*“

Der Tisch griente, aber vielleicht mehr über Jules, der sich noch ernst verhielt, aber schon einen Witz in seiner Miene versteckt hielt. Einige schmierten sich Butter, einige Marmelade auf das Brot, während sie der angenehmen Unterhaltung folgten und sich das Essen schmecken ließen.

„Hast du von den Kriegsverbrechern in Nürnberg gelesen? Hej, Nikos?“ Als Jojo das rief, hatte seine Stimme etwas angenehm Rauhes.

Nikos blickte entschlossen, als wäre er nicht überzeugt davon, daß diese Frage nicht wieder ein Wortspiel oder einen Fallstrick enthielt.

„Nürnberg!“ schrie Jojo. „Gelesen?“

„Ja, habe ich.“

„*Tu as vu? Espèces de salauds!*“ Jetzt wandte sich Jojo an Jules, als wäre dieser an allem schuld.

„Jeden Morgen den Arzt in der Zelle, den Arzt und den Zahnarzt!“

„Bedeutende Gäste“, sagte Jules ernst.

„Habt ihr denn jeden Tag einen Arzt und Zahnarzt zur Verfügung gehabt? Oder Charles?“ Und Jojo beugte seinen athletischen Leib über den Tisch, um Nikos am anderen Ende des Tisches besser zu sehen.

Nikos verzog mokant seine Lippen. Jojo aber legte die Faust wie einen Vorschlaghammer auf den Tisch und hielt die ganze Zeit, die er zum Tisch gewendet war, seinen Arm weit weggestreckt vom Körper. Mit seinen flatternden Hemdsärmeln sah er noch am ehesten aus wie Tarzan. „Wißt ihr, was unsere lieben Verbrecher den ganzen Tag tun? Sie lesen! Lesen Fabeln und so was!“ Dann wandte er sich wieder Nikos zu. „Habt ihr auch vor dem Krematorium Fabeln gelesen, Nikos?“

Der lächelte bitter in sich hinein, ohne den Kopf zu heben.

„Sie lesen Bücher, die es in der Bücherei für sie gibt“, sagte Jules. „Wenn sie Polizeiromane in der Bücherei hätten, dann läsen sie Polizeiromane. Oder Liebesromane. Nicht wahr?“

„Habt ihr auch Fabeln gelesen, Nikos?“ schrie jetzt wieder Jojo. Aber er wartete nicht auf eine Antwort, hielt in der Hand ein Stück Brot, man sah aber, daß er nicht die Kraft hatte, um hineinzubeißen.

„Nein. Aber könnt ihr euch das vorstellen? Ein Dentist und Nahrung wie für einen Schwerarbeiter! Und das nur, um die Form zu wahren!“ Und er krachte mit der linken Hand auf den Tisch.

„Schweig“, sagte Jules. „Immerhin schlafen sie in Decken, ohne Bettücher!“

„Aber sie müssen sich auch ducken vor den alliierten Offizieren“, sagte Robert und lächelte sarkastisch.

„Eine Atombombe würde ich auf sie werfen!“ schrie Jojo. „Und Amen. Auf sie, nicht auf die Einwohner von Hiroshima!“

„Auf die Einwohner von Hiroshima haben sie sie geworfen, aber nicht auf die Fabriken von Krupp!“ sagte Robert.

„Hiroshima und Nagasaki – die deutschen Fabriken aber stehen noch“, sagte Jojo weniger laut, weil er jetzt das Brot kaute. „Habt ihr sie gesehen, als wir aus der Gefangenschaft kamen?“

„Warum haben sie dann gegen Deutschland gekämpft?“ Das fragte ein Junge mit eingefallenem Gesicht, der neben Jules saß.

„Das ist Roosevelts Verdienst.“ Und Jules beugte fromm sein Haupt. „Man weiß noch nicht, warum.“

Robert seufzte. „Auch mit Stalin hat er sich abgesprochen, der Roosevelt. Wenn er noch leben würde, wäre alles ganz anders“, sagte er und stand auf.

An den Tischen ging man langsam fort.

„Jojo, ich gehe“, sagte Jules.

„Versuch es nur! Als ich geredet habe, seid ihr zum Essen gerannt. Jetzt eilt es euch. Steh nur auf, wenn du dich traust, Jules. Steh nur auf.“

Aber Jules lächelte halb abwesend, halb wie ein Heiliger und wartete auf ihn; an den leergewordenen Tischen standen leeres Geschirr und leere Brotkörbe. Jojo war wie der Riese Polyphem, der all das Geschirr alleine geleert hätte. Jules aber lächelte wieder ironisch in sich hinein und begann, sich eine Zigarette zu drehen.

XXVI

Der Abend war warm, und die Felder lagen sanft da in den Pastelltönen des Sonnenunterganges; er ging ihr entgegen und war zufrieden, daß er sich ihr von Ferne nähern konnte, weil er sich fragte, ob er nun ganz offen zärtlich und liebenswürdig oder lieber gespielt herzlich sein sollte; es war nämlich auf einmal, als wären die dazwischenliegenden Tage verschwunden und sie sähen sich direkt nach diesem Abschied mitten in der Nacht wieder. Ja, sie gingen sich entgegen, so als müßte einer Verabredung gemäß jeder von ihnen beiden die Hälfte des Weges zu ihrem Wiedersehen hinter sich bringen. Ihre Haare. Sie hatte sie auf den Scheitel hochgebunden. Deshalb sah sie größer aus und ein wenig fremd. Auch ein wenig kokett. Bei so einer Frisur wirkt sie weniger kindlich, dachte er.

„Du bist nicht wiederzuerkennen“, sagte er, als sie noch einige Schritte vor ihm war.

„Guten Abend, Radko.“ Aber ihr Körper machte keine Anstalten zu einer Umarmung.

„Also bist du in dein Mutterhaus zurückgekehrt.“

„Mutterhaus“, sagte sie höhnisch. „Das ist ein Ausdruck. Ich habe wirklich noch nicht das Gefühl, wieder bei diesen schwer erträglichen alten Ziegen zu sein.“

„So jemand wie du beunruhigt sie.“

„Man kann geradezu sehen, wie sie danach lechzen, etwas zu finden, was ihnen lasterhaft vorkommt.“

„Und wie sie den versprochenen Genuß schnell wegschlürfen, bevor er sich verflüchtigt.“

„Wahrscheinlich ist es wirklich so. Aber warum steht dann immer diese lauernde Feindschaft in ihren Augen?“

„Deshalb, weil sie dabei gewahr werden, daß sie selbst betrogen worden sind.“

Sie gingen nebeneinander, aber voneinander getrennt, wie ein Ehepaar, das vor der Scheidung steht. Er sah auf ihre Haare. Von hinten sahen sie hoch aufgetürmt aus und oben waren sie auf dem Kopf befestigt; so sah man den schmalen Hals und die Form des Scheitels. Aus diesem Grunde wirkte sie noch schlanker und ihr Kopf noch gestreckter und selbständiger. So hätte er sie gerne liebgehabt, ihren Nacken mit Küssen gestreichelt und den Hals hinunter bis zum Ausschnitt aus blauem Batist. Aber die Ohnmacht, die er jetzt deutlich in sich fühlte, wurde zugleich verdeckt durch die Bewunderung, welche die Bögen ihrer Lippen und der Ton ihrer Stimme hervorriefen. Als ob sie gerade die Gesellschaft nichtsnutziger Gören verlassen hätte; aber zugleich war das natürlich nur eine äußerliche Eigenschaft, wie bei Kindern, die, ohne es zu merken, die Eltern nachäffen.

„Möchtest du rauchen?“

Als er ihr Feuer gab, zog sie hastig den Rauch ein. Dabei hielt sie die Zigarette zwischen Zeige- und Mittelfinger wie ein kleiner Schüler, der mit dem Bleistift spielt; aber so wirkte ihre unreife Ausgelassenheit weniger betont. Auch der Ausdruck ihrer Lippen war weniger hart.

Der Abend wurde langsam dunkler, die Farben verdichteten sich, als ob eine jede von ihnen ein immer genaueres Abbild ihres Wesens auf immer kleinerer Fläche der abendlichen Erde zurücklassen wollte. Hier geschieht etwas, wovon ich ein unbelehrter Zeuge bin, sagte er sich. Und er erinnerte sich des Satzes in ihrem Brief: „Und doch werde ich das sein, was du wünschst, das ich wäre, und wenn wir uns untereinander helfen, zu leben, wenn auch nur für einige Zeit. . ." Beim Ausdruck ihrer Lippen waren diese Worte jetzt nicht mehr ein Satz, den sie von den Erwachsenen gelernt und für ihre eigenen kleinen Probleme verwendet hatte; sie war nun ein Teil von ihm.

„Und so hast du uns völlig vergessen", sagte er.

„Dieses Nest ist nicht schwer zu vergessen."

Sie antwortete wie von selbst, aber man konnte sehen, daß ihr sein scherzhafter und unbeteiligter Ton gefiel. Und noch immer war es, als imitierte sie eine ganz bestimmte Sorte von Frauen und würde sich nur wütend zu ihnen zählen, zugleich aber war es, als empfände sie eine ernste und sehr kühne Genugtuung, daß sie sich wegen etwas Bestimmtem zu ihnen zählen konnte. Über all dem und trotz dieser Komplizierung überwiegt aber doch die Unverantwortlichkeit, dachte er.

Die farbigen Flecken verschwanden langsam von den Feldern, und der Mond begann, etwas mehr im Relief sein beschnittenes Haupt zu zeigen. Schade für so einen Abend, dachte er und überließ sich bewußt wieder einer froheren Stimmung.

„Heute abend läuft vieles schief, nicht wahr?"

Sie rauchte nicht mehr, aber sie ging, als wäre sie allein. Es war eine größere Distanz zwischen ihnen als am ersten Abend, da er ihre Hände vor ihrer Schwester verbergen wollte.

„Und mein griechischer Kamerad will mir beweisen, daß die Liebe nur ein Hindernis ist auf dem Weg zur Revolution", sagte er.

Als sie aufblickte, verzog sie spitzbübisch ihre Miene.

„Schwerwiegende Probleme." Und ihre Hand näherte sich jetzt, als folgte sie einer besonderen Anweisung, ganz automatisch der seinen und ergriff sie. „Ach, dieser Grieche ist in deinem Pavillon."

„Er ist ein interessanter Junge."

„Ich hab ihn einmal im Foyer des zweiten Pavillons gesehen. Er hat dichte schwarze Augenbrauen und ein ernstes Gesicht. Er kam mir so unerbittlich vor, aber nicht schlecht."

„Er ist unerbittlich. Eine Naturgewalt, die weder Güte noch Schlechtigkeit kennt."

„Ist auch er im Lager gewesen?"

„Ja. Und es ist verständlich, daß ihm die Liebe wie eine unverzeihliche Spielerei vorkommt, während man in seiner Heimat noch kämpft."

„Ein Mann der Tat muß alleine sein", sagte sie.

Er schob seinen Ellbogen unter ihren Arm, ohne die Hand loszulassen, welche die seine hielt.

„Ich glaube, daß dieses Gesetz ganz besonders für uns gilt", sagte er. „So müssen wir, jeder von uns, wieder von allem Anfang an die Rückkehr unter die lebenden Menschen ausprobieren. Denn der Tod ist die größte Einsamkeit."

Einige Momente schwieg er.

„Siehst du, du hast es falsch verstanden, als du mir schriebst, ich wisse vielleicht schon jetzt, daß ich dich nach einiger Zeit nicht mehr brauche. Ich weiß nichts im voraus über uns beide. So wie es jetzt ist, so ist es wirklich. Aber das, was ich fühle, ist so, daß ich mir nicht klar darüber bin, worin ein Zurückgekehrter seine Lebensaufgabe finden soll. Was soll ihm zum Beispiel noch Unterricht bedeuten, ein Dienst, in dem er lateinische, italienische oder slowenische unregelmäßige Verben erklärt, wo ihm aber eigentlich klar ist, daß er allen Leuten erklären müßte, zu welchen Regelverstößen es in der Welt der Menschen gekommen ist."

Das Licht verschwand langsam, und die Pergolen spannten im stillen ihre Netze für die sanfte, jetzt schon grau werdende Dämmerung aus.

„Ein Invalide, wird man vielleicht sagen. Aber einem Invaliden fehlt gewöhnlich ein Organ oder ein Glied, uns aber stehen, ganz im Gegenteil, alle Möglichkeiten offen. Wir können uns ihnen stellen, allen, weil das Leben für uns die grenzenlose Freiheit bereithält; nur wir wissen nicht, was wir mit ihr anfangen sollen."

„Ihr habt zu viel gesehen für menschliche Augen."

Und jetzt war es, als ob die Dämmerung mit ihrem Frieden alle die Härten milderte und alle Knoten aufknüpfte. Aber er hatte doch noch den Eindruck, daß sie ein Mädchen war, das ihm noch nicht die Lippen angeboten hatte.

„Im Brief sagst du, ich wüßte vielleicht schon jetzt, daß meine Liebe zu Ende gehen werde. Nein. Denn angesichts der Frühlingswiese denkt man nur an die frischen Säfte, an die grüne Feuchte. Niemals kann man über das Ende sprechen. Bei dem Bild des jungen Grases selbst, ebenso wie in den Gedanken, hat man das Gefühl, aus ihm und in ihm zu wachsen. Auf ihm zu weiden."

Einen Moment lang schwieg er.

„Dann kannst du dir vorstellen, welchen Wert dieser Gedanke für dich hat."

Sie schwieg, aber ihr Gesicht wandte sich um, und auch der obere Teil ihres Körpers drehte sich ein wenig.

„Wenn du weit weg bist, darf ich mir deine Nähe nicht vorstellen, weil ich glaube, daß ich sie dann sicher verliere, wenn ich mich nach ihr sehne", sagte er.

Am Wege hörte man nun wieder lauter die Grillen.

„Aber heute ist trotz dieser Vorsicht alles verlorengegangen“, sagte er.

„Verlorengegangen?“ Ihre Stimme war besorgt, als hätte sie erst gerade jetzt begonnen, ganz da zu sein.

„Auf dem Weg hierher warst du wie eine Fremde. Als ob weder der Brief noch sonst etwas zwischen uns bestanden hätte.“

„Wirklich?“ Aber jetzt war in ihrer Stimme Sanftheit und Besorgnis. „Hast du es so empfunden?“

„So empfinde ich es noch immer.“

„Sag das nicht.“ Und sie drehte sich ganz um. „Sag das nicht.“ Und sie war plötzlich neben ihm, wie auf dem ruhigen Meer eine weiche Welle sich zuerst an die Klippe klammert, sich dann aber teilt und sie mit öligem und geschmeidigem Schwall von beiden Seiten umarmt. Die gleichzeitige Nähe, die gemeinsame Berührung zweier geteilter und zerschnittener Wellen. Und es war ein Nachklang seiner Furcht, die jetzt in sie übergesiedelt war, sie aber wollte sie ihm nun vertreiben, auch für die Zeit vorher, für den ganzen bisherigen Spaziergang. Und dies erneuerte auch der Bogen, den ihr Körper beschrieb, als er sich nun sanft wölbte; so berührt die Biene zuerst nur den Blütenstaub, dann gibt sie bald mit verhaltener und sanfter Wonne auch ihren ganzen Körper dem Blütenbecher. Aber die Wahrheit lag schließlich doch in den kindlich aufgeworfenen Lippen und in der fruchtbaren Feuchte des Mundes. Es gibt keinen Übergang; es gab keinen Übergang, aber gerade diese kindliche Begleitung in die wirkliche Welt der Frau war die grüne Wiese, und sie gehörte ihm ganz. Saftig und weich, ja, seine Wurzeln sprießten schon darin. Seine Hand veränderte die Umarmung, um vorsichtig den nebensächlichen, marginalen und sanften Pulsschlag ihres Frühlings aufzuhalten, weil alles jetzt begann. In diesem Moment. Aber langsam, vorsichtig und besonnen.

Und er lächelte über ihre kleinen Küsse, mit denen sie seinen Hals überschüttete.

Unter der Straße gab es einen mit Rasen bewachsenen Platz mit Bäumen, dort gingen sie schräg abwärts durch die Dunkelheit; die Grillen unter ihnen wickelten vorsichtig die Fäden der Stille auf.

„Der Mond hat nicht mehr genügend Kraft, um zu leuchten", sagte sie.

„Er ist kaum in seinem ersten Viertel angekommen." Aber er wußte nicht, ob er damit recht hatte.

Die Bäume lauerten angespannt ringsum, und die Grillen bohrten kleine Löcher in die Dunkelheit, um sie durch sie hindurch zu beobachten. Die Natur war mit ihnen, auf ihrer Seite, aber zugleich fühlte er, daß er ihr gegenüber für den Stil seiner Liebe verantwortlich war. Wie in der Natur mußte alles verhältnismäßig und gerecht aufgeteilt sein, wie es in der Natur überall dasselbe Wachsen gibt und überall denselben Saft in den Kapillaren des Wurzelwerks. Vielleicht war dieser Saft silbern, vielleicht durchsichtig, aber seine Macht war überall vorhanden und ganz besonders konzentriert unter jeder Pflanze. Gleichzeitig schien es, als wäre jenseits der Grillen das Atmen der abendlichen Meeresflut an der Kaimauer vor seinem Hause zu hören. Er umarmte sie sanft und bewegte vorsichtig seine Hand auf ihrem Rücken, als glättete er das nebensächliche Leben vom Rande zur Mitte hin. So hielt seine Hand doch ihr Kinn fest, als sein Mund wieder in die betörende Wirklichkeit eintauchte. Vielleicht ist das alles zu krampfhaft, dachte er in diesem Moment, aber er merkte, daß die Nacht ihm ruhig zustimmte. Beide übten jetzt auch ihre Herrschaft aus, über die Nacht, die Dunkelheit, die Sterne und Pflanzen. Und als er sie festhielt und sie der Erde in den Schoß legte, da zogen sich die Grillen zuerst zurück und entfernten ihren Gesangsbereich, dann näherten sie sich wieder und schlossen sie wieder ein. Zugleich wußte er, daß er irgendwo auf der Erde, unter den Bäumen und unter dem bestirnten Himmel war, daß es aber vielleicht besser war, wenn er in der Nähe des Meeres wäre, das der Einsamkeit Erfüllung bringen konnte. Und im nächsten Moment berührte er im Gras ihr Gesicht. Es war glatt und erhitzt unter seinen Fingern, welche die Vertiefung der Augen suchten, dort verweilten und dann die Wangen hinabglitten. Bei den Lippen hielt sie das engmaschige Netz ihrer Küsse auf; aber nur einen Augenblick lang, weil die Finger sich entlang der beiden Linien ihres Halses weitertasteten; seine Fingerspitzen; und es war, als kämen sie kaum mit ihr in Berührung. Und sie verweilten noch einen Moment in der leichten Vertiefung, bevor sie die Wölbung umschlossen, wie eine Hand, die einen Teigklumpen umkreiste und glättete. Umkreisen und glätten. Dann auf ihm verweilen. Dann wie auf einem Teig, der aufging. Sanft und gespannt. Und auch die Finger sanft und gespannt. Die Finger und die ganze Hand. Diese aber, als wäre auf einmal von ihrer Jacke alles blau; und auch ihr Fleisch ganz blau. Blau und unruhig wie das Meer unter Küssen, die auf ihm schwimmen und ihm hinterhereilen. Küsse und jetzt Hände, versammelt um zwei Quellen in der Erde. Um zwei der Quellen. Münder, die den Durst und die Süße ihn zu stillen glücklich preisen. Wechselnd, aus zwei Quellen, die niemals versiegten. Und langsam, gemächlich, bewußt, daß die Erde um die Sonne kreiste und erst in hundert Jahren wiederkehrte. Wie die Münder an der Brust der ewigen Erde. Und die Grillen drehten ihre Räder und hoben aus tiefen Brunnen heraus Gefäße mit Saft, der nicht versiegte. Saft der Unsterblichkeit. Und seine Unruhe konnte plötzlich nicht mehr verhalten und vorsichtig ihrem Körper Einhalt gebieten, sondern eilte hinter ihm drein, hielt ihn in der Dunkelheit, war ganz in seinen Händen. Aber im nächsten Moment lebte der Fisch wieder auf und entsprang über Bord. Sie floh und blieb doch da, während er Gräser fühlte, die sich unter seinen Händen drängten. Und jetzt schien ihm unerwartet, als öffnete sich irgendwo ein Spalt des Todes. Er drückte fest die Augen zu, während seine Hände noch fester das fliehende Leben zu fassen suchten. Er fühlte Gras und Erde in seinen gespreizten Händen und krallte die Erde in einer rauschhaften und klaren Kraftanstrengung zu sich heran und verband sich mit ihr. Weil ihr Körper jetzt ganz aus Schöpfung bestand. Ihre Glieder waren vereint mit den Gewächsen der Nacht. Ihre schmalen Beine Säulen der Liebe. Und ihre Hände. Ihre kindlichen Hände. Ihre Hüften in seinen Händen. Dann wieder der Puls des gefangenen Fisches. Ein schnell eingedämmter Puls. Ein Puls im Hinterhalt. Und von allen Seiten mündet die Stille in einen einzigen Gedanken. Einen einzigen Gedanken hat die Erde für den Menschen auf ihren alten Schultern, dachte er im letzten Moment.

Man hörte das faule, verträumte Zirpen der Grillen. Er lehnte den Kopf an ihre Schulter, aber mehr noch als eine Regung der Zärtlichkeit war dies das Selbstbewußtsein und zugleich die Kameradschaft des Seemanns zu seinem Segelboot, das ihm den Sieg in der Regatta eingebracht hatte.

Ihre Hand ging über sein Gesicht.

„Was denkst du?“

„Das es schön wäre, dich zu verlieren.“

„Schon?“

„Dich zu verlieren und dich wiederzufinden.“ Seine Hände schlangen sich um ihren Körper. Seltsam war dieser Gedanke an den Verlust, und er wußte nicht, von woher er ihm eingefallen war.

„Demnach ist nichts verflogen gewesen, wie du vorher gemeint hast.“

„Zuvor war es schon so.“

Die Stimme der Grillen unterhielt die Bäume und die Sterne über ihnen. Als er die Hand neben ihrem Hals ausstreckte, berührte er ihre Haare, die mit Gras vermischt waren.

„Jetzt ist wieder alles gut“, sagte er.

Er drehte sich um und legte sich neben sie.

„Zuvor warst du wie von einer scheußlichen Atmosphäre umgeben.“

„Vielleicht wirkte meine Frisur so seltsam.“

„Es war nicht die Frisur.“

„Mein Kopf hat eine andere Form.“

„Auch deine Gesichtszüge hatten einen anderen Ausdruck.“

Er schwieg. „Es war, als ob du bis zu diesem Zeitpunkt in der Gesellschaft irgendwelcher sonderbarer Frauen gewesen bist.“

„So einen Eindruck hast du gehabt? Wirklich solch einen Eindruck?“

„Sogar dein Gehen. Sogar das Rauchen.“

„Wieso das? Wieso?“

Dann sagte sie auf einmal sehr zornig: „Diese Hexen haben mich in Wut gebracht mit ihren Blicken!“

Dann wurde er sich des Grases bewußt, der feuchten Nacht und ihres Körpers neben sich.

„Lassen wir das“, sagte er.

„Und die ganze Zeit hattest du diesen Eindruck?“

„In deinem Gesicht erkennt man die Gesichtszüge Erwachsener. Sie prägen sich dir ein.“

„Also die reine Kindheit. Eine Frage von Spitzenkrägelchen und Milchbrei!“

„Auch Schauspieler verstehen es, sich in das Gesicht ihrer Helden einzuleben.“

„Aber ich bin keine Schauspielerin.“

„Sie leben sich ganz gewollt hinein, während es bei dir unbewußt geschehen ist.“

„Auch das unbewußt?“

„So wie deine Hände auf der Zeitung an meinem Tisch, nachdem du mir die Schulter massiert hast, dort, wo du etwas über Buchenwald gelesen hast."

„Und ich habe dir auf die Zeitung Fettflecken gemacht?"

„Damals hätte ich dir wer weiß welch wertvolles Blatt unter die Hände gegeben."

„Du hättest mich darauf aufmerksam machen sollen."

„Nein. Ich wünschte mir, daß dieser Abdruck von dir unauslöschlich wäre."

„Schweig, ich bitte dich." Sie umarmte seinen Kopf und drückte ihn an ihre Brust.

Diese kindliche Schüchternheit und diese Bitte, dachte er. Er sah nicht die Sterne, aber er fühlte ihre Gegenwart über sich; ihnen bedeutete diese Wiedergeburt nichts, dachte er bei sich, aber immerhin hatte man, wenn man froh war, die Sterne zu verständigen Zeugen.

Er berührte ihre Hände unter dem Nacken und tastete nach ihren zerzausten Haaren.

„Die neue Frisur hat das ihre vollbracht", sagte er.

„Du bist zufrieden, nicht wahr?"

„Ich bin zufrieden, daß deine Haare mit Gras vermischt sind. Alles ist sauber und ordentlich, was mit der Erde und mit den Pflanzen zusammenhängt."

„Ich weiß. Diese Frisur hat dir nicht gefallen."

„Ich habe es lieber, wenn die Haare herunterfallen. Aber es gefällt mir auch so."

„Es gefällt dir nicht, gib's zu."

„Es gefiel mir nicht, wie du so sonderbar warst. Danach hat's mir wieder gefallen."

„Wann?"

„Als du erschrakst, daß wir uns entfremdet hatten."

Nach einer Zeit sagte er: „Du warst einem Seepferdchen ähnlich."

„Ich habe noch nie ein Seepferdchen gesehen. Ist es groß?"
„Einen Finger lang."
„Ach! Ich denke, ich habe schon eines gesehen. Einmal. In einem Schulbuch!"
„Sicher hast du das. Es hat einen schön ausgebildeten Hals und einen schönen, aufrecht stehenden Kopf."
„Auch vorne, ich will sagen, hat auch die Vorderseite meines Kopfes die Züge eines Seepferdchens?"
„Vorne?"
„O, sag nur, daß du an meine Nase denkst."
„Deine Nase ist am liebenswertesten, so wie es besser nicht sein könnte."
„Mama sagt, ich habe sie mir eingedrückt, weil ich als kleines Kind auf ihr geschlafen habe."
Aber sofort sagte sie mit Verwunderung in der Stimme: „Du bleibst so in deinem Zimmer verschlossen, als ob dich die ganze Welt nichts anginge. Und dann wieder bist du unwahrscheinlich verspielt."
„Erstaunt es dich?"
„Ich würde eher sagen, es entwaffnet mich. Als ob du auf einmal Waffen zeigst, auf die ich nicht vorbereitet war."
„Aber dieser frühere Eindruck ist jetzt doch verschwunden", sagte er.
„Er hat sich verändert."
„Ist er alltäglich geworden?"
„Geheimnisvoller, würde ich sagen."
„Einfacher, nicht geheimnisvoller. Warum eigentlich?"
„Weil das, was du erleben mußtest, noch immer einen wesentlichen Teil deines Tages ausmacht."
„Immer noch genauso real, nur etwas weiter entfernt."
„Das ist gut."
„Daß es langsam entschwindet?"
„Natürlich, anders wäre es nicht möglich, zu leben."

„Ich weiß nicht. Vielleicht wäre es richtiger, wenn diese Bilder die Menschen bei Tag und Nacht begleiteten. Aber alle Leute, nicht nur die, die dort waren. Daß sie diese wie ein Schatten, wie ein Alptraum nachts und tags begleiteten."

„Siehst du, und auch wenn du so fühlst, bist du doch voller Humor. Das ist es."

„Das ist das Rätsel?"

Er fühlte an seiner Hand, daß sie sanft die Schultern hob.

Einen Moment später sagte sie: „Ich würde eher sagen, daß dies eine Energie ist, eine ungewöhnliche Energie."

Er stützte sich auf seinen Ellenbogen und lehnte das Kinn auf die Hand; die rechte Hand umfaßte wieder ihre Taille.

„Kann sein. Aber erst, seit ich dich kenne."

„Würde ich nicht sagen. Als ich dich massieren kam, warst du schon so!"

„Vielleicht. Aber deshalb, weil ich schon ahnte, wer du bist."

Er legte sein Gesicht an ihre Brust; und er sah sich, wie er in der Nacht zwischen den Bäumen ging, damit die Bilder des Todes in der Dunkelheit alle ihre Grenzenlosigkeit behielten. Aber das Leben blieb nicht stehen. Er konnte nichts verleugnen, und das Leben zog ihn mit sich. Und so war er sich heute des ersten Mondviertels und der Stille der Nacht bewußt geworden. Die Grille aber hatte ihm vor seinen Ohren langsam die Zeit in singende, verlängerte Sekunden aufgeteilt. Deshalb hob er, wie plötzlich erwacht, den Kopf und haschte nach dem weichen Bogen ihrer Lippen; ihre Hand klammerte sich an seinen Hals. Und es war wieder der Kuß der Frau und zugleich die Umarmung des Kindes. Reife in der Unreife. Das Deutliche mit dem Undeutlichen. Und dort oben begleitete sie der wohlwollende und silberne Blick der Sterne. Und so ging auch seine Hand durch Leidenschaft und durch Spiel ihren Körper entlang, wie um sich von seiner Wirklichkeit zu überzeugen und zugleich wie um ihn aus Pflanzen und Erde zu formen. Ihn zu schaffen. Ihm Leben zu geben. Zugleich aus ihm zu schöpfen, ihn immer mehr in sich aufzunehmen, um seinen unsterblichen Kern zu erreichen, während die Erde freundschaftlich daneben ruhte, an der Seite, daß er sie auch mit seinem leichten Schlaf nicht stören konnte.

XXVII

In der Heilstätte ist alles geordnete Monotonie, was bewirkt, daß jede Kleinigkeit sich zum Ereignis auswächst. So geschieht es mit Jojo, der auf der Terrasse den Gesang anführt, oder mit Jules, der barfuß läuft, weil man ihm seine Hausschuhe versteckt hat. Jojo beginnt zum Beispiel in der Zeit der größten Stille seine Hymne vom Elefanten, der im Spinnennetz schaukelt.

Un éléphant qui se balançait
sur une toile d'araignée...

Und das mit einer Stimme, die zuerst krächzt wie die Maschine eines alten Lastwagens, bevor sie läuft, dann aber klingt es hohl und lärmend. Aber gerade deswegen auch wieder voller Reiz. So greifen ihn dann auch die Stimmen auf den Liegestühlen auf und vereinen sich in einen frohen Chor. Worte in geschlossenem Kreise. Und dies kann eine ganze Ewigkeit dauern. Scherze, spielerische Scherze. Aber auf der Terrasse gibt es eine lange Reihe von Liegestühlen, die Körper auf ihnen liegen in der Horizontalen; männliche Körper, die auf dem Rücken liegen, einer neben dem anderen, im Schatten unter der braunen Leinwand, während es für die Bauern ein Vormittag voll Arbeit ist oder ein heißer Nachmittag auf den reifen Feldern.

Jede Kleinigkeit ist ein Ereignis, von morgens in der Frühe, wenn im Souterrain in der Ambulanz gewogen wird, bis zur Abenddämmerung. Am Morgen zum Beispiel steht Jojo auf der Waage, die blasse Krankenschwester aber lächelt verlegen.

„Es ist alles kaputt, Mademoiselle Gilbert“, sagt Jojo. „Bis hinauf ins Hirn kaputt.“

„Sie sind mir der Richtige.“ Und Fräulein Gilbert versucht, sich in eine strenge Haltung zu versetzen.

„Sie irren, Mademoiselle Gilbert.“ Und er schirmt sie ganz mit seinem Körper ab. „Sie urteilen nach dem Gewicht, Mademoiselle Gilbert.“

„Los, los auf die Waage.“ Und sie kann nur schwer das Lachen verbergen.

„Sie urteilen nach dem Gewicht. Aber das ist falsch, Mademoiselle Gilbert!“

„*Montez!*“ sagt sie und schiebt ihn leicht mit der Hand zurück, die das Notizbuch hält; ihre gewichtlose und durchsichtige Hand nähert sich, berührt aber nicht seinen behaarten Unterarm.

„Er muß der letzte bleiben, Mademoiselle Gilbert. Damit die Waage nicht kaputtgeht“, ruft jetzt Jules. „Wie wollen Sie mich sonst wiegen?“

Jojo lacht, sie aber schreibt Zahlen in das Notizbuch; ringsherum ziehen sich die Jungen die Hosen aus und ziehen sie dann, wenn sie sich gewogen haben, wieder an. Dann begibt sich auch Jojo in eine Ecke und schnallt seinen Gürtel auf, dann zieht er die Hose von den Beinen. Er ist wie ein Boxer, der sich, bevor er in den Ring steigt, auf eine medizinische Untersuchung vorbereitet.

„Jetzt werden Sie sich selber überzeugen“, sagt er. „Ein halbes Kilo habe ich abgenommen!“

Sie lächelt aus Verlegenheit, und er richtet sich seine amerikanischen Militärunterhosen aus grünlichem Stoff zurecht.

Der Roman *Le blé en herbe* hatte in dieser Ausgabe genau vierundsechzig Seiten, und er hätte ihn sofort durchlesen können, aber er teilte sich den Genuß genau überlegt ein. Weil das Buch schön war wie ein Goldstück. Das reine Licht. Meer und Licht, junge Körper gespiegelt im Meerwasser zwischen Steinen am Ufer. Leidenschaft im blauen Wasser und Fröhlichkeit in der Wärme.

Ein solches Leben am Strande, wie es hier dargestellt wurde, müßten wir führen, die wir am Meere wohnen, dachte er. Aber es war ja nötig, vorher all die Sorglosigkeit zu gewinnen, die man dazu brauchte. Vielleicht jetzt, nach der Befreiung. Und mit Arlette an seiner Hand hatte er den Bau einer neuen Welt begonnen; nur schade, daß sie nicht am Meer waren. Und es schien ihm, als hätte man über ihn geschrieben, als er über Philippe las: *Er lag an dieser braunen Küste und war zugleich der alte und noch wilde Phil, ein Mensch ohne alles, aber auch schon von Anfang an reich, denn er hatte eine Frau. . .* Er hätte sich die Hälfte des Buches herausschreiben mögen oder auswendig lernen sollen.

Ein erwachsener Mensch müßte besser auswendig lernen als ein Kind, besonders wenn man Horrorbilder auszulöschen hatte, sagte er sich. Sie immerfort und so lange Zeit mit schönen Bildern auszutauschen, daß am Schluß nur die schönen zum täglichen Gebrauch zur Verfügung standen. Etwas so Sonniges war in den Bildern des blonden Polen im zweiten Pavillon. Zufällig trat er in sein Zimmer, als er einen Bekannten suchte. Er war sehr groß, der zweite Pavillon, und der polnische Junge hatte ein Zimmer ganz oben. Der Wald lag unten wie in einem Abgrund. An der Wand hatte der Junge Vierecke aus dicker Pappe aufgehängt. Das Bild der Zimmertür, die sich auf die Terrasse öffnete. Alles von Sonne übergossen, in Licht getaucht. Auch eine Gartenbank, aus gelben Bahnen von Licht zusammengesetzt, ringsherum war alles dichtes Grün. Und auch seine Lippen lächelten beständig, wie man sehen konnte. Nichts war an ihm den Polen ähnlich, die er bis dahin getroffen hatte, besonders, wenn man bedachte, daß ihm die Deutschen

Vater und Mutter verbrannt hatten und daß er nicht nachhause zurückkehren würde, sondern vorhatte, nach Amerika zu gehen, von wo ihm ein Onkel Geld für die Farben schickte. Es war wohl möglich, ein sonniges Buch zu schreiben und ein sonniges Bild zu malen, auch wenn man nicht der Sonne teilhaftig geworden war, sie noch nicht in sich trug, aber sich nach ihr sehnte. Vielleicht mußte man die Vergangenheit irgendwie von sich wegschreiben oder so leben, als hätte man sie fortgeschrieben. Zu leben wie dieser, dem er gerne ähnlich gewesen wäre, damit hätte er schon begonnen, ihm zu ähneln.

Die Sonne näherte sich dem Mittag. Die Leinwand war heiß, und die Luft war nur wenig mäßiger als im August. Auch auf den Feldern in der Ebene gab es noch keine Veränderungen. Er war allein, weil es die Stunde war, in der sich die Kranken in Erwartung des Mittagessens überall im Pavillon und auf dem Hof verteilt hatten. Sie treffen sich dann in den Zimmern, spielen Billard im Foyer oder schreiben Briefe. Einige beginnen dann auch schon, im Treppenhaus herumzuhängen, nicht weit vom Speisesaal. Und er hatte noch die Beine übereinandergeschlagen und verweilte in Gedanken am besonnten Ufer des kleinen Hafens von Križ und mitten in den Felsen von Duino (slowenisch: Devin). Dort unter dem Kiefernwald, unter dem senkrecht abfallenden Ufer war eine kleine, in den Felsen gehauene Bucht, gerade so groß wie ein Zimmer. Ein verborgener Pfad führte zu dieser eingefangenen Bläue, die eine schmale Felsenplatte begrenzte. Dort gab es alles: Felsen, Meer, Kiefern und Dörfer über dem Meer. Dann waren im nächsten Augenblick wieder er und Arlette auf den Klippen aus zerbrochenem Kalkstein, die auf der Unterseite mit Meeresmoos bewachsen waren; ein weicher und dichter grüner Samt. Arlette am Meer, und er läßt heimlich neben ihr auf dem glühendheißen Kies warmen Sand auf Todesbilder rieseln.

Die Tür öffnete sich am anderen Ende der Terrasse, und wie

selbstverständlich wehrte er sich in seinen Gedanken dagegen, daß ihn jemand störte.

„Hier bist du", sagte sie.

„Wie ein Geist", sagte er. Und es war ihm, als müßte er sich erheben, aber das Gefühl unerwarteter Befriedigung fesselte seine Glieder auf angenehme Weise.

„Warum?"

„Gerade in diesem Moment warst du in meinen Gedanken. Aus meinen Gedanken heraus bist du auf die Terrasse getreten."

„Wie diese griechische Göttin, die dem Kopf des Zeus entsprungen ist." Und sie runzelte leicht die Haut unter ihren Augenbrauen; aber diese Fältchen waren nur ein Zeichen, das ein schneller, schon wieder entfernter Gedanke hinterließ. „Welche war es noch gleich?"

Er zuckte mit den Schultern.

„Ich weiß es nicht mehr."

Sie legte ihre Hände auf das eiserne Rohr der Heizung. Ihr Rock schwang frei bei den entsprechenden Bewegungen des Körpers. Und es erschien ihm, als müßte er sich zusammennehmen. Dies war womöglich die Eigenart kleiner und schlanker Frauenkörper, daß sie immer wie die Körper von Kindern wirkten, welche sich schon nach flüchtiger Gemütsbewegung in die Sorglosigkeit des Spiels verwandelten, dachte er und stand auf.

Er lehnte sich an das Geländer und hielt das Buch in der Hand.

„Sie schreibt großartig, die Colette, nicht wahr?" sagte sie.

„Jetzt ist diese rein irdische Leidenschaft wie ein Heilmittel für mich", sagte er.

„Alles ist so klar wie ein Fischauge, aber zugleich ist alles in der Tiefe verdichtet und wertvoll."

Er blieb stehen, dann lächelte er.

„Schon wieder hat mich die Vorstellung verzaubert, daß ich irgendwo zuhause am Strand war, mit dir zusammen im Sand."

Sie lehnten an dem dicken Rohr des Geländers, die halb verblichene breite Leinwand beschirmte sie vor der Sonne, die nur auf ihre Füße schien.

„Irgendwann einmal", sagte er und schwieg dann, als betrachtete er noch eingehender das Bild in seiner Erinnerung. „Irgendwann war ich morgens an der Mole, die vor dem Hauptplatz des Ortes hinaus ins Meer reicht. Fast immer ist in den frühen Vormittagsstunden niemand dort. Es war Herbst, und von der weiten Bucht herein blies ein silberner Wind, der noch nach Sommer duftete, auch wenn er nicht mehr der Bote des Sommers war. Solch ein Lüftchen erschien einem fast unerträglich lebendig auf der Haut, weil es, ich weiß nicht warum, wie ein Zeichen all dessen erschien, was unerreicht geblieben war. An diesem Morgen nun saß ein Mädchen an einem der steinernen Poller, um welche die dicken Taue der Ozeandampfer befestigt werden. Es war klein, seine Fußsohlen reichten nicht auf den Boden herab, aber es war auch kein Kind mehr. Seinen Rücken drehte es dem Meere zu, aber es sah ein wenig von der Seite auf dieses hinaus. Vielleicht war es ihm auch egal, was mit dem Meer war. Die Beine hingen schön nebeneinander über die runde steinerne Oberfläche, der Wind spielte mit seinem Rock. Es war mehr ein Röckchen als ein Rock. Der Lufthauch blies ihn auf wie eine Fahne, so daß der dünne Stoff über die entblößten Oberschenkel tanzte. Sie waren rosig und glatt, kindlich, würde ich sagen. Und doch waren sie nicht mehr kindlich. Und auch sie war anzusehen wie ein Kind, weil es ihr nichts ausmachte, daß der Wind sie so durcheinanderbrachte. Doch war sie es auch nicht. Man konnte es in ihrem abwesenden Blick erkennen, daß sie es nicht mehr war."

Er blieb stehen.

„Was wollte ich sagen? Ich hätte eine Ausrede gefunden, um

mich ihr zu nähern, aber vielleicht hätte es alles verdorben. Vorbei- und weitergehen, wie ich es getan habe, war auch wieder Unsinn. Ja, das wollte ich sagen. Seit jenem Morgen kommt es mir vor, als hätte ich das Symbol unseres Lebens bei mir. In ihr selbst. In mir, in meiner Beziehung zu ihr. Was weiß ich. Aber immer, wenn mich die Erinnerung diesem Wind näherbrachte, dann hatte ich das Gefühl, alles verpaßt zu haben."

„Und heute hattest du wieder solch ein Gefühl?"

Er legte ihr die Hand über die Schulter, als ob ihm dies seine Beichte erleichtern könnte.

„Als du dich ans Geländer gelehnt hast und sich dein Rock so bewegt hat beim Schaukeln, habe ich sie dort an der Mole mit dir vertauscht."

„Du darfst das nicht sagen." Ihre Stimme war fast bittend.

„Aber wirklich, es ist eine wunderbare Wahrheit."

„Du darfst das nicht sagen. Ich bin ein ganz normales, alltägliches Mädchen."

Jetzt erklang im Erdgeschoß die scheppernde Glocke.

„Auch die ist zerbrochen, wie die unsrige!" Und in ihrem Hals ahmte sie spielerisch die Glocke nach. Als sie sich aufrichtete, ordnete sie mit den Händen ihr Haar. Sie gab ihm den Kuß zurück, aber ihre Arme wehrten sich noch im selben Moment.

Sie nahm ihn an der Hand und ging zum Ausgang.

„Eigentlich bin ich gekommen, um dir zu erzählen, daß ich heute abend Dienst habe."

Sie trat vor ihn.

„Ich habe es vergessen, dir zu erzählen", sagte sie, und schon war sie ganz nonchalant, fast unbetroffen, ganz sie selbst.

Sie geht, als wäre sie jetzt wieder glücklich und frei, jedenfalls bezogen auf gestern abend, dachte er.

Er schwieg und hatte den Eindruck, daß er plötzlich nichts wußte, weder was mit ihm geschah, noch was ihn erregte.

„Am Nachmittag gehe ich zu diesem fernen Bauernhof."
„Zu welchem Bauernhof?"
„Ich hab es dir doch gesagt. Ich hole Butter für den kleinen Rivet. Es geht ihm so schlecht, dem Armen."
„Wie groß ist der ‚kleine' Rivet?"
„Du bist schlimm, wenn du so sprichst."
„Und wenn ich mit dir zu diesem Bauernhof gehe?"
„Das wirst du nicht tun. Bis drei kommst du nicht dorthin", sagte sie entschieden, als ob sein Vorschlag überhaupt nicht in Frage käme.
Sie waren an der Tür, und sie ließ seine Hand los.
Drunten hörte man Lärm und Stimmen, die die Treppen heraufkamen oder in den Speisesaal hinabgingen.
Sie hörte den Stimmen zu.
„Ich werde die Seitentreppe nehmen", sagte sie wie zur Antwort auf den geflüsterten Rat. „Auf Wiedersehen."
Und sie öffnete den Flügel der Drehtür.

XXVIII

Nun wußte er also um diese erbarmungslose Unruhe, die von jedem Wort, von jeder Bewegung geweckt werden konnte und die sehr viel Ermutigung erforderte, bis sie sich wieder legte. Natürlich war es ihre Eigenheit, daß sie ganz alleine für sich ging, vielleicht sogar vor ihm. Aber all das zeigte sich in einem anderen Licht, wenn sie nicht davon begeistert war, daß er sie begleitete, wenn sie für einen Patienten Butter holte, die es in den Geschäften noch nicht gab. Sie wollte ihn nicht dabei haben. Und das, obwohl ihr Besuch ihm so viel Freude bereitet hatte. Jeder hätte in diesem Moment einen Ausruf konspirativer Freude erwartet, ging es doch um einen gemeinsamen Nachmittag auf dem Weg durch den Wald. Bei ihr aber war es anders: Auf Wiedersehen, auf Wiedersehen. Und es machte ihr nichts aus, daß sie so kühl auseinandergingen. Sie spürte überhaupt nicht die ernste Bedeutung eines solchen Abschieds.

Nach dem Mittagessen ging er aber doch mit ihr mit.

Und er war froh, daß er diesen fröhlichen, herzlichen und zugleich spöttischen Ton fand, der immer der beste Schutz ist. Aber auch ihr gefiel es, daß er offensichtlich guter Laune war, und sie faßte ihn auch mehrere Male an der Hand. Aber sie ließ seine Hand auch wieder los, wenn sie hinter sich das Geräusch eines Automobils hörte. Es war eine Tageszeit, in der allenfalls einmal ein Militärlastwagen vorüberfuhr. Sie aber sah sich um, bevor das Auto zu sehen war, als ob sie jemanden erwartete. Nein, schließlich blickte auch ein Kind an der Straße auf dieselbe Weise.

Doch ob das die Liebe für einen Heimgekehrten sein sollte, dieses Starren nach den Gesichtern der Fahrer von Militärlastwagen? dachte er. Ein unerfreulicher Mangel an Urteilsfähigkeit lag in all dem. Ein Mädchen, das sich im Kriege herumgetrieben hatte und nun vergebens versuchte, seine Angewohnheiten zu verbergen. Und er sah ihr Gesicht am ersten Abend, als sie aus dem Urlaub zurückgekehrt war; wie sie ihre Lippen verzog und wie sie rauchte.

Diese niedergeschlagene Stimmung änderte sich am anderen Tag, als der Maler aus dem zweiten Pavillon zu ihm kam. Aber jetzt gab es weder den zweiten noch den dritten Pavillon, weil er abreisen würde. Sein Onkel hatte alles für die Reise nach New York vorbereitet. Und dabei hatte er auf den Lippen dieses Lächeln, das an die gelben Sonnenflecken auf seinen Ölbildern erinnerte. Vielleicht würde dieses Lächeln dann verebben, wenn er dem amerikanischen Onkel vom Ende seiner Eltern berichtete. Aber wahrscheinlich würde es sich schon im nächsten Augenblick wieder nachsichtig und abwesend zeigen.

„Ich habe dir zwei meiner Ölbilder gebracht“, sagte er. Und

es war diese Tür, die weit zur Terrasse hin geöffnet war und die aus Sonnenstrahlen bestand, sowie die Bank im Grünen, vor der sie sich über Malerei unterhalten hatten, als er ihn besucht hatte.

So geschieht es gelegentlich, dachte er, daß eine unerwartete Person einen Raum ausfüllte, den jemand anders leergelassen hatte; die weckte einen dann auf und erinnerte einen daran, daß es noch andere Werte auf der Welt gab. Denn die Liebe befreite, sie versklavte aber auch. Deshalb war es notwendig, dann auf sie zu setzen, wenn sie einen befreite. Bei dem Gedanken, daß er am Abend Arlette nicht sehen werde, entdeckte er, daß er doch ziemlich selbstbewußt in seiner Neugierde war. Er hatte nicht selbst auf sie, Arlette, verzichtet, und auch den Besuch des Malers konnte er nicht als sein Verdienst buchen; aber auch eine ungewollte Absage zählt man als eigene Errungenschaft, wenn man sie, wenngleich aus Zufall, mit dem wertvollen Inhalt verwechselt. Es schien ihm, daß seine Beziehung zu Arlette sich in diesen zwei Tagen gerade deswegen verändert hatte. Er war nun freier. Ruhiger und vernünftiger, wenn auch in der Erwartung neuer Heimsuchungen die Spannung und der Wunsch nach einem Wiedersehen ebensomächtig waren.

Auch zur Zeitung eine andere Beziehung, dachte er und öffnete das Blatt. Wie ein erneuter Anschluß an die bunten menschlichen Geschehnisse. Es war natürlich nicht so, wie wenn er wirklich den Ereignissen ausgesetzt gewesen wäre. Zum Beispiel in Hiroshima. Oder mitten in London. In Paris. Mit Hiroshima würde es schon nichts wegen der Radioaktivität, die noch lange nach der Explosion vorhielt. Aber jetzt war schon ein Monat vergangen seitdem, vielleicht würde jetzt dieses atomisierte Klima nicht mehr schaden. Und das sollte eine *menschliche* Welt nach dem Kriege sein. Na ja, in Wahrheit noch nicht nach dem Kriege, weil Japan gerade in diesen Tagen erst die Kapitulation unterschrieb. Aber es war eine Welt nach den Lagern. Denn als die Öfen in der Welt der sinnlosen Vernichtung ausgingen, ging man dem Gelobten Lande der guten Verständigung und der Ruhe entgegen, aber langsam begann man zu verstehen, daß die Welt der Krematorien nur ein Teil der menschlichen Welt war. Sie stand nicht außerhalb dieser. Sie war in ihr. Auch in Triest. Auch in Hiroshima. Auch Hiroshima war in der menschlichen Welt gelegen, nicht außerhalb.

So schrieb man auch am selben Tag im Leitartikel der *New York Times*: „Die Atombombe ist nichts anderes als Massenmord, reiner Terrorismus. Wir ertränken uns gemeinsam im Atlantik oder im Pazifik. . . Der Mensch ist zu schwach, als daß man ihm eine solche Macht anvertrauen könnte." Klar ging es um eine Tat, die schon getan war. Und sogar zweimal. Jetzt kannst du sie auch als Massenmord beurteilen. *Danach*. Allerdings erst danach. *Und vorher?* Ebenso die Todeslager mit elf Millionen zu Asche gewordenen Körpern. Massenmord. Und dies nimmst du jetzt zur Kenntnis und du atmest zufrieden aus, weil du auf dem Liegestuhl liegst, unter der Leinwand auf der französischen Terrasse, während sie die Asche der anderen über Äcker und Felder gestreut haben. In Treblinka mußten sie zum Beispiel Kinder auf die Straße streuen, die Bauern aus Vulka transportierten sie mit ihren zweirädrigen Karren sechs- bis achtmal am Tage; vom Frühling 1943 bis zu Sommer 1944. Einige Millionen Menschen. Eine Kleinigkeit. Bis zum 1. September zählte man in Hiroshima an die 53.000 Tote. Es war ein Mittel, das noch viel wirksamer war als das Gas Zyklon B im Vernichtungslager in Lublin. Dort wurden in dem hermetisch geschlossenen Raum zweihundertfünfzig Personen auf einmal vergast. Jetzt hatte der Mensch eine Methode gefunden, wie der ganze Planet, auf dem er wohnte, füsiliert werden konnte. So zitierte die Zeitung die Worte von George Bernard Shaw: „Die Protonen würden sich mit den sie kreuzenden Elektronen vereinigen und den schweren einzelnen Neutronen, aus denen die Materie besteht, und sie würden eine Hitze verursachen, bei der der ganze Stern sich in Staub verwandelte und vollkommen verdunstete. Alle seine Bewohner würden so schnell und so vollkommen verbrennen, wie dies kein Krematorium vermochte."

Jetzt läutete es im Erdgeschoß, und er war der zerbrochenen Glocke dankbar, daß sie die erschütternde Stille unterbrach. Er atmete aus, als könnte dieser Laut die verfluchte Umgebung aufwecken. Nein, der Mensch könnte für alles, was er selbst gesehen hatte, schon für das allein, völlig berechtigt die Erde vernichten. Und doch, wie konnte er die Erde in Staub verwandeln, aus der der Frühling wuchs und die Pergolen reiften? Wie das blaue Meerwasser zerstäuben und die verschneiten Berge einreißen? Damit man nichts gewann? Statt sonniger Buchten – nichts? Die Leere, wie damals, als der Ballon zerplatzte? „Wenn wir an unser bisheriges Verhalten denken, können wir solche Möglichkeiten nicht ausschließen", sagt Bernard Shaw.

Er hielt es nicht aus auf dem Liegestuhl, sondern trat ans Geländer, um sich aus der Nähe zu überzeugen, ob der Wald noch wirklich unter der Terrasse stand und die Äcker noch ruhig jenseits des Waldes in der Ebene lagen.

Nein, dachte er sich, es ist doch gut, daß Arlette bei mir ist, auch wenn sie so unverantwortlich ist. Und obgleich er wußte, daß die vorherigen Gedanken nicht nur groteskes Kränkeln waren, fühlte er gleichzeitig, wie die Welt in Arlettes Körper verjüngt war und daß ihr Körper nun eng neben dem seinen lebte.

Die Zeit, die uns bleibt, müssen wir gut nutzen, sagte er sich dann.

XXIX

„Quisling?“ fragte Jules, ohne daß er von der Schachtel aufsah, über der er sich eine Zigarette drehte.

„Ja, Quisling“, sagte Jojo. „Hast du's nicht gelesen?“

„Zum Tode verurteilt“, sagte Jules und zuckte die Schultern. „Na und?“

„Ja sicher, zum Tode. Hat er was Besseres verdient?“

„Das fragst du mich“, sagte mehr zu sich selbst Jules, lächelte und befeuchtete den Rand des Zigarettenpapiers.

„Ich frage mich, ob ihn die Norweger *wirklich* ins Jenseits befördern.“

„Kann man auch unwirklich ins Jenseits kommen?“

Und dabei lächelte Jules kaum erkennbar, aber weil er quer auf seinem Liegestuhl saß und die Füße auf dem Boden hatte, drehte er Jojo den Rücken zu.

„Was kann man wissen, was willst du eigentlich von mir?“ fragte er nachsichtig mit dem Gesicht zur Seite gewendet.

„*Rien, mon dodo*. Du bist zu mager!“

„Hahaha.“ Das war ein ganzer Chor von Stimmen.

„Die Operation steht er nicht durch.“

„Hahaha!“

Auch Jules lächelte schwach; noch immer zeigte er Jojo den Rücken und rauchte ruhig.

Auch Robert zog eine Zigarette aus der Schachtel. „Zum Tode werden sie ihn verurteilen. Ganz sicher“, sagte er.

„Das wollte ich ja sagen!“ Und Jojo trat an das Geländer; ein Boxer, der den Gegner zu Boden gezwungen hatte und nun darauf wartete, daß der Ringrichter ihn auszählte. Auch seine Hand griff einen Moment nach dem Geländer, als ob es die Seile im Ring wären. „Das sind Norweger!“ Und er näherte sich wieder seinem Liegestuhl. „Die werden das nicht so machen wie wir mit Pétain.“

„Aber unserer ist ein Marschall“, sagte väterlich Jules, während er auf seine Zigarettenglut starrte und hineinblies.

„*Ta gueule!*“ sagte wütend Jojo; als wäre es nun Zeit, mit den Witzen aufzuhören.

„De Gaulle ist General. Und ein General wird es nicht zulassen, daß man einen Marschall erschießt“, sagte Robert.

„Weil er ein kluger Staatsmann ist.“ Das war Jacques; er war dürr und mitgenommen wie Jules, nur seine Backenknochen standen noch mehr hervor. Aber wegen seiner Windjacke, die in der Taille gegürtet war und in deren Seitentaschen er zumeist die Hände vergraben hatte, wirkte er energisch und gewandt.

Jojo atmete durch.

„Hör mal“, sagte er väterlich und nachsichtig.

„Ich höre.“

„Daß de Gaulle die Bedeutung motorisierter Einheiten erkannt hat, während Frankreich noch an der Maginotlinie gebaut hat, ist ja richtig. Es ehrt ihn. Daß er im Ausland den Aufstand geleitet hat, ist auch in Ordnung. Aber alles andere können wir vergessen. Es ist besser so. Du kannst mir glauben, es ist besser so.“

„Welches – andere?“ sagte höhnisch Jacques.

Jojo verzog sein Gesicht, dann runzelte er die Stirn.

„De Gaulle ist der Repräsentant dieser zweihundert Familien, die das ganze französische Kapital in ihren Händen haben. Für die hat er seinen Krieg gewonnen.“

„Vor wem? Vor diesen Grünschnäbeln im Wald?“

„Wer – ist ein Grünschnabel?“

Es war Robert, der sich jetzt angriffslustig Jacques’ Liegestuhl näherte. Jetzt stand auch Jacques auf.

„Ich schlag dich in die Fresse!“ sagte Robert und ballte die Faust. Aber Jacques behielt seine Hände in der schrägen Vordertasche seiner Jacke und näherte sich unbekümmert dem Geländer.

„Reden wir darüber, wie es sich gehört“, sagte jetzt Jojo. „Wir können doch normal darüber reden. Ohne Beleidigungen.“

„Warum hat er sie Grünschnäbel genannt“, zischte Robert.

Jacques wandte sich um zu Jojo: „Wieviel Grips hat einer im Kopf, der behauptet, der General werde den Marschall nicht erschießen lassen? Das verrat mir einmal. Wo doch bei jedem Umsturz der neue Sieger sich immer seines Vorgängers entledigt!“

„Richtig.“ Und Jojo dachte langsam nach, wie er sich dem Hohn, der sich jetzt auf Robert richtete, entziehen könnte. „Richtig. Damit hast du recht.“

Im Augenblick war Stille. Jacques sah mit seinen Händen in den Taschen hinüber auf die Felder, die da hinter dem Wald in der Ferne lagen; sie ruhten dort wie abwesend im späten Nachmittagslicht.

Aber Jojo hatte sich schnell wieder gefangen: „Umsturz, sagst du? Aber de Gaulle hat uns keinen Umsturz beschert! Nein, Mann. Daß ein General einen anderen General nicht schonen wird, wenn es um die Macht geht, das ist richtig. Aber hier haben wir einfach zwei Bürgersöhne, von denen der eine etwas klüger war als der andere.“

„Genau das habe ich gesagt, daß er klug war.“ Jacques hob die Schultern, er hielt sie wie in einer stummen Frage so, dann ließ er sie wieder herab.

„Nur, daß ich sage, daß er zu der Zeit klug war, als Petain mit den Deutschen zusammengearbeitet hat! Das ist der Unterschied!“

„Auch jetzt ist er klug.“ Jacques wandte sich wieder dem Wald zu.

Jojo kratzte mit dem Zeigefinger unter der Nase hin und her, gleichzeitig wandte er sich einen Augenblick dem Auditorium zu, dann wieder sah er zu Jacques.

„Aber." Er breitete die Arme aus. „Wenn wir nur sähen, worin diese große Klugheit besteht!"

„Darin, daß er nicht das Land mit dem Tod des Siegers von Verdun demütigt!" Jacques sprach schnell und bestimmt; aber es war zu sehen, daß er wegen der Nähe Roberts am meisten erregt war.

„Daß-er-nicht das-Land de-mü-tigt", sagte Jules.

„Sieger von Verdun?" übertönte alle die Stimme von Jojo. „Um so schändlicher, daß er danach mit den Deutschen kollaborierte."

„Einer mußte den Staat doch führen."

„Aber der Held von Verdun hätte den Staat in den Widerstand gegen den Feind führen müssen, der ihn besetzt hielt. Das hätte er tun sollen. Er hatte keine anderen Pflichten."

„Und so haben in der Herrschaftszeit des ‚Siegers von Verdun' die Deutschen waggonweise die Patrioten aus dem Widerstand in die Krematorien geschickt", sagte Robert.

„Der Marschall konnte nicht alles verhindern."

Jetzt rief Jules mit hohler Stimme: „Weil ihm sein Hirn eingetrocknet war, dem armen Alten!"

„Dann hast du recht, Jules!" rief jetzt Jojo. „Und auch Jacques hat recht! Warum sollten wir für den alten Trottel eine Träne vergießen!"

„Hahaha!" lachten jetzt die Liegestühle.

Er fragte sich, warum sie ihn in die Ambulanz zu Fräulein Rivière riefen.

Als er eintrat, nahm diese eine Nadel aus einem Gefäß, in dem sie ausgekocht worden war.

„Verwunderung, nicht wahr?" sagte Arlette, während die Rivière die Nadel aufsteckte. „Du hast sicher nicht gedacht, mich hier anzutreffen?"

Sie saß mit dem rechten Oberschenkel auf dem Tisch und

berührte zugleich mit ihrer linken Fußspitze den Boden; zwischen den Fingern der linken Hand hielt sie eine Zigarette, und als sie daran zog, wirkte dies ungeschickt und zugleich gekünstelt. Die Haare hatte sie oben auf dem Kopf zusammengesteckt.

„Entschuldigt", sagte Fräulein Rivière. „Ich muß einem Kranken eine Spritze geben."

„Ich warte auf dich, Claire", sagte Arlette.

So waren sie nun alleine in dem schmalen Zimmer mit dem weißen Schrank und dem weißen Tisch; nur das Fenster war anders, weil es wegen des Waldes draußen aussah wie ein Viereck voller Grün.

„Was ist geschehen?" Dabei ging er um den Tisch herum und blieb vor dem Fenster stehen. Er hatte den Eindruck, als wäre er am Fenster etwas freier.

„Warum sollte etwas geschehen sein?"

„Ich dachte nur so." Und er sah aus dem Fenster; die Lider hatte sie ungeschickt blau angemalt, aber es störte ihn noch mehr das Rauchen auf diese Art und auch ihr Sitzen.

„Was war so verkehrt, daß ich dich gestört habe?" In ihrer Frage lag ein ironischer Unterton.

Er hob die Schulter.

„Es fehlen Dinge, die viel mehr stören."

„Zum Beispiel?"

„Ach, nichts."

Und er dachte an sie, wie sie sich an der Straße nach den Automobilen umsah; jetzt würde sie mit der an der Straße einer Meinung sein. Etwas ist nicht in Ordnung. Etwas Wichtiges ist hier nicht in Ordnung. Und er stand am Fenster und sah hinaus, als gäbe es sie nicht.

„Was kann man wissen, was ist das für ein Verhalten?" Und man hörte ihre Handfläche, wie sie sie flach auf den Tisch legte, während sie sich auf den Arm stützte.

„Das frage ich mich auch."

„Aber was? Was? Was?"

Jetzt drehte sie sich um, so daß er ihr ins Gesicht sah; auf ihren Arm gestützt neigte sie sich über den Tisch ihm entgegen. Die weiße Haube lag auf dem Tisch.

„Ich frage mich, warum du zum Beispiel diese blaue Bemalung um die Augen hast. Das zum Beispiel."

„Das stört dich?"

„Brauchst du es, um die Kranken zu pflegen?"

„Ich brauche es, weil ich blaß bin."

„Wirklich?"

„Weshalb glaubst du denn, daß ich mir diesen kaum sichtbaren Anstrich gegeben habe?"

„Ich weiß nicht. Ebenso, wie ich nicht weiß, warum du dich so auf dem Tisch zur Schau stellst, mit der Zigarette im Mund." Und er erwiderte ihren Blick.

Nun trat er weg vom Fenster.

„Aber jetzt gehe ich, weil ich nicht will, daß mich dein Fräulein Rivière wieder hier findet."

„In Ordnung."

„Vielleicht ist es nicht in Ordnung. Aber ich kann nichts machen, wenn es so ist."

„Auch ich nicht."

Er stand auf und sah sie angriffslustig an. Dann wandte er sich plötzlich um und schloß die Tür hinter sich.

Dieses Gefühl der Entzweitheit und zugleich der Ohnmacht konnte man mit der Qual eines Menschen vergleichen, dem Füße und Hände gebunden sind, dachte er am Abend. Die Liebe, wie ihre in der Nacht im Grase, und jetzt ihr Sitzen dort auf dem Tisch. Nein, kein Sitzen, das wäre ja beinahe noch nett gewesen, wenn nicht ihr Gesicht so ausgesehen hätte. Etwas, das wie Schamlosigkeit aussah. Und die unangenehmen blauen

Flecken an den Lidern. All das ähnelte ziemlich dem aufgeblasenen Selbstbewußtsein eines Mädchens, das die ältere Schwester auf ein zügelloses Leben vorbereitet. Nein, das wohl nicht. Das nicht, aber es war damit sehr verwandt. Ob es Fräulein Rivière war? Vielleicht ihre Nähe? Aber vielleicht war er dieser Naive, der von poetischer Liebe träumte und von der Vereinigung mit der Natur. Er, der Zurückgekehrte. Als ob sie mitten im Wald und unter den Pflanzen sich darauf vorbereitet hätte, ihn zu erretten. Hm, ganz sicher hatte sie nicht die ganze Zeit auf ihn gewartet. Aber diese Rivière mit ihrem schleimigen Lächeln.

Er ging auf der Straße und entfernte sich schnell vom Dorf. Der Asphalt war vom Widerschein eines großartigen Sonnenuntergangs gefärbt, aber ihm schien es, als müßte er gehen und sich vom Ort seiner gewöhnlichen Spaziergänge entfernen. Die gerade Straße zog sich zur Seine hin, und bald würde im Schein des Mondes auch der gewundene blaue Fluß selbst auftauchen; die Flecken auf dem Asphalt und auf den Feldern zeigten im Moment die Farben der Berge, die wie ein Amphitheater die Bucht von Triest umgaben. Gegen Ende eines Sonnenunterganges konnte er aus seinem Fenster den Abhang der Berge als senkrechte Wand erkennen, eine hohe und traumhaft steile Mauer. Ganz sicher war sie noch immer so. Und diese Feststellung überraschte ihn. Gut, aber darüber würde er später nachdenken. Jetzt war er hier. Das war es. Wenn er es nämlich aus anderem Blickwinkel besah, war womöglich alles eine einzige Kinderei. Sie wollte gerne die erfahrene Frau spielen, und sie übernahm Haltung und Ausdruck. All das hatte keine richtige Form; keinen Stil. Und unerwartet näherten sich ihm die Bilder aus der verlorenen Welt. Aber er wehrte sie bewußt ab und begann nun zurückzukehren. Schließlich waren sie schon von früher her für morgen verabredet, den ganzen Tag in der Natur zu verbringen. Jetzt klang dies etwas unwirklich; als ob sich zwei

Menschen für einen gemeinsamen Tag verabredet hätten, die sich inzwischen fremd geworden waren.

Und es überkam ihn das Gefühl vollkommener Fremdheit, eine verzweifelte Niedergeschlagenheit.

Als er zum Eingang kam, wurde die Dämmerung grau und senkte sich langsam in die Bäume. Die Patienten kehrten zurück, einige waren gerade erst weggegangen; zur Linken lag stumm und einsam ein richtiges ‚Schloß' mit seinen erloschenen Fenstern. Gutes graues Material, entnommen aus nicht mehr gegenwärtigen und schlafenden Jahrhunderten.

Beim Tor kam da jetzt Arlette, und seine Kälte beunruhigte ihn auf einmal. Es war, als hätte er sich etwas vorgelogen und würde sich jetzt bei dieser Lüge ertappen und war nun bei allem nicht allein, sondern hätte sie zur Zeugin. Zugleich erschien es ihm, als hätte sie auf ihrem Gesicht einen Anflug von Bedrücktheit und auch eine Art unterdrückter Bitte um Versöhnung. Ihre Haare waren lang herabfallend, glatt und unten gewellt. Ihr Gesicht war das Gesicht eines kleinen Mädchens, das eine Ungeschicktheit vollbracht hatte und dem es deshalb sehr leid tat und weswegen es große Angst vor Strafe hatte. Vielleicht deswegen, weil sie ihn gerade bemerkt hatte und sie das überraschte, vielleicht auch, um diese Veränderung auch laut auszudrücken, wandte sie sich jetzt wieder Fräulein Rivière zu. Jetzt erst hatte er bemerkt, daß diese neben ihr ging. Und sofort sah er sie wieder im Ambulanzzimmer. Und als sie sich begegneten, grüßte er schnell und höflich und ging seines Weges.

Er hatte den Eindruck, daß er ein sehr anstrengendes Werk vollbracht hatte; zugleich wurde diese akute Beklommenheit noch von der Überzeugung vergrößert, daß Arlette, als er vorüberging, ihm ihre Hand reichte. Ihre ausgestreckte Hand. Ihre kleine Handfläche. So hatte sie in der Dunkelheit nach der Hand ihrer Mutter gegriffen, als sie Kind war, und ihre Mama mußte die ganze Nacht die Hand aus dem Bett hängen lassen.

Ein Kind, das man bis zum Ende der Welt pflegen mußte. Es wiegen wie ein Kind und lieben wie eine Frau. Oder umgekehrt. Er wußte es eigentlich nicht genau, aber ihr Gesicht war nicht das Gesicht einer leichtlebigen Frau. Vielleicht wunderlich, aber niemals verzerrt. Aber als sie sich jetzt gerade der Rivière zuwandte, hatten ihre Züge doch wieder einen unschönen Ausdruck. Vielleicht wollte sie vor ihr kühl und kaltblütig erscheinen?

Was ihre ausgestreckte Hand anging, würde der morgige Ausflug einen guten Anlaß bieten, dachte er sich, als er durch die Dämmerung zum Pavillon hinaufstieg. Und zugleich war der Gedanke an den morgigen Tag eine ohnmächtige Auflehnung und ein heißer Zorn, aber auch ein Bedauern darüber, daß dies nicht sofort sein konnte. Er hatte das Gefühl, ganz sicher würde etwas dazwischenkommen. Ein Gefühl, daß sie sich jetzt sofort sehen müßten, sonst wäre alles verloren. Und im nächsten Moment wollte er über diesen Zweifel lächeln, doch unter der Gewißheit, daß keine Hindernisse dazwischenkommen konnten, fühlte er noch einen tiefsitzenden, verborgenen kleinen Rest von diesem Zweifel.

XXX

Das ist eine heilsame Niedergeschlagenheit, dachte er. Man brauchte eine gute Grundlage von Härte in sich, um einigermaßen kühl solch einen Tag durchstehen zu können. Das ist die Stimmung eines Menschen, der dich nicht braucht; und heute war der ganze Tag frei. Das hieß, daß es sie fast nichts kosten würde, wenn sie trotz allem doch beim Spaziergang an dem Ort vorbeikäme, wo sie sich treffen wollten.

An dem einsamen Weg, der kaum merkbar zu dem dunklen Fichtenwald hin anstieg, wuchsen Apfelbäume. Nur manchmal hörte man auf dem Weg einen Bauernwagen vorbeikommen, sonst nichts. Nur die Stille der Sonne und der Gräser und das abwesende Reifen noch halb grüner Früchte. Und im Gras das betörende Kratzen der Heuschrecken; unermüdlich und monoton, als wäre dieses das immer gegenwärtige, ewige und unhörbare Keimen guter Erde.

Vielleicht wäre es am besten, wenn sie nicht käme, dachte er. Diese Freundschaft mit der Natur ist etwas grundlegend anderes als die, die durch ihre Gegenwart begründet wurde. Weil die Natur wie alle Mütter eifersüchtig war; und sie verhielt sich auch ganz anders zu ihrem Sohn, wenn die nicht dabei war, die seinen männlichen Körper an sich gerissen hatte. Um so mehr, als dieser ihr Sohn schon dem Tode verschrieben war und ihr auf wunderbare Art wieder in den Schoß gelegt wurde. Der ganze Wuchs der Apfelbäume und der Weinstöcke war für ihn. Die ganze Wärme des Mutterbodens für seine Glieder, die mit dem Tod das Bett geteilt hatten. Der ganze Saft der Pflanzen in ihn hinein. Der ganze Zucker aus gelben und violetten Trauben in seine Adern. Etwas Besonderes aber war für ihn all die endlose und unberührte Stille, in der er die herumvagabundierenden Gedanken sammeln konnte. Und die Sonne. Das war jetzt das beste. Sie war weich und warm. Ringsherum warm und warm auf jedem Zentimeter seiner Haut. Und sie vertrieb aus jeder Zelle die dort verborgene und tückische Kälte. Aus dem ganzen Cytoplasma und aus jedem Kern verschwand ein Hauch des Nichts. Und unter den Sonnenstrahlen gab es wieder neue Verbindungen und Transformationen wie beim Chlorophyll in der Photosynthese. Die Sonne, eine Sonne wie gutes Brot. Und so notwendig wie das Wasser. Du mußt sie einatmen, langsam und tief einatmen, daß sie überallhin vordringen und sich in alle Richtungen ausbreiten kann. So. So. Und so klug und verständig konnte man immer mit der Natur leben; er hätte seine Erkenntnisse nur nutzen müssen, um Wüsten in

Oasen zu verwandeln. Zum Nutzen des Menschen. Weil es nichts nützt, wenn du die Sonne hast, sie dir aber das Krematorium geben. Es ergibt keinen Sinn, daß sie die Sulfonamide entdecken, den Leuten aber Hiroshima geben. Das ergibt keinen Sinn. Und doch haben sie vorher Goethe und Mozart und Beethoven gegeben, dann aber haben sie Bücher in Menschenhaut eingebunden und haben die Blumentöpfe mit Menschenasche gedüngt. Die Natur tut so etwas nicht. Die Natur tut dem Menschen nicht auf diese Art Böses an. Warm folgt sie den Gesetzen, die sie leiten. Der Mensch wurde aber dann geboren, als er sich mit seinen Gedanken von der Natur entfernte, obwohl er nicht aufgehört hat und nicht aufhören wird, ein Teil von ihr zu sein. Deshalb muß er solidarisch sein mit den Geschöpfen, die sich wie er aus der Natur erhoben haben und die auf ihr und neben ihr eine eigene Welt zu bauen begonnen haben. Das war für ihn ein Gesetz. Das erste Gesetz. Das Gesetz der Gesetze. Niemand war berechtigt, die Hand über einen Menschen zu erheben. Keine Ausrede durfte eine solche Sünde rechtfertigen, nicht das Bewußtsein eigener Machtvollkommenheit und Außerordentlichkeit, nicht der Wohlstand einer Mehrheit und nicht die Vorbereitung einer schönen Zukunft. Man konnte nicht das Ganze schätzen und den einzelnen erschlagen. Man konnte es nicht. Es war notwendig, den Menschen zu achten. Um jeden Preis. Dieses. Dieses einzige Gesetz. Das Alpha und das Omega von allem.

Er erhob sich und näherte sich einem Apfelbaum; aber seine Früchte waren noch zu grün. So ging er von Baum zu Baum und fühlte den warmen Boden unter den Sohlen und das warme Gras. Auch der Körper fühlt die Wärme anders, wenn er steht, und wieder anders, wenn er liegt, dachte er. Und er fühlte sich wie ein Fahnenflüchtiger, der seiner Einheit entwischt war und der nun versuchte, mit dem zu überleben, was er am Wege fand. Und er wünschte sich, daß er auf seinem Liegestuhl läge, zwischen Robert und dem älteren Bretonen, der so seine eigene Sprache hatte. Robert, Jojo, Jules, Charles. Auch Jacques, ja, auch er, denn auch er war ein Mitmensch. Ein Genosse und Mensch. Das. Das war es. Ein solches einsames Herumlaufen war nichts. Entweder die Liebe oder die Verbindung zu den Kameraden und Menschen. Es gab keine andere Wahl.

Er pflückte einen halb grünen Apfel und kehrte an seinen Platz zurück. Ja, wie ein Flüchtling, der sich an seinem Wege mit Früchten erfrischte. Und doch war es recht, daß er hier war. Zum ersten Mal war er bei vollem Tageslicht in den Feldern. Natürlich war er den ganzen Tag mitten in den Feldern, dort auf der Terrasse, aber schließlich würde auch dies über kurz oder lang zu einer Definition werden, zu einer Kategorie, ein *idolum loci*, wie Bacon sagen würde. Irgendwann war es nötig, die Menschen zu verlassen, um den Wert des gemeinsamen Zusammenlebens zu erfassen. Immerhin, Kameradschaft; aber man mußte wieder darauf achten, daß dieser Begriff nicht zu alltäglich wurde, so wie auch das Wort Mensch zum alltäglichen Begriff geworden ist.

Und er wünschte sich, so bald wie möglich wieder auf der Terrasse zu sein, zugleich fühlte er, daß dieser Wunsch ihm wichtiger war als die wirkliche Rückkehr zu ihnen. Er wünschte so sehr, daß er sie sehen könnte, und es war wieder, als bereitete allein dieser Wunsch ihm fast größeres Behagen. Nein, es stimmte nicht, daß das Behagen größer war. Es war anders. Aber gestern, als er am wenigsten daran dachte, daß er sie sehen würde, stand sie plötzlich vor ihm. Heute, wo eigentlich alles darauf vorbereitet war, heute war nichts. So war es, er war nur des Nachts ihr Gast. Ihr nächtlicher Gast. Bei Tageslicht wollte es nicht glücken. Und die Liebe war angekränkelt vom Gefühl der Entwurzelung und der Heimatlosigkeit, der sich Arlette vielleicht schon unbewußt erwehrte. Und doch, woher kamen die unerwarteten Schatten in ihren Zügen? Die

Frucht einer tückischen und zügellosen Nähe? Vielleicht auch nicht. Vielleicht verwandelte sich diese Liebe, die für ihn eine Auferstehung war, für sie nach einem unbekannten feindlichen Gesetz in eine zynische Gewalt, die sie von ihm entfernte. Deshalb war es recht, daß sie nicht da war, obwohl der Tag bitter war. Bitter und heilsam wie Enzian.

Aber er dachte wenigstens über die Kameradschaft mit den Menschen nach, er entdeckte wieder, welchen unverwechselbaren Geschmack der Unsterblichkeit das Gut der menschlichen Kommunikation hatte. Zugleich kam er wie in einer unerwarteten Entdeckung zu der Erkenntnis, daß es weit weg, irgendwo an der Adria, ein Stück Erde gab, dem es nicht gelang, die richtige Lage unter der Sonne zu finden, und daß er der Sohn dieser besonnten Terrassen war. Dort würde er im Hof stehenbleiben, wo er Mija getroffen hatte, als sie nach der Waffenruhe den Deutschen auf dem Triester Bahnhof entkommen und in das Karstdorf geflohen war. Mit Vidka kam sie aus der Stadt, und beide waren blonde Feen, die gekommen waren, ihn vor dem Hinterhalt zu bewahren. Jetzt schrieb ihm auch Vidka von einem Liegestuhl aus auf einer Terrasse in Nabrežina, vom Sanatorium ins Sanatorium. Und sie klagte, daß er nicht zurückkehrte. Warum wartete sie? Warum setzte sie sich nicht in die Bahn und überraschte ihn in seinem weißen Sanatoriumszimmer? O, sie fühlte ganz sicher noch immer, daß ihm die weite Welt die einzige Heimat bedeutete, und bei seiner klaren Überzeugung davon, daß man etwas *Nützliches* anzufangen hatte, begann sich ihm auch die bekannte Gegend anzubieten, wo seine Anwesenheit vielleicht weniger unbedeutend erschienen wäre, als sie es hier war. Und diese Erde war ja schön, von den braunen Algen, die wie lange Haare im blaugrünen Wasser zwischen den Klippen waren, bis hin zu den Kiefern, die die Bora gebeutelt hatte, wenn sie aus dem Land oben auf dem Hochplateau herabstürzte. Dazwischen waren die

Treppen mit den Weinstöcken bis hoch oben, die Sonne malte sie wie ein Photograph, der vergessen hatte, den Scheinwerfer abzuschalten.

Bei dem Gedanken, daß er die anderen, wenn er zurückkehrte, auf der Terrasse finden würde, wurde er plötzlich fieberhaft ungeduldig. Weil er sich vor dem Suchen und auch vor Arlette gerettet hatte und er sich jetzt ganz anders mit den Menschen verbinden würde, mit seinen Genossen, den Menschen.

Als er ging, war es ihm, als wäre er ein von der Sonne verbrannter Bauer, der sich ehrlich sein Abendbrot verdient hatte.

XXXI

Sie trafen sich, als er am Abend von dem Waldweg aus zum Kriegerdenkmal kam und damit auf ihren Weg; vor den Häusern war niemand, und unter dem grauen niedrigen Himmel war die Einsamkeit nur noch konzentrierter und intimer.

„Hier bist du", sagte sie; ihre Augen waren weit aufgerissen, während ihre Arme seinen Hals umschlangen.

„Radko", flüsterte sie dann.

„Ja?"

„Es ist nicht auszuhalten. Das ist wie –"

„Wie?"

„Wie der Tod."

„Auch du hast dich so gefühlt?"

„Als ob du gestorben wärst und es keine Hoffnung gäbe, dich ins Leben zurückzurufen. Und dann, als ob du lebtest, nur daß ich nicht zu dir konnte, und ich wußte nicht, wie ich dich aufwecken sollte, damit du wieder für mich am Leben bist."

„Meine Kleine."

„So etwas dürfen wir nie wieder zwischen uns stellen."

„Nein, das dürfen wir nicht."

„So viel Kälte und solche unerträgliche Leere."

„Nein, das werden wir nicht." Und es stimmte, daß es keine Hindernisse mehr gab, weder in ihrer Liebe, noch sonstwo in der Welt für ein gutes und zugleich aufregendes Glück, für die Übermacht des Keimens und des üppigen Wachstums.

Sie blieben stehen.

„Sollten wir heute abend nicht einen anderen Weg nehmen?"

Sie kehrten zurück und gingen am Eingangstor vorbei; so als ob eine neue Stimmung auch eine neue Umgebung erforderlich machte.

„Und wenn die Lastwagen vorbeikommen."

„Sei nicht so herzlos."

„Nein, und wenn sie doch kommen. Es wird ja gleich dunkel!"

„Sei doch nicht so."

„Bin ich nicht. Ich bin nur guter Laune."

„Bist du so gutgelaunt, weil du dich von mir befreit hast?"

„Von dir?"

„Dort, während meines Urlaubs, ohne mich."

Er stellte sich hin und legte ihr die Hände auf die Schultern.

„Wie kann man sich von dir befreien? Verrat mir das."

„Du Witzbold", sagte sie leise. Sie näherte ihr Gesicht mit dieser Verliebtheit in den Augen, die immer zugleich ergeben und verträumt war. Ein Kuß nur im Vorübergehen; wegen des Asphalts und der Breite der Landstraße.

Dann gingen sie wieder.

„An die Arbeit habe ich gedacht. Das Herumliegen auf dem Liegestuhl, die Tatenlosigkeit – all das führt doch zu nichts."

„Was sind denn das nun wieder für krause Gedanken?"

„Und dazu noch dich haben. Ist das nicht ein Reichtum, den ich niemals mehr zurückzahlen kann?"

„Du hast es schon zurückgezahlt. In Deutschland. Aber sprich nicht so in den Tag hinein; oder willst du von mir die Antworten hören, die du schon selbst herausgefunden hast?"

„Vielleicht. Aber welches Verdienst habe ich daran, daß mir dies widerfährt, vor all denen, die ich *dort* gelassen habe?"

„Gegenüber denen ganz sicher keinen."

„Siehst du."

„Aber ebenso hätte der keinen Verdienst daran, der anstatt deiner zurückgekehrt wäre."

„Vielleicht. Eigentlich denke auch ich so. Aber dennoch gibt es irgendeinen Fonds, wo man seine Abgaben hinterlegen muß; und wo man sein Gespartes abgibt, natürlich nur, wenn man etwas hat."

„Gut, wenn Dr. Decour sagt, daß du gehen kannst, wirst du gehen und deinen Anteil zur – gemeinsamen Bank tragen. In Ordnung?"

„Heute abend ist alles in Ordnung."

Und sie gingen.

„Lassen wir das", sagte er dann. „All das wird notwendig und nicht leicht sein, wenn ich unerwartet vor die Tatsache gestellt werde, daß du für mich verloren sein wirst."

Jetzt ging die Straße durch den Wald, aber links wurde es auf der westlichen Seite etwas heller. Eine Wolke brach auf, und es lag so eine ungewöhnliche Dämmerung in der Luft, wie sie die Welt an solchen Tagen überrascht, wenn die Nacht vor der Zeit wegen dunkler Wolken auf die Erde niedergeht. Ein kurz andauerndes Licht, dem dann eine noch viel dichtere Dunkelheit auf dem Fuß folgt, bevor etwas später dann die ersten Regenschauer einsetzen.

„Das hast du damals sehr stark empfunden."

„Ja. Dieser Tisch und dein Gesicht."

„Schweig, ich bitte dich." Und sie nahm seinen Arm am Ellenbogen und lehnte sich an ihn.

„Ja. Aber ich darf nicht daran denken, dich noch einmal so zu sehen."

„Das wirst du sicher nicht, Radko."

„Irgend etwas Unklares ist im Gesicht deiner Krankenschwester. Ich möchte damit sagen, daß etwas unangenehm Unklares an ihr ist. Wie ein Hinterhalt an Verdorbenheit."

„Das ist übertrieben, aber auch mir gefällt Claire nicht besonders."

„Wenn sie lächelt, dann ist es, als ob sie den Körper eines Mannes fesseln würde, wenn sie könnte, und sich auf ganz bestimmte, nur ihr selbst bekannte Art daran aufgeilen würde."

„Du übertreibst."

Sie schwieg nachdenklich.

„Was finden sie nur an mir?" sagte sie dann wütend. „Auch Isabelle hat mich so stark unter Druck gesetzt."

„Isabelle?"

„Ja. Aber was sage ich, mit ihr war alles noch viel schlimmer."

„Wer ist Isabelle?"

„Isabelle *war*", sagte sie wie zu sich selbst. „Das war damals, als ich Bibliothekarin im Sanatorium war. Ich hab dir davon erzählt. Sie kam wegen eines Buches. Es war aber wohl eher deshalb, um mich anzutreffen. Zuerst fiel es mir nicht auf. Dann sprach sie über Freundschaft. Das hat mir natürlich gefallen, weil sie ein schönes Mädchen war, blondhaarig, mit großen Augen. Sie spielte sehr schön Klavier. Und sie wollte, daß ich ihr zuhöre, weil sie nur für mich spielte. Soweit war es in Ordnung. Eine Zeitlang gefällt es dir, aber dann entsteht eine ziemliche Tyrannei. Alles so, wie es sich gehört, nicht wahr? Und sie war furchtbar unglücklich, wenn sie annahm, ich vernachlässige sie. Und dann, als dieser Arzt wollte, daß ich einen Kurs für Krankenschwestern mitmache. Da hättest du sie sehen sollen! Es war erschütternd. Daß jemand mir das Recht zuerkannte, ohne ihre Erlaubnis zu entscheiden; daß ich mit ihrem Herzen gespielt hatte. Du, und was glaubst du? Auf einem halbdunklen Korridor waren wir, da drückte sie mich an die Wand, packte mich an der Taille und suchte mit ihren Lippen meinen Mund. Du kannst es dir nicht vorstellen. Jämmerlich war das. Und ich konnte mich kaum retten vor ihr. Es war traurig für mich, natürlich, weil sie so ganz außer sich war. In dieser Nacht konnte ich nicht mehr schlafen."

Einen Moment schwieg sie. „Gehen wir diesen Seitenweg, ja? Das ist schöner als hier auf dem Asphalt."

„Ja. Mir ist's auch lieber", sagte er.

„Weißt du, und gerade an diesem Abend habe ich verstanden, warum sie mir immer erklärt hat, die Männer seien nur Grobiane und nur eine Frau verstehe die Zärtlichkeit einer Frau."

Sie wandte sich zu ihm um.

„Aber du denkst doch nicht, daß Claire ... wie Isabelle ist. Das denkst du doch nicht, Radko?"

„Ich weiß nicht. Ich glaube aber nicht. Isabelle war, denke ich, viel reiner. Während Fräulein Rivière vollkommen berechnend vorgeht."

„Daß auch sie Lesbierin ist? Glaubst du das?"

„Ich glaube das nicht, weil ich es nicht weiß. Ich weiß nur, daß du –"

„Was?"

„Lassen wir das."

„Nein, ich will es wissen, Radko."

„In Ordnung. Es ist so, als ob du bei deiner älteren Schwester bist, die dich in die Geheimnisse der Verführungskunst einweiht. Und es sieht so aus, als seist du ihre fleißige und aufnahmebereite Schülerin."

„Solch einen Eindruck hattest du? Wirklich, Radko?"

Bei ihrer kindlichen Stimme atmete er getröstet auf.

„Dasselbe habe ich dir ja schon vor einiger Zeit gesagt. Und du hast mich damals ebenso gefragt: ‚Solchen Eindruck hast du gehabt, Radko?'"

„Das stimmt nicht."

„Doch, es stimmt."

„Siehst du, jetzt verallgemeinerst du. Warum? Du darfst nicht alles verallgemeinern."

„Ich verallgemeinere nicht."

Die Dämmerung verdichtete sich mit Hilfe der niedrigen Wolken zusehends. Und zugleich war es, als warteten die Wolken, bis es vollkommen Nacht würde, um dann kurz danach in vollkommener Dunkelheit die Erde zu rammen.

„Was denkst du, Radko?"

„Ich denke, daß ich dich lieben sollte. So zärtlich, wie es sich so eine Isabelle nicht träumen könnte."

„Und warum tust du es nicht?"

Er blieb stehen.

„Du", sagte er und hielt sie an der Schulter fest.

„Ich, Radko?"

„Du bist geschaffen, daß man jetzt die Fäuste ballen könnte aus dem Widerspruch heraus, und dann wieder wünschte man, dich voll zu absorbieren."

So bewegten sie sich, mit den Armen um die Taillen gelegt, hin zu dem einsamen Heuschober.

Dann hörte man einzelne Tropfen auf dem hölzernen Dach, wie die Schritte von Spatzen.

„Radko, was denkst du?"

„Daran, daß ich dein nächtlicher Gast bin."

Sie bewegte sich, so daß es raschelte.

„Es gibt nur einen Weg, uns aus allem zu befreien."

Dann lachte sie in der Dunkelheit.

„Indem wir uns verloben", sagte sie.

Er schwieg. Draußen hörte man den ärmlichen Versuch der Grillen, sich der herabfallenden Tropfen zu erwehren.

„Wenn das nur für sie sein soll“, sagte er schließlich. „Für die Klatschbasen. Wir beide müssen unseren Weg gehen.“

„O, wunderbar!“

„Aber das darf weder unsere Gedanken noch unsere Liebe beeinflussen. Für uns beide gilt, als gäbe es so etwas nicht, denn wir brauchen das alles nicht.“

„Das wird wunderbar. Ich will dir Schokolade auf meinem elektrischen Kocher bereiten!“

„Aber du bist meine Kleine ohne Verlobung. Ja?“

„Ach, Radko, es scheint mir nicht wahr zu sein.“ Und sie klemmte ihr Kinn zwischen seine Schulter und sein Gesicht. „Es kommt mir so unwirklich vor.“

Die Tropfen fielen nun noch dichter herab, dann schlugen sie wieder seltener auf das Holz, er aber sah für einen Augenblick die schräg einfallenden Wassergüsse zwischen den Baracken, hoch oben in den Vogesen; die Kolonnen von Zebraanzügen standen im Platzregen mit kahlen Köpfen und mit den Armen in Habtachtstellung in der strengen Kälte, achthundert Meter hoch über dem Meer. Nur einen Moment spürte er das tödliche Dunkel und sah die Flammenzunge des Krematoriumsschornsteins durch die dichten Regentropfen, die der Wind in diesen Bergen direkt vom Atlantik hertrug. Nur einen Moment währte es, dann war er wieder unter dem Dach der französischen Hütte und fühlte in der Dunkelheit die Anwesenheit krummer Balken über und neben sich. Ihre gute Nähe, dachte er sich. Und auch das Stroh war gut. *Hier* war das Stroh weich und gut. Überhaupt war auch noch die gröbste Sache fast jungfräulich zart im Vergleich mit den Dingen *dort*. Und dann noch die Nähe Arlettes. Und seine Hand strich gleichzeitig ungläubig und voller Trost über ihr Haar.

„Heute habe ich Diderot gelesen“, sagte er. „Ich fand einen

großartigen Text über die Natur. So ähnlich schreibt er: ‚Ihre Ruhe ist keine laute Geschwätzigkeit, sondern die Überzeugung, die du langsam in sie einhauchst. Und der Mensch findet, fast ohne es zu merken, die Harmonie mit ihr, mit der Natur, weil sich unsere Gefühle, unsere Gedanken und unser Geist ohne jede Schwierigkeit vereinen mit den Bäumen, mit der Ebene und mit dem Geplätscher des Wassers. Alle Wesen existieren, und du tust es, und es scheint, daß wir mitten zwischen den Feldern uns wiegen –'"

„Wie geschaffen für die Fieberhitze dieses Jahrhunderts", sagte sie.

„Dieser Nachmittag auf den Wiesen war wirklich, als hätte ich die Natur in mich eingesogen. Ich hatte den Eindruck, daß mich die Erde wiegte. Und ich war wie endgültig getröstet, fast ganz zufriedengestellt."

„Aber ohne mich."

„Du? Von Anfang an habe ich versucht, dich in diese Atmosphäre hineinzuziehen, aber vergebens."

„Vergebens, Radko? Wieso vergebens?"

„Diese deine so komisch bemalten Augenlider standen ständig vor mir. Es war der Eindruck von etwas Gefälschtem. Wie das geschminkte Gesicht einer Schauspielerin."

„Das waren sie aber nicht."

„So oberflächlich malen sich die Kinder am Faschingsdienstag an."

„Das war es doch nicht, Radko."

„Wenn sich die Gören im Fasching maskieren, dann haben sie solche Augenlider. Siehst du, ich habe mich gar nicht an die Kinder im Fasching erinnert, sonst wäre alles anders gewesen", sagte er und lächelte. Er hätte wirklich daran denken können, sagte er sich.

„Es war nicht so", sagte sie.

Das war kindlich und ganz nett, dachte er, aber es war auch nicht recht so. Aber in dem Moment gefiel ihm der Ton ihrer Stimme wie eine Versuchung; er glich aber auch einer Bitte, die er erhören konnte und womit ihm die neue Fähigkeit zuwuchs, an der nun ihnen beiden gehörenden Welt weiterzubauen.

„Wie kannst du das so verschweigen. Natürlich es ist dunkel, und ich kann dich nicht sehen. Aber doch!"

„Nur wenig habe ich. Nur wenig."

Das Stroh raschelte, und die Lippen kamen aus der Dunkelheit über ihm, wie das Gesicht eines Kindes, das versucht, dir mit Liebesbezeigungen Gewalt anzutun, weil es ohne Kuß geblieben ist und du in der Dunkelheit schweigst. Zugleich war es, als wären sie zwei Kinder in einer Kutsche, mitten im Wald. Dabei fühlte er ihre weiche Brust an der seinen, und so fand sich diese Sanftheit auch im Kusse wieder, es war wie die Feuchte des Grases bei einem kurzen Regenschauer.

„Jetzt wird es anders", sagte sie. „Du wirst sehen, daß es dir bei mir gefallen wird."

„Ganz sicher wird es das."

„Es wird, nicht wahr?"

„Schon jetzt gefällt es mir."

„So gerne würde ich neben dir einschlafen."

„Mein Kind", sagte er. „Mein wunderbares Kind."

„Ich kann es doch, Radko, nicht wahr?"

Als sie sich bewegte, brachte das Geraschel des Strohs wieder ein Bild des unermeßlichen Bösen zu ihm; wieder nur für einen flüchtigen Augenblick; denn auf das Dach trommelten dicke Tropfen, während draußen vor der Tür die Natur im Walde rauschte wie ein breiter Fluß.

XXXII

Noch immer sah er Nikos' Gesicht vor sich.

So als ob dessen markige Figur unbeweglich und fest vor seinem Liegestuhl stände. Er war in der Stadt gewesen. Hatte einen Tag Urlaub. Aber dieses Mal war er bei der Rückkehr düsterer Stimmung. Mit seiner griechischen Frau und ihrem Sohn spazierte er auf einer Pariser Straße, weil die Sonne dazu einlud. Dann kam dieses Schaufenster. Vielleicht von einem Verlag oder von einer Gesellschaft. Er sah Photographien von gestreiften Kleidern und tiefen Augenhöhlen, und es war, als hätte er dort hinter dem Glas sich selbst wiedererkannt. Jetzt blieben neben ihm Frauen stehen und verzogen die Mienen. „Sie sollten aufhören, diese Bilder zu zeigen!" schimpften sie. Und jetzt konnte er sich nicht damit trösten, daß er es zugelassen hatte, daß sie ruhig auf dem Trottoir weitergingen. Er war darauf vollkommen unvorbereitet. Völlig perplex. Es fehlten ihm einfach die Worte, und es nahm ihm den Atem. Und er sah ihn an, wie er dort stand, am Fußende des Liegestuhls, als forderte er von ihm eine Entschuldigung. Dann waren ja alle diejenigen die Dummen, die durch den Schornstein gegangen waren? Und er stand weiter da, ohne Worte zu finden, während hinter seinem Rücken, weit jenseits des eisernen Geländers, eine Reihe von Feldern einen vollkommen unsinnigen Hintergrund zu seiner Verlegenheit bildeten. Er blieb unbeweglich, weil ihn eine unerwartete und ungewöhnliche Ironie entwaffnet hatte. Aber was dachte er? Hatte er vergessen, daß deutsche Frauen ihre Blumentöpfe mit dieser Asche düngten? „Weißt du, Nikos", sagte er zu ihm, „wir wußten nichts von diesen Blumen. Was hätte es uns damals bedeutet, wenn wir gewußt hätten, daß die Öfen jemandem nutzten, was meinst du? Was stellst du dir vor, daß aus dem weißen Mehl deiner griechischen Knochen einer deutschen Dame im Blumentopf auf dem Fensterbrett eine blutrote Pelargonie der Liebe erblüht? Sie wird das Sonnenlicht in sich einsaugen und die Augen erfreuen, die sich von ihr angezogen fühlen.“

Aber Nikos war, als hätte er ihn nicht gesehen, sondern nur seinen eigenen Schatten an der Terrassenwand hinter dem Kopfteil des Liegestuhls. Als hätte er seine Worte gar nicht gehört. Als ob er sehr gut wüßte um die Dunkelheit, aus der dieser Hohn entstanden war, zugleich aber war es wieder so, daß er ihn nahm wie ein erwachsener Mensch, der nachsichtig abwartet, bis das Kind wieder aufhört mit dem Streit und bis es wieder mit den Füßen auf der Erde ist. Aber er war auch wegen des Erstaunens, das er von seinem Urlaub mitgebracht hatte, jetzt selbst außer Gefecht gesetzt, er war gespalten zwischen dem Bewußtsein des Kampfes für die Zukunft und dem Gefühl der Leere in ihm selbst. Seines, Radkos, Hohn aber war, als wäre er auf diese Leere Nikos' aufgepfropft, konnte sich aber gleichzeitig ein wenig rächen wegen Nikos' Hingabe an die Sache. Er war sich der Nutzlosigkeit dieses Widerstands bewußt, aber gerade dieses Bewußtsein wurde immer wieder von seiner Ironie weiter angefacht. So, daß er ihm Dinge nannte, die Nikos ebensogut kannte wie er, von den Damen, die sich Tapeten aus tätowierten Hautfetzen wünschten, von dem vierzehnjährigen Jungen aus Polen, der schrieb: „Liebe Eltern, wenn der Himmel aus Papier und das Meer aus Tinte wären, könnte ich Euch nicht all das Leiden beschreiben und all das, was ich rings um mich sehe.“

Und jetzt auf der leeren Terrasse konnte er nicht verstehen, wie er Nikos das alles aufgezählt hatte. Nein, und Nikos hatte ihm ja auch gar nicht zugehört. Er starrte die ganze Zeit vor sich hin; deshalb trat er von einem Fuß auf den anderen, als er erwachte und sagte: „Ich muß noch Briefmarken besorgen.“

Dennoch, die Terrasse war von Sonne übergossen, und unter der Leinwand hatte sich eine dichte Wärme angesammelt wie im Sommer. Alles war unbeweglich wie in der Stille eines sonnendurchglühten Hafens im August. Er sagte zu Nikos, er würde lesen, obgleich er wußte, daß es ihm egal war. War es immer notwendig, eine Rechtfertigung für die Zufriedenheit zu suchen, daß man lebte und allein war mit seinen Gedanken? Als wäre es etwas Schändliches, wenn er trotz allem, was er erlebt hatte, zuließe, daß sich Gefühl und Gedanken mit dem stillen Dasein der Dinge verbanden.

Vielleicht deshalb, weil uns der Gedanke, wie es im Hamlet geschrieben steht, ganz mit Angst erfüllte und wir den richtigen Prozentsatz an Taten hätten finden müssen, um das Gleichgewicht zu bewahren?

Die Tat? Deswegen war da jetzt oft wie eine lebendige Erfahrung das Bild der Großstadt und des Lebens in ihr. Und daß man in ihr fast wie ein Wesen ohne Vergangenheit leben konnte. Arlette zu haben und allein zu sein mit seinen Büchern und mit ihrer Liebe. Natürlich wäre die Vergangenheit noch immer seine alltägliche Sorge, aber es wäre verborgen, so, wie der Maulwurf unter der Wiese seine unsichtbaren Stollen in die Dunkelheit grub. „Haben Sie gehört, daß diese Schweine jetzt vor Gericht stehen, das mußte ja grauenhaft dort sein, nicht wahr, Monsieur?" – „O, ganz sicher, Madame, ganz sicher, das mußte wirklich ‚grauenhaft' sein." So. Und dann wäre er wieder einer aus der Menge dort am Montmartre, am Montparnasse oder wo auch sonst. Am Place Pigalle. Natürlich, jetzt standen diese Schweine vor Gericht; aber die, die er dem Ofen zulieferte, werden davon rein gar nichts haben. Ihre Glieder bogen sich, als die Flammen sie übernahmen, dann wurden sie zu Asche. Und Amen. Wegen der Schweine hatten sie keine Sorgen mehr. Die konnten sie nicht mehr quälen. Und ihm war dieses Gericht ziemlich egal. Ganz egal. Sie hätten das vorher wissen müssen, als man ihnen Vorschub leistete und ihnen Geld gab, so daß sie sich auf den Angriff vorbereiten konnten.

Damals hätte man ihnen die Krallen stutzen und die Zähne abschleifen oder sogar ziehen müssen. Ja, ziehen hätte man sie sollen. Aber das waren nur Worte, wo sich doch jetzt alles wiederholte, wie nach dem Ersten Weltkrieg. Und darum wäre er am liebsten auf die Straße gegangen und wäre ein verborgener Anwalt derer geworden, die für ewig abwesend waren, und auch wenn dies niemandem genutzt hätte, fände er darin doch so etwas wie eine stille Genugtuung. Und zugleich auch einen wenig stillen, giftigen Spott. Doch dies konnte nur in der Großstadt sein, nicht in einem Winkel der Provinz, wo dieser Spott in seiner Kleinlichkeit und in der Bedeutungslosigkeit jämmerlich zerfallen würde.

XXXIII

„Ja", sagte er, „der Geruch von angekohltem Holz."

„Wovon sprichst du?"

„Von deiner Haut."

„Und!"

„Stimmt es nicht?"

„Nein, aber ich rieche nicht nach einer Feuerstelle."

„Das habe ich nicht gesagt."

„Was dann?"

„Ich denke an braunes und edles Holz, das sich durch alle Gefahren der Jahrhunderte bewahren konnte."

„Also an einen Museumsgegenstand."

„Nein. Warte. Holz, ja, und dann der Geruch von Holz, das vom Blitz angesengt wurde."

„Das hat er dann wohl."

Aber in ihren verspielten Worten ist immer auch die reale Möglichkeit einer traurigen Wahrheit, dachte er. So wie die dunklen Bässe die treue Begleitung zu einer fröhlichen Komposition sind. Und gerade wie auf der Basis des dunklen Hintergrundes die Melodie noch froher und beliebter wurde, so war beim Bewußtsein eines unbestimmten Übels der helle Ton ihrer Stimme fast ungeschützt und verwundbar. So stand auch der Geruch von Reife, von dem ihre Haut getränkt schien, im Gegensatz zu ihrem schlanken Körper, der noch beinahe zu jung für die Liebe neben ihm lag. Beinahe unschuldig, wegen seiner Unschuld aber auf so reizvolle Weise bereit.

„Nein", sagte er, „kein Schlag kann dir sehr oder sehr lange Schaden zufügen."

„Was weißt du schon."

„Über dich? Fast nichts. Ich kann nur raten."

„Es gibt ja auch nichts zu erraten."

„Manchmal denke ich wirklich, daß ich nichts weiß. Aber dann ist da so ein ganz dunkler Hintergrund, der nicht zu erklären ist."

„Das gilt sicher für jeden Menschen." Ihre Hand suchte nun die seine auf dem Tuch und ergriff sie.

Ihre Hand antwortet auf ihre Art, dachte er sich.

„Aber bei einem normalen Menschen ergänzt man mit dem, was unbekannt ist, und dem, was man nur fühlt, auf irgendeine Art all das, was man schon über ihn weiß. Während hinter dir immer noch eine Arlette steht, die einen in jedem Augenblick überraschen kann."

„Sprich nicht so, Radko."

„Das ist doch gerade der ungewöhnliche Reiz an dir."

„Ich will das aber nicht."

„Gut, aber das, was man möchte, hilft dabei sehr wenig weiter."

„Ich bin aber nicht ungewöhnlich."

„Gut, dann bist du's nicht."

„Es stimmt also, daß ich es nicht bin, Radko?"

„Nur ein wenig."
„Nicht wahr, es stimmt?"
„Ja, nur ein wenig und auch das nur manchmal."
„Und es stört dich überhaupt nicht, mich liebzuhaben, nicht wahr?"
„Überhaupt nicht."
„Wirklich?"
„Deswegen habe ich dich noch lieber."
„Mein Kleiner." Ihr Körper bewegte sich ein wenig, so daß er ihre weiche, volle Brust an seiner Seite fühlte. Nur ihre Brüste sind wie die einer Frau, dachte er.
„Deinen Brüsten nach bist du schon lange eine Frau."
„Sie sind zu üppig, nicht wahr?"
„Sie sind genauso, wie es sein soll."
„Nein, ich weiß das. Und ich bin oft wütend über diesen Reichtum."
„Nein, nichts ist zu viel daran."
„Also stört es dich nicht, wie sie sind, ja?"
„Sie sind nur eine große Versuchung für mich."
„Sag das nicht, Radko."
„Seit wir uns hier bei dir sehen, ist es, als müßte ich jeden Augenblick bei dir sein, um dich nicht zu verlieren. Und ich warte immer ungeduldig darauf, um mich wieder von dieser Wirklichkeit zu überzeugen."
Ihre Brust legte sich nun weich auf die seine.
„Mein Kleiner."
„Bist du nicht meine Kleine?"
„Nein, du bist mein Kleiner."
„Gut. Dann bin ich dein Kleiner. Denn manches Mal denke ich wirklich, du seist erwachsener als ich."
„Das glaube ich nicht."
„Doch."
„Sag, wann das ist."

„Ich kann mich nicht erinnern, aber ich habe daran gedacht."
„Nein, erzähl."
„Jetzt weiß ich's. Wenn du die Hand ausstreckst und auf einen Knopf drückst."
„Wenn ich das Licht lösche?"
„Wenn du vor der Liebe nicht vergißt, daß dein Antlitz beleuchtet ist, bist du eine erfahrene Liebhaberin."
„Sag nicht so etwas, Radko."
„Warum denn nicht? Es ist wunderbar und aufregend."
„Das ist vielleicht auch jeder Frau angeboren."
Sie lächelte und legte ihre Hand voller Vertrauen auf seinen Oberschenkel.
„Sicher. Es geht hier um den entschlossenen Ausdruck in deinem Gesicht."
„Du übertreibst absichtlich."
„Nein. Vielleicht bin ich dann so überrascht, weil dein Arm so schmal und deine Hand so klein ist."
„Das heißt, alles ist anormal."
„Nein, alles ist wunderbar. Und du siehst aus, als wärest du noch ein Kind, und gleichzeitig, als wäre da vor mir schon ein Liebhaber bei dir gewesen."
„Warum bist du so."
„Bin ich doch nicht. Nur die Eindrücke sind so mächtig und so unterschiedlich, daß ich ganz von ihnen durchdrungen bin."
„Aber deswegen hast du mich doch immer noch lieb, oder?"
„Ich bin ein ganz neuer Mensch geworden durch die Liebe."
„Wirklich?"
„Noch niemals war das Leben mir so gewogen."
Ihre Schulter drückte sich jetzt noch enger an die seine. Durch das offene Fenster drang der Duft des schlafenden Waldes herein und das bescheidene Betteln der Grillen unten im Gras.
„Warum glaubst du so an einen Liebhaber, wo ich dir doch

von dem Freund erzählt habe, mit dem ich als Schülerin gezeltet habe."

„Weil dieses so fast im Vorbeigehen geschehen ist."

„Wirklich, es war wie im Vorbeigehen. Seit wir damals beim Zelten waren, habe ich ihn nicht mehr gesehen, eines Tages aber ging ich durch Paris, weil ich auf den Zug wartete, der mich hierher bringen sollte. Ich stehe an einem Schaufenster und ruhe mich im Stehen gedankenverloren aus, als wäre ich in die Dinge dort versunken, als jemand zu mir sagt: ‚Schön, nicht wahr?' Ich drehe mich um und erblicke Philippe. Aber schon der Stimme nach habe ich ihn erkannt. ‚Was machst du hier?' fragte er, und als ich ihm antwortete, daß ich auf dem Wege hierher sei, nahm er mich mit zu sich nachhause. ‚Schlaf schön', sagte er, ‚dein Sanatorium läuft dir nicht davon!'"

Ihre Hand bewegte sich auf seinem Oberschenkel wie ein kleines Lebewesen, das sich vor unbekannten Dingen ängstigt.

„Er war ganz anders, nicht mehr dieser Junge, mit dem ich gezeltet hatte. Er war selbstbewußter und beherzter; und noch immer hatte ich ihn gern. ‚Ich geh ins Kino', sagte er, ‚du fühl dich hier nur wie zuhause. Leg dich hin und schlafe.' Aber ich konnte nicht schlafen in diesem seltsamen Zimmerchen, ins Kino wollte ich aber auch nicht mit ihm gehen, weil ich zu müde war. Er habe mit dem Film zu tun, sagte er. Avantgardistische Versuche, Drehbücher, Aufnahmen; alles das wirbelte um mich herum, so daß ich mir vorkam wie ein verlorenes Küken. Und ich wünschte mir, er kehrte zurück, damit sich das Zimmerchen verändert hätte. Ich strengte mein Ohr an, um seine Stimme zu hören. Aber später kamen in das Nachbarzimmer Mädchen und dann auch er; ich stand auf, und wir haben uns unterhalten. In der Nacht kam er zu mir. Am andern Tag bin ich hierher gefahren."

Sie schwieg.

„Nur das hat mir leid getan, daß unter uns nicht mehr diese gute Freundschaft aus jenen Tagen bestand, als wir im Zelt lebten."

„Auf eine Art war es jetzt etwas viel Wertvolleres."

„Ja, denn er sagte ja, ich solle bleiben und bei ihm leben."

„Und?"

„Ich hätte Angst vor so einem unsteten Leben. Es reizt mich zwar, aber ich habe auch Angst davor."

„Ist es immer noch, wie wenn du die Hand verlierst, die deine Mutter dir aus dem Bett zustreckt?"

Sie schwiegen, nur ihre Hand legte sich wieder wie selbstverständlich auf seinen Oberschenkel.

„Du bist ungewöhnlich", sagte sie nach einiger Zeit.

„Es ist unsinnig, jemandem das anzukreiden, was er an Wertvollem ohne uns erlebt hat." Und er empfand Freude über ihre Dankbarkeit und hatte zugleich die Gewißheit, daß die Beziehung eines Zurückgekehrten zum Leben sich vielleicht in manchem anders gestaltete, daß er aber daran keinerlei Verdienste hatte.

„Ich habe ihn zu wenig geliebt, als daß ich bei ihm hätte bleiben können", sagte sie dann, als antwortete sie auf seine Gedanken.

„Es ist aber unwahrscheinlich, daß es da keine andere Liebe mehr gab."

„Gerard. Aber damals war ich noch fast ein Kind. Mit Gerard hat sich nichts abgespielt."

„Bist du davon überzeugt?"

„Warum bist du so, Radko?"

„Es kann doch sein, daß du's vergessen hast." Und er lächelte.

„Warum bist du so?"

„Es würde zu dir passen."

„Nein, Radko, aber denkst du wirklich, ich könnte das vergessen?"

„Ich würde nicht darauf schwören."
„Siehst du, so bist du."
„Ich bin nicht so. Ich scherze."
„Du machst einen Scherz, aber du denkst so, ich weiß das."
„Nein, wirklich, es ist nur ein Scherz."
„Aber ich will nicht, daß du mich für ein seltsames Wesen hältst, ich will und will das nicht."
„Das tu ich doch nicht."
„Aber natürlich."
„Ich ärgere dich doch nur. Siehst du nicht, daß ich dich auf den Arm nehme?"
„So etwas zu vergessen. Wie wäre das möglich?"
„Du denkst über alles zu sehr nach und empfindest alles zu direkt, als daß es möglich wäre. Du beschreibst aber auch alles so lebendig, als wäre es erst gestern geschehen."
„Siehst du, jetzt habe ich wieder den Eindruck, daß du mich gut kennst."
„Ja. Aber das wievielte Mal ist es, daß du nicht über dich sprichst, sondern über irgendwelche Bekannten aus Kindermärchen."
„Aber ich habe dir doch gesagt, daß ich noch ein Kind war. Ich war noch nicht einmal fünfzehn."
„Sicher warst du damals sehr süß."
„Etwas rosiger und frischer."
„Nicht besser als heute."
„Mein Kleiner."
„Womöglich auch ein wenig sauer, so wie grünes Obst."
„Woher weißt du das? Es stimmt, niemand konnte mir was anhaben. Auch geritten bin ich damals. Du hast ja das Bild gesehen."
Sie schwieg wieder, und jetzt schickte die Nacht auch Kühle von den Bäumen und vom Gras, als belebte sich die Weide, wo sie ohne Sattel auf dem Rücken der zotteligen Braunen saß.

„Eines Tages lachte und kicherte ich mit meiner Schwester, und mein Vater sah mich an: ‚Warum lachst du so?‘ sagte er. ‚Ich lache nicht wegen dir‘, sage ich zu ihm und Josephine und ich lachen noch mehr. ‚Hörst du auf!‘ schreit er dann. ‚Ja‘, sage ich, ‚aber ich lache doch gar nicht über dich.‘ Zugleich kommen wir aber noch mehr ins Lachen. Vielleicht litt Papa an Verfolgungswahn. ‚Hörst du auf!‘ brüllt er. ‚Ich höre ja schon auf‘, sage ich unter Lachen. Und dann sprang er auf und schlug mich, wie er es sein Lebtag nicht getan hat.“

„Du hast ihn zu sehr provoziert.“

„Ich weiß. Aber ich konnte es nicht leiden, daß er uns unberechtigt solche Befehle gab. Und ich warf einen Mantel über und ging halb nackt fort. Den ganzen Tag und die ganze Nacht blieb ich weg. Dabei war Schnee, und ich habe bitter gefroren, so daß ich mich aus Trauer und Kälte in den Fluß stürzen wollte. Schließlich habe ich mich in einem Heuschober in eine Ecke verzogen und mich dort zusammengerollt wie ein Igel. Ich wünschte, ich würde wegen der Kälte erkranken und sterben. Aber am nächsten Tag, als eine Sirene heulte und die Arbeiter aus der Fabrik kamen, kehrte ich zurück. Ich stellte mich an die Ecke, und es war mir recht, daß mich die Arbeiter ansahen. Ich wartete absichtlich auf Gerard. Schon ein Jahr lang hatte ich ihn nicht mehr getroffen. Er war viel älter als ich, aber er dachte, er konnte sich wie ein Despot aufführen. So war alles zusammen doch eine ziemliche Kinderei, aber ich ärgerte ihn und feixte ihn an, bis es ihm langte und er sich verheiratete. Zwei Tage vor seiner Hochzeit hat er mir erzählt, daß ich ihm noch immer alles bedeute.“

Sie schwieg.

„Immer habe ich mir, ohne etwas davon zu sagen, gewünscht, daß er mich wenigstens einmal küssen würde.“

„Aber du hast ihn nur gequält und ihn beiseitegeschoben.“

„Ich war wie die Pest.“

„So daß es eigentlich ein Wunder ist, daß du jetzt hier neben mir bist."

Sie wandte sich um und drückte ihren Kopf an seine Schulter.

„Und man muß sehr darauf achten, daß man dich nicht verliert", sagte er.

„Warum bist du so."

„Nein, ich darf dich jetzt wirklich nicht verlieren."

„Nur, wenn ich dich ganz zu lieben imstande bin."

„Keine könnte das besser."

„Sag das nicht, Radko."

„Es ist aber so. Du bist so, daß ich zuallererst das Gefühl hatte, dich nicht berühren zu dürfen, weil du mir wie ein noch nicht erwachsenes Kind erschienst, dann aber wieder war es, als besäßest du die Weisheit und den Verstand von Jahrhunderten. Wie die Erde, die jeden Morgen wieder jungfräulich ist, obgleich sie auch wieder so unsagbar alt ist."

„Mein Radko."

„Ja, und es stimmt, daß du zu mir mein Kleiner sagst, denn in all dem steige ich von neuem in das Leben ein. Und keine Frau außer dir hätte mir dies sagen können. Von keiner erwachsenen Frau hätte ich es ertragen, so genannt zu werden."

„Sprich nicht so, Radko, mir wird angst."

„Dir wird nicht angst, weil ich deine Hand halten werde, wenn du einschläfst."

„Du Bösewicht."

„Willst du sagen, daß es schon Zeit ist für den Abschied?"

„Bleib noch einen Moment."

„Ja. Aber ich werde Licht anmachen, damit wir sehen, wie spät es ist."

Als das gelbliche Licht auf das Bett schien, erhob sie sich und kniete sich neben ihn. „Wieviel?"

„Rat einmal."

„Ein Uhr."

„Halb vier."

Sie klatschte in die Hände. Aber noch im selben Moment besann sie sich.

„Schschsch. Den ganzen Bienenkorb werden wir aufwekken", flüsterte sie und richtete sich mit den Händen ihre Haare am Scheitel.

Schweigend beobachtete er sie, und in seinem Blick war die ruhige und besorgte Zuwendung einer lebenden Statuette, die da hockte und auf ihren Fersen saß. Das Licht umfloß die langen Rundungen ihrer Schenkel und trennte diese mit einer geheimnisvollen Schattenlinie bis zur goldenen, eingezogenen Wand ihres knabenhaften Bauches. Und dann hielt die waagrechte Grenze des Lichts, die der Schirm der Lampe zeichnete, wie ein dunkles Postament die beiden kleinen und vollen Brüste auf, voll der Lebenssäfte, die durch die durchlässige Haut schimmerten. Das Fenster war offen, und als er diese Frühlingsfrüchte zu sich holte, war es ihm, als befände er sich als ein uralter Hirte mitten in der Natur und löschte sich aus einem weichen Ledergefäß seinen Durst, indem er betört das edle Getränk in sich einsog.

Ganz unten, unter dem Fenster, übertönten die Heuschrekken die Grillen, in den Bäumen hörte man kurz danach den Kauz.

XXXIV

Der Diwan war in der Ecke, rechts von der Eingangstür, und über seinem Kopfteil gab es ein Bücherbrett. Es waren ein paar gute Bände dabei. *Hôtel du Nord*. Gide: *Nourritures*. Colette: *Le blé en herbe*. Wiechert tat er womöglich unrecht, aber er wollte ihn nicht lesen. Ein deutscher Autor. Vielleicht später irgendwann. Schon der Titel stieß ab. Die Franzosen gaben dem Roman den Titel *Le revenant*, aber im Original hieß er *Die Majorin*. Typisch deutsch, deutscher konnte es nicht sein.

Aber sie behauptet, das Buch sei gut, dachte er. Gut, aber später, alles zu seiner Zeit.

Er stellte es an den vorigen Ort und nahm *Hôtel du Nord*. Schade, daß Dabit so früh verstorben war, sagte er sich. Vielleicht fühlte eine große Literatur den Verlust nicht so schmerzlich, weil ihr hundert Talente zur gleichen Zeit nachwuchsen, die diese Lücke aufzufüllen vermochten. Vielleicht aber auch nicht, weil von hunderten womöglich gerade der, der nun nicht mehr lebte, sich zu allgemein menschlichen Werten erheben konnte.

Dann fiel ein abgegriffenes Blatt aus den Seiten heraus auf den Diwan.

Die erste Bewegung war, es wieder zurück in das Buch zu tun, aber ganz automatisch glättete er es und stellte fest, daß die fette Schrift darauf zweifellos die Schrift eines rücksichtslosen Charakters war. Und gleichzeitig dachte er daran, daß er kein Recht dazu hatte, in ihrer Korrespondenz zu wühlen, aber er fühlte sich wieder so betroffen von der Schrift, die in diesem Zimmer die Gegenwart eines Feindes andeutete. Aber sie hatte es ihm ja selbst angeboten; und so las er es mit Widerwillen, als wäre es eine undankbare Pflicht.

Mademoiselle,

Sie können sich nicht denken, was es für mich, für mein ödes Leben bedeutet, daß ich Sie getroffen habe. Als ob der Frühling wieder über mich gekommen ist und mich ganz verändert hat; und die ganze Zeit, in der ich Sie nicht sehe, wünsche ich mir nur, daß mich der Anblick Ihres lieben Händchens erfreuen könnte.

Ich war am Nachmittag am Wege, aber Sie waren nicht da, wie Sie es gesagt haben. Ja, vielleicht tue ich Ihnen unrecht, mein Kind;

Sie haben auf meine Frage nämlich mit ‚vielleicht' geantwortet, und ich bin überzeugt davon, daß Sie von irgendwelchen Verrichtungen aufgehalten wurden. Wie können Sie auch, mein Kind, ein Herz quälen, das schon so verwundet ist?

Ich werde morgen um halb drei dort, wo wir neulich auseinandergingen, auf Sie warten. Kommen Sie doch unbedingt!

Antoine.

Er starrte vor sich hin.

Er hatte den Eindruck, daß sich die dunkle Masse eines schweren Tieres an ihn lehnte. So eine Art schwarzer Orang-Utan. Auch wenn nichts einen Anlaß dafür geboten hätte, außer vielleicht die dicken und kesselförmigen O's. Sonst war die Schrift flüssig und gewandt, dennoch mußte solch eine Schrift von einem Manne stammen, der Frauen zu sich einlud, die danach spurlos verschwanden.

Er wollte gehen und den Brief auf dem Diwan liegenlassen, so daß sie wüßte, warum er gegangen war. Aber er trat zum Fenster und sah in die Bäume. Schade um so einen angenehmen und geheimnisvollen Abend. Aber noch im selben Moment drehte er sich um und nahm wieder den Brief vom Diwan an sich. Es waren gerade die Tage, als sie nicht wollte, daß er sie zum Bauernhof begleitete, überlegte er.

Er ging zur Tür, aber er blieb mit der Hand auf der Klinke stehen. Nein, er wollte ihr Gesicht sehen, wie sie das mit ihrer Liebe vereinbaren würde.

Er setzte sich auf den Diwan und kreuzte die Ellbogen hinter dem Kopf. Mein Kind! Vielleicht tue ich Ihnen unrecht, mein Kind. Warum quälen Sie ein Herz, das schon so verwundet ist, mein Kind. Billiges Phrasendreschen eines widerlichen Radaubruders, der aber weiß, was er will. Und ihr schmeichelte sicher all das über den Frühling und die lieben Händchen, die ihn bringen. Aber am erschütterndsten war dabei noch, daß er selbst so unsagbar versponnen war. So lebensfern poetisch, daß er ganz in einer lyrischen Atmosphäre verharrte und daran glaubte, durch ihr Verdienst eine neue Welt gefunden zu haben. Und zugleich wurde ihm gerade in dem Gefühl der Verantwortung zu seiner Vergangenheit klar, daß allein die Sicherheit eines außerordentlichen Wertes die Richtung seiner Empfindungen zu verändern vermochte.

Und bei dieser Feststellung sagte er sich, daß er, wenn möglich, versuchen mußte, die Dinge auch zugunsten Arlettes zu deuten. Zum Beispiel, daß er auf sie gewartet hatte und daß sie nicht da war; weil das alles den Beigeschmack einer nicht erhörten Liebe oder besser Leidenschaft enthielt. So die Tatsache, daß ihn schon der Anblick ihres lieben Händchens erfreuen konnte. Eine zu süßliche Einladung dazu, daß sie einfach hineinbeißen hätte können, und der Köder war zu sichtbar, daß sie ihn mit ihren klugen Augen nicht erkannt hätte. Und man konnte richtig sehen, wie sie sich ihm entzog und ihm ein halb kokettes, halb unbetroffenes ‚vielleicht' versprach, das mit seiner Unbestimmtheit einen noch viel mehr erregte als ein klares Versprechen. So war es verständlich, daß der Unbekannte fast befahl: ‚Kommen Sie unbedingt!' Das aber war wieder zu grob und zugleich auch ein Beweis der Ohnmacht, die die blanke Begierde dazu zwang, etwas hoffen zu müssen.

Ja, aber dennoch war auch eine gewisse vertraute Atmosphäre, die der Brief verriet, nicht von der Hand zu weisen.

Auf dem Gang hörte man das schnelle, etwas gleitende Klappern ihrer Sandalen. Sie klopfte extra, bevor sie in der Tür stand in ihrem weißen Schwesternkittel, aber ohne die Haube auf dem Kopf.

„Ich bin gerannt, so schnell ich konnte." Und sie lehnte sich an seine Stirn, aber mehr als ihre Lippen streichelten ihn ihre Haare.

Er beobachtete sie und dachte, es sei nicht recht, daß er so aufgelegt war, während sie in diesem Moment so reizend und sorglos war und sich so in ihrem Glück freute, daß sie wieder zuhause war und er auf sie wartete.

„Ich habe Brot gebracht“, sagte sie und legte es frisch auf den Tisch. „Wenn wir dann Tee trinken, werde ich es mit Butter bestreichen.“

Sie drehte ihm den Rücken zu.

„Du magst doch Butterbrot?“

„Ich weiß nicht.“ Dieses Hinausziehen war widerwärtig, aber es gab keinen anderen Ausweg. Wenn sie nicht so reizvoll wäre, daß er am liebsten aufstehen und sie an sich drücken würde, dann wäre alles viel leichter, dachte er.

„Aber du bist doch nicht böse?“ Dabei zog sie ihren Kittel aus.

„Böse ist nicht das richtige Wort.“

„Was dann?“

Er zuckte die Schultern, aber er wußte, daß sie ihn nicht sah, weil sie was auf der Glasplatte über dem Waschbecken suchte.

„Hast du *Hôtel du Nord* gelesen?“

„Ich wollte es lesen, aber dieses Blatt hat meine Absicht durchkreuzt.“

„Welches Blatt?“

„Da schreibt ein Antoine.“

„Antoine?“

„Und interessant dabei ist, daß du dich mit ihm an der Straße getroffen hast, als du nicht wolltest, daß ich dich begleite.“

„Getroffen? Was denkst du dir da aus?“

Aber noch im selben Moment kam sie mit der Zahnbürste in der Hand zum Diwan.

„Wieso wühlst du in meinen Sachen?“ Und sie schnappte sich das Buch mit dem Blatt darauf.

„Ich habe nirgends gewühlt. Es ist aus dem Buch gefallen und lag einfach vor mir.“

Sie packte das Buch, klemmte den Brief zwischen die Buchseiten und stellte alles wieder zu den anderen Büchern. Ihr Gesicht war jetzt verändert, noch stärker als der Zorn waren Verlegenheit und Trauer, da ihr nun klar wurde, daß es nichts half und daß schon so sicher das Glück eines schönen Abends zerronnen war.

„Aber mit welchem Recht läßt du es zu, daß er sich in unsere Beziehung *einmischt?*“

„Das hat nichts mit uns beiden zu tun. Das betrifft nur mich.“

„In Ordnung. Aber damit willst du nicht etwa sagen, daß dir dieser Antoine genauso nahe steht wie ich.“

„Ich glaube, du bist wirklich böse.“ Und sie stand vor ihm, als könnte sie sich nicht entscheiden, ob sie sich nun auf den Diwan setzen oder zum Waschbecken zurückkehren sollte.

„Und wer geht heimlich zu Verabredungen?“

„Die Verabredungen hast du dir ausgedacht.“

„Antoine sagt: dort, wo wir uns getroffen haben.“

„Ach hör doch auf mit diesem Antoine!“ Und sie streckte die Hand aus, in der sie die Bürste hielt.

„Wie soll ich ihn sonst nennen?“ Und es tat ihm leid, daß er stärker war als sie; dabei hatte er das Gefühl, ein harter Richter zu sein, der unparteiisch sein wollte, aber doch Partei war.

„Es ist unnötig, ihn beim Namen zu nennen.“

Plötzlich kehrte sie zum Waschbecken zurück.

„Das, daß du jemanden an der Straße triffst, kannst du nicht eine Verabredung nennen.“

„Und wenn du schon vorher weißt, daß du jemanden an der Straße triffst?“

„Wer sagt denn, daß ich es schon vorher gewußt habe?“

„Du wolltest, daß ich nicht dabei bin.“

„Das stimmt nicht.“

Er bewegte sich auf dem Diwan.

„Entweder spinnst du“, sagte er zornig, „oder du möchtest mir gerne beweisen, daß ich spinne.“

„Das eine nicht und das andere auch nicht. Nur, du stellst dir Dinge vor, die es nie gegeben hat.“

„Ich habe es nur gelesen.“

„Und was hast du gelesen?“ Und wieder stand sie vor dem Diwan. Sie hatte sich gekämmt, ihre Haare hatten im Halbdunkel den Schimmer von altem Gold. Ihre Züge waren ernst, aber ruhig und ergeben.

„Was hast du gelesen? Doch nur, daß mich jemand sehen wollte, aber vergebens gehofft hat.“

„Aus dem Brief kann man das nicht herauslesen, außer, daß er das zweite Mal umsonst gewartet hat.“

„Es hat aber auch kein erstes Mal gegeben.“

Sie setzte sich und lehnte sich müde an das Bücherbrett.

„Aber wie ich sehe, hast du kein Vertrauen in mich. Und deshalb ist es zwecklos, darüber zu reden.“

„Wenn aber jemand schreibt, daß du den Frühling in sein Leben gebracht hast und er dort auf dich wartet, wo ihr euch schon einmal getroffen habt. Was soll man sich dabei denken?“

„Nichts.“

Er schwieg, und die Hartnäckigkeit kämpfte in ihm mit dem Zorn über seine Ohnmacht.

„Dann bleibt mir nichts anderes, als zu gehen.“

„Ja“, flüsterte sie und starrte vor sich hin, ihre Lippen aber bebten kaum merklich, als er aufstand.

Und ich zwinge mich dazu, dachte er, als er sich erhob, und alles ist so ein verdammter Kreis, der uns beide gefangenhält und uns schwächt.

Und noch immer stand er da und sah sie an, als würde eine plötzliche Bewegung die festgefahrene Situation noch verändern können; im Dämmerlicht breitete sich langsam um sie beide die Zügellosigkeit aus, wie bei einem Verbrecher, der gerade eine Untat vollbracht hatte.

„Ich habe Brot mitgebracht, um Butter darauf zu schmieren", sagte sie spöttisch. Schief daliegend, mit dem Kopf am Bücherbrett, war sie ein Schatten, der unerbittlich das Dunkel der Nacht in sich aufsog.

„Gut!" rief er und trat von einem Fuß auf den anderen. „Aber du kannst von mir nicht verlangen, daß ich das, was bis gestern so einzigartig war, einfach so mit dieser nebelhaften Nichtswürdigkeit vertausche!"

„Und das alles wegen dieses alten Esels", murmelte sie wie zu sich selbst. „Du gehst auf der Straße, da hält ein Auto und man lädt dich ein, ein Stück mitzukommen. ‚Danke, ich gehe gerne zu Fuß, um mich zu bewegen', sagst du ihm. Zweimal gelingt es dir, das dritte Mal aber scheint es dir etwas unhöflich zu sein, und du nimmst an. Und wenn du am Feldweg aussteigst, bittet er dich, daß er dich ein andermal noch einmal mitnehmen darf."

Nur ihr Gesicht war noch ein sichtbarer Flecken in der Dunkelheit.

„Da habt ihr nun diese erste Verabredung, meine Herren!" rief sie.

„In Ordnung. Aber du könntest dir deine Bissigkeit und Ironie sparen."

„Es schien mir zu schade, wenn sich in unsere Liebe derartiger Unsinn einschleichen könnte."

„Aber wenn er mich auf der Straße mit dir getroffen hätte, dann hätte der Mann verstanden."

„Warum sollte man einen ohne Not so demütigen."

„Sehr edelmütig. Aber solch ein Edelmut rechtfertigt nicht dieses Versteckspiel."

„Das habe ich doch nicht, Radko", sagte sie mit einer Stimme, die wieder die ihre war und wach wirkte.

„Doch. Als du dir alle möglichen Ausreden ausgedacht hast, daß ich nicht mit dir kommen sollte."

„Dann hat es mir leid getan."

„Und gleichzeitig kam dir nicht in den Sinn, daß der Mann enttäuscht sein könnte, wenn er mich mit dir gesehen hätte."

„Doch, das auch." Und als sie dann den kleinen und hageren Landarzt erwähnte, schwiegen sie, als wären sie in einen Sumpf von Erniedrigung geraten, in dem es keine Verständigung gab.

„Der Schrift nach habe ich geschlossen, daß er einen klotzigen Körper und einen rücksichtslosen Charakter hat", sagte er schließlich.

Es war, als wäre sie nicht da. Halb liegend lehnte ihr Kopf in der Ecke, zwischen Büchern und der Wand. Sie blickte vor sich hin, und ihr Gesicht war friedlich; ihr Körper sagte mehr aus. Als ob er nicht der ihre wäre. Als ob man ihn verhöhnt hätte, nachdem man ihn mißbraucht hatte. Und der graue Rock hatte sich im Schritt verfangen wie bei einer Ertrunkenen, die der Fluß unhörbar ans nächtliche Ufer gespült hatte.

„Schade", flüsterte sie jetzt.

„Ja", sagte er trocken.

„Dein Vertrauen ist erschüttert worden." Und ihre Lippen verzogen sich, um eine nun heraufziehende Welle der Trauer zu unterdrücken.

„Jetzt ist alles in Ordnung", sagte er.

Aber jetzt war nur ihr Weinen im Zimmer, das sich auf einmal verbreitete. Und sein vollkommenes und lautes Aufbegehren war ein Reflex der Enttäuschung über den nicht reparierbaren endgültigen Verlust.

„Arlette", murmelte er.

Aber ihr Körper war von der Taille aufwärts wie gelähmt und starr in seinem starken Schluchzen. Die Tränen flossen über ihre aufgeworfenen und gebogenen Lippen, während aus ihrem Schluchzen nur unverbundene Satzfetzen hervordrangen.

In seiner Verlegenheit nahm er sie bei der Hand.

„Ihr seid alle gemein“, sagte sie.

„Ja, das sind wir“, sagte er; und er war fast getröstet über diese triviale Feststellung, weil nun auch das Gewitter langsam schwand. Und das Bewußtsein der Echtheit, das seinem Wesen nach jede Fälschung ausschloß, beendete seine starre Haltung ihr gegenüber und ließ nun den einfachen Weg der Herzlichkeit zu. Wieder wünschte er sich, sie liebzuhaben, und er fühlte, daß sie seine Kleine war.

„Aber jetzt verabschieden wir uns schön“, sagte er und wischte ihre Augen.

Ihre Kehle schluchzte noch, aber es war nur das Plätschern der Ebbe, die sich langsam ausbreitete.

„Denk lieber daran, daß du mir noch keinen Kuß gegeben hast.“

„Nein, jetzt bin ich häßlich.“

„Das bist du nicht. Du bist wie ein kleiner Schüler, der wegen einer schlechten Note weinend nachhause kommt.“

„Stimmt das?“ Und ihre Eichhörnchenzähne leuchteten in einem verwunderten Lachen auf. „So traurig bin ich?“

„So unerträglich lieb, daß ich öfters beinahe selbst zu weinen angefangen hätte!“ Und es war ihm, als wünschte er sich, sie zu trösten, und zugleich und vielleicht noch etwas mehr war er ungeduldig in der Hoffnung, ihr noch etwas von dem ursprünglichen unverdorbenen Weinen für sich von ihren Lippen zu nehmen, so als ob sie nicht nur die Lippen eines kleinen Mädchens, sondern die eines kleinen Wesens waren, die den Kern alles Menschlichen bedeuteten und die unversehrt durch das schlimmste Verderben gerettet werden konnten, das die Welt erlebt hatte. Und auch sie, die nun hintenüber in seinem Schoß lag, fühlte die ganze Bedeutung ihrer Nähe zu ihm. Und ihre gebogenen, vom Weinen besänftigten Lippen erhörten ihn schnell, während ihre Arme ihn vertraut und eng umschlossen.

Dann drehte sie sich ganz herum und legte ihren Scheitel auf sein Knie.

„Solche Momente sind zum Verzweifeln, wenn es so aussieht, als sei die Liebe vollkommen ruiniert", sagte sie, „aber dennoch ist *danach* alles noch viel mehr wert."

Er entfernte ihre Haare von den Schläfen und legte die Hand auf ihren Scheitel.

Dann sagte sie: „Du mußt Vertrauen zu mir haben."

„Aber ohne Versteckspiel ginge alles viel leichter."

„Es war doch keines."

„In Ordnung." Und er lächelte. „Nur, wenn du kannst, natürlich, sollte es noch seltener vorkommen!"

„Wenn es irgendwo etwas gibt, das unsere Liebe zerstören könnte, dann verberge ich das wie ein kleines Mädchen, das einen Teller zerbrochen hat und nun Angst vor seiner Mama hat."

„Kind", sagte er. „Mein goldiges Kind."

„Ja. Und jetzt leg es schlafen, weil es müde ist."

„Ja." Aber im selben Moment ergriff ihn die Sehnsucht nach ihr, und ihm kam es so vor, daß sie ungerecht war mit ihrem Wunsch zu schlafen. Zugleich war ihm dabei klar, daß, wenn sie jetzt auseinandergingen, sie die Trennung trotz seiner ungestillten Spannung mehr vereinen würde als die Liebe.

Sie erhob sich und runzelte die Stirn.

„Ich möchte bei dir einschlafen", sagte sie.

Als sie zum Fenster ging und das Wasser in einem Rohr rauschte, fern in der nächtlichen Stille, da dachte er daran, daß nur wenig gefehlt hätte, und er hätte sie verloren. Und dabei dachte er jetzt ganz klar an ihren *Körper*. So wartete er jetzt auf sie, zufrieden und im Bewußtsein, daß jetzt in dem schwachgelben Licht sein Körper noch ein junger, schön ausgebildeter Wert war, der sich vor dem Feuer gerettet hatte. Und wenn er auch merkte, daß er gerade wegen der furchtbaren Gefräßigkeit der einstigen Flammen bescheiden sein mußte, und er auch bescheiden war, wußte er doch, daß es richtig war, wenn er in sich den Sieg über das Nichts fühlte. Und als er so an ihren Körper dachte bei dem Rauschen des Wassers, da hatte er nicht die Atmosphäre des kleinen Zimmers um sich, sondern die Sonne und den Sand in der Windstille unter dem Abhang des Karstes.

Er wollte gehen.

„Nein, nein, komm her!“ Das Wasser war wieder still.

Aber er näherte sich ihr langsam wie ein Badender, der seine Füße in den seidigen Sand taucht.

„Nein“, murmelte sie, als er schon bei ihr war und mit seinen Lippen ihre Schulter berührte. Aber im nächsten Augenblick drehte sie sich um und drückte ihn an sich.

„Ich bin noch ganz naß.“ Und er nahm sie auf seine Arme und trug sie mit sich, als hätte er sie dem kalten und reinen Meer gestohlen.

„Jetzt gehe ich zu diesem Bauernhof durch den Wald“, sagte sie. „Ich laufe nicht mehr auf der Straße.“

Vorsichtig nahm sein Kuß ihr die Feuchtigkeit von der Brust; noch immer hielt er sie auf seinen Armen und fühlte, daß es trotz allem betörend war, ein Mensch zu sein.

„Deshalb hast du immer so staubige Schuhe“, sagte er.

„Hast du das bemerkt? Dir entgeht ja nichts.“

„Nein, nichts, was meine Kleine betrifft.“

„Aber ja“, sagte sie dann. „Der Alte kann ruhig an der Straße warten!“

XXXV

Fräulein Gilbert verlegte ihn in diesen Tagen in ein Zweibettzimmer am Ende des Flurs. Wegen Yves Delbos aus einer angesehenen bürgerlichen Pariser Familie. Er sollte ihm Gesellschaft leisten. Er stammte so etwa aus dem 16. oder 17. Pariser Bezirk. Ein sympathischer Junge. Klein, schlank, flink, mit länglichem, mädchenhaftem Gesicht und mit dichten, beinahe blonden Haaren. Nicht aufdringlich. Er lag hintenüber auf dem gemachten Bett, mit dem linken Fuß auf dem Bett, das rechte Bein aber hatte er über das linke Knie geschlagen. Die ganze Zeit las er hingebungsvoll. Nur einen Lippenstift aus Kakaofett zog er von Zeit zu Zeit aus einem Etui und fettete während des Lesens damit seine Lippen ein. Auch wenn seine Lippen eine unschuldige Farbe trugen und die Prozedur mit dem gelben Stift mädchenhaft wirkte, waren seine Bewegungen dabei gleichgültig; wie wenn er automatisch einem ärztlichen Rat folgte, so als ob sich seine bereits regende Männlichkeit dem schon widersetzte, er aber noch immer den Anweisungen und Gewohnheiten seiner elitären Umgebung verhaftet war. Er war nur an seinen Büchern über Film interessiert, und dies Leben schmeckte dem Vater, Herrn Delbos, wie man sehen konnte, nicht besonders; der hätte gerne seinen Sohn an der Fakultät gesehen, den Sohn aber interessierte die Fakultät nicht mehr als der Schnee vom vergangenen Jahr. Aber der Herr Vater nahm sich jetzt wegen des nebligen Fleckens im Sinusbereich der Lungenspitze zusammen, der Sohn aber pflegte seine momentane Muße mit Selbstzufriedenheit und in der kindlichen Freude, ihm sei eine gute List gelungen.

Am Sonntag kam Herr Delbos-Vater, und man konnte sehen, daß er sich in dem engen Zimmer unwohl fühlte. Es war der Eindruck, den ein ungebetener Gast macht, wenn ihm diese Ungebetenheit bewußt wird. Aber es gab zugleich verzweigte wie unsichtbare Spinnenfäden zwischen dem Sohn, dem Vater und Doktor Ducour, der mit ihm gekommen war. Der große, nicht mehr junge Herr Delbos hatte dabei ein unruhiges, verbittertes Gesicht, welches beleidigten, zornigen Naturen gerne eigen ist, die schon zur Nervosität neigen. Die ganze Zeit war er zwar den Regeln einer gewissen anerzogenen Würde treu, aber seine Augen überflogen dabei doch kritisch das Zimmer, eine kaum merkliche Bewegung der Schultern folgte ihnen ganz automatisch. Am interessantesten war jedoch der Besuch von Doktor Lebon.

Fünfunddreißig Jahre, groß, ebenso herzlich wie vorsichtig, jederzeit zu einem aufrichtigen Lächeln bereit, aber zugleich auch zurückgenommen in seiner Selbstbeherrschung. Er erzählte mit einer Stimme, die mal samtweich, mal männlich tief war und mit dem fühlbaren, betroffenen Wunsch, das, was er zu erzählen hatte, so zu sagen, daß es vom Hörer auch verstanden wurde. Und zumeist waren dies Erzählungen über die Wunderlichkeiten seiner geistesgestörten Kranken, aber im Klang seiner Stimme lag dabei keinerlei Selbstgefälligkeit. Man konnte sehen, daß er Yves als seinem jungen Freunde alle seine Erfahrungen bekannt machte, er war dabei aber auch nicht zu ernst, weil es sich dabei nicht zuletzt um schon lange bekannte Dinge handelte.

So änderte sich die Umgebung für Radko Suban vollkommen, auch wenn er nur von der einen in die andere Ecke des Flurs übersiedelt war. Aber es lohnte sich, auch wegen des Kleinen, aber vor allem wegen Doktor Lebon. Wegen seines Selbstbewußtseins und seiner persönlichen, entschiedenen Beziehung zu Schriftstellern und Büchern.

Der Kleine hat Glück, sagte er sich, sie sind wie Kameraden, obwohl der Kleine ihn siezte, und wie einen geschätzten Freund machte Lebon ihn mit einem Film vertraut, den er im Cineklub gesehen hatte, oder mit dem Inhalt eines Artikels, den er für eine Zeitschrift vorbereitete, in der er vor Monaten eine Studie über Neurosen in Kriegszeiten veröffentlicht hatte. Yves hatte Glück, da gab es nichts herumzureden, denn von solcher Art Freunden konnte man sonst immer nur träumen. Von solchen nämlich, die gleich wert waren oder einen an Wissen noch übertrafen, die aber dabei vermieden, einem ihre Meinung aufzudrängen; die zuzuhören vermochten, weil dies ein Zeichen höchstentwickelter Reife war. Und von Bescheidenheit. Und diese Bescheidenheit war nicht die Frucht erlernter tugendhafter Haltung, sondern, wie bei Lebon, ein herzliches, rücksichtsvolles, fast neugieriges Interesse für das Besondere am Charakter des *anderen.* Eine fast im voraus bereite Freude über neue Erfindungen und neue Unruhe.

Aber trotz dieser Anziehung, die es zweifelsohne gibt, sind wir beide doch Antipoden, dachte er. Vielleicht vor allem wegen der Weichheit seiner Backen, die wohl zur Wohlgenährtheit neigten, dennoch wohl nicht als zu dick bezeichnet werden konnten. Etwas Priesterliches lag in seinen Zügen um den Mund, und dieser Eindruck wurde durch die Glatze noch gesteigert, die für einen so jungen Mann zu glatt und zu hell wirkte. Nein, sie hätte genaugenommen nur eine sehr hohe, zu offene Stirn sein können, weil oben auf dem Kopf an der Seite noch schön gekämmte Haare waren; aber dieser salbungsvolle Ausdruck um den Mund gab auch der glatten Stirn ein verändertes Aussehen. Ein sonderbarer Mann ist er, wirklich. Trotz der männlichen und aufrechten Gestalt war er irgendwie unvollkommen männlich, und wenn man auch noch so sehr versuchte, sich einen weiblichen Körper neben ihm vorzustellen, dann *sah* man ihn dort nicht, erst recht sah man ihn nicht auf seinem Schoß. Als ob ihn eine ganz undeutliche Entrücktheit auszeichnete, die genaugenommen nicht als Frucht eines freien Versprechens zu sehen war, sondern als eine Art Widerhall aus der Ferne. Vielleicht irrte er, weil nirgendwo, weder im Wortgebrauch noch bei der Besprechung von Büchern, Filmen oder der Persönlichkeit von Kranken durch Lebon Zeichen von Engstirnigkeit oder von Puritanismus zu bemerken waren; eher umgekehrt. Aber auch ein deftiger Ausdruck aus dem Argot änderte nicht den grundsätzlichen Ausdruck; und schließlich, warum sollte er nicht ein Beispiel sein, ein Beispiel einer Kreatur, die sich im Ausdruck manchmal vergaloppierte, ein wenig ab vom anständigen Wege, um damit seine unwahrscheinliche Reinheit zu verbergen?

XXXVI

Es war zu sehen, daß sich nach der Einigung über den gefundenen Brief alles entspannt hatte, als ob sich ein Nebel gelichtet hätte, der sie bis jetzt an der Bewegung gehindert hatte. Ihre Entkrampfung war wohl mehr ein Reflex der Haltung, die er nun in ihrer Gegenwart einnahm. Es war ein Gefühl des Einverständnisses bei dem Bewußtsein, daß Arlette eine Quelle war, die noch seine tiefsten Wurzeln zu benetzen vermochte. Und es gab ein Gefühl der Ungeduld. Weil ihm immer klarer wurde, wie in ihm das Leben pulste, und dabei wünschte er sich immer noch mehr, daß dies auf tausendfache Art so weiterginge. Und deshalb beschenkte er sie mit Liebesbezeigungen, die keine Grenzen kannten und für die er immer wieder danach strebte, die freie Natur zur Zeugin zu haben.

Die schweren Wolken lagen fast am Boden und betonten damit die Einsamkeit des stillen Abends.

„Im Wald und in der Natur bin ich in meinem wahren Element“, sagte er.

„Du machst Scherze, aber es stimmt.“

„Nein, ich scherze nicht.“ Und er lächelte. „Denn oft weiß

ich nicht, welche die Richtige ist, du in deinem aufgeräumten Zimmer oder du in Wiesen und Wäldern."

Sie ging einen halben Schritt vor ihm und sah in Gedanken versunken vor sich, als wäre sie allein.

„Im Wald vergesse ich vollkommen die Zeit."

„Und alle anderen sind ausgeschlossen, alle sind aus dieser zauberhaften Welt verbannt."

„Schon als Kind war ich so."

„Wir sind alle wie ohne jede Beziehung mit dir und deinem Leben."

„So mitten in der Natur erscheint es mir manchmal unwahrscheinlich, daß ich irgendwo eine Mutter und einen Vater habe."

„Und es gibt keine Brücke hinüber zu dir."

Sie schwieg, als wäre sie allein; aber auf ihrem Gesicht war neben der Gedankenverlorenheit auch ein Hauch von Zufriedenheit zu spüren, daß ihr Wesen auf so angenehme Weise zum Ausdruck kam. Er hatte aber dabei das Gefühl einer Vereinsamung. Auch wenn ihm klar wurde, daß er in dieser Abhängigkeit sehr verwundbar war, lehnte er sich zugleich mit aller Macht dagegen auf, daß ihr Wesen ihn so aus seiner eigenen Welt ausschloß.

„Die Bäume sind dann ganz lebendig, und die Menschen sind Wesen am Rande, welche die Bäume und mich recht wenig interessieren", sagte sie.

„Sie sind überflüssig."

„Ja."

„Genaugenommen *sind wir* überflüssig", sagte er. „Das ist es."

„Ja."

Aber dann bemerkte sie die Betonung in seiner Stimme.

„Warum bist du so."

Noch immer war sie einen halben Schritt vor ihm, aber

jetzt streckte sie ihren linken Arm zu ihm aus und ergriff den seinen. Es war ein angewinkelter Arm, wie auf dem ersten Spaziergang, und sie führte ihn nun auch wieder fast automatisch.

„Ich habe dabei ja nicht an dich gedacht."

„Ich weiß das. Wir sind alle ausgeschlossen aus deinem Königreich der Bäume und Felder."

„Siehst du, so bist du."

„Ich bin bester Laune, gerade jetzt."

„Du bist böse."

„Nein, nur spöttisch", sagte er. „Wir sind wie Ausgestoßene!"

Er lehnte seine Wange an die ihre, während sie aufrecht und selbstbewußt einherschritt und nach vorne blickte.

„Du willst sagen, daß doch noch ein Eckchen in deinem Wald für mich frei ist."

„Du bist doch in mir." Und sie war noch in Gedanken, es war, als kehrte sie erst langsam zurück in die Wirklichkeit. „Wo ich bin, da bist auch du."

„Mein Schatz", sagte er. „Mein kleiner Schatz."

„Natürlich. Dein ‚kleiner' Schatz."

„Mein kleiner großer Schatz."

Die Tropfen hörten auf zu fallen, und sie flogen wie die überreifen Beeren von Weintrauben in die weichen Sterne auf dem Boden.

„Wie der Besuch des Gottes Pan", sagte sie und lief fort.

Als er sie einholte, klang das Trommeln des Regens auf den dichten Eichenblättern zwischen ihnen wie Musik auf dem Dach einer durchlöcherten Kuppel.

„Wie beim Zelten", sagte sie. Er aber wartete einen Moment, damit diese Erinnerung in ihr zu einer reifen Frucht gedeihen konnte, die er dann auch für sie pflücken und sie mit der Zustimmung ihrer Freunde vom Zeltlager zu sich holen konnte.

„Ich weiß nicht, warum, aber bei dir kann man alles mögliche sehen, und nichts ist vollkommen verloren“, sagte er.

Nun schwieg er wieder.

„Das ist wohl deshalb, weil ich den Eindruck habe, daß sich nun vor uns alle Dinge neu und unglaublich entwickeln.“

Als seine Hände ihre Taille umschlangen, löste sie sich etwas von dem Stamm und wölbte sich weich nach vorne, wie eine Raupe in der Vorbereitung ihres nächsten Schrittes. Und da kamen auch schon ihre Lippen, die ganz verschlossen waren, in der Erwartung dessen, was sie zugleich anboten. Immer noch unaufgeschlossen, für alle Ewigkeit zum Nichterwachsensein verurteilt. Dann schürfte die Rückseite seiner Hand den rauhen Stamm der Eiche, und jetzt zeigte sich ihm ihr Weg zwischen den Baumstämmen und den Büschen. Das in sich aufnehmen, sagte er sich. Und er wußte zugleich, daß er die Unschuld suchte, die er nie erreichen konnte. Und dabei fühlte er, daß er wie vorher eifersüchtig auf ihre Symbiose mit der Natur war. Und ihr das nicht stehlen, sagte er sich schnell. Es genügte, wenn sie wußte, daß sie ihn auch dann benötigte, wenn sie allein mit den Bäumen war. Nur dies. Und sein Handrücken lehnte sich nun bewußt an den Stamm der Eiche. So fühlte er fest die Nähe der Eiche, seine Hände aber waren zwischen ihr und dem Baum. Seine Hände waren die Verbindung zwischen ihr und dem Baum. Und so war die Freundschaft der Eiche mit ihr auch die Freundschaft der Eiche mit ihm.

Die Tropfen aber sickerten durch die Zweige, und sie drängten sich in ihre Gesichter und durchtränkten sie, so wie sie auch den harten Baumstamm näßten, der seinen empfindlichen Inhalt in der rauhen Rinde versteckt hatte.

XXXVII

Die Kastanienblätter hatten sich noch nicht auf den Farbwechsel vorbereitet, aber in ihnen bestand schon diese müde Reife, die die Frucht so gelb werden ließ, daß der kleine Stiel ihr Gewicht nicht mehr halten konnte. Es herrschte diese besondere Wärme, die nicht mehr brannte und die einem den Atem nicht mehr nahm, weil sie so ordentlich verteilt war, daß die Atmosphäre der temperierten Luft eines Treibhauses gleichkam. Und es schien, als hätten sich die Jahreszeiten auf ein einheitliches Klima geeinigt, das lauwarm war wie das Wasser im sommerlichen Kiesbett; und den menschlichen Gefühlen und Gedanken, dies konnte man sehen, bot sich schließlich doch noch ein gemeinsamer Nenner an, in dem alle Gegensätze weniger ausgeprägt zur Wirkung kommen würden.

Deshalb war dieser Brief, der so unerwartet aus dem Buch Wiecherts gefallen war, um so unangebrachter. Genaugenommen reizte es ihn ja nicht, den Roman zu lesen, aber schon weil Arlette ihn so sehr gelobt hatte, entschloß er sich dazu, und schließlich, dachte er sich, würden in dem so feierlich ruhigen und blauen Herbst alle die verlogenen Lebensbeziehungen mit Macht an den Tag kommen, die bei dem deutschen Schriftsteller ganz sicher zu finden waren.

Aber wegen dieses Blattes blieb *Die Majorin* wieder liegen.

Zuerst hob er das bewußte Blatt, ohne viel zu überlegen, vom Bett auf und legte es wieder in das Buch; aber in dem Moment öffnete sich der zusammengefaltete Brief und ließ die bekannte breite und fette Schrift wieder sichtbar werden. Und da war es, als streifte ihn ein böser Schatten.

Liebe Kleine,

warum sind Sie nicht gekommen? Warum quälen Sie das Herz, das keinen Augenblick mehr ohne Sie aushalten kann?

Morgen nachmittag werde ich Sie wieder erwarten und übermorgen auch. Aber kommen Sie ganz sicher, weil ich mich unaussprechlich nach Ihnen sehne.

Ihr Antoine

Sie ist nicht hingegangen, sagte er sich. Aber doch fühlte er, daß er ihr die Annahme des Briefes vorwarf. Sie hatte ja nichts verheimlicht, aber doch verübelte er ihr dies, ohne darüber nachzudenken und fast teilnahmslos. Aber was konnte sie dafür, daß sie so war, so unüberlegt wie ihr Entschluß, den Brief in das erste beste Buch aus der Reihe zu stecken, wenn sie dies dazu noch sofort vergaß und ihm das Buch zum Lesen empfahl?

„Haben Sie genug davon?“ fragte Yves.

„Ich habe keine Lust, damit anzufangen.“

Es war ihm dabei wenig lieb, daß Yves sich in seine Gedanken mischte, auch wenn es ihm Freude machte, daß er unabhängig sein konnte von ihren kindlichen Fallstricken.

„Ein preußischer Autor“, sagte er. „Vielleicht ist es ohne Bedeutung, aber ich kann meinen Widerstand dagegen nicht überwinden.“

„Ein sehr verständlicher Widerstand.“

„Besonders, weil *dort* Widerstand unmöglich war.“

„Sehr starke Bewachung, nicht wahr?“

„Mehr als das war dabei das Bewußtsein entscheidend, daß die Öfen Tag und Nacht hindurch menschliche Knochen verschlangen, daß ihr Rauch über die Baracken zog und daß das Menschen mit Menschen anstellten. Es war die Bestürzung darüber, wie in dem vom Verstand verlassenen Körper der Zusammenhalt des menschlichen Inneren zu schwinden begann, noch bevor die Phlegmonen seine Glieder vergifteten oder der Durchfall den Körper auszehrte. Die Seele beginnt zu schwinden, der Geist, oder wie ich auch das Lebensprinzip benennen möchte, das unserem Tun und Lassen seine Mitte gibt.“

Yves schüttelte den Kopf.

Was hatte ihn heute dazu gebracht, daß er sich dieses fragte, dachte er.

„Aber etwas habe ich auch über Widerstand in den Lagern gelesen", sagte er.

„Das war in den Tagen vor dem Zusammenbruch. Klar, damit konnten einige ihr Leben retten, aber damals war das alles schon abgeschlossen. Elf Millionen Europäer waren schon zu Asche geworden."

„Elf Millionen." Und seine Worte klangen wie in unschuldiger Verwunderung darüber.

„Bei einem Aufstand war ich Zeuge. Es war eigentlich kein Aufstand in dem Sinne, wie wir gerade darüber sprachen; es war die Tat einer Person. Aber für mich war es wie ein richtiger Aufstand. Vielleicht wegen des Endes und der Umstände. Vielleicht auch deswegen, weil der Aufständische ein Krankenpfleger war, das heißt ein Mensch, der *dort* die gleiche Beziehung zum Tode hatte wie ich."

Aber warum erzählte er ihm dies? Weil sich ihm Yves selbst angeboten hatte? Weil er so unerfahren und jung war, daß er an so erschütternden Märchen Gefallen fand? Aber was war die gerade abgeschlossene Vergangenheit auch anderes als ein Märchen, vielleicht war es nicht verkehrt, wenn er ein kleines Stück davon erfuhr, was jetzt schon fast zur Legende wurde. Deshalb sagte er:

„Morgens beschien die Sonne eine unwahrscheinlich lange Reihe von Waggons, das heißt, es waren offene Verschläge mit stehenden Überresten, die allein den deutschen Himmel zum Dach hatten. Die ganze vorherige Nacht hatte es gedauert, die einhundertsechzig Leichen direkt an der Strecke zu vergraben, und er, der Krankenpfleger Janosch, befehligte die Arbeiten. Eine ganz neue Arbeit war dies, weil es nach so langer Zeit zum ersten Mal geschah, daß unsere Mumien nicht in den Ofen gingen. Und auch wenn die fünfundzwanzig oder dreißig Waggons schon eine Woche ohne Ernährung geblieben waren und sich deshalb der Wagen neben der Lokomotive noch schneller füllte, so war es einem doch ein gewisser Trost, daß ringsherum die freie Natur von der Sonne beschienen wurde. Janosch sprang trotz der nächtlichen Arbeit munter und beweglich herunter vom Wagen, so daß es schien, als hätten sich in ihm alle Lebensgeister, die es überhaupt noch in den Körpern dieser Sterbenden geben konnte, noch einmal zusammengerafft. Und seinetwegen und wegen der Sonne stand man auf, auch wenn man lieber unter der Decke geblieben wäre, in dem Winkel des geschlossenen Viehwaggons.

Vor dem Wagen stand der kleine Poljacek, und mit der Fläche seiner linken Hand hielt er seine dürre Rechte fest, während ihn Janosch untersuchte. Ein dünner fünfzehnjähriger Junge, mit kahlem Kopf, ganz bleich und grün, weil er fünf Tage und Nächte nichts gegessen hatte. Und als zuvor der SS-Mann auf ihn schoß, war es deswegen, weil die dürren Gestalten zu dem Waggon rannten, der allein auf dem Nachbargleis stand und voller Kartoffeln war. Der Kleine war unter ihnen, und die Kugel ging ihm durch den Unterarm.

‚Was für ein Fleck', brummte Janosch väterlich zu dem Kleinen. Aber jetzt kam der Unterscharführer mit dem hageren Gesicht vorbei. Und Janosch starrte ihn plötzlich an.

‚Eine Schweinerei', sagte er. ‚Wegen einer einzigen Kartoffel, wo sie fünf Tage nichts gegessen haben!'

Der Unterscharführer drohte ihm, dann ging er weiter, während Janosch weiter seinen Pflichten nachging.

Wie soll ich Ihnen so schnell das Wesentliche erzählen? Ich war ziemlich mitgenommen, durfte nicht draußen bleiben, deshalb kletterte ich wieder in den Wagen, wickelte mich in die Decke und legte mich hin. Ich weiß nicht mehr, wie lange ich da gekauert habe, als die SS-Männer, die uns so erschreckt haben, mit einem, der vor unserem Wagen stand, zu sprechen begannen. Es ging um Janosch, der sich entfernt hatte. Nun sprach man von Erschießen, dann sagte jemand, er würde gebracht, und dann stand auch ich auf und näherte mich der Tür. Und in der Tat gingen zwei vorüber, die einen Körper in einem grauen Tuch trugen. Aber was wollte ich, dachte ich mir, daß er sich aufgelehnt hat, daß er damit gerechnet hatte, daß der Krieg bald zuende sei. Und doch wollte ich mit aller Macht fühlen, daß mich fror, daß mich, obwohl ich in ein Tuch gehüllt war, immer mehr der Frost schüttelte und daß der Boden des Waggons ein harter Boden für meine Schulter und meine Hüfte war."

„Das ist verrückt, so ein Erlebnis." Und Yves sah fragend und zugleich erschreckt aus. Die pubertäre Ausgelassenheit verschwand aus seinem Gesicht.

„Wenn man jeden Tag den Sensenmann zum Mitbewohner hat, gewöhnt man sich schließlich an ihn."

„Das kann doch nicht möglich sein."

„Man merkt gar nicht mehr, wann es einem zur Normalität wird."

Yves beobachtete ihn; in seinem Blick waren zugleich Bewunderung und Zweifel.

„Schauen Sie mich nicht so an", sagte Radko Suban und lächelte.

„Ich frage mich, wie Sie darüber so natürlich sprechen können."

„Wenn der Tod dabei ist, wird neben ihm alles sehr einfach."

„Und wie können Sie dabei lächeln?"

„Ich habe über Ihre Jugend gelächelt."

„Ich verstehe. Sie haben einen großen Vorsprung vor mir, da Sie Zeuge solcher Ereignisse waren."

„Im Gegenteil. Sie haben den Vorsprung, weil Sie es so einrichten können, daß Ihre Welt nicht so verloren sein wird, wie es unsere war."

Er lächelte.

„Aber jetzt kann ich auch das deutsche Buch in die Hand nehmen“, sagte er.

„Machen Sie nur noch Witze“, sagte Yves und wechselte sein Bein, das über das andere geschlagen war; und es war so, als ruhte er aus von einer Gefahr, der er zufällig noch rechtzeitig entkommen war.

XXXVIII

Die Dämmerung nahm langsam dem Himmel und den Bäumen die Farbe, die Luft begann sich abzukühlen; es war, als käme die kühle Nacht langsam den sanft abfallenden Abhang herab, auf dem sich auch die Straße befand.

Er sagte: „In diesem Obstgarten habe ich einmal auf dich gewartet.“

„Ich war davon überzeugt, du würdest nicht kommen, weil du am Abend vorher so an mir vorbeigingst.“

„An dir und Fräulein Rivière.“

„Ja, ich war mit Claire zusammen.“

„Wegen ihr fühlte ich mich hier unter den Apfelbäumen wie Robinson.“

Aber jetzt war er ungerecht, weil er dies an den Tag zerrte.

Dann drehte sie sich um.

„Was hast du heute?“ Und sie legte ihre Arme um seinen Hals.

Er ließ sich umarmen und legte ihr auch seine Hände um die Taille, aber mehr, damit sie ihm nicht um den Körper hingen, wenn sich die ihren um seinen Hals schlössen.

„Gehen wir“, sagte er.

„Aber ich will es wissen.“ Und ihre Stimme war so freundlich gesinnt, daß er ungewollt darüber lächelte.

„Nichts“, sagte er. „Jetzt ist nichts mehr.“

Sie nahm ihn an der Hand. „Komm.“

Er dachte: jetzt laß dich führen, sei einfach so, wie du wärst, wenn du nicht diesen Brief gelesen hättest, denn schließlich und endlich ist alles so, als wenn du ihn nicht gelesen hättest, und so, als hätte sie ihn nicht erhalten.

Zur Linken gab es keine Bäume, aber dicht am Wege lag eine kleine hölzerne Hütte mit offenem Tor; hier waren sie noch nicht gewesen. Und seine Hand bewegte sich in der ihren, als wollte er lieber den Spaziergang auf dem Wege fortsetzen. Doch Arlette war davon überzeugt, daß die Hütte ein Zufluchtsort war, der ihnen Rettung verschaffen konnte. Und er fühlte schon, daß dieser geschlossene Raum in der einsamen herbstlichen Natur sie einander näherbringen würde und sich dabei seine spröde Haltung unter ihren Liebkosungen besänftigte. Deshalb wollte er ihren kindlichen Händen nicht folgen. Doch erschien ihm zugleich, daß womöglich ihre Nähe es vermochte, ihn über den toten Punkt hinwegzuführen. Es geschieht nämlich nicht selten, daß sich Körper und Sinne so verbinden, daß ohne Mühe, ganz natürlich und unkompliziert kommt ein Wort an den Tag, das vorher weder hinein noch hinaus konnte. Doch war ihre kleine Hand nicht nur traumverloren wie am ersten Abend, als sie ihn durch den Mondschein führte; jetzt brachte er sie mit dem Brief des Arztes in Verbindung, und so fühlte er in ihrer Bewegung eine gewisse Berechnung.

Sie ist es nicht, sie ist es nicht, lehnte er sich dagegen auf; aber Widerstand alleine genügt nicht, wenn du nichts hast, was das ersetzen könnte, wogegen du dich auflehnst. Doch sie war ihm zugetan, er wußte auch um ihren heißen Wunsch, daß sich seine Stimmung verändern möge, und dies genügte, so daß er sich zusammennahm und ihre Zuneigung akzeptierte.

„Hier ist Stroh“, sagte sie. Und sie setzte sich geräuschvoll hin, wie ein Junge, dem alles gefällt, wenn es nur laut war und Aufmerksamkeit erregte.

„Mein Kleiner.“ Und ihre Arme umschlangen seinen Hals.

„Ja“, sagte er und nickte zustimmend; ihre Lippen aber machten sein bitteres Lächeln ungeschehen, und ihr Körper verstärkte noch mit dem ganzen Gewicht seiner Zuneigung, daß nun wieder, wie gewöhnlich, sich bei ihnen die richtige Stimmung einfinden werde.

Er nahm ihren Scheitel in seine Hände und strich langsam, mit gespreizten Händen über ihre weichen Haare. Aber sie fühlt es, daß der richtige Geist fehlt, dachte er, der weibliche Körper weiß um jede Bewegung, ob sie ehrlich oder nur gespielt war, auch um die kleinste Bewegung. Und um so mehr noch, als sie ihre Liebe anbot und ihm beinahe aufzwang. Aber was wollte sie eigentlich? Ein seltsames Mädchen hatte er da, das auch in Hirtenhütten zu lieben verstand, auf dem Stroh, weil es mit der Natur lebte, wie er es auch gerne getan hätte; war dies also alles, was sie sich wünschte? Sie fordert nichts, und sie gibt mit Freuden alles. War er deshalb enttäuscht, weil sie noch jemand begehrte? Aber was konnte sie dafür? Was konnte sie dafür, wenn sie nur einmal in seinem Auto saß und seine Hand sie um die Schulter gefaßt hatte?

Und seine Rechte näherte sich ihrem Körper wie in dem Wunsche, den Abstand zwischen ihnen zu verkleinern, als wäre es ein Trost, daß er sie so lange allein gelassen und fast ignoriert hatte. Aber sie fühlt das, wiederholte er sich, sie fühlt es, daß die Hand sich von selbst bewegte und er in ihr nicht gegenwärtig war, daß die Finger sie streichelten, daß er aber in dieser Liebkosung nicht anwesend war. Und es war nicht recht, daß die Finger dort waren und er nicht bei ihnen.

Er räusperte sich, als wollte er laut einen bösen Gedanken verscheuchen.

„Was ist, Radko?“

„Ich kann mich nicht mit dem Gedanken abfinden, daß du mir immer alles verheimlichst.“

„Ich verheimliche dir nichts.“

„Doch.“

Dann trennte sie ihr Schweigen, in das sich die durchfrorene Stimme einer einsamen Grille einschlich. Eine sehr ärmliche Liebe wäre es, so auf dem Stroh, zwischen den krummen Balken, wenn da nicht der Glaube wäre, der sie anzuheizen verstand. Und es war noch viel trauriger, da dort draußen das zwanzigste Jahrhundert war mit seiner Technik und seiner Bequemlichkeit.

„Dein Antoine hat dir wieder geschrieben“, sagte er dann.

„Nein.“

„Es hilft nichts, es zu verheimlichen.“

„Wenn ich es dir sage, er hat nicht geschrieben.“

Er unterdrückte die Erregung, die nun in ihm aufkam, und er fühlte, daß, wenn er sich übereilte, es nicht leicht sein würde, die Risse zu überbrücken, die sich zwischen ihnen abzeichneten. Aber warum sind ihre Worte so überzeugt, ohne eine Spur des Zögerns?

„Welchen Sinn hat es, jetzt noch zu lügen?“

„Ich lüge doch nicht.“

In ihrer Stimme war weniger Auflehnung und weniger Entschiedenheit, aber gerade diese Nuance kam ihm im Moment wie eine Falle vor, die sie ihm in ihrer Unverantwortlichkeit und gleichzeitig Hinterlist gestellt hatte. Wie eine Schwäche, die sich mit Koketterie verband und sich damit ihrer Macht versicherte.

Er zog die Hände unter ihrem Kopf hervor und stand auf.

Wenn sie nur etwas sagte, dachte er sich, als er herumging. Wenn sie ihn beim Namen riefe, wie sie dies unverwechselbar konnte. Es würde ihm genügen. Und es war, als wäre sie nicht da, und doch war es noch schlimmer, da er sie wegen ihrer anwesenden Abwesenheit und wegen dieser Kälte haßte. In der Dunkelheit unterschied sie sich nicht von dem Stroh, und es war, als wäre sie nicht da, nachdem sie ihn mit ihrer Liebe entfacht hatte, dann mit ihrer Lüge und nun mit ihrem Schweigen.

Er war wieder auf dem Wege und begann hinaufzusteigen zu der schwarzen Masse des Kiefernwaldes. Seine Schritte waren zuerst schnell, aber langsam wurden sie ruhiger.

Sie wird hinuntergehen, zum Haus, dachte er. Sollte sie gehen, wohin sie nur wollte, wenn nur ein Ende aller dieser Kinderei wäre. Oder. Vielleicht sind gerade Kinder besonders halsstarrig im Leugnen. In Ordnung, aber nun Schluß damit. Und weil die Liebe notwendig ist, deshalb soll sie auch etwas Festes und Verläßliches sein, nicht ein Spiel, das sich jeden Tag verändert. Eine schöne Versuchung, die einen immer im Kreise herumdrehte und die sich im Bannkreis des Kindergartens abspielte. Ringel Ringel Reia. Und wenn das noch einige Zeit dauerte, würde man vollkommen kindisch werden, so daß man dann nicht mehr wüßte, woher man gekommen war. Es war ja schon jetzt eher wenig.

Er war zufrieden gewesen, daß er Yves von Janosch erzählt hatte. Es war das erste Mal, daß er davon sprach. Aber er hatte recht damit, denn Yves war verständig und gut. Dennoch war es eigentlich nicht erzählbar, wo er einen Schatz einer so großen Zahl von menschlichen Toden in sich trug. Und eine solche Verantwortung bei all dem. Und nicht die Spiegelfechtereien einer Somnambulen, die sich zu jemandem ins Auto setzte und davon sprach, daß sie sich nicht immer den aufdringlichen Annäherungen seiner Hand entziehen konnte. Sie konnte es nicht ablehnen. Und wenn sie sagte, daß er nicht mehr geschrieben hat, dann hat er es nicht. Und er nahm das an, dann, als er Janosch mit seiner Decke sah und Mladen auf dem steinernen Tisch neben dem brennenden Haufen. Ein unernstes Spiel mit Rotkäppchen. Und gerade hier, wo er damals das Gefühl hatte, sich gerettet zu haben. Und schon im ersten Moment hatte sie ihre Köder ausgeworfen. Und wo war bei ihr die Grenze zwischen begründbarer Vernunft und gewöhnlicher Hinterlist? Ich habe ihr nicht die Lider gefärbt, so daß sie schon von weitem anzusehen war wie eine Schauspielerin nach der Vorstellung. Ich entziehe ihr nicht meine Hände, dann haben wir den sicheren Beweis, warum sie sie wegnimmt. Das genügte; dieses verrückte Mädchen konnte ihm nicht mehr zur Seite stehen in seiner Auseinandersetzung mit dem Leben. Das war keine Frau, die auch zur Kameradschaft fähig war.

Und doch hatte er gerade ihr gesagt, daß, wenn sie vernünftig und mütterlich sei, sie ihm nicht das bedeuten würde, was sie ihm bedeutete. Und das stimmte. Er wüßte nicht, wie er ihr vertrauen sollte. Er wüßte auch nicht, wie er *allein* bleiben könne. Und das war wohl das wichtigste. *Allein* sein und zugleich die Möglichkeit zu haben, sich selbst zu vergessen. Denn als die Körper der Männer starben und verbrannten, konnte das weibliche Wesen ihnen nicht helfen, nicht einmal als Erinnerung. Als Erinnerung noch am allerwenigsten. Und wenn irgendwo die knochigen Gestalten stehenblieben und dann auch einmal eine Frau brannte, dann geschah das isoliert von ihnen; ihre Vernichtung stand in keiner Verbindung mit der des Mannes. Das Umfeld ihres Todes hatte keinerlei Verbindungen mit dem Umfeld des Sterbens der Frauen. Und wenn *damals* seine Einsamkeit so definitiv war, mit welchen Mitteln konnte nun sie, als Frau, eine Eintrittskarte in sein Inneres erhalten? Mit Güte? Und wenn sie nicht hungrige Zähne zerrissen und wenn sie nicht im Ofen verbrannt wurde, dann hatte die Güte kein weibliches Antlitz. So hatte auch die Liebe als Güte, als Samariterin, hier keinerlei Rolle zu spielen. Ja, es war die Frau als Geschlechtspartner. Neben der wäre er allein. Ihre Gegenwärtigkeit würde nur im Randbereich seiner Geheimnisse verbleiben. Sie würde seinen Körper pflegen. Und da wäre sie nicht fleißig dabei, den Kranken zu trösten, sondern sie bliebe eine Einsame, die verwundert wäre über den unstillbaren Reichtum der Leidenschaft. Es wäre ein Wogen von Hüften und Brüsten, der gesunde Rhythmus des Fleisches nach der Überschwemmung von Knochen und rindiger, pergamentiger trockener menschlicher Haut. Einen rosigen Körper nach einem anderen rosigen Körper zu lieben, wie eine neue Welle und wieder eine neue Welle im Strom, der sich vom Tode wälzte hin zum endlosen, reinen und salzigen Meer.

Am Ende des Waldes blieb er stehen.

Die Straße verlief jetzt kaum merklich aufwärts, aber in der Dunkelheit war das kaum sichtbar. Von rechts, von Norden her, blies ein fast scharfer Wind.

Er war unerwartet kalt, wie im Theater, wenn sich der Vorhang hebt und es von der Bühne her weht. Und doch sind alle diese Vergleiche bei der menschlichen Existenz auf dieser Erde keine Hilfe, dachte er sich, bald würde er beginnen zu frieren, und man mußte den Leib bedecken; bald würde Schluß sein mit der Romantik der Bäume und der Liebe in den Heuschobern. Wenn auch. Sich in einem Fischerhaus an einsamem Ufer verbergen, wo man nur das Rauschen der Wellen hörte und die Schreie der Möwen, die sich jagten und stritten, so daß ihre Stimmen wie die von Menschen klangen. Sich einen kleinen Leuchtturm zu besorgen und in dieser einfachen Tätigkeit Ziel und Nutzen der künftigen Tage zu finden –

Arlette, sagte er sich dann plötzlich, sie ist es, dann begann er zurückzukehren. Sie war der Sexus, aber zuvor war sie Märchenhaftigkeit. Der Blick von Kinderaugen beim Erzählen einer wundersamen Geschichte. Neben ihr war er allein, aber nicht in der Leere, die dem blinden Eintauchen in die Wogen des weiblichen Körpers folgte. Allein, aber mit der Unzufriedenheit über ihre Unentschiedenheit und ihre spielerische Art. Mit ihr wieder ein Kind in der Natur. Und sie wußte um ihre Vergangenheit, sie durchdrang ihr ganzes Wesen, und auch mit diesem ganzen Wesen drang sie ein in seine unversiegende Fähigkeit, sich zu verjüngen.

Doch was war die Natur anderes als das Fortschreiten immer neuen Keimens?

Aber das hatte er schon erfahren, alleine und mit ihr.

Aber, ihre Lüge. Aber diese war nur eine instinktive Abwehr des Lebens davor, was ihm den Todeskeim aufpfropfen könnte.

Er blieb stehen und schlug seinen Kragen hoch.

Das ist sie, sagte er sich und ging weiter. Das ist sie; und er fragte sich, warum er wegen jeder Nichtigkeit so panisch reagierte und daß er dies nicht sofort bemerkte. Er wollte reif und weise sein, dann aber war er bissig und ungeduldig. Und so gab er ihr die Schuld für sein Schweigen und für die Borniertheit, in die er sich manövriert hatte. Er befand sich einfach noch nicht auf dem Niveau ihrer Liebe, das war es. Und seine Hand auf ihrem Körper war eine Kränkung. Die Suche danach, wie er diese Entfernung überbrücken konnte, war auf irgendeine Weise tatsächlich das Angebot einer gutgemeinten Nähe, aber ihrem Wesen nach war sie für ihren Körper eine Kränkung. Auch für ihre Brüste, die unter seinen Fingern ihren Wert verloren.

Und er hatte sie einfach liegengelassen dort auf dem Stroh, wie ein Straßenmädchen, mit dem er in Streit geraten war.

Und er geriet darüber in Schrecken.

Dann beschleunigte er seinen Schritt.

So erschreckt mußte ein Vater sein, der sein Kind am Strand vergessen hat, dachte er sich, und der in dem Moment, wo ihm dies klar wird, zu jeder Buße bereit ist, wenn ihm nur nichts passiert wäre und er es lebendig und gesund wiederfände. Auch er war so unmöglich, er ließ sie da liegen, als wäre sie das letzte Flittchen dieser Erde. Er war wirklich unmöglich. Wie die Welt, aus der er gekommen war. Während sie keinerlei Notwendigkeit hatte, dies alles ihrer Jugend anzulasten. Keinerlei Notwendigkeit dazu gab es.

Und er hatte das Gefühl, daß er schneller gehen mußte, solange noch Zeit war, aber zugleich schreckte ihn der Gedanke, daß alles schon verloren sein könnte.

XXXIX

Als er die enge Tür zum Treppenhaus öffnete, war er noch immer in der Dunkelheit, aber auf beiden Seiten des Ganges leuchtete hier und da noch unter der Tür eine Lichtlinie. Irgendwo hinter seinem Rücken hörte er leise, so als hätte man es mit einem Tuch zugedeckt, ein Radio.

Die Türklinke gab dem Druck seiner Hand nach.

„Schläfst du noch nicht?" Und seine Stimme versuchte, natürlich zu wirken.

Aber im gelblichen Licht, das der Schirm der Nachttischlampe über das Kopfteil des Bettes ausgoß, beobachteten ihn ihre Augen. In ihnen war Zweifel und eine äußerst besorgte Erwartung, als wäre ihr ganzes Wesen von seiner Entscheidung abhängig. Und doch fühlte er sich, so von ihren Augen erfaßt, als Schuldiger vor einem unschuldigen Richter. Zugleich überkam ihn eine ungewöhnliche Befriedigung darüber, daß er sie von den Zweifeln befreien konnte, die sie quälten.

Er setzte sich auf den Bettrand und strich ihr mit seiner Hand die Haare aus dem Gesicht; und obwohl ihm die Unsicherheit in ihren Augen nicht erlaubte, zu lächeln, fühlte er die Zuneigung, die die Atmosphäre erfüllte und die nun um sie war.

„Oh, Radko." Aber noch sprechender, als der gebrochene und zugleich bittende Ton ihrer Stimme, war der Druck ihrer Hände an seinem Hals. Und als seine Hände flach unter ihre Schultern glitten, bis alles in der Macht seiner Umarmung aufgegangen war, da umschlossen ihre Unterarme ihn noch fester. So, daß er sich ergab und sich völlig ihrer Hingebung überließ. Und er fühlte, daß er sich wohl nicht mehr eines Lächelns erwehren konnte, weil sich der ganze Organismus selbständig, instinktiv und unabweisbar über das unerwartete Glück verwunderte.

„Wie du frierst", sagte sie besorgt und besonnen.

„Ich friere nicht."

„Aber du hast so kalte Wangen. So kalte Hände."

„Die Hände auch?"

„Wie zwei eisige Platten liegen sie auf meinem Rücken."

In dem engen Raum war auf einmal alles still; deswegen wirkte es, als öffneten sich die engen Wände, und sie lägen im Schoß der grenzenlosen Natur.

Und er dachte sich, ob es nicht Verrat war, daß ihn dieses weibliche Wesen mit solcher Zärtlichkeit betörte. Doch zugleich wurde ihm klar, daß er darüber befriedigt war, welchen Wert alles das bekam, was neben ihm noch unberührt war und unverändert. Diese Sicherheit aber bewog ihn nicht zur Ungeduld, sondern sie umgab ihn mit einem Gefühl des Friedens und des echten Glaubens.

Ich gebe ihr das Gefühl der Geborgenheit wieder, dachte er sich, und die Frage ist, ob sie diejenige ist, die es notwendiger braucht. Zugleich wußte er, daß ihre Verlegenheit vor den Worten weiter fortdauern würde, wenn sie nicht das Verständnis ihrer Nähe zueinander in Bewegung zu bringen vermochte. Dies war jetzt der allernächste Weg zum Vertrauen. Und so, wie man sich durch das Schilfrohr den Weg zum sanft dahinfließenden Strom bahnt, berührten seine Finger ihren blauen

Pyjama. Langsam, dachte er, ohne Ungeduld, mit betonter Erwartung eines stufenweisen Anwachsens der Flut, mit ein wenig Plätschern am Ufer und dem sanften Patschen des aufkommenden Wassers an die Ufersteine. So an der blauen Linie entlang, daß die Öffnung größer wurde und sich seine Hand über der dargebotenen Form wölbte; es war zugleich, als müßte die Hand noch eine weitere Nuance auffinden, um die Form zu vollenden. Und so war in seinen Händen die Quelle all seines männlichen Glückes, und zugleich war der leichte Druck seiner Hand die letzte schöpferische Berührung, die noch zur Vollendung dieser weichen Rundungen fehlte. Wie das Gleiten der Hand des Töpfers über die Wölbungen einer noch weichen und feuchten Vase.

Und er spürte ihre Erwiderung und ihre Bereitschaft, seine Zärtlichkeiten anzunehmen; aber es war doch, als täten sich ihre Wesen dabei einen Zwang an, als siegte dabei eine verschleierte, entfernte Kränkung.

Zuerst müßte sie sich wieder im Vertrauen finden, dachte er sich. Aber vielleicht würden Härte und Verlegenheit sich damit noch schwerer erweichen lassen. Er ließ sie auf ihrem Bett liegen, und dann, als er ihren Körper liebkoste, tat er dies ohne Leidenschaft. Es waren zwei Sünden, die nun nur seine Hand auslöschen konnte. Und dies spürte auch sie. Und er wünschte sich, daß auch sie seine Gedanken in seiner Hand spüren könnte. Daß sie sie in seinen Lippen verfolgen könnte, die sich ihr näherten, als wünschten sie ihre Bestätigung aus den verborgensten Tiefen herbeizurufen. Wie dieser kräuselnde Wellenschlag, der an der Meeresoberfläche erscheint, wenn endlich die Steine des sandigen Bodens berührt werden.

„Wir dürfen uns nicht so entfremden", sagte sie wie zu sich selbst.

„Nein." Und er lächelte. „Aber das haben wir schon einige Male festgestellt."

„Du solltest mir vertrauen."

„Ja. Aber du hast mir den Roman von Wiechert gebracht."

„Mein Pech, daß ich den Brief gerade in das Buch gesteckt habe."

„Nein, Pech ist, daß du lügst wie die vierjährigen Kinder."

Er legte sich auf den Rücken.

„Wenn du so sprechen willst", sagte er ruhig, „ist es besser, wenn du es gleich erzählst und wir keine Zeit damit verlieren."

„Ich hatte Angst, es könnte uns schaden. Davor hatte ich einfach Angst."

„So hat es noch mehr geschadet."

„Jetzt haben wir aber wieder zueinander gefunden, Radko, nicht wahr?"

„Aber doch sagst du, du hättest Pech gehabt, weil du den Brief in dem Buch gelassen hast."

„Ja, ich hätte besser daran getan, ihn zu zerreißen."

„Noch besser, wenn es kein Herumgerede gegeben hätte."

„Aber wenn ich ihn zerrissen hätte, wäre auch dies unnötig gewesen."

„Eine Lüge rächt sich früher oder später. Auch wenn sie nicht an den Tag kommt, zerstört sie schon auf andere Weise den Wert, auf den sie sich stützt, und ist auf der sicheren Seite zu finden."

„Oh, Radko."

„Es scheint so, als hätte diese Person eine besondere Macht, mit der sie uns schaden kann."

„Irgendein Recht glaubt sie wirklich zu haben."

„Ein Recht?"

„Mach das Licht aus", sagte sie dann mit schluchzender Stimme. „Mach aus." Und schon gab es in der Dunkelheit ein unerwartetes und erschütterndes Weinen. Es war nicht die Klage, die aus der Tiefe kam, und hinter der ein erwachsener Gedanke stand; sondern es war die Zerrissenheit und Verzweiflung eines Kindes mit seinem ganzen Wesen, weil es jenseits davon nur das Nichts gab mit seiner Leere.

Er versuchte, ihr Gesicht leicht zu sich umzudrehen. Aber ihr Hals ließ sich nicht beugen, und ihre Glieder waren krampfhaft ausgestreckt.

„Beruhige dich“, sagte er und nahm sie an der Hand, die geschlossen war und vor seinem Gesicht bebte. Und langsam versiegte das Weinen wie ein Regenschauer, den der Wind forträgt, wonach noch dann und wann ein paar Güsse herabkommen.

Das Schweigen, das dann entstand, war nicht mühsam, aber es war, als suchte die Stille nach der richtigen Stufe der Dichte.

„Damals war ich für den dritten Pavillon eingeteilt.“ In der Stimme war noch die Feuchte der Tränen, aber jetzt herrschte in ihr ein verborgener Widerstand vor, ein fast verhaltener Grimm.

„Ich bin etwas beklommen angekommen, war aber doch voller Vertrauen und eine für ihren Beruf begeisterte Krankenschwester. In Wahrheit aber war ich ein verträumtes junges Mädchen, das noch in der Welt der glücklichen Zeltlager mit den Mitschülern lebte. Das Treffen mit Philippe hatte an dieser Haltung nichts verändert; diese Nacht mit ihm war wie die Fortsetzung der Kameradschaft am Lagerfeuer.“

Sie schwieg.

Dann sagte sie überzeugt: „Aber es stimmt, daß ich damals die Seine war. Dann hier befand ich mich plötzlich wie in einem Raubtierkäfig, wo aus allen Ecken hungrige Augen auf dich lauern. Du gehst durch die Zimmer und fürchtest dich die ganze Zeit vor den Witzen und Anspielungen, die beständig nach dir zielen. Du kommst auf die Terrasse, da empfängt dich ein Chor von Stimmen und zweideutiges Lachen. Und es gibt niemanden, der dir zur Seite stände und sich für dich einsetzte. Philippe? Einige Male habe ich ihm geschrieben, und er hat auch geantwortet, aber ich hätte zu ihm gehen müssen. Dazu hatte ich nicht genügend Mut. Ich hatte Angst vor dem Bohèmeleben, vor dem Leben von einem Tag zum anderen. So habe ich mich zusammengenommen. Aber es ist nicht leicht, wenn man schon ganz zu Anfang alles zeigt, indem man sein wahres Gesicht zeigt. Du gehst streng und gefaßt daher, aber es bringt nichts. Sie lachen über dich, sie sagen, daß dir nichts paßt, daß du falsch bist. Und das regt dich dann noch viel mehr auf, weil du weißt, daß sie recht haben. Nun, damals näherte sich mir Jean. Er gefiel mir, weil er sich immer von den anderen fernhielt, als sie mit ihren Witzen auf mich eindrangen. Er war groß, mit schalkhaften Augen und mit einem mokanten Lächeln auf den dünnen Lippen. Manches Mal ähnelte er Philippe, auch deshalb, weil er zumeist nicht viel Worte machte. Zuerst fürchtete ich ihn. Ich hatte den Eindruck, er sei berechnend und selbstzufrieden. Aber ich war eigentlich die ganze Zeit, von Anfang bis es dann geendet hat, in einer Verteidigungshaltung. Aber vielleicht haben mich gerade diese Unsicherheit und dieses Suchen an ihm gereizt. Der Widerstand dagegen, daß er in seinem nüchternen Verhalten damit rechnete, daß ich ihm gehörte, war zugleich eine Versuchung des Unbekannten. So habe ich ihn dann schon nach kurzem nicht mehr entschieden genug hinausgeworfen, wenn er unter einem Vorwand in das Schwesternzimmer kam und sich mit mir die Zeit vertrieb. Und obwohl ich vor diesen Besuchen Angst hatte, schien es mir zugleich doch, als wäre dies eine Verteidigung vor den anderen. Eines Tages aber kam ich nach dem Abendessen in das Schwesternzimmer. Ich hatte einen Schwerkranken und wollte nicht, daß er bis zur Nachtschwester auf seine Injektion warten mußte. Und Jean wußte das, und als ich von dem Kranken zurückkehrte, wartete er im Park auf mich, und wir setzten uns in das Gras. Aber er umklammerte meine Hände und regte sich auf, ich solle ruhig sein. Bewege dich nicht, brummte er.

Und danach kam er einmal auch in das Schwesternzimmer, und als ich vor ihm weglaufen wollte, sagte er, es sei noch schlechter, wenn ich laut würde, weil es dann alle erführen. Dennoch, trotz dieses unschönen Streites fühlte ich mich an ihn gebunden und mußte ihm im stillen zugeben, daß er gesiegt hatte."

Für einen Moment straffte die Nacht ihre Kreise, so daß die Stille fast greifbar wurde.

„Es war dumm, etwas anderes zu erwarten, aber es hat mich doch sehr getroffen, als ich ihm erzählte, wie es um mich stand. Ich war ganz kopflos. Nicht deshalb, weil er so kalt wirkte; ich war einfach nicht vorbereitet auf die Lösung derartiger Fragen. Sicher, es ist verrückt, daß du dich an den Kreisarzt wendest, aber ich hatte einfach niemanden, der mir helfen konnte. Ich sehe es noch, als wäre es heute gewesen: die Straße war voll von deutschen Soldaten, dann befand ich mich in seiner Ambulanz. ‚Ich habe wohl etwas angestellt', sagte ich ihm noch ganz im Scherz. ‚Klar haben Sie das', sagte er dann, als er mich untersuchte. Aber es war doch zu sehen, daß es ihm leichter war, weil ich so zynisch und spöttisch auftrat. Und auch die Adresse gab er mir wohl gerade wegen meines Auftritts fast ohne Bedenken. Die versteht ihre Arbeit, dachte er sich."

Sie schwieg.

„Seit der Zeit meint er, er habe irgendwelche Rechte, weil ich meinen Körper entblößen mußte, so daß er mich mit seiner plumpen Hand betatschen konnte."

Ihre Hand bewegte sich und suchte die seine.

„Oh, Radko." Aber schon im selben Moment zog sie die Hand wieder weg. „Aber was dann noch alles kam. Bei dieser Frau. In diesem Zimmer, das nach Übeltaten roch, und sie war über meinen Körper gebeugt, ja sie war fast in ihm. Wie ein Ungeheuer, das in mich kroch. O, Mama. Was hätte ich damals dafür gegeben, wenn ich mich wieder in ihren Schoß hätte flüchten können. Und dann in diesem Mansardenzimmer, in der Angst, daß du verblutest, und in der ständigen Versuchung, dich in die Tiefe dieses düsteren Pariser Hinterhofes zu stürzen. Dieser letzte Brief, den ich damals meiner Mama geschrieben habe. Aber du bist ein Schwächling und stürzt dich nirgends hinunter, doch auch das ekelt dich an. Und dann das Herumtappen auf dem Flur, der Körper, der zusammensacken und ausbluten will, und doch ist dein Bewußtsein ganz wach. Und dann die Rückkehr nach hier, wo du am liebsten niemals mehr diesen Ort gesehen hättest. Und die Eisenbahnfahrt in der Nacht, wo du vor Schwäche und vor Abgeschlagenheit dahindöst. Und wenn du dann beim Aussteigen feststellst, daß du nicht an der richtigen Station ausgestiegen bist. Und dann torkelst du in der Dunkelheit auf dem ausgefahrenen Weg, stößt an Steine und kletterst über Anhöhen wie in einem Alptraum. Und dann noch die Angst, daß dich deutsche Soldaten aufgreifen. Bis du dann schließlich an einem verlassenen Hof mit einem Licht in der Kammer klopfst und dich die Hausfrau wie ein Gespenst anblickt, aber dir doch ein Bett im kleinen Zimmer macht, das dem deinen zuhause, welches du mit Josephine bewohnst, so sehr gleicht. Sogar die Wanduhr schlug so ähnlich wie zu Hause.“ Im Moment danach war ihre Trauer wieder über ihren ganzen Körper zu spüren, so, daß es ein gedämpftes Beben und dann wieder gleichmäßige Wellen waren. Wieder war sie verhärtet und starr und ganz in sich gekehrt, so daß ihm richtig angst wurde.

Er nahm sie an der Hand und legte seine in die ihre. Daß sich nur ihr Körper wieder beruhigt, dachte er; wenn sie weint, ist ihr Körper wie der eines Menschen, den die Fallsucht gepackt hat, denn womöglich war ja Fallsucht auch nur ein lang anhaltendes Weinen, das mit großer Macht zutage trat.

„Jetzt findest du mich ekelhaft, ich weiß.“ Und das Weinen zerriß ihre Worte in Silben. „Du wirst jetzt ganz anders auf mich blicken.“

„Ich fühle mich bereichert, weil du mir das anvertraut hast."
„Oh, Radko."
„Ja, aber schon bevor ich den Brief in dem Buch gefunden habe, war es mehrmals so, als drohte mir jeden Moment die Gefahr, dich zu verlieren."
Sie schwieg.
„Ich war zu schnell die Deine", sagte sie nach einer Zeit.
Ja, wenn man bedachte, was sie wenig vorher durchlebt hatte. Und zugleich sah er sie, wie sie ihn durch den Mondschein führte, und wie er ihrer kleinen Hand folgte, die ihn festhielt.
„Vielleicht", sagte er. „Aber zugleich hast du wohl geahnt, daß du mit deiner Neigung etwas in dir lösen könntest."
„Du willst aus Mitleid gut sein."
„Darin liegt keine Güte. Du hast doch an diesem Abend alles geradeheraus gesagt."
„Was habe ich gesagt?"
„Daß wir einstigen Deportierten arme Kerle seien."
„Etwas mußte ich doch sagen."
„Aber du hättest in dem Moment auch etwas anderes sagen können. Auch im Scherz und unter Druck hilft man sich gewöhnlich mit dem, was einem in seiner Natur liegt."
„Vielleicht hast du recht."
„Vor dir und auch vor anderen hast du aber die schon erfahrene Frau gespielt. Das war eine Maske."
„Und jetzt wirst du mich vernichten."
„Unsere Liebe wird deine und meine Vergangenheit erlösen."
„Bist du wirklich davon überzeugt, Radko?"
„Irgendwo sind wir beide doch eigentlich Anfänger."
Und doch schwieg sie und lag auf dem Rücken neben ihm; sie wandte sich ihm nicht zu, wie sonst in solchen Situationen.
„Als du mich in dieser Hütte liegen ließest, habe ich einige Zeit wie versteinert dagelegen", sagte sie. „Dann stand ich auf

und trat auf die Straße. ‚Hure, Hure', wiederholte ich den ganzen Weg lang, und die Tränen tropften von meinem Gesicht."

Und dann wandte sich ihr Körper plötzlich um, ihre Hände aber benahmen sich wie in dem Moment, als er in das Zimmer trat.

XL

Er fühlte eine verborgene, verschwörerische Zufriedenheit, daß er nun ihr Gift in sich trug, welches Bilder der Unreife und des Frühlings hervorbrachte.

Ein Blatt grünen Papiers.

Heute nachmittag warf ich meine Tasche über die Schulter und machte mich zu meinem Bauernhof auf. (Wie lange wird diese Nachkriegszeit noch dauern, und gibt es in den Geschäften keine Butter?) Es fror mich sehr, aber ich ging mit einem guten Wärmepolster, und auf dem Wege habe ich mich dann bewegt wie eine lahme Ente. Im Wald aber war es nicht kalt, die toten Blätter raschelten unter den Nägeln meiner Sohlen, der bekannte Pfad zog sich undeutlich unter den Bäumen dahin, die Grünpflanzen waren von richtigen Kristallen besetzt. Zuerst traf ich ein Mädchen mit einem Hund, der kam und schnüffelte an mir, als er aber eine ‚Kameradin' in mir erkannte, begegnete er mir in Freundschaft. Dann sah ich einen Alten, der ganz gebeugt ging unter der Last eines schweren Holzbündels. Der Kopf war unter einem herunterhängenden, abgetragenen und bis zu den Augen übergestülpten Hut verborgen. Er blickte mich beinahe starr an, und seine Augen waren voll ich weiß nicht welchen Vorwurfs (vielleicht bin ich zu fröhlich dahergegangen, während er sich unter seiner Bürde, alt und gebrochen, abmühen mußte).

Die Küche meines Bauernhofes war warm; der Hund schlief am

Feuer, die Jägerjacke hing über dem Stuhl, das Gewehr an der Wand; das Herz der Wanduhr schlug langsam, aber richtig. Wir müssen einmal zusammen dorthin gehen, möchtest du? An einem Tage, an dem du dich von deinen Büchern losreißen kannst und ich entschieden genug bin.

Auf dem Rückweg schien mitten am Himmel ein durchsichtiger Mond, und die Kristalle auf den Pflanzen gaben sein Licht sehr schwach wieder.

Es klopfte an der Tür

Im selben Moment trat sie ein.

„Allein?"

Sie beugte sich herab und schürzte ihre Lippen.

„Tut es dir leid?"

„Was kommt dir in den Sinn!"

„Du schaust im Zimmer herum, als wärest du enttäuscht."

„Komisch, daß du allein bist."

Er lächelte.

„Aber Yves ist ein sympathischer Junge", sagte er.

„Natürlich. Und noch sehr jung, aber sympathisch."

Sie ging durch die Tür auf die Terrasse und kehrte zurück.

„Jetzt bist du böse."

„Er spielt Billard im Foyer."

Aber sie nahm die Spitze nicht an. Sie stand am Kopfende von Yves' Bett und las mit dem Kopf zur Seite geneigt die Titel der Bücher auf dem Blechschränkchen.

„*Geschichte des Films*", murmelte sie mehr zu sich selbst.

Er überkreuzte die Knie und starrte in sein Buch, das er nahe vor sich hatte, weil er unter der Decke die Füße gekreuzt hielt. Sie ist gekommen, um sich vor Yves zu zeigen, und jetzt ist das nicht gelungen, dachte er. Jetzt versucht sie das natürlich zu verbergen, aber Gesten gehen ihren Weg, ohne daß man sich ihrer bewußt wird.

„Ich habe dir die Butter gebracht." Sie näherte sich der Terrasse und trat für einen Moment an das Geländer.

„Auch für mich?"

„Du hast sie doch bestellt."

„Auch die anderen Male habe ich das."

„Das kommt daher, daß ich die anderen Male nur wenig bekommen und alles Rivet gegeben habe."

„Aha."

Jetzt wandte sie sich seinem Bett zu.

„Was hast du?"

Er lächelte.

„Nichts."

„Doch."

„Nein. Ich bin zufrieden, weil ich gerade Zigaretten verkauft habe und dir die Butter gleich bezahlen kann."

„Unsinn." Und sie winkte zornig ab.

„Players sind sehr beliebte Zigaretten. Alle Ehre dem Roten Kreuz, daß es uns die gibt", sagte er.

„Oh, ich bitte dich!"

Sie setzte sich auf das Unterteil des Bettes und nahm ihre Haare aus der Stirn.

„Ist etwas nicht in Ordnung?"

Ihre Augen sind jetzt wirklich ganz anwesend, dachte er sich, sie ist nüchtern und ganz zurückgekehrt aus ihrer Welt.

„Alles ist in Ordnung, jetzt", sagte er und lächelte.

„Jetzt?"

„Nein, nein, den ganzen Tag bin ich schon bester Laune."

„Das würde ich nicht sagen!" Und sie bewegte sich mehr hin zur Bettmitte, plötzlich und ganz ohne die Hände zu Hilfe zu nehmen; mit den Füßen konnte sie das nicht, da diese nicht bis auf den Boden reichten.

„Aber es stimmt", sagte er. „Seitdem dein ‚Wald'-Brief angekommen ist."

Sie blickte hinüber zur Terrasse.

„Siehst du, heute ist die Luft wieder herbstlich, und man merkt es fast nicht, daß es die vergangenen Tage kalt war."

„Es stimmt." Und er dachte sich, daß er wieder zu Unrecht verletzend war. Sie fühlte sich frei, weil sie wie einst in der Natur war, und bald wird ihr nicht mehr bewußt sein, daß sie ihre Vergangenheit bereinigt hatte. Und so suchte sie jetzt schon nach Anerkennung für ihr neuerliches Selbstbewußtsein, und es war verständlich, daß sie enttäuscht war, Yves nicht vorzufinden. Es war ja nicht verwunderlich, wenn sie aus lauter wiedergewonnener Freude auch ein wenig kokettierte. Das ist Optimismus, Empfindung von Lebenskraft, das weiß man selbst am besten.

Sie erhob sich und ging zur Terrasse, trat hinaus und kehrte wieder zurück.

„Ich muß gehen."

„Schon?"

Und sie stand an Yves' Bett, als eilte es ihr keineswegs. Sicher würde sie ihn gerne sehen. Sie würde ihm begegnen und erregt sein über das Echo, das ihre Klugheit bei ihm finden würde. Es war das Bedürfnis nach etwas, das den eintönigen Alltag verändert hätte, deshalb ist es kleinlich, daß mich dies stört, sagte er sich.

Aber es störte ihn sehr, und es war ihm, als hätte sie ihre Verbindung zu ihm auf einer Lüge aufgebaut, weil dieses Suchen nicht vom Verstand und nicht vom Willen diktiert war, sondern sich automatisch so ergab und deshalb viel tiefer ging, als wenn es bewußt erfolgt wäre. Seine Welt genügte ihr nicht. Und das ganze Versteckspiel wegen des Arztes, der sie bedrängte, war ein nettes, unschuldiges Spiel gegenüber ihrer jetzigen Haltung. Bei diesem Bedürfnis nach Zurschaustellung ihrer Wiedergeburt. Sie hatte sich der Verpuppung entledigt, die sie umschlossen hielt, und ihr Schmetterling wollte sich nun von allen Zwängen und Fesseln freimachen. Und er fühlte dabei, daß er für sie nur ein Sprungbrett war.

„Was liest du? Noch immer über Odile?“ fragte sie.

„Ja.“

„Und ist sie noch immer mir ähnlich?“

„Schon fast zu sehr.“

Jetzt hörte man die Glocke, und auf dem Korridor näherten sich Stimmen.

„Jetzt werde ich gehen.“ Und sie näherte sich ihm, entfernte sich aber dann wieder, als hätte sie ein verborgener, aber eindeutiger Schwindel ergriffen.

Die Tür öffnete sich plötzlich, und Yves trat in das Zimmer. Genaugenommen kam er eher hereingeschossen wie ein Windstoß, der plötzlich um die Ecke kommt. Und dabei blieb Yves an der Klinke hängen und lehnte sich mit dem Rücken an die Tür.

Jetzt sah er sie und verzog fröhlich die Miene.

„Guten Tag“, sagte er. Und dann: „Wir helfen uns, soweit wir es können“, sagte er spöttisch und ging mit langen Schritten und mit etwas eingezogener Schulter zu seinem Bett, um sich selbst in seiner Clownsrolle zu bestätigen.

„Großartig, daß ihr immer so gute Laune habt“, sagte sie.

„Großartig, sagen Sie?“

„Sofort würde ich zu euch ziehen!“

„Wunderbar“, sagte er und setzte sich auf seinen Bettrand.

Ihr Körper bewegte sich hin zur Terrasse und zu Yves' Bett.

„Verspätete Pubertätsanwandlungen“, meinte Yves über sein Verhalten in falscher Ernsthaftigkeit.

„Minette wartet auf mich“, sagte sie jetzt nachdenklich. Und sie trat wieder näher zu Radko Subans Bett.

„O, es stimmt ja.“ Und sie wandte sich ihm zu. „Ich habe vergessen dir zu erzählen, daß ich Minette habe.“

„Minette?“

Und schon war sie wieder bei Yves.

„Aber ja! Diese Angorakatze, die mir Herr Ramond versprochen hat. Das hab ich dir doch erzählt.“

Und sie übersetzte es Yves: „Sie ist so unwahrscheinlich süß und bewegt sich noch so ungeschickt wie ein braunes Wollknäuel.“

„*Je n'aime pas les chats*“, sagte Yves. „Ich mag keine Katzen.“

„Ich auch nicht“, sagte Radko.

„O, das ist keine normale Katze!“ rief sie aus.

„Ich kann mir das nicht vorstellen“, sagte fröhlich Yves und schob sein Büschel Haare aus der Stirn, „eine Katze zu haben.“

„Ihr beiden seid unverbesserlich“, sagte sie und ging zur Tür; aber es war wohl deswegen, weil Yves seine Hausschuhe auszog und nun ins Bett gehen wollte.

„Auf Wiedersehen“, sagte sie. „Bleibt brav.“

Sie beugte sich über Radko und berührte mit den Lippen sein Gesicht.

„Brav, gezwungenermaßen“, sagte Yves und griff nach der *Geschichte des Films*.

Dann schwiegen sie.

Und er dachte, daß sie sich seinem Gesicht genähert hatte, während sie dies die anderen Male in Yves' Anwesenheit nicht getan hatte. Es war irgendwie aus dem Gefühl der Vereinsamung, die plötzlich ihre, Yves' und seine frohe Einträchtigkeit gebracht hatte.

XLI

Die Nacht roch nach Winter, eine scharfe Brise Wind hatte die Sterne hell geschliffen. Und er sah den deutschen Schnee und die Wege durch ihn hindurch. Die Loren von Krupp. Das

Klappern der Holzschuhe auf dem schalenförmigen Stahl des Bodens. Aber er wandte sich ab von diesem Bild, auch wenn das Bewußtsein von diesem verborgenen Besitz ihn vor dem unangenehmen Gefühl bewahrte, daß ihn Fräulein Renard zum Tanz geladen hatte. Er fühlte, daß sich die Verbindung zwischen Arlette und ihm veränderte. Sie konnte den Tanz nicht absagen; als ob das etwas Lebenswichtiges wäre. Und wenn es nicht die unerwartete Einladung des Vorsitzenden an ihn gegeben hätte, wäre sie dort ohne ihn, frei und befreit.

Der Pavillon für die Krankenschwestern hatte die Fenster und die Glastür im Erdgeschoß beleuchtet; wie ein Gewächshaus, dessen Licht ringsum die Bäume entblößte, die man sonst in der Nacht nicht sehen konnte.

Die Paare gingen auseinander, kehrten zu ihren Sitzen zurück, die entlang der Wand aufgereiht waren. Fräulein Renard lächelte ihm aufmunternd zu. Klein, sechzigjährig; ihre Wangen waren leicht gerötet, aber ihre Augen blickten deswegen nicht weniger forschend um sich.

Arlette erschien hinter einer Gruppe Personen.

„Du bist hier", sagte sie.

„Da es Fräulein Renard so viel bedeutete."

„Und ich?"

„Du bist schon vergeben."

„Sei doch nicht so. Es ist schon hundert Jahre her, seit ich getanzt habe!"

„Natürlich." Aber im stillen mußte er zugeben, daß er sie nicht in einer Welt einschließen durfte, die alles andere als unterhaltsam war. Von irgendwoher mußte sie auch Nachschub an Freude und Sorglosigkeit erhalten.

„Komm." Und sie nahm ihn an der Hand und zog ihn mit sich. Und sie war überhaupt nicht verlegen wegen ihrer Hand, die ihn vor Monaten mitten in der Nacht und nicht allzu fern von diesem Saal so überrascht hatte. Als ob es keinen Unterschied gäbe zwischen der Unverantwortlichkeit ihrer Hand und der Naivität der sich hier unterhaltenden Gesellschaft.

Ebenso war es mit der Vorstellung. Marie aus dem zweiten Pavillon. Ein anspruchsloses Mädchen, von der Mutter brav im guten Ton erzogen. Die dürre Isabelle; vierzig Jahre, dünne zynische Lippen, Brillenträgerin, die Zigarette in Fingern, die gelb waren von Nikotin. Sie arbeitete im Labor, wo sie vor allem Robert Kochs Bazillen zu Freunden hatte. Schließlich die blonde Nachtwache mit breitem Gesicht und dem stereotypen Lächeln; *bon diable*, würde Arlette sagen.

„Und Herrn Michel kennst du."

„Ich könnte mir etwas Vernünftigeres vorstellen, als mit der Taschenlampe schlafende Männer zu überwachen", sagte Isabelle, ihre Augen aber sahen aus, als blickten sie niemanden an, sie waren halb geschlossen hinter den dicken Brillengläsern, isoliert von allem.

Die anderen lachten, Michel aber sagte: „Dienst ist Dienst." Und er war in Verlegenheit, wie alle einfachen Männer, wenn sie den Angriffen gereizter Frauen ausgesetzt sind. „Aber er sucht doch wieder nur die, die nicht da sind", sagte Radko Suban.

„Noch schlimmer", murmelte Isabelle in sich hinein. Da hörte man wieder das Klavier, und Arlette nahm Radko an der Hand.

„Erlauben Sie?" sagte er.

„Als ob ihr an anderen Tagen jemand um Erlaubnis gebeten hättet", sagte Isabelle.

„Verdammt, ist die wieder sauer", sagte er, als sie weit genug weg waren.

„Ja, aber sie ist immer und mit allen so. Sie gefällt mir sehr."

„Verstehe", sagte er. Und er dachte sich, daß eigentlich die Haltung Isabelles seinem eigenen Gefühl sehr nahe kam, nur daß sie ehrlich und konsequent in ihrer Bissigkeit war. Er beobachtete die Tänzerinnen. Es gab einige junge Gesichter, hier und da war auch mal ein sehr nettes darunter. Diese Blonde zum Beispiel mit dem Mona-Lisa-Gesicht, aber ohne deren Lächeln. Anderen war anzusehen, daß sie gerade die weißen Kittel abgelegt und die weißen Hauben abgenommen hatten. So als hätte jede von ihnen ein Bild in Weiß bei sich; und diese Mischung zweier Erscheinungen vermittelte den Eindruck von Fälschung. Wie dann, wenn sich in einer Frauenanstalt die Mädchen umziehen, um eine Männerrolle zu spielen. Es gab aber wenige Männer. Alle waren bekannt, außer dem, der mit der Mona Lisa tanzte.

„Ein Neuzugang?"

„Ja. Ein Beamter."

„Man kann sehen, daß er sich mit der Mona Lisa gut versteht."

„Mit wem?"

Aber sie folgte dem Gespräch nicht, mit den Augen war sie bei den beiden Tanzenden, über die sie gesprochen hatten.

„Ach ja", sagte sie dann. „Sie ist wirklich der Mona Lisa ähnlich, Fräulein Verdiers." Und sie war in den Don Juan verliebt, der sich aus wer weiß welchem Zufall in dieses Nest verirrt hatte.

Als das Klavier verstummte, bemerkte er, daß Isabelle die Nase rümpfte, und er ging zu ihr.

„Erlauben Sie, daß ich mich setze?" sagte er.

„Ich bin nicht daran schuld, daß gerade neben mir ein Platz frei ist."

Und die Haut um ihre Augen legte sich in Falten, was andeuten sollte, daß sie gerade zu ironischem Spott übergegangen war.

„Im Gegenteil, es ist richtig so", sagte er.

„Richtig ist nur das, was beunruhigend ist." Und sie nahm die Zigarette zum Mund. „Was einen aufregt."

„Ich weiß nicht, ob es etwas Aufregenderes gibt als den Verstand.“

„Bei einer Frau? Da ist es ganz sicher der Brustumfang.“

„Und doch gilt das Spiel nichts, wenn das Hirn zu wenig zur Geltung kommt!“

„Leeres Geschwätz.“

Eine ältliche Krankenschwester näherte sich ihnen; mit gebeugtem Kopf flüsterte sie ihr etwas ins Ohr.

Wenn sie die Brille wegwürfe und sich eine andere Frisur zulegte, wäre ihr Gesicht gar nicht so verkehrt, dachte er; wenn die Falten um den Mund etwas weniger ausgeprägt wären, aber sie sind es ja, wegen ihrer ständigen verbissenen Haltung. Dann sah er zu Arlette. Sie saß neben Marie, und in dem Moment, so in der Gesellschaft von Isabelle, sah sie ganz kindlich und unerwachsen aus, aber auch er war ihretwegen ebenso unreif und unmöglich. Und er wußte, daß es eine Verirrung war, wenn er sie mit einer enttäuschten vierzigjährigen Frau verglich; ihm war klar, daß auch Arlette Verstand hatte; aber das Gefühl war da, und es gab zu viele Dinge dazwischen, um das alles einfach so zu entscheiden. Dann beobachtete er ihre Hand. Sie saßen da zu dritt, sie und Marie, jede an einer Seite, die Nachtwache in der Mitte. Und sie lachten. Arlette noch am beschwingtesten mit der geschlossenen Reihe ihrer kleinen Zähne und mit ihrem kindlich ausgelassenen, hoch erhobenen Kopf. Ihre kleine Hand aber ruhte auf Michels Oberschenkel. Nicht auf der Rundung, die so voll war, daß die Bügelfalte nicht mehr zu sehen war, sondern an einem Ort, wo das Bein in den Schritt überging; dort war sie in dem warmen Nest, wie die Hand einer dreijährigen Tochter an ihres Vaters Bein.

„Es ist heiß“, sagte er und stand auf.

„Ein Tanz wird Sie abkühlen“, sagte Isabelle.

Aber jetzt überhörte er ihre Ironie. Er fühlte, wie gezwungen sein Lächeln war. Und er stand vor Arlette und Michel, um ihre

Hand vor den fremden Blicken zu verbergen, aber es schien ihm, als hätte dies Isabelle bereits bemerkt und wüßte sogar um seine Verlegenheit. Zugleich war es, als wäre es nicht gefährlich, wenn dies Isabelle wußte, vielmehr könnte es ihm sogar eine Hilfe und ein Schutz sein. Und er wünschte sich, daß wieder das Klavier begänne, damit seine Klänge ihre Hand aus dem Schlummer an diesem Zufluchtsort reißen würden. Zugleich war er besorgt, daß ihre Finger sich nicht von selbst aus dieser Lage bringen würden.

Jetzt wurde zum Glück wieder getanzt.

Er trat vor Isabelle.

„Nein“, sagte sie. „Ein Stockfisch springt nicht mehr herum.“

Und sie steckte sich eine neue Zigarette an.

„Ich bin davon überzeugt, gegen alle Erfahrungen.“ Und sie zog die Stirn in Falten, während sich hinter den Brillengläsern die Augen zusammenzogen.

„Ich klaue ihn dir“, sagte Marie zu Arlette.

„Sie wird nicht traurig sein deswegen.“

Und weil der Klang des Klaviers die Hand Arlettes geweckt hatte, fühlte er sich befreit. Wegen des Gefühls der Unabhängigkeit. Sie war dort, und er war hier, getrennt von ihr. Sie konnte ihn nicht aus dem Gleichgewicht bringen; von außerhalb würde er sie beurteilen, und er würde nicht zulassen, daß sie ihre milchigen Fingerchen in seine Welt steckte.

„O, ich glaube schon, daß sie es ist“, sagte Marie.

„Sie war auch schon aufgekratzt, als es mich noch nicht gab.“

„Jetzt sind Sie aber böse.“

„Vielleicht.“

„Das sind Sie wirklich“, sagte sie unter Lachen.

„Nun gut“, sagte er und hielt sie fester. Sie ist ein ganz lebendiges Mädchen, sagte er sich. Und er sah das verwunderte Gesicht Arlettes, als würde sie sich plötzlich des unerwarteten

Mißverständnisses bewußt. Und er war über das Erwachen befriedigt; es wurde Zeit, daß sie erwachsen wurde. Zugleich fühlte er, daß er ihr Unrecht antat, da sie keine Ahnung davon hatte, wie sie auf andere wirkte. So gefiel ihm das Bewußtsein der Selbständigkeit, aber zugleich dachte er, daß ein solches Gefühl der Erleichterung nicht in Ordnung war. Und weil Marie voller Hingabe tanzte, war er die ganze Zeit vom Duft ihrer schwarzen Haare umgeben; und gerade wegen dieser Nähe gab es nun in ihm nicht mehr den geringsten Widerstand. Die Nähe eines weiblichen Körpers übte keinen Reiz auf ihn aus, wenn es nicht der Arlettes war. Alles andere waren bekannte, normale, richtige weibliche Körper. Der ihre war aber noch unentdeckt wie am ersten Tage. Und alles mußte erst noch beginnen, wie in der Nacht, als sie nicht weit von hier mit ihren Sandalen in der Hand durch das Mondlicht lief. Bei der Erinnerung an die Harmonie des ruhigen Waldes in der Stille der Sommernacht kam ihm die ganze Gesellschaft überflüssig vor und ebenso die kalten Lichter, die durch die Reihe der Glastüren ihren Schein auf die gezackten Bäume warfen. Als ob sich diese Schar eingenistet hätte an einem Platz, der nur ihnen beiden gehörte.

XLII

Es war bezaubernd, sie zu sehen.

Und Don Juan wirkte noch schlanker neben der kleinen, an ihn geklammerten Gestalt. Daß es ihr nicht einerlei war, mit ihm zu tanzen, dazu waren keine Worte nötig.

„Allein?"

„Sie, Fräulein Gilbert!" Und er war zufrieden, daß sie ihn aus seiner Verlegenheit erlöste.

„Ja, ich." Sie nickte zustimmend und lächelte ein wenig; sie setzte sich auf den Sessel an der Wand, wie eine Kranke, die in der Ambulanz vor der Tür des Arztes wartet. So, ohne den weißen Kittel, war sie noch durchsichtiger und verwundbarer; aber dichte blonde Haare belebten jetzt das schmale und blasse Gesicht, das ohne die weiße Haube nicht mehr so bleich wirkte.

„Dann darf ich Sie vielleicht zu einem Tanz bitten?"

Und er dachte sich, daß sie eine ganz ordentliche Frau war, wenn es ihr möglich gewesen wäre, selbst erst einmal ganz gesund zu werden, anstatt Kranke zu bedienen, die oft weniger krank waren als sie.

Sie war leicht wie eine Feder.

„Und Fräulein Dubois?"

„Tanzt mit Don Juan."

„Sie sind mir der Richtige!" Aber ihre grauen Augen blickten ihn unter der blassen Stirn noch lebendiger an.

„Es sind nur wenige Männer hier", sagte er. „Unsere Jungens aus dem zweiten Pavillon sollten zu Hilfe kommen."

„Oje, sprechen Sie mir nicht von denen."

„Sie sind doch brave Patienten."

„Räuber sind sie, keine Patienten."

„Jojo würde ins Feuer gehen für Sie."

„Sprechen Sie mir nicht von Jojo!"

„Na ja, er ist wirklich ein bißchen laut."

„Ein richtiges Ungeheuer."

„Das sieht nur so aus. In Wirklichkeit ist er weich wie Sahne."

Und er antwortete automatisch, als antwortete er auf ein Wortspiel, das er schon im vorhinein für sie vorbereitet hatte. Er blickte zu Arlette hin; Don Juan redete sehr bedeutsam auf sie ein, sie hörte ihm ganz gespannt zu. Wie auf ein Orakel schaute sie auf ihn.

„Sprechen Sie mir nicht von dem", sagte Fräulein Gilbert.

„Er ist so groß und stark, und er würde für Sie durchs Feuer gehen."

Sie sieht ihn so an, dachte er, als wäre seine Anerkennung ihrer Besonderheit von entscheidender Bedeutung. So sah sie Yves an.

Er begleitete Fräulein Gilbert zu ihrem Sitz. Sie ist fast schon wie eine müde, nun zufriedengestellte Tänzerin, dachte er.

Dann ging er Arlette suchen.

Er redete sich ein, daß er sie nicht sähe, weil verschiedene Gruppen von Gästen sie verdeckten. Zugleich ahnte er, daß sie fort war. Aber er war davon überzeugt, daß ihr Tänzer auch weg war. Und als ihm das ganz klar wurde, konzentrierte sich seine Unruhe um diesen Zweifel herum; denn es hätte ihm natürlich nichts ausgemacht, wenn sie weg und er noch im Saal geblieben wäre. Und er suchte ihn mit den Augen, auch wenn das Gefühl der Sicherheit dem Bedürfnis entgegenlief, ihn zu suchen. Beide waren nicht da. Und zugleich lehnte er sich auf gegen diese plötzliche Nebelwand einer Niederlage, die sich langsam vor ihm auftat. Es war, als hätte ihn ein Angriff aus dem Hinterhalt erwischt, der ihn in seiner Niedertracht entwaffnete und ihn lähmte. Und er sah das Bild ihres Zimmers im Oberstock vor sich, und sofort war ihm alles klar. Aber im nächsten Moment schämte er sich seiner Gedanken. Sie spazieren in der Vorhalle, sie sind an die Luft gegangen, was ja verständlich war bei der stickigen Luft dieses Lokals. Eigentlich wäre es nicht schlecht, wenn man für einige Zeit die Glastüren öffnen würde.

Und er machte sich auf den Weg zu der Vorhalle, und dabei ging er absichtlich ohne besondere Eile. Er entzog sich diesem Spiel und dem Bewußtsein seiner mißlichen Lage, aber er mußte deshalb um so gleichgültiger wirken und ein halb beherztes, halb abwesendes Lächeln aufsetzen, weil er bei einer Personengruppe vorbeikam, die sich wie um eine Bienenkönigin um Fräulein Renard scharte. Und er verbeugte sich leicht vor ihr, als wollte er sie nicht mit seiner Anwesenheit stören und wäre zugleich sehr beschäftigt, nach etwas Interessantem Ausschau zu halten.

In der Vorhalle war niemand; nur weißes Licht durchflutete das leere Treppenhaus und strahlte durch die offenen Glastüren hinaus in den Park, von wo ein Luftzug hereinwehte.

Das ist gut, sagte er sich, am Ende hat doch immer die Natur am meisten recht. Und er hatte wieder den Eindruck, daß sich die ganzen Lichtmassen eigens dort versammelt hatten, um mitten in der Nacht Arlettes und ihres Begleiters Versteck im Park zu beleuchten. Die ältliche Krankenschwester kam jetzt die Treppe herunter. „Sie sind ein wenig Luft schöpfen gegangen, nicht wahr?" Er antwortete: „Man hat ja wirklich ein paar Züge Sauerstoff nötig." Und er lächelte, aber er sagte sich auch gleich, Arlette habe sicherlich dem neuen Beamten den Schwesternpavillon zeigen wollen. Auch andere Krankenschwestern waren dort oben. Man hörte Stimmen im Obergeschoß. Sollte er hinaufgehen? Aber dies widerstrebte ihm. Nein, das nicht. Aber im nächsten Moment dachte er sich, daß es ja doch das Zimmer war, wo er jeden Tag zu Gast war. Und automatisch, sehr schnell, ging er die Treppe hinauf. Hier und da war Lachen zu hören. Aber ihr Zimmer war verschlossen. So ging er schnell wieder zurück. Das erste und das letzte Mal, wiederholte er sich in Gedanken. Das erste und das letzte Mal. Und er meinte, er sollte wohl in der Vorhalle ruhig durch die Tür von dannen gehen, um damit dem Gefühl der Demütigung zu entgehen. Aber zuerst wollte er ihr Gesicht sehen. Wie würde sie wieder zurück in den Saal kommen? Das würde genügen. Und er fühlte, als wäre er nun schließlich im Besitz einer Bestätigung, von der er unterbewußt immer schon gewußt habe. Und jetzt ging es ihm fast schon nicht mehr um den Grund ihrer Abwesenheit, er haßte sie dumpf, weil er nicht gehen konnte, ohne sich von ihr verabschiedet zu haben.

Als sie in den Saal traten, da sah ihn ihr Beamter verdutzt an, als verstünde er nicht, warum er sie beide störte.

„Gute Nacht“, sagte er zu ihr.

„Nein.“ Und sie winkte ab. „Noch nicht so früh.“

Sie trat nach ihm hinaus in den Park, und das war recht so, weil zu sehen war, daß sie beide zum Abschied unter sich sein wollten und dies nicht in der erleuchteten Eingangshalle.

„Deshalb, weil ich weg war?“

„Ach, laß das jetzt.“

„Ich hab ihm unseren Pavillon gezeigt. Mein Zimmer.“

„In deinem Zimmer war niemand.“

„Vorher waren wir bei Claire.“ Aber ihre Worte waren ohne Triebkraft. Und er fühlte, daß es wahrscheinlich stimmte, was sie behauptete, daß aber zugleich auch das Gefühl nicht trog, das sie von seinem Verhalten hatte.

„Du gehst einfach so“, murmelte sie.

Aber als er auf dem schmalen Weg aus dem Licht heraus in die Stille und Dunkelheit trat, da war es, als würde diese Feststellung „Du gehst einfach so“ alle seine Zweifel wertlos machen, so scheu und bitter war sie. Dennoch hatte sie nicht allzuviel gegen seinen Weggang. Es war mehr wie ein Erstaunen, daß ihr seine Entscheidung ein interessantes Erlebnis verschaffte.

Er merkte, daß er allein war und daß ringsum in den kahlen Bäumen eine stille und niedergeschlagene Sinnlosigkeit hing. Und er beschleunigte seinen Schritt.

XLIII

Niederschmetternder als alles andere war das Gefühl der Leere. Das Wesen, das er liebte wie die Quelle allen Lebens überhaupt, hatte sich auf einmal in ein uninteressantes Persönchen verwandelt, an das ihn vor allem die Verlegenheit band, daß er ihr alle seine Träume einer neuen Welt überantwortet hatte. Im Schoß dieses Mädchens, das ruhig seine Hand auf dem Bein des Nachtwächters liegen ließ, als hätte es sie in eine bequeme Wiege gelegt. Nur war Michel zu wenig aufgeweckt, als daß er es bemerkt hätte. Aber es war nicht möglich, immer von neuem aus dem Glauben an sie und in sich zu so einem Gefühl der Jämmerlichkeit und Einsamkeit überzugehen. Es war so, als ob jemand bei der Vorführung eines wunderbaren Films regelmäßig das Licht im Projektor löschte und höhnisch in die Dunkelheit hinein lachte. „Du hast viel gelitten", sagte sie eines Tages. Nein, vielleicht war das Leiden wirklich nicht ganz so groß, er schleppte nur einige Monate lang die Knochengestalten mit ihren Strohsäcken ins Freie. Niemals dachte er: „Morgen wirst du an der Reihe sein." Er dachte: „Das sind Mumien in horizontaler Lage, ich bin ein Schatten, der sich bewegt." Und deshalb war er unverbesserlich abgestumpft für alles, was nicht unabweisbar Geltung hatte. Eifersucht? Die galt doch nur für einen, der sich fürchtete, zu verlieren. Der Zurückgekehrte aber glich einem Verwundeten, der sich lieber ein Glied abnehmen läßt, als seinen ganzen Körper zu vergiften. Ja, vielleicht durfte sich ein Mann mit solchen Gefühlen niemals mit einer Frau abgeben, besonders, wenn es ihm darum ging, daß sie selbständig und frei sein sollte. Trotz allem mußte es doch möglich sein, an eine Frau zu glauben, der man statt einer Umarmung auch mal die Hand drücken konnte, offen und fest, wie einem Mann.

So wie Mija.

Obwohl auch sie jetzt entfernt war, weil sie nicht mehr lebte und die Lagerzeit dazwischen lag. Als ob sie ein Jahrhundert trennte. Mija war eine Wirklichkeit aus einer Welt, die trotz des Bösen noch nicht das sinnloseste Böse war. Aber dennoch berief er sich auf sie jedesmal, wenn er fühlte, daß er gegen den

Strom schwimmen mußte. Und als ob er hoffte, daß er sich aus dieser unverantwortlichen Lage retten konnte, hatte vor einiger Zeit auch Arlette Mijas Bild entdeckt; und damals hatte sie mit ihrer lieben Stimme, die wie ein Glockenklang selbst in den Augenblicken tiefer Erschütterung aus ihrer Kehle kam, sich der Gegenwärtigkeit Mijas geopfert. Jetzt widerstrebte ihm die Erinnerung daran. Er klagte sich an, daß er Mija einem unentwikkelten Kind offenbart hatte. Er mußte damit aufhören.

„Aufhören", murmelte er und sagte sich, daß in ihn ein Gefühl der Kraft kam, wie wenn ein berauschendes Getränk wirkte, das sich allmählich, gleichmäßig über seine Adern in ihm verteilte. Das Bewußtsein, daß er sich einer erniedrigenden Abhängigkeit entledigt hatte, die ihn unwahrscheinlich lange in ihren Bann gezogen hatte. Und wie es so oft geschieht, war ihm auch das Wetter gewogen. Ein solcher Sonnentag, der in den Menschen auf einmal die Vermutung weckt, die Sommerszeit habe es sich noch einmal überlegt und es werden trotz des Novembers unter den kahlen Bäumen Glockenblumen hervorkommen. Und so sah er im Speisesaal auch mit ganz anderen Augen auf seine Tischgesellschaft. Zu lange hatte er sich von Jojo, Jules, Robert und von dem ältlichen Bretonen mit blondem Haar und seinen ebenso blonden wie borstigen Augenbrauen und Schnurrbarthaaren ferngehalten.

„Wann ist endlich Schluß mit dieser Erbsenpampe!" Dies bezog sich auf den Teller mit grünem Püree, welches die Bedienung Jojo hingestellt hatte.

„Unerschöpflich ist der Reichtum Amerikas." Und Jules öffnete ergeben die Hände.

„Sei brav, Jules! Du wirst davon zunehmen!"

Jojo haute mit seiner Pranke auf den Tisch. „Ich möchte dich sehen, Jules, wie du aussiehst, wenn man dich gut gemästet hat!"

Jules schmunzelte kaum sichtbar und begann, einen Löffel Erbspüree zu essen.

„Es gibt niemanden, der schäbiger ist als du." Das war Robert, der Jojo ärgerte.

„Willst du diese Brust hier mit dieser zerknautschten Schachtel da vergleichen?" Und dabei schlug sich Jojo an die Brust.

„Nur die Bazillen wachsen schneller darin", sagte Jules mehr zu sich selbst. „Zu was anderem ist dieses Fett auch nicht nutze."

„Haha", lachte der ganze Tisch.

„Jules!" rief Jojo aus. „Bist du nun mein Freund, Jules, oder nicht?"

„Ich bin es, Jojo." Und Jules nickte in gespielter Demut. „Natürlich bin ich es."

„Seit wir in jenen verdammten Baracken gehaust haben, Jules?"

„Seit damals, Jojo."

„Dann gilt es, hier meine Hand drauf."

Und er streckte über die Teller hinweg die Hand zu ihm aus; Jules aber erkannte die Falle, doch wegen der fröhlichen Tischgesellschaft, die dies erwartete, reichte er ihm besänftigt die Hand. Und der Tisch freute sich an dieser Besänftigung, noch mehr dann, als Jules aufstand und sich in die Zangen begab, die seine Hand festhielten.

„Wir werden immer Freunde sein, nicht wahr, Jules?"

„Haha", lachten die Gesichter Jules zu.

„Und meine Kraft ist nur dazu da, die Bazillen aufzuziehen, was, Jules?"

„Nein", winkte jetzt Jules ab. „Nein, Jojo."

„Es gilt?"

„Schäm dich, Jules!" rief Robert. Jules aber bewegte die Rechte in der Luft, als wäre sie gebrochen, und der ganze Tisch lachte über seinem gelbgrünen Püree.

Es war nichts Neues, nichts Ernstes, aber bei dieser Sorge

um das gute Essen, die von Scherz und Lachen begleitet war, schien ihm, daß er mit den einfachen Dingen des Lebens Berührung hatte. Als ob er bis jetzt die ganze Zeit nach unfaßbaren Bildern gesucht und außerhalb der Wirklichkeit gelebt hätte. Auch Speisen schätzte er ja sozusagen um so mehr, je weniger er mit ihnen zu schaffen hatte.

Und so war es wieder ein Kontakt mit der Wirklichkeit, als er nach dem Abendessen auf dem Gang Nikos traf und sie dann nach langer Zeit wieder zusammen spazieren gingen. Es war eine vorsichtige Vergewisserung und ein genaues Abwägen der Möglichkeiten; das Schicksal Griechenlands zwischen den Bestrebungen des Ostens und des Westens; das Schlittern der westlichen Welt in einem Klima des Krieges, das sehr demjenigen am Ende des Ersten Weltkrieges glich; eine eigenwillige Mischung der französischen wie der italienischen Widerstandsbewegung. Und so weiter. Beide waren jeder für sich sowohl Maurer, die zerbrochene Ziegelsteine wegwarfen, als auch Maurer, die Stein auf Stein setzten, und jeder richtete alles aus und klopfte ein wenig darauf. Doch wurde ihm dabei klar, daß seine Einstellung zu den Dingen eine ganz andere war als die von Nikos. Sie war voller Glauben und Hoffnung. Und das war ihr Verdienst, obwohl er jetzt mehr dazu neigte, ihr alle Schuld zuzumessen.

Aber als Nikos zurückging in den Pavillon und er alleine in Richtung Dorf spazierte, da pflegte er seine Zufriedenheit darüber, daß er nun allein war. Die Frau konnte ruhig wieder Männer in das gesunde Körpergewebe stechen, aber er hatte etwas zu schaffen, mit eigener Hand. Aus ihr und aus sich, aber er selbst für sie beide; verbunden mit ihr, aber getrennt von ihr. Aber fast zur gleichen Zeit wurde ihm klar, daß sein Spaziergang eigentlich aus der Hoffnung bestand, er möge ihr begegnen; wenn nicht, würde er zu Nikos zurückkehren. Und dieses Bewußtsein erfüllte ihn, anstatt ihn unwillig zu machen, mit einem verborgenen, konspirativen Glücksgefühl. Und als er zum Pavillon zurückkehrte, war er zufrieden, daß er allein und unabhängig war, und zugleich war er auch voller Trost darüber, daß eigentlich noch nichts unwiederbringlich verloren war.

In diesen Stimmungen, in denen er ganz in sich hin- und hergerissen war, näherte er sich immer auch wieder fast greifbar der äußeren Welt. Seine Lagergenossen, die auf seine Briefe antworteten, waren ein ständiger Beweis seiner Wiedereingliederung in den normalen Lauf der Geschehnisse. So war André wieder zuhause als Arzt tätig und lud ihn ein, er möge sich auf dem Heimweg bei ihm sehen lassen. Er wünschte ihm eine baldige Rückkehr zu den Seinen. Emile meldete sich aus Luxemburg. Er trauerte um den Bruder, dieser war in Dachau dem Flecktyphus erlegen, dem sich noch Bauchtyphus und ein Darmdurchbruch angeschlossen hatten. Dennoch berichtete er ganz stolz davon, daß er im Orchester des ersten Gardebataillons spielte und daß er ihn jeden Mittwoch zwischen 12.30 und 13.30 auf Radio Luxemburg hören könne. Es ginge vor allem um klassische Musik, er sei aber überzeugt, daß er mit der Sendung zufrieden sein werde. Ansonsten seien die Lebensbedingungen bei ihnen auf jeden Fall besser als die in Frankreich; dasselbe gelte natürlich auch für die Bezahlung. Hans schrieb ihm aus Norwegen sogar auf einem Papier mit dem Briefkopf der Philips-Niederlassung. Er benachrichtigte ihn davon, daß er als Vertreter der norwegischen Deportierten am Prozeß in Nürnberg teilgenommen hatte. Er übermittelte auch die Nachricht, daß Doktor Leif nun Chefarzt in Oslo war. Und er sah den großen, weißhaarigen Mann vor sich, wie er im Zebragewand mit vernickeltem Stethoskop auf der Brust die Treppen in den Vogesen hinaufstieg einem Kapitän gleich, der vom Unterdeck auf die Brücke steigt. Sein Verhältnis zu den Südländern war zwar etwas zu ausgeprägt kühl und nördlich; aber ungeachtet dessen war er ein hundertfünfzigprozentiger Organisator. Ja, er war wirklich ein Kapitän, ein Admiral. Und dieser schon gealterte, aber stolze und aufrechte norwegische Dickschädel versorgte jetzt wieder neue Patienten, während er, sein damaliger Dolmetscher, Tag für Tag im Widerstreit mit einem verträumten Mädchen stand.

Bei dieser Feststellung sah er ein, wie die anderen Zurückgekehrten schon ihr Leben in Ordnung gebracht hatten und sich mit der tagtäglichen Wirklichkeit auseinandersetzten. Sie waren aktiv an der Nachkriegsgesellschaft beteiligt in einer Zeit, wo er noch bemüht war, Ausgleich und Gleichgewicht zu finden. Als ob es den anderen geglückt wäre, den Strom zu beherrschen, auf den ihn noch ein ruderloses Floß dahintreiben ließ. Andere Männer gestalteten bereits, er aber suchte sein Heil im Schoße einer Frau. Und er fühlte, daß er sich schämte, und er blickte sich ganz automatisch um, weil er nicht sicher war, ob Yves seine unmögliche Lage bemerkt hatte. Aber beim Blick auf das weiße Bett und beim Anblick der langen Reihe von Körpern, die auf den geflochtenen Stühlen draußen auf der Terrasse lagen, wurde er ganz ruhig. Auch die Röntgenaufnahme seines Brustkorbs war ja nicht so ausgefallen, wie sie hätte sein müssen; deshalb war auch seine horizontale Lage noch immer berechtigt.

Das tröstete ihn, auch wenn ihm dabei klar war, daß wahrscheinlich eine große Zahl von Menschen jeden Tag zur Arbeit eilten, die einen ebenso beeinträchtigten rechten Lungenflügel besaßen, wie es der seine war. Und er sagte sich, das würde alles in dem Moment in Ordnung sein, wenn ihm der Arzt andeuten würde, daß er nun gehen könne. Zugleich wußte er, daß, wenn er Arlette nicht hätte, er den Arzt von selbst dazu ermahnen würde, ihn gehen zu lassen; so aber überließ er sich der fortdauernden Notwendigkeit, die ihn blind mit sich führte und wer weiß wohin, auf keinen Fall aber brachte sie ihn nachhause.

Und wenn er daran dachte, wie sich Emile seiner kleinen und schönen Heimat erfreute, dann fühlte er sich schuldig, daß er sich so wenig um die Rückkehr bemühte.

Er müßte weniger egoistisch sein; besonders wegen Vidka, die ihm von ihrem Krankenbett schrieb. Es hatte sie so erwischt wie ihn, nur daß sie das Opfer eines wenig gewissenhaften Arztes wurde, der sie auf Grippe behandelte, anstatt ihren Thorax zu durchleuchten. Es hatte tatsächlich mit einer Erkältung begonnen, dann war sie bei einem Luftangriff in der Nacht vom Bett aus in den Schutzraum geflüchtet. Ihre schlanke Gestalt wurde nun von dem hinterhältigen Übel angegriffen, gegen das man noch kein erfolgreiches Mittel gefunden hatte. Aber der junge Körper wird in sich sicher Elemente ausmachen, die einen Gegenangriff ermöglichen.

Mit diesem Gefühl egoistischer Entferntheit und zugleich herzlicher Nähe griff er in die Mappe nach einem Blatt Briefpapier.

Vidka, schrieb er, *ich versuche mir die Straßen unserer Stadt vorzustellen, aber es gelingt mir nicht. Es ist so, als hätte sich alles irgendwohin an das Ende der Welt verlagert. Nun, immerhin schreibt man über Triest, als ginge es dabei um irgendein Shanghai oder New Orleans; aber was soll es, ich ziehe schon seit 1940 überall in Italien, Afrika und jetzt in Europa herum, so daß es eigentlich kein Wunder ist, wenn ich überall und nirgends zuhause bin. Doch bedeutet das nicht, daß ich nicht immer auch das Gefühl habe, daß meine kleine Schwester bei mir ist, die mich überall mit ihrem goldenen Herzen begleitet. O, ich weiß, ich verdiene es ganz bestimmt, daß Du mich schiltst, wo ich mich so lange Zeit von dort fernhalte; aber ich werde kommen, und wir werden uns darüber unterhalten, und ich bin überzeugt davon, daß Du mir verzeihen wirst. Du weißt doch, wie sehr ich wünschte, nach Frankreich zu gehen; weil sie hier so gastfreundlich sind und sie mich aufgenommen haben, als ich es brauchte, habe ich jetzt meinen Aufenthalt ein wenig verlängert. Du wirst sicher schelmisch bemerken, daß der Grund für meinen Aufschub der Abreise auch noch anderer, weniger „kultureller" Natur sein wird. In diesem Falle würde ich Dir darauf antworten, daß wir uns vorher erst darüber verständigen müssen, was der Begriff der Kultur alles beinhalten soll... Nun, darüber aber mehr mündlich, wie schon gesagt. Die Hauptsache ist, daß ich jetzt immer häufiger an eine Rückkehr denke, denn gerne ginge ich mit dem Schwesterchen, das dann auch schon ganz gesund sein wird, am Meeresufer von Triest spazieren. Erinnerst Du Dich noch, wie Du mich, als ich den Sand der Sahara glücklich hinter mir hatte, an der Achsel untergefaßt hast, damit wir auf dem Corso Promenade liefen? Die Sonne beleuchtete die Fassaden und die Schaufenster, ich habe gelacht und Dir einen richtigen Verehrer gewünscht.*

Als er endete, sagte er sich, daß ihm seine rauhe, auf dem Karst beheimatete Natur nicht gegeben hatte, daß er auch dann, wenn er zuhause war, so herzlich gewesen wäre. Kaum hatte die weite Entfernung seine verborgenen Gefühle freier gemacht. Zugleich war ihm klar, daß die Behauptung von den häufigen Gedanken an eine Abreise, obwohl er sie erst während des Schreibens an Vidka entdeckt hatte, der Wahrheit entsprach; die Frage war, ob Arlette dies eher hemmen oder beschleunigen würde.

XLIV

Die Terrasse war vor dem Frühstück noch leer und noch ganz in den Hauch der kalten Nacht gehüllt. Er schlug den Türflügel zurück und befand sich vor der Reihe der leeren Liegestühle; die Bezüge der schmalen Unterlagen waren bleich und kalt.

Als er ihren Brief öffnete, bewegte und näherte sich die Atmosphäre um ihn. Sie habe Nachtdienst und sei gerade von einem Kranken zurückgekehrt, dem sie Tee gebracht habe. Sie beobachte aber, daß sie angesichts des Leidens nicht mehr so selbstbewußt sei wie früher. Sie sei dabei nicht unbeteiligt, nein, aber doch etwas gelangweilt. Sie könne nicht mehr so mit dem Mitmenschen leiden wie früher; das Leiden sei wie ein Fluidum, und wenn sie dem Operierten die Hand halte, erschiene es ihr, daß damit über die Finger ihre Spannung absinke, sie seine Schmerzen in sich aufnehme. Jetzt glaube sie nicht mehr an Wunder, sondern sie spüre schon den Tod, sie wünsche ihn fast, damit er dem Armen das ‚Leiden verkürze'. Wenigstens das tröste. Aber die Wahrheit sei, daß sie nicht mehr so feinfühlig sei, daß sie nichts Erhabenes mehr dabei empfinde, es mit den Nachtgeschirren und ihren Gerüchen zu tun zu haben. Sie könne nicht mehr über sich selber lächeln, wenn sich dabei ihre Hände beschmutzten (er möge ihr verzeihen). Sie wolle leben, aber was wäre, wenn sie nicht wisse, was sie sich vorstellen solle mit diesem ‚leben'. Ihre Hand auf Michels Bein? Ihr wäre es gar nicht bewußt geworden, aber das sei sicher nur deswegen geschehen, weil Michel eine gute, etwas einfältige Natur sei, daß ihn niemand ernst nehme. So als wäre er ohne Geschlecht. Hinsichtlich Herrn Pilier (dem neuen Beamten) sei sie tatsächlich im ersten Moment neugierig gewesen. Sei denn nicht auch er ein wenig erregt, wenn er einen neuen Menschen kennenlerne? Aber es sei ihr schnell klar geworden, daß Pilier ein arroganter und affektierter Mensch sei. Sie habe ihm ihr Zimmer gezeigt, aber daran sei ihre altbekannte Naivität schuld, die schon so viel Unheil angerichtet habe. Sie müsse jetzt aufwachen, denn nach dieser schrecklichen Erfahrung fühle sie sich wie enteignet, reumütig und wütend zugleich. Sie schäme sich des Leidens ohne die Schönheit. Sie wolle so schnell wie möglich den Weg des Todes hinter sich lassen, den Pariser Himmel, das deutsche Militär, die Trottoirs, den Hinterhof tief auf dem Boden des Abgrundes, über dem sich jenes Fenster geöffnet hatte. Aber warum er sich ihr nun gerade entziehe, wo er der einzige Anlaufpunkt einer hin- und hergerissenen Arlette sei, der Schlüssel für ihr Leben. Wo sie doch beide keine Auswahl getroffen hätten, sondern sie hätten sich gefunden. Jetzt sei er allein, aber auch sie sei allein, fast besiegt, weil sie ihn liebe, beinahe erlöst, weil sie ihn liebe.

Und es gab noch einen Zusatz: „Wenn ich wenigstens sterben könnte. Aber da gibt es immer diese Vitalität! Ich bin in mein Zimmer zurückgekehrt und mußte etwas essen."

Er trat auf die Terrasse.

Die Glocke im Erdgeschoß würde jeden Moment den Beginn des Alltags in die morgendliche Stille tragen. Und er wünschte sich, daß wenigstens noch einige Zeit sich dieses reife, sinnerfüllte Schweigen der Natur fortsetzen möge. Und mit verborgener, konspirativer Zufriedenheit wurde ihm bewußt, daß dieses eigentlich ein Wert war, der vor allen anderen Werten rangierte. Diese selbständige Unendlichkeit der Erde. Ein Winterschlaf, der nur eine verborgene Vorbereitung auf Keimen und Wachsen war. Unabhängigkeit, die nichts und niemanden benötigte. Nur das Sein in sich, aus sich und für sich. Doch wußte er zugleich auch, daß er angesichts der Natur nur deshalb so gut imstande war, Ruhe zu finden, weil er das Wissen hatte, Arlette neben sich zu haben. Weil sie so war und gerade nicht eindeutig festlegbar. Und wegen ihrer so einfachen Feststellung, daß er der Mittelpunkt war, um den ihr so vielseitiges und unverantwortliches Ich eine Zuflucht finden würde.

Und es war ihm, als wäre ihm noch sehr viel von den Werten des Lebens geblieben, wenn ihm die Gelegenheit gegeben sei, jemandem den Sinngehalt der Dinge zurückzugeben. Und daß sie es war, bei der es nur um ein Haar darum ging, daß sie umgekommen wäre. Es hätte genügt, daß sie in dieser ersten Nacht in ihm nicht jemanden gefunden hätte, der ihre Hand zu verstehen wußte, die ihn zu dem Strohlager im Schuppen führte. Zum Glück war er aber eine viel verlorenere Seele als sie, deshalb konnte er sie verstehen.

Sie wachte nicht auf, als er eintrat, auch dann nicht, als er neben ihr stand und sie beobachtete. Und es schien ihm nicht recht, daß sie so fest schlief bei unverschlossener Türe.

Er setzte sich an den Bettrand.

Ihr Gesicht war vom Schlaf erhitzt, aber ihre Züge waren ruhig; und nirgends waren irgendwelche Zeichen einer Heimsuchung. So daß er dachte, daß auch die schlimmsten Erlebnisse sich nicht in das Leben derjenigen einprägten, die es mit verträumten Herzen lebten.

Ihr Unterarm bewegte sich, und ihre Hand rieb sich die Augen. „Du bist es." Im nächsten Moment schlang sich ihr Ellbogen um seinen Hals.

„Ich habe absichtlich nicht abgeschlossen", sagte sie.

„Und wenn dich jemand im Schlaf weggetragen hätte?"

„Wer sollte sich um so ein armes Wesen wie mich kümmern."

„Und warum sollte ich das nicht tun?"

„Mit dir ist es anders." Und in ihrer Kehle bildete sich eine kokette Antwort. „Du bist mir ähnlich."

„Dir?"

„Weil dir wirkliche, geachtete, wohldenkende und hochgeschätzte Leute nichts Besonderes bedeuten!"

„Es gibt aber auch einen ebensogroßen Unterschied zwischen uns beiden."

„Worin besteht der?"

„Darin, daß mir keine andere etwas bedeutet."

„Mir bedeutet doch auch kein anderer etwas." Und ihre

Hand zog sich zurück, so daß sich ihre Lippen finden konnten. Und es war, als geriete deren weiche und leidenschaftliche Hingabe zu einer ganz neuen Wahrheit, die sie wie erstmalig und gerade deshalb so sorgsam und vorsichtig ergriff.

„Ich habe nicht gedacht, daß ich noch einmal so bei dir sein werde."

„So entschieden war das schon?"

„Aber du wirst meine Fehler verstehen, wenn du daran denkst, daß das alles doch mit Eifersucht in Zusammenhang steht. Das gleicht dem Gefühl, das dich ergreift, wenn jemand deine Mutter oder deine Heimat beschimpft. Es ist aber noch unermeßlich schlimmer."

„Ich verstehe."

„Nein, ganz kannst du das nicht verstehen. Und es ist gut, daß es so ist."

„Aber ich kann es mir vorstellen. Nur wird es mir erst jetzt bewußt, wo ich schon verdorben bin. Vorher konnte ich es mir nicht vorstellen, daß es dich so beeinflußt."

„Die Dinge selbst haben natürlich nicht eine so besondere Bedeutung."

„Aber ich wegen dieser Dinge."

„Deine Hand im Schritt des Nachtportiers, zum Beispiel."

„Auf dem Oberschenkel."

„Es wäre viel besser, wenn es nur der Oberschenkel gewesen wäre."

„Sag das doch nicht."

„In Ordnung. Aber es geht nicht darum, sondern um diese niederschmetternde Situation, daß man als Zurückgekehrter seine Hinterlassenschaft besitzt und sie nun noch mit so elenden Eindrücken bereichern darf."

„Aber jetzt bist du hier, jetzt ist diese dunkle Wolke vorbei."

„Auf eine Art gleicht das doch wieder deinem Säugling, der immer die Mutter neben sich spüren muß."

„Ich bin schuld, daß du so voller Hohn bist. Aber es stimmt nicht, Radko. Es stimmt nicht. Du warst ohne Zögern bereit, mich zu verlieren, wie ein Kranker sein Körperglied los sein will, das ihn vergiftet."

„Aber verloren habe ich mich trotzdem gefühlt."

„Jemand, der so streng und entschlossen über sich entscheidet, ist stärker, als es notwendig ist."

„Wirklich stark ist er kaum dann, wenn es um alles geht und er fühlt, daß dies sein natürlicher Zustand ist."

„Sprich nicht so."

„Ich sage damit nicht, daß ich verlieren wollte. Und wenn, dann dürfte ich mich weder darüber wundern, noch mich darüber beklagen."

„Ich verstehe dich, aber doch dürftest du nicht so sprechen."

„Vielleicht. Aber diejenigen, die der Ofen hingerafft hat? Es hätte ihnen nichts genützt, wenn sie sich beklagt hätten."

„Aber das war in einer anderen Welt."

„Nein, es war gerade in dieser Welt. Nur sie waren trockene Äste, und trockene Äste beschweren sich nicht, wenn du sie aufs Feuer legst. Oder nur dann, wenn noch etwas Saft in ihnen ist. Aber in meinem menschlichen Holz war davon kein Tropfen mehr vorhanden."

Ihre Hand bewegte sich sanft auf seinem Ellbogen.

„Ja, so ist es", murmelte er. Und es war ihm klar, daß kein Zorn mehr in ihm war, weder gegenüber ihr noch einem anderen. Es war, als hätte er instinktiv das Bedürfnis verspürt, seinen Brast loszuwerden; und dies hatte er getan. Zugleich wußte er aber, daß sein Verhältnis zu ihr ein anderes war als vor dem Tanz. Und er fühlte die anarchische Zeitlosigkeit des Vormittags, in dem jetzt die Leute arbeiteten, kochten, wuschen, Eisen schmiedeten und chemische Verbindungen mischten, während er sich am Körper eines Mädchens wärmte.

„Was denkst du?" fragte sie.

„Daß Vormittag ist und daß ich neben dir bin und daß ich nicht weiß, ob mich noch irgendwas anderes bekümmert."

Ihr Knie stemmte sich in das Bettuch; so bewegte sich automatisch das Knie eines Jungen, dem ein Kamerad etwas Interessantes erzählte.

Er wandte sich zu ihr mit dem Gefühl des gestohlenen Vormittages vor Augen; so als wäre er bestrebt, die trockenen menschlichen Zweige zu negieren und zugleich Glück dabei zu empfinden, den kaum geschaffenen Körper eines Mädchens zu besitzen; wie in dem Gefühl seliger Bescheidenheit und zugleich eines geheimen und unbekümmerten Diebstahls.

Jetzt hörte man ein Geräusch.

„Minette", sagte sie und lächelte, weil auf dem Teppich am Fuße des Diwans ein leises Schnurren zu hören war.

XLV

Er las Wiecherts Roman.

Arlette hatte recht, auch wenn bei allem eine etwas zu sehr vergeistigte Atmosphäre herrschte; aber es ging ja vor allem um das Bild des Rückkehrers Michael. Ein Mensch, der lange Jahre nach dem Ende des Ersten Weltkriegs aus französischer Gefangenschaft in der Sahara heimkehrt und mitten im Wald in einer Hütte lebt. *„Niemand weiß, wie es in der Seele von Menschen aussieht, die nicht tot sind, aber auch nicht leben"*, denkt er sich und fühlt, daß die Tür seiner Hütte offenbleiben kann, *wie die Tür zur Wohnung eines Toten, dem man nichts stehlen kann.* So ist er ein menschenverachtender Einsiedler, ein Wilder, der in einem verwilderten Wald der Jagd nachgeht. Nur eine Frau, die Großgrundbesitzerin und Witwe eines Majors, der in Frankreich gefallen ist, kommt ihm näher. Und dann folgt die Beschreibung des reinen Verhältnisses der vierzigjährigen

Frau, die durch die Wälder ihres Besitzes reitet, um den unhöflichen Einsiedler zu besuchen, um in ihm langsam wieder den Glauben an das Leben zu wecken.

Großartig.

Gut, aber welches Versteck sollte sich dann der Rückkehrer aus der Welt der deutschen Krematorien aussuchen? Wohin sollte man *ihn* rechnen, wenn einer, der – wenn auch nach langen Jahren – aus französischer Gefangenschaft in Afrika zurückgekehrt ist, schon weder zu den Toten noch zu den Lebenden gehörte?

Und er wunderte sich über sich, daß er sich durch das Leben pflügte wie ein Schwimmer, der am frühen Morgen mit vollem Elan das silberne Wasser an einsamem Strande durchschnitt. Vielleicht, weil er nicht einem ausgewählten Volke angehörte und er sich so auch dem allerschlimmsten Bösen zu assimilieren wußte. Und er pries in seinem Herzen Arlette glücklich, weil es ihr Verdienst war, daß sie in ihm neues Wachsen provoziert hatte. Sie hatte es so eingerichtet, daß diese Entwicklung bunt und verspielt war, ungeordnet und immer wie gerade begonnen, noch nicht im Reifen und noch nicht reif. Und fast noch kein Wachsen war es, sondern nur Keimen. So etwa in der Mitte zwischen Keimen und Wachsen, weil auf dieser Entwicklungsstufe unaufhörlich das Gefühl des Entstehens lebendig war. Vor dem Keimen gibt es nämlich den Zweifel, wenn aber die Pflanze Form bekommt, fühlt man schon die Frucht und damit den Abschluß; der Rückkehrer aber vermied das, was vollendet war.

Ja, das war das Bewußtsein innerer Freiheit, das er besaß, als er so ruhig war wie jetzt, was sie betraf. Nun, er liebte sie, und alle die Einfälle des Tages kreisten um ihren Namen; aber doch empfand er das nicht als Bindung. Weil er nicht über die Zukunft nachdachte und das Bild vom gemeinsamen Leben immer verscheuchte, wenn es sich zeigen wollte; weil es sich hier und da zeigte und es dann einen Moment wie ein Gewissensbiß schien. Aber es war nur ein Augenblick, denn er löste sich schnell von der öden, stumpfen Wirklichkeit, die gegen seinen Willen in sein Leben einzudringen versuchte. Doch als er diese Keime von Eigenbrötelei und Selbständigkeit in sich erkannte, da packte ihn auch das Gefühl einer großen Leere. Es war eine Kälte, die ursprünglich eine Unabhängigkeit war, wie in den Momenten einer unwiderruflichen Ablehnung. Und all das geschah in einem Augenblick, aber es war wie die besiegelte Ewigkeit, die keine Revision zuließ.

Sicher, Arlette hatte niemals die Zukunft erwähnt, aber es war natürlich, daß sie eine Vollendung erwartete. Nach der ersten Nacht hatte sie zwar von zuhause geschrieben, daß sie einander helfen würden, solange sie zusammen blieben, aber dies war nur Ausdruck ihres zerrütteten Zustandes, als sie nach kaum überstandener Heimsuchung in ein neues Abenteuer getappt war. Er aber hätte sie noch mehr geliebt, wenn es möglich gewesen wäre, aber der Gedanke an Betrug war ihm so unwahrscheinlich erschienen wie eine Änderung der Hautfarbe. Doch er fühlte sich schuldig, weil er jede Planung zugunsten anderer Dinge beiseite schob. Dabei fühlte er zugleich, daß diese Haltung von jenseits eines Bereiches eigener Entscheidung kam. Daß es in ihn hineingewachsen war. Es war ein Ausweichen, das ihm in der Abwehr vor dem Untergang zur zweiten Natur geworden war. Und dann fühlte er sich auch wieder schuldig, weil er die Abreise fallengelassen hatte, wo doch Vidka ihn im letzten Brief von neuem nach dem Datum seiner Rückkehr gefragt hatte.

Als er aber für einige Tage Urlaub nahm und nicht mehr nur der Park ihn von ihr trennte, da befiel ihn mitten auf dem Montmartre eine völlig unerklärliche Furcht, sie zu verlieren. Als ob die ganze Zeit irgendwo an seiner Seite ein kalter Schatten gewesen wäre, den er jetzt sofort in sich aufsaugen würde.

Aber beide hatten abgemacht, daß sie später nachkäme und sie dann zwei Tage über Montmartre und Montparnasse bummeln würden. Aber trotzdem weckte es ihn wie die Furcht vor einem bösen Hinterhalt. Und das glich nicht einer Obsession von bösen Ahnungen, sondern mehr einer körperlichen Unruhe, die man vor dem Beginn einer Reise verspürt.

So hatte er von *dort* das Suchen nach der Selbständigkeit, die Flucht schon vor der Möglichkeit jeder Art von Bindung, aber auch wieder den Zweifel an die Gültigkeit irgendeiner Hoffnung und in der Realität einer Wahrheit. Doch er verfolgte die Aufdeckung dieser Beweggründe und der Resonanzen darauf mit einer Art Stolz über seine innere Welt, obwohl sie so vollkommen negativ war. Eine Art heimlicher Genugtuung. Nein, nichts Überhebliches und Selbstgefälliges, aber doch so etwas wie Hohn. Wie Herausforderung. Aber weil diese Herausforderung nicht gegen Gott und nicht gegen andere unsichtbare oder sichtbare Kräfte gerichtet war, entwickelte sich in ihm schließlich eine heitere, um nicht zu sagen kindliche Unbekümmertheit. Wenn die Welt *hier* ihre alten Gewohnheiten bewahrt hat, dann wird man sich vor der unmöglichen Sinnlosigkeit noch am ehesten retten können, wenn man sich in dem Sinne auflehnt, daß man es vermag, sich der Natur und der Liebe zu erfreuen. So empfand er es. Und auch vor dem Angriff der Unbekümmertheit – schien ihm – werde er sich so noch am besten bewahren können.

An diesem Nachmittag verließ er deshalb unerwartet die Bücherkisten an der Mauer entlang der Seine und setzte sich in ein Café, um ihr zu schreiben.

Ich mußte weg von den Bouquinisten, um Dir zu erzählen, wie sehr mir dieses verspielte, so angenehm verlogene und liebreizende selbständige Wesen gefällt, das so oft nicht will, daß Du es unterfaßt, und das so klein ist, daß Du es ganz im Schoß davontragen kannst.

Ob ich guter Laune bin?

Wahrscheinlich wegen der flachen Kähne, die auf der Seine fahren und die wie die Boten von guter, alter Weisheit sind, die trotz allem noch gültig ist. Ihre Ladung und die Fässer am Kai haben mich an die Segelboote hinter dem Fischmarkt bei uns erinnert. Dichte Bündel von Netzen, die von den Masten hängen, hoch gespannte Bogen von Schiffsschnäbeln aus Chioggia, die wie aufgeblasene Brüste aus dem Wasser ragen. Dann der niedrige Lagerschuppen an der Mole und davor eine ganze Ausstellung von Fässern. Wenn sie den Eisenbahnwagen abkoppeln, dann fließt auf dem Kai aus einem riesigen Faß auf dem Waggon Wein durch ein Rohr in das Lager. So riecht die Luft im Sommer nach Salz, nach Fischschuppen und zugleich nach erhitztem, verschüttetem Wein.

Das Durcheinander beunruhigt mich, weil ich direkt am Place de St. Michel bin. Breite Lachen verspäteter Sonne auf dem Pflaster, Menschentrauben bei den Bücherkisten. Aber zugleich sage ich mir, es verändert sich ja alles vor mir, weil es da irgendwo jemanden gibt, der bald diese Bilder aufzunehmen und ihnen neue Farben zu geben vermag. Und wenn ich dieses Gefühl des Reichtums mit der Wüste vergleiche, die sich mir im Mai bei meiner Ankunft in Paris bot, dann erscheint mir wieder mein derzeitiger Besitz unberechtigt und unverdient . . .

Als die Metro den Bahnsteig verließ und in den Schlund des nächsten Tunnels brauste, da setzte er sich zufrieden hin. An der Station Odéon würde er nicht zum Umsteigen hinaus müssen. Und er dachte dabei an die Fahrt damals, als er die Stiefel verkauft hatte. Er war so kaputt und so erschöpft und hatte beständig Angst, daß vor seinem Sitz eine ältere Frau zu stehen käme und ihm dann nichts anderes geblieben wäre, als aufzustehen. Er schämte sich, zuzugeben, daß er sich nur noch mit Mühen aufrecht halten konnte. Jetzt war es nicht so, er saß gerne, aber er wäre auch problemlos aufgestanden. Und doch saß er gerne. Und er sah sich um unter den Fahrgästen und versuchte sein Bild von sich, wie er so Tag für Tag flachlag, da einzubringen in das Leben der beschäftigten und besorgten Menschen. Dort war er sich dessen nie so klar bewußt, dort las er Zeitungen und schloß sich über diese ein in den Gang der Ereignisse. Hier aber sah er, daß er eigentlich ein Außenseiter war und wie ziellos seine Existenz angesichts der Sinnhaftigkeit und Aufeinanderfolge menschlicher Tätigkeiten war. So wie dieser derzeitige Besuch in Paris zum Beispiel. Es stimmte zwar, mit Arlette würde er zwei Tage zusammen sein. Und sie würden sich Walt Disney ansehen, den sie sich so sehr gewünscht hatte, denn trotz allem war sie noch immer ganz wie aus der Welt von *Le Grand Meaulnes*. Nun, auch darin lag ein gewisser Sinn. Natürlich. Aber vielleicht war doch gerade deswegen dieser Pariser Urlaub zugleich eine eingebildete und falsche Beschäftigung. Und auch wenn er sich sagte, daß er eigentlich die ganze Zeit Patient und nur jetzt einige Tage lang sozusagen Patient auf freiem Fuße war, so war deswegen eigentlich nichts besser geworden.

Aber im nächsten Moment wurde ihm klar, daß die Nachkriegsatmosphäre noch ganz aufgewühlt und leer war und daß es deshalb auch kein Wunder war, daß der einstige Deportierte noch nicht die Notwendigkeit gesehen hatte, sich in sie einzuklinken. Und daß deshalb das Leben in der Anonymität eigentlich noch den einzigen Trost und die einzige Genugtuung verschaffte. Diese Feststellung war aber wieder eine Quelle eines ungewöhnlich regen, gedankenlosen Wohlseins, so daß jetzt seine Gefühle ganz wach waren und sozusagen auf der Lauer lagen.

Ihr Brief.

Es weht ein starker Wind, der sich unter den Bäumen gebärdet, als wäre er eine Eisenbahn. Ein richtiger Triester Wind (wie heißt der doch gleich?). Gerade habe ich das Fenster geschlossen, nachdem ich ein großes Loch im Strumpf repariert und in meinem hauswirtschaftlichen Eifer die Nadel abgebrochen habe. Draußen klatscht der Regen dicht auf Fensterscheiben und Mauer. O, gern wäre ich jetzt mit Dir im weichen Wohlbehagen dieses Nachmittags, an dem Du abgefahren bist. Es stimmt, wir beide können vollkommen glücklich sein, weil uns dies trotz Mißverständnissen, tastenden Versuchen und meinen Ungeschicktheiten so oft auf solch wunderbare Weise gelingt. Ich zweifle nicht, Radko, und habe auch nie gezweifelt, daß Du etwas anderes willst, als daß ich wieder zu mir fände, und Du würdest es gerne von mir nehmen, wie die Schuppen vom Fisch, den wir reinigen, die erniedrigenden Flecken und das unklare Verhalten.

Deshalb warst Du mir irgendwann eine Art Trense, während ich mich fühlte wie ein Fohlen, das mit den Hufen auf die Erde stampft, aber auf dem Fleck verharren muß.

Dann kam der eigentliche Brief, in welchem sie ihn mit ‚Mein Kleiner' anredete, was immer dann geschah, wenn sie sich entwaffnet fühlte.

17. Dezember

Ich schreibe mit Bleistift. (O, und jetzt wirst Du mir sicher wieder sagen, ich gehöre zu den Wirbellosen!) Nur habe ich jetzt eine Entschuldigung, weil ich im Bett liege und nicht das Tintenfaß auf dem Tisch erreichen kann (ein Spritzer davon ist noch auf dem Boden). Und dann diese Feder, die so kratzt!

Die kalte Luft hat sich im Zimmer langsam erwärmt, und jetzt legt sich ihre lauwarme Hand auf meine Wangen. Das Fenster ist offen. Gerade hatten wir Stromsperre, und ich ging tastend auf den Balkon. Das Nest von Sternen in der dunklen Masse der Bäume funkelte, als wollte es sich lustig machen über das fehlende Licht, das die Menschen verschuldet haben. Es war schön, und ringsum war es still, und ich habe intensiv und voller Glücksgefühl an Dich gedacht. Es schien mir, als hätten wir unser ganzes Leben vor uns wie einen Teppich ausgebreitet, hinter uns aber schon richtige. . .Vergangenheit. Weißt Du, wie sehr ich bei Dir bin?

Dein Brief hat auf dem Tisch auf mich gewartet. Ich bin spät zum Abendessen gekommen, alle anderen waren schon bei Tisch. Ich legte mir den Brief auf die Knie, und während ich mein Püree aß, hielt ich die Hand darauf, um geduldig zu bleiben und mich selbst davon zu überzeugen, daß Du auch ein wenig der Meine bist, trotz der Entfernung.

Ribau ist für einige Tage in Urlaub gegangen. Ihre Anweisungen füllen nun die Luft in der Ambulanz, wie die Befehle der Deutschen die Mauern meiner Stadt in den Kriegstagen gefüllt haben. Wenn ich nur von dort wegkönnte, aus dieser Umgebung fliehen könnte, in der ich verwirrt bin und ängstlich. Das bin nicht ich. Ich müßte frei leben, mit Dir, ohne all diese Menschen, die Stimme des Gewissens, Gottes Wille und „Grundsätze". O, ich brauche Dich, Radko, und fast wünschte ich, auch Du wärest eine arme Waise ohne mich. Weißt Du, in einem Deiner ersten Briefe hast Du Dir für Dich selbst eine einsame, verlassene und verbitterte Frau vorgestellt. Und ich bin all das, weil ich unbeholfen bin, blind für den Sumpf, an dessen Rand ich schon war. Halte mich fest deswegen, halte mich wegen meiner Liebe, halte mich fest, auch ohne hinreichenden Grund.

Ich wäre so weich.

P. S. Wahrscheinlich warst Du schon im Louvre? (Ich habe es noch nicht gewagt, allein dorthin zu gehen.) Und die Cité mit ihren Gäßchen? Luxembourg, ein riesiger und öder Garten, Wasserspiele, Eisenbänke, die einst grün waren, Verliebte, die sich zerzausen wie der Springbrunnen?

Stufenweise kam es über ihn, wie das Anwachsen des leuchtenden Meeres in den Stunden der Flut. Die verdichtete, helle Erregung wollte ihn zwingen, irgendwohin zu gehen und etwas Ungewöhnliches zu beginnen; aber er widerstand dem, nahm es von der Seite, als fürchtete er eine Falle. Zugleich band ihn die Verlegenheit, die er wegen ihrer Bitte empfand. Und er wurde sich klar, daß er bescheiden und fast verwirrt war über so viel Hingabe, aber ihn erregte doch das seltsame Bewußtsein ihres Reichtums. Es beschwerte und erregte ihn zugleich.

Dieses Hotel in der Rue Richer war „ihr" Hotel, wie sie sagte; sie hatte zweimal dort übernachtet, als sie in den Urlaub fuhr. Es war hoch und schmal, aber ordentlich und angenehm. Und nicht weit vom Bahnhof; fast der ganze neunte Bezirk trennte es vom Place Pigalle, doch fühlte man in dieser Umgebung dessen Nähe wie einen deutlichen, wenn auch noch schwachen Abglanz der Farben von Toulouse-Lautrec. Sein Fenster war nicht auf die Straße gerichtet, sondern auf den Innenhof, aber weil das Gebäude schmal war, war der Blick auf die Dächer und Mansarden vielleicht noch erregender. Und er erinnerte sich an den Dichter, der mit der Hand unter dem Kinn aus der Mansarde auf die Kirchtürme schaute, auf diese Masten der Großstadt. Und als er sich am frühen Morgen rasierte, da dachte er, daß Baudelaire und sein Zauber wie ein entferntes Glockenläuten waren, welches kaum hörbar durch die Wasserschichten einer versunkenen Stadt zu ihm drangen.

XLVI

Sie hatte unausgeschlafene Augen, aber ihr Lächeln leuchtete vertrauenerweckend durch den Pariser Morgen.

Er nahm ihr den Koffer ab.

„Das werde ich aber selbst tragen." Und sie schaute in ihre Tasche, schmunzelte und zog Kinn und Augenbrauen hoch.

„Minette", sagte sie.

„Du hast sie mitgebracht!"

„Mein Herz hat es nicht ertragen, sie die ganzen Tage eingesperrt in einem so engen und dunklen Raum zu lassen. Zu Hause wird sie sich mit Alençon gut verstehen."

Jetzt miaute es mit ganz entfernt klingender Stimme.

„Brav, Minette, jetzt haben wir es bald." Und sie lächelte verschwörerisch, als wäre es ihr geglückt, eine große Macht zum Narren zu halten, und sie freute sich angesichts des dunklen Gesichtes des Schicksals.

Die Metro rauschte heran; sie stiegen ein, mußten aber stehen.

„Müde?" Und er stützte sie mit seinem Unterarm.

„Aus dem Nachtdienst bin ich direkt zum Autobus gelaufen."

„Jetzt kannst du schlafen."

„O nein. Sofort bummeln wir durch die Stadt!"

„Sicherlich, sofort, sofort."

Sie lächelte. In ihren Augen, die ganz vom fehlenden Schlaf benebelt waren, war ein weiches Verständnis, das sie zu einer eigenartigen Insel in der Menge machte.

Sie stiegen aus und gingen an Gemüseläden vorbei, an Metzgereien und an Milchläden.

„Als ob wir von einer langen Reise zurückgekehrt wären", sagte er.

„Ja", bekräftigte sie wie zu sich selbst.

Im Zimmer atmete sie tief und kokett aus, nahm Minette aus der Tasche und stellte sie auf den Boden.

„Jetzt ist Schluß mit der Gefangenschaft, du Arme."

Aber schnell besann sie sich.

„Ich habe vergessen, ihr Milch zu kaufen."

„Wenn es ihr recht ist, habe ich noch Milchpulver aus dem Paket des amerikanischen Roten Kreuzes."

„Großartig!"

Aber jetzt ist Zeit, daß sie mit ihren Kindereien aufhört, dachte er heiter, und auch sein Blick sagte ihr das, weil sie jetzt ihren Mantel auszog und in ihrem Kostüm vor ihm stand, das ihren Körper eng umschloß. Es war etwas kindlich Ungeschicktes in der Art, wie sie sich nun zur Umarmung vorwölbte. Als wäre sie die Berührung durch den männlichen Körper noch nicht gewöhnt, aber diese linkische Haltung war doch kein Zeichen von Schüchternheit, sondern eine noch unbekannte Komponente ihrer Natur, wie eine vollkommen neuartige Überraschung.

Dann meldete sich die Katze, und Arlette unterbrach den Kuß.

„Zuerst muß ich sie trösten."

Er war unwillig, daß sie wegen einer Katze die Umarmung unterbrochen hatte, aber er konnte nicht anders, als dazu zu lächeln.

„Ich werde mich um ihre Verpflegung kümmern", sagte er.

Er schüttete das weiße Mehl in ein Glas, goß warmes Wasser darüber und setzte sich an den Rand des Bettes.

„Soll ich noch Zucker dazu tun?"

„Denkst du?" Sie hielt ihren Kopf über den Koffer.

Dann schlürfte die Katze das amerikanische Pulver, aufgelöst durch warmes Wasser aus dem Wasserhahn des Hotels, und Arlette war glücklich.

„Jetzt leg dich hin und schau mich nicht an", sagte sie.

Und er legte sich und stützte den Kopf auf die Hände. Er beobachtete das Fenster. Es war groß, der untere Teil war mit eisernen Stäben vergittert. Vielleicht war dort mal eine Glastür gewesen. Sehr wahrscheinlich sogar. Das Wasser rauschte und rief ihm ihr Zimmer im Schwesternpavillon ins Gedächtnis.

„Bei dir ist die Vertrautheit bekannter Gegenstände um uns", sagte er. „Hier aber ist dafür die Umgebung selbständig und unabhängig."

„Und dann haben wir noch den Ausblick auf die Dächer und die Mansardenfenster."

„Ich habe an das Gedicht Baudelaires gedacht. Verse und Titel sind mir entfallen, ich weiß nur, daß ihm die Türme wie Masten vorkommen, wenn er aus der Mansarde blickt."

Dann übertönten ihre Worte das laufende Wasser.

Und wenn der Winter kommt, eintönig niederschneiend,
dann will ich allenthalben Vorhänge und Läden dicht verschließen,
um meine Feen-Schlösser in der Nacht zu bauen.
Träumen will ich dann von blauen Horizonten,
von Gärten voller Brunnen, die in Alabasterschalen niederweinen,
von Küssen und von Vögeln, die früh und spät ihr Lied erschallen lassen,
und von allen Kinderfreuden der Idylle.

„Ich beneide dich", sagte er.

„Als ich Bibliothekarin war, habe ich es gelernt. Ich hab es dir doch erzählt."

Denn ganz vertieft sein werde ich in jene Wollust,
den Lenz mit meinem Willen zu beschwören,
eine Sonne aus meinem Herzen
und aus meinen glühenden Gedanken eine laue Luft zu ziehn.

„All das ist dir sehr ähnlich", sagte er.

„Ist es nicht wundervoll?"

„Einst haben mich seine schauerlichen Gedichte mehr erschüttert."

„Wir tun den Dichtern oft unrecht; zu oft betonen wir eine Eigenschaft zum Schaden der anderen."

Ihre absatzlosen Schuhe näherten sich.

„In der Eile habe ich meinen Schlafanzug vergessen." Und ihre Stimme hatte einen Unterton gespielter Verlegenheit.

Er wünschte sich ihre Nähe, aber es tat ihm zugleich leid, daß sie nicht getrennt von ihm blieb, sich nach ihm sehnend. Denn sie war ihren weichen Rundungen und der Biegung der Hüften nach ganz Frau, aber mit der gerade gewaschenen Haut fast knabenhaft in Knie und Waden, so daß ihr mädchenhafter Reiz erst mit dem Übergang der schlanken Schenkel zur glatt sich hervorhebenden Wand des Bauches begann. Zugleich wirklich und jetzt auch erwartet, aber wieder aus der Welt der bläulichen Umrisse, des Alabasters, der Wasserspiele und all der idyllischen Atmosphäre herausgenommen, die der Dichter gemalt hat. Nicht im Pariser Hotelzimmer, nicht in einem bestimmten, unpoetischen Nachkriegsklima, sondern direkt dem Meer entstiegen. Und als sie sich zu ihm legte und er wie aus der Erinnerung neben sich die Berührung kühler Wasserschichten verspürte, da war es ihm, als sollte er ihre Ursprünglichkeit vor jeder Veränderung bewahren.

„Jetzt müßte ich ihn wieder in die Hand nehmen", sagte sie.

„Wen?"

„Aber Baudelaire." Und sie lächelte. „Haben wir nicht von ihm geredet? Diese Beschreibung des Gehenkten und des geköpften Leichnams zum Beispiel."

„Doch würde uns eine solche Erzählung nicht mehr erschüttern."

„Sie ist zu reich, zu lebendig, nicht wahr?"

„Unser jetziges Grauen ist eher das Bewußtsein einer großen Leere als ein bestimmtes Bild der Vernichtung. Das heutige Böse ist ein stilles Abfließen des Nichts, über dem zarte Flokken menschlicher Asche fliegen."

Und er fühlte, daß ihr Körper entwaffnet und nackt neben ihm war, wie die verurteilten Körper *dort*, jenseits der Welt des Lebens. Zugleich wußte er, daß er schon lange die Grenze der Vernichtung überschritten hatte und daß die Konfrontation mit den Bildern der Erinnerung immer nur ein neues Bedürfnis nach neuer Bekräftigung der Erlösung bedeutete. Und in diesem verhaltenen, fast feindlichen Verkosten der Zeitdauer war es ihm, als wäre er für sich und für die Menschen ein verschworener Wächter ihres Wesens.

Arlette kam es vor, als ahnte sie die Bedeutung seiner Nähe, und sie rückte noch tiefer hinein in die Umarmung durch seine Schultern, wie damals, als sie sich auf dem Wege an ihn lehnte, als sie vor ihn trat und so eng mit ihm vereint war.

„Nur der Film könnte ein treues Bild ergeben", sagte sie.

„Die Amerikaner filmten, als uns die alliierten Truppen befreiten; aber das waren Aufnahmen von Gegenden, von Orten, auch von Knochenhaufen. Aber es wird niemals möglich sein, die Atmosphäre der immer geschlossenen und doch niemals versiegenden Vernichtung zu wiederholen."

„Ein sehr niederschmetterndes Gefühl muß ein Mensch haben, wenn man ihm in so einer Lage eine Filmkamera vor die Nase hält."

„Eine Schar Kinder, die fröhlich und neugierig auf den Friedhof gekommen ist, um zu gaffen."

„Ich stell mir das vor."

„Aber warum reden wir davon. Diese Welt da kann man nicht herüberbringen."

So erfüllte das Zimmer eine unpersönliche, aber vertraute Stille, in der auch einen Moment wie ein Funke die Stimme der kleinen Katze aufklang.

„Man müßte diese Bilder durch andere ersetzen, schöne und wertvolle", sagte sie.

„Ja. Und vorher, als du hier bei mir gestanden bist, sah ich ganz deutlich, daß wir auf einer Sandbank sind und du gerade dem Meerwasser entstiegst."

„Wenn es nur stimmte."

„Mit dir bin ich einfach, natürlich und an unserer Küste. Als ob du immer dort gewesen wärst, und dabei habe ich dich gerade erst gefunden."

Die Finger ihrer Hand klemmten sich an die seinen, wie

junge und saftige Wurzeln, die sich mit schon harten und hölzernen verflechten.

„Aber wenn wir eine vernünftige, gute und frohe Synthese schüfen, wie wir sie soeben erahnt haben, wo sich im Bewußtsein einen Augenblick lang die Möglichkeit einer Lösung gezeigt hat, dann wäre dieser Anfang einer neuen Welt an unserer Küste wundervoll."

Er lächelte und wandte sich ihr zu.

„Wir sind wie Kinder, die verzaubert etwas vom Paradies hören, wenn sie von der Beschreibung der Höllenqualen eingeschüchtert wurden."

„Warum nicht?"

„Vielleicht hast du recht."

„Wenn ihr nicht wie die Kinder seid – erinnerst du dich?"

„Kinder, die das Böse durch ihre Jugend und ihren Glauben an das Wunder negieren konnten." Und er kreuzte die Beine unter sich und legte sich kauernd neben sie wie ein gleichzeitig demütiger und glücklicher Verehrer, der vor seiner Göttin kniet.

Odysseus neben der Nymphe Kalypso, der gerettete Schiffbrüchige Odysseus im Paradiesgarten, dachte er.

XLVII

Er dachte, daß seine Hand sie früher immer lieber nicht berührt hätte, daß dagegen sein Blick sie ganz eingesogen hätte, sie eingenommen hätte, er sie aber zugleich auch eine schier unendliche Zeit lang noch unerreichbar vor sich gehabt hätte. Aber seine Handfläche bewegte sich immer ganz von selbst zu ihr, als hätte sie, geheimen Motiven gehorchend, an der Wirklichkeit der Erscheinung gezweifelt. Mit solchem Streicheln glättet der Badende den Sand vor sich, berührt ihn kaum und bildet das Geflecht warmer Fünkchen auf seinen weichen Körnern nach. Und auch wenn die Hand noch tiefer in den wolligen, ergebenen Stoff taucht, um die Antwort der unteren Schichten zu spüren, kehrt sie schnell wieder zurück zur Liebkosung der seidigen Oberfläche, das Meer ist dabei mit seiner Größe und der Stille seiner Geheimnisse, aber es ist auch ein freundlicher Zeuge, der das Spiel der Hände mit der halb verschütteten Muschel erlaubt.

So schlossen sich auch ihre Wimpern von der Wärme des Flimmerns, das über ihr und aus ihr bebte. Und er war ganz eingenommen davon, daß aus ihm in sie eine so belebende Strömung überging. Er war ihr dankbar, daß sie ihm die Gelegenheit zu noch einem Siege gab, er pries sie glücklich, und er betete sie an wie eine junge Fee. Und ganz unerwartet hatte er auch den Eindruck, daß er der fröhliche Herr war von ihm gehörendem Material, der allmächtige Demiurg, der über den Übergang vom Nichts in das Leben entschied. Und schnell unterdrückte er diesen selbständigen Sproß, weil er die Dunkelheit fühlte, in der seine Wurzeln drückten; aber der Geist provozierender Siegesgewißheit drang durch unsichtbare Spalten an den Tag, wie das Wasser durch die Sandschicht. Und er machte sich bewußt, wie ähnlich diese böse Zufriedenheit mit dem Genuß war in den Zügen des Peinigers, des unwiderruflichen Herrn seiner Opfer. Und auf einmal drückte er die Wimpern zu, um die Versuchung zu vertreiben. Er sei nur ein Sieger über den Tod, sagte er sich. Er sei nur provozierend gegenüber einer überwundenen Niederlage. Und zugleich wollte er, daß sein Gedanke aufhörte, so wach zu sein, damit sein Bewußtsein durch seine Hände abfließen konnte. Und er kehrte zu ihnen zurück, die, sich selbst überlassen, ihrem harmonischen Rhythmus folgten. Und er legte in sie seine Wachheit, damit sie durch sie ausfließen konnte. Kein Gedanke war nötig, nichts hatten nun Erinnerungen zu schaffen. Nur der Pulsschlag des

Seins. Nur der Takt der Körper. Und er beugte sich zu ihr, um seine Geradlinigkeit zu krümmen, er machte sich frei, so daß seine Umarmung den rosigen Strom wie ein Damm abfangen konnte, der alle nur für ihn lebendige, unsterbliche Flüssigkeit versammelte.

Jetzt schlief sie schon einige Zeit, deshalb zog er langsam die Hand unter ihrem Hals hervor, so daß er sie noch mehr ganz bei sich spüren konnte und zugleich mit seiner Umarmung nicht gebunden war. Sie drückte sich voller Vertrauen an ihn mit leicht gebogenem Rücken und mit einem nach vorne geneigten Kopf, es war, als wäre sie im Spielen eingeschlafen. Er machte sich dabei klar, daß er, als er seine Hand zurückzog, seinem Bestreben nach Trennung und Freiheit gefolgt war.

Jetzt, im Banne der Großstadt, war diese Wahrheit anspruchsvoller als in der entfernten Heilstätte. Denn hier, im Hotelzimmer, fühlte er sich noch isolierter von den arbeitenden Menschen, er war ein Reisender, ein Ausflügler zwischen Wohnhäusern und Geschäften. Und alle Herde, die Essen zubereiteten, all die Massen in der Metro, die Mechaniker, die Zeitungsverkäufer – alles war um ihn herum. So stand er vor ihnen wie im Mittelpunkt eines Amphitheaters, von allen Seiten umgeben. Dieser Hinterhalt aber war zugleich stumm, als ob sich alle zur Gleichgültigkeit verschworen hätten, welche noch vor kurzem offensichtliche Verachtung war. Und so erwachte in ihm wieder das Bedürfnis nach Planung, nach menschlicher Gemeinschaft, das sich immer so lebhaft gerade nach der Liebe zu Wort meldete. Weil direkt nach dem Stillen der Unruhe des Blutes Herz und Verstand so vollkommen bereit sind für neue Aufgaben. Dennoch durfte dieser neue Lauf der Ereignisse nicht das weibliche Wesen an ihr Ufer zurückwerfen, so daß das Verhältnis wieder ein beschützendes, herzliches, aber im Wesen ein entferntes war, umgeben von den autonomen Elementen der männlichen Natur.

Arlettes Körper zuckte zusammen, als hätte noch die letzte Faser auf das Klingen eines entfernten Echos gewartet. Und er erinnerte sich des Erstaunens, beinahe des Erschreckens, das ihn überfiel, als ihr Körper sich das erste Mal so im Schlaf bewegte. Jetzt hielt er diese verborgenen Funken in ihr für Überbleibsel eines Stroms, den er selbst ausgelöst hatte, und sie waren Einladung zu einer Empfindung gewogener Genugtuung. Vielleicht liebten sie sich ja wirklich zu sehr. Diese Kraft und dieses Selbstbewußtsein, die er hatte, als er sie nur liebkoste, waren viel stärker als dann der Höhenflug, der von ihr hinwegführte. Sie war ein noch ungeöffneter Besitz, und der Gedanke an die Einnahme ihrer Glieder kollidierte damals mit dem automatischen Wunsch nach Aufschub. Denn ist die Reihung stereotyper Bewegungen der Leidenschaft wirklich eine Bereicherung? Ist nicht der fieberhafte Keil, sein Körper zwischen ihren Gliedern, auch eine Niederlage? Hätte er sie nicht lieber unendlich in sich aufgenommen? Sie gehegt wie eine Kostbarkeit, die für ihn und in ihm richtig war und fruchtbar, wenn sie lange am Ende seiner Hände verblieb? Und zugleich war die Weichheit, der sanfte Frühling ihres Körpers eine Wahrheit, von der er wußte, daß sie notwendig war, wie das Tal für den Ablauf des Gebirgswassers. Die Seide ihrer Haut war die Frische der Schichten des Meeres, die sich durch die Kraft des schlanken Kiels zerteilten. Sie sind ihm unterlegen, ja, aber sie umarmen ihn auch, tragen ihn, haben ihn in seiner Gewalt, sie sind ihm Weg, Materie, in der ein Teil seines Wesens versinkt und über dessen Richtung nur das scharfe Auge auf der Kapitänsbrücke etwas wußte. Ja, weil sein Bewußtsein immer wach war, wiegte es sich nicht wie das ihre im betörenden Nebel des Vergessens.

Er sah sie an. Einen edlen Ausdruck hat das Antlitz einer Frau nach der Liebe. Man sah, daß es von jeder Beimengung an Alltäglichkeit gereinigt und auf ihm jede Härte geschwunden war. Und es wird offenbar, was der Mann vorher fühlte und was für immer, wenn er nicht die Veränderungen ihrer Züge durch das Liebesgewitter erlebt hätte, nur ein Trugbild geblieben wäre. Und er sah auf einmal Mija. Auch ihr Gesicht wurde nach der Liebe so kindlich rein, daß man sich bei ihm auf einmal viel zu flach fühlte.

Arlettes Hand bewegte sich, sie strich ihre Haare aus der Stirn und rieb sich mit ihrem Handrücken die Augen.

„Warum hast du mich nicht geweckt?"

„Ich habe dich angeschaut."

„Und was hast du dabei gedacht?"

„Daß in der Liebe das Gesicht der Frau wunderbar unschuldig wird."

„Also hast du nicht nur an meines gedacht."

„Vor allem an deines."

„Und an welches noch?"

„An Mija habe ich mich erinnert."

„Es ist recht, wenn du an sie denkst. Wenn sie nicht gefallen wäre, wäre sie jetzt deine Frau."

„Ich weiß nicht. Der Reichtum ist ein außerordentlich einflußreicher Erzieher."

„Die Liebe würde ihr mehr als alles andere bedeuten."

„Ich weiß nicht."

„Sicher. Wenn sie so einfach und entschlossen war, wie du sie mir geschildert hast."

„Schade, daß die Zeit, in der sie sich selbst so wohl fühlte, so kurz war."

„Aber vielleicht ist es besser, etwas stark zu durchleben, auch wenn es nur für eine begrenzte Zeit ist, als Jahrzehnte hindurch seine gelangweilte Alltäglichkeit mit sich zu schleppen."

Dann schwiegen sie. Nur die Katze beklagte mitten im Zimmer ihre Einsamkeit.

„Ihr gegenüber muß ich mir jetzt vorkommen wie aus einem Kindergarten entlaufen."

„In manchem bist du ihr aber auch ähnlich."

„Solche Schmeichelei nützt nichts."

„Es ist keine Schmeichelei. Trotz der Sachlichkeit ihres Charakters war sie eigentlich ein Wesen, das den Wert des Hintergrundes spürte."

„Ich stelle sie mir als Siegerin vor, die ihr Leben in die Hand nahm."

„Ihr Antrieb war die Unabwendbarkeit einer Lawine. Darin liegt auch der Unterschied zwischen ihr und dir. Aber zugleich ist euch beiden gerade die einfache, unverhohlene Hingabe an das Leben gemeinsam."

„Seit ich mir mehr über mich klar bin, erscheint es mir, als könnte ich keine richtige Beziehung zu den Menschen bekommen."

„Das ist deshalb, weil dich das nur geometrische Äußere der Gegenstände nicht zufriedenstellt."

Ihr Kopf hob sich plötzlich, und ihr Gesicht war heiter und ein wenig spöttisch.

„Weißt du, daß sie in der Schule bei mir eine Begabung für die Malerei festgestellt haben? Sogar einen ersten Preis habe ich erhalten!"

„Du solltest da weitermachen."

„Ja. Aber mein Vater hat die Farben ins Feuer geworfen."

„Und wer weiß, wie stolz er auf deine Werke geworden wäre."

„Armer Papa. Schließlich ist er ein armer Kerl, bei meiner Mutter konnte sich seine unruhige Natur nicht entfalten, so lebte er auf seine Art neben ihr her. Mich, seine Tochter, hielt er für nach ihm geraten und doch eigentlich ganz anders."

„So herrschte er mit seinem absoluten Willen."

„Dabei aber war er wie ein wildes Tier an einem Strick, immer von neuem wurde ihm bewußt, daß ich ihm entwischte."

Dann schwieg sie, und es war, als müßte man lange auf eine Fortsetzung ihres Satzes warten. Aber dem Schatten, der ihr über das Gesicht strich, folgte keine Erklärung. Sie blieb nur verdichtete Gedankenverlorenheit.

„Was ist dir?“

Aber als er sich zu ihr beugte, wurde ihr Gesicht noch ernster. Und es war, als würde es wegen des Kusses ernst, zugleich aber war es, als ob der Kuß der einzige Ausweg aus der plötzlichen Wirrnis und dem Erschrecken war. Ihre geschürzten Lippen bebten kaum sichtbar.

„Was ist geschehen?“ fragte er wieder.

Aber schon waren ihre Augen wieder aufmerksam.

„Wenn wir durch die Stadt gehen, werde ich es dir erzählen.“

Jetzt hörte man wieder die Katze.

„Minette. Du arme Kleine.“

Sie stand auf, zog ihre flachen Schuhe an und ging zu ihr.

Er war böse über ihre Selbständigkeit, obwohl auch die ihn mit ihr verband. Zugleich beobachtete er ihren Körper und ihre freien Bewegungen, als wäre in ihnen aller Wert dieser Welt gelöst worden. Und wie blitzartig wurde ihm die Möglichkeit einer neuen Antike klar, die Verwirklichung einfacher Menschlichkeit ohne Masken. Die Frau und die Liebe, die diese in uns hervorruft, ist eine Bürgschaft dafür, daß die Menschheit trotz allem wieder alles von vorne beginnen kann, dachte er sich.

„Wir müssen etwas essen“, sagte er. In seiner Stimme war nur noch ein Schatten von Unwillen, daß sie jetzt das braune Wollknäuel Minette an ihrer Brust hielt, während sich die weiche Biegung ihrer Hüften klar im Licht abzeichnete, das durchs Fenster schien.

XLVIII

Es war der Bummel zweier junger Liebender, die zuhause ausgerissen waren und sich einen Ort anschauten, an den sie gekommen waren, um zu verbergen, daß sie zusammengehörten. Und weil sie beide Montmartre aus Mac Orlan und aus Carco kannten, weil in beiden Degas, Toulouse-Lautrec und Renoir präsent waren und beide sich genügend als Vagabunden empfanden, fühlten sie sich, als sie in der Prozession der Fußgänger auf dem breiten Trottoir liefen, ganz wie zuhause. Sie waren keine Ausflügler, die sich eine Sehenswürdigkeit betrachteten, sondern sie hatten staunende Augen, denen sich eine schon lange erwartete wunderbare Entdeckung darbot.

Dieses Getümmel auf den Straßen, dachte er sich dabei, das ist die Hauptsache. Freilich war im Hintergrund noch immer die schlimme Kälte der Okkupationsjahre zu spüren, aber es war zu sehen, daß die Hausfronten schon beinahe wieder ihr einstiges Aussehen gewonnen und die Fenster den Zauber wohlmeinender verständiger Augen angenommen hatten. Doch hatte er in diesem Moment auch den Eindruck, als hörte er die Sängerin im Theater Dix-Heures, wie sie 1943 die Zuspätgekommenen ansprach, die sich in der Menge Einlaß verschaffen wollten: „*Es ist nicht leicht, da vorzudringen, nicht wahr? Man könnte meinen, wir sind in Stalingrad!*" Und dann bringen diese Worte in dem kleinen Theater einen Strafangriff der Nazis ins Rollen, und es fallen Revolverschüsse.

Und eine kurze Zeitspanne lang kam es ihm vor, als wäre nicht mehr Arlette neben ihm, sondern als ginge er allein durch seine besetzte Heimatstadt und sei zugleich von Angst und von einer verrückten Begeisterung für den Widerstand durchdrungen. Dann ist er noch dort und ist doch schon hier, gerettet in der Menge am Montmartre. Er hörte den Klang schwerer Stiefel, und zugleich war sein Ohr angezogen vom Rhythmus befreiter Schritte. Er sah die gefallene Mija, aber auch, wie sich ein junger Mann, der jetzt vor ihm sein Mädchen über das Pflaster führte, zu ihrem Gesicht neigte.

Und auch er selbst neigte sich zu Arlette, so daß sie sich im Spaß über seinen Kuß lustig machte; denn das französische Mädchen wunderte sich nicht über einen Kuß auf der Straße, sondern eher über den Ausdruck seines Gesichtes. Er war froh und gedankenverloren. Und auch deshalb antwortete er ihr mit einer lässigen Schulterbewegung auf die Frage, so daß sie seine Haltung ahnte und ihn schweigend an der Hand nahm. Und er war reich durch ihr Schweigen und durch ihre Hand, dachte aber dabei doch an den Rauch des Krematoriums und fühlte eine kopflose Genugtuung, daß er *dort* war und jetzt hier sein konnte. Eine Genugtuung für sich, für seinen Körper. Aber noch mehr für diese Umgebung, zum Beispiel, daß hier trotz allem, was *dort* war, hier nun die beiden Verliebten vor ihnen gingen und sich in ihrer abgeschlossenen und vertrauten Welt liebkosten. Daß eine solche Welt noch möglich war. Daß sie ganz einfach *existierte*. Und daß Arlette und er auch darin lebten, auch wenn er noch an der Welt beteiligt war, wo die Leute in den gestreiften Anzügen sich mit roter Farbe zwei große N auf den Rücken malten. Nacht und Nebel. Ja, er, der Zeuge aus dieser Welt, deshalb würde er nur mit seiner Anwesenheit, wenngleich unbekannt und anonym, den Wert dieses Kusses auf dem Pflaster im Lichte der Farben Utrillos bekräftigen.

So wühlten sie in den Büchern an der Seinemauer und fanden dann *Le Grand Meaulnes* in einer schönen Ausgabe und Panait Istratis *Tarantsoula*. Und so fuhren sie dann wegen einer Bilderausstellung aus der Welt der Lager nach Montparnasse.

„Nein“, sagte er dann dort. „Mit intellektueller Kälte und mit epigonem Kubismus kann man diese Welt nicht herbeizaubern.“

„Wer weiß, ob der Maler überhaupt dort war.“

„Auch wenn er dort war, hat ihn formale Eitelkeit dazu verführt, daß er die unendliche Bescheidenheit vergessen hat, die solch ein Stoff von ihm forderte."

Deshalb war dann der Jardin du Luxembourg wie ein grüner Ort der Zuflucht.

„‚Wasserspiele und auf den Sitzen, die einst grün waren, Verliebte, die so zerzaust waren wie der Springbrunnen'", zitierte er ihren Satz.

„Weißt du, wie du bist?"

„Froh. Ich bin ganz einfach froh."

„Zuerst möchtest du, daß ich dir schreibe, dann machst du dich darüber lustig."

„Einen Gottesraub würde der unternehmen, der sich über deine Briefe lustig machte."

„Ich werde dir nicht wieder schreiben."

„Das wirst du. Und das wirst du schon morgen, wenn du zuhause mit deiner Wanduhr zusammen in deinem kleinen Zimmerchen bist. Ganz schnell wirst du dann auf kariertes Papier schreiben, das du aus dem Haushaltsbuch herausgerissen hast."

Sie entschlüpfte ihm schelmisch.

„Du, das ist wirklich wundervoll. Diese einstigen Haushaltsbücher sind nicht kaputt zu bekommen. Immer nehme ich etwas davon."

Die Sonne hatte sich schon hinter die Bäume zurückgezogen, dennoch wollte sie, daß sie sich auf eine Bank setzten. Nur einen Moment. Sie würden wieder gehen, bevor sie die Kühle erreichte.

Der Springbrunnen im Becken beunruhigte das Wasser mit seiner unermüdlichen Dusche, eine junge Mutter sprach immer wieder auf ihren kleinen Sohn ein, der am steinernen Rand saß und ein blaues Schiffchen dem bewegten Wasser aussetzte.

„Ein richtiges Glück haben wir mit so einem Tag mitten im Dezember", sagte sie.

Aber er dachte noch immer an sie im Zusammenhang mit den herausgerissenen Blättern.

„Und dein Vater? Weiß der, wem du schreibst?"

„Vater? Früher hat ihn das nicht interessiert, aber jetzt ist ihm klar geworden, daß es ernst ist, und da hat er begonnen, zu toben."

Sie beobachtete das Kind, das sich gegen seine Mutter auflehnte und nicht mehr von dem Becken weg wollte.

„Davon habe ich dir im Zimmer gesagt, daß ich es dir später erzähle", sagte sie nach einiger Zeit.

Er lächelte.

„Er mag mich nicht, weil ich Patient bin?"

„Er sagt, er wird nie erlauben, daß ich ins Ausland gehe. Daß ich nie wieder die Schwelle seines Hauses übertrete, wenn ich wirklich gehe. Und daß er mich überhaupt nicht mehr als seine Tochter anerkennt."

Noch immer blickte sie vor sich hin.

„Eine Art von halbgültiger Verfluchung", sagte sie dann und verzog die Miene.

Dann wandte sie den Kopf.

„Ich habe einen Brief von Josephine bekommen." In ihren Augen gab es einen Abgrund grauen, unaufgelösten Zweifels.

Wieder blickte sie verschlossen vor sich hin.

„Vater hätte Alfred gerne zum Schwiegersohn", sagte sie still.

Er zuckte mit den Schultern. „Wer ist das?"

„Das hab ich dir doch gesagt. Ein Mitschüler. Er liebt mich schon jahrelang."

Er beobachtete ihr Gesicht. Es wurde langsam runder, als ob unter der Wärme der plötzlichen inneren Bewegung ihre Züge weicher geworden wären. Und es wäre ihm unangenehm gewesen, wenn sie möglicherweise geweint hätte bei dem Gespräch über so aussichtslose und traurige Dinge. Liebe, die zum Argument für die Verwandtschaft, für die Bekannten und die wohlmeinenden Tanten geworden ist. Nur jetzt keine Tränen. Schon die ganzen Umstände waren sinnlos genug.

„Alfred. Er hat gesagt, er wartet auf mich."

Es wurde kalt, und er kreuzte die Füße übereinander. Sie sollte aufhören, sagte er sich.

„Zu meiner Mama kommt er noch immer wie zu den Zeiten, als wir noch in die Schule gingen. Er hat ihr sehr gefallen, meiner Mama, weil er gut und fromm war, aber sonst mischte sie sich nicht in die Sache. Sie hat es an ihrer eigenen Haut verspürt, was eine Bindung, die man sich nicht selbst ausgesucht hat und die andere geschmiedet hatten, bedeutete. Vater aber nicht. Er ermuntert ihn und versichert ihm immer wieder, es werde schon alles gut werden."

„Und warum hat er ihn so ins Herz geschlossen?"

„Er ist der Sohn eines reichen Handwerkers."

Sie sah ihn an.

„Vater würde gerne mit mir das verwirklichen, was ihm selbst nicht geglückt ist. Trotz aller Anstrengungen ist er nämlich nur ein einfacher Verkäufer, das aber verfolgt ihn, als wäre es eine unauslöschliche Demütigung."

Sie sah wieder zu ihm hin.

„Alfred ist eine sanfte und unterwürfige Seele, und dem Vater ist es klar, daß er nach mir auch leicht die Oberhand über ihn behalten würde."

Wie genau sie ihn sezierte, dachte er voller Verwunderung, auch nicht das kleinste Detail entgeht ihr. Und welche großartige Mitarbeiterin wäre sie für ihren Vater, wenn sie sich mit ihm zusammentäte.

Die Dunkelheit legte sich auf die Bäume, sie brauste mit dem Wasserstrahl auf das bleierne Wasser. Laß uns gehen, würde er ihr gerne sagen, aber er war gefangen in einem Gefühl von Elend und Grau, das ihn überkam. Und wie von selbst kamen die Bilder von Paris aus den Tagen wieder hervor, als er mit den Stiefeln an der Porte Clignancourt stand. Diese Gegenstände, die diese stille Prozession von Überlebenden einer Überschwemmung da trug. Die Lederflecken aller Formen auf der Bank. Kämme mit sehr schiefen und sehr scharfen Zähnen. Frauenwäsche von zu stark rosiger Farbe. Und der Nebel von gelbem Staub, der sich da wie der Rauch nach einem kaum erstickten Feuer ausbreitete. Und die Stiefel, von denen er auch später noch meinte, daß sie ihm unter der Achsel entkommen wollten, um auf dem Staub dort zu marschieren wie auf einer unübersehbaren Ascheschicht.

„Und du?"

„Seine Pläne sind mir vollkommen einerlei."

Und ihr Gesicht war ernst und unbeweglich.

„Wenn er dich aber nicht mehr in seinem Hause sehen will? Er ist ja wohl in der Lage, sein Wort zu halten."

„Natürlich ist er das."

Nach einiger Zeit murmelte sie mit veränderter Stimme:

„Mama würde mir fehlen." Ihre Hand suchte automatisch die seine.

„Alles wird recht", sagte er. „Es gibt noch keinen Plan, abzureisen. Deshalb gibt es auch keinen Grund, beunruhigt zu sein."

Ihre Hand befreite sich wieder.

„Er will, daß ich zu ihm nachhause zu Besuch komme."

„Der Vater?"

„Alfreds Eltern feiern ihren Hochzeitstag."

„Und sie laden auch dich ein?"

„Alfred hat sie davon überzeugt."

„Das heißt, daß dies zu deinem Entschluß geführt hat, jetzt nachhause zu fahren."

„Sprich nicht so, Radko."

Fast ganz waren sie nun von der Dunkelheit eingehüllt, und

die Kälte drang in ihre Kleidung vor. Und es war ihm, als sollte er jetzt aufstehen und damit ein Zeichen zum Weggehen setzen, aber jetzt fühlte er sich sehr schwach, und deshalb wartete er.

„Der Zufall wollte es, daß ich jetzt nachhause gehe. Und Josephine schreibt, daß der Vater ausgerufen hätte: ‚Gerade recht, das kommt wie gerufen!'"

„Und du?"

„Es liegt mir nichts an diesem Besuch."

„Du wirst aber trotzdem fahren."

„Ich habe mir gedacht, daß ich mich damit überhaupt nicht binde."

Und ihre Hand suchte wieder die seine; aber er zog seine Hand weg.

„Warum bist du so. Papa kann seine Sucht nach Anerkennung ein wenig stillen, und ich werde nach zwei Tagen wieder bei dir sein."

Sie sah ihn an.

„Seine Eltern mögen mich nicht, Radko."

„Das wirst du dann feststellen, wenn sie dich kennenlernen."

„Ich bin eine zu arme Braut für ihren Sohn. Alfred selbst hat es mir vor Jahren anvertraut."

„Aber er will dich trotz allem haben."

„Ja. Aber gegen meinen Willen, Radko. Das darfst du nicht vergessen."

„Aber trotzdem. Und dein Besuch wird für ihn dabei auch noch eine Demütigung sein."

„Nein. Josephine sagt, daß Vater stolz wie ein Puter im Haus herumläuft, weil die Einladung ein Beweis dafür sei, daß Alfreds Eltern ihre Haltung zu mir geändert haben."

„Aber warum sagst du dann, daß sie dich nicht haben wollen?" sagte er streng und stand auf.

Sie setzte sich nach vorne, als wäre sie verwundert über seine unerwartete Bewegung.

„Es ist kalt", sagte er und trat auf der Stelle.

Sie erhob sich und folgte ihm. Und in dem Moment fühlte er Mitleid mit ihr, die da so klein war und nun in einer schwierigen Falle gefangen; zugleich schien ihm, als sollte er einen Schritt zulegen, um das Ziel in der Finsternis nicht zu verfehlen. Das Rauschen des Springbrunnens entfernte sich und überließ sie so noch mehr sich selber und einen jeden von ihnen für sich.

XLIX

„So habe ich mir den Park gewünscht", sagte sie nach einiger Zeit.

Aber er schwieg. Und er wußte, daß sein Schweigen unendlich lang dauern würde, weil sie sich in ihn verspinnen und so nicht mehr aus der Situation herausfinden würde.

Sie traten auf den Boulevard St. Michel, und er bemühte sich nicht, die Metrostation zu finden, wo sie dann zum Abendessen fahren wollten, bei dem sie nebeneinandersitzen würden und nicht schweigen könnten. Es wiederholte sich dann die Situation vom Nachmittag im Zimmer: als sie rezitierte; als sie sich über das Lager unterhielten; als sie schlief. Und die ganze Zeit über wußte sie von dem Besuch, zu dem sie morgen aufbrechen würde. Dabei wurde ihm klar, daß sie eigentlich unglücklich war und daß sie von der Offensive ihres Vaters überrascht worden war. Und er hatte Lust, sie unter der Achsel zu kitzeln und mit Scherzen eine Veränderung der Atmosphäre einzuleiten. Sie würde sehr schnell zu lachen beginnen und selber zu Scherzen übergehen. Aber es ärgerte ihn die Untiefe, in die sie ihre Liebe gebracht hatte. Ihre Beziehung, die man auch in Gedanken nicht mit irgendeiner anderen vergleichen konnte. Ihr Suchen nach der bösen Stunde, die alle Anzeichen der Apokalypse in sich trug.

Am Place Cluny zeigten Lichter am Boden eine Metrostation an.

„Fahren wir mit der Metro?"

„Ja, wir müssen zum Abendessen." Er zwang sich, einfach und unbeteiligt zu wirken, aber es wirkte nur förmlich. Und auch in der Metro war es nicht anders, obgleich sie zu sprechen begannen, weil die Mitreisenden sie beobachteten.

Ebenso war es beim Abendessen.

Ebenso im Kino.

Es war weit bis zu den Champs-Élysées, aber Disney wurde nur dort gezeigt, und sie hatten abgemacht, sich Disney anzusehen.

„Gehen wir woandershin, wenn es zu weit ist", sagte sie, als sie an der Wand den Streckenverlauf betrachteten.

„Das macht nichts."

Aber im stillen mußte er zugeben, daß ihm weder Kino noch Walt Disney am Herzen lagen. Dennoch milderte sich in dem dunklen Saal seine Härte. Die Spannung und das Mitgehen der Menge vor diesen lebendigen Zeichnungen faszinierten ihn. Und er sah sich in der Dunkelheit im Kino an der Barriere mit Charly Chaplin auf der Leinwand und mit der alten Pianistin, die in der Ecke das verstimmte Klavier malträtierte. Charly und die Gesichter, mit Creme verschmiert, sie aber, die Jungen auf den Sitzen, lutschten erregt Karamellen und knackten Pistazien, so daß man es hören konnte. Und es war kein Vergleich möglich zwischen dem riesigen, modernen Saal und dem damaligen Raum, der so etwas wie ein Lagerschuppen war und der graue und windschiefe Wände hatte. Aber er war doch dort, als kleiner Steppke, ganz verrückt nach Charly, nach Tom Mix und Buffalo Bill. Und diese Verbindung zu seinen Jugendjahren trennte ihn noch mehr von ihr. Gerade wegen dieses unerwarteten Ausfluges in die Vergangenheit beschäftigte er sich auch in seinen Gedanken nicht mehr mit ihr; und als in der

Dunkelheit ihre Hand die seine suchte, da entzog er sich nicht mehr. Zwar ließ er sie keine Wärme spüren, aber er hielt sie aufmerksam und ergeben. So hält der Vater die Hand seiner Tochter, wenn der Zahnarzt sie mit dem Bohrer bearbeitet, und er hat dabei volles Verständnis für die Tochter und zugleich auch Vertrauen in die Kenntnisse des Zahnarztes.

Auf dem Heimweg entspannte sich ihr Verhältnis ein wenig; aber dies war mehr eine Folge der Umstiege an den Stationen als eine Veränderung der inneren Situation. So wohl verbindet sich bei verheirateten Leuten die Sorge für äußere, sachliche Verrichtungen mit dem Leben, wenn der erste Zauber vergangen ist. Dann stiegen sie aus an der Station Cadet, und um sie herum war die Stille der schlafenden Stadt, in ihnen aber erwachte ungewöhnlich intensiv ein Widerstand gegen die Traurigkeit ihrer Lage.

Und er wünschte sich, allein zu sein. Er sah sich als ganz wachen Stadtstreicher auf den nächtlichen Straßen, mit den Händen in den Taschen, ohne Gedanken an die Zeit. Er war ein einsamer, aber beteiligter Beobachter. Und zugleich unbeteiligt, offen für jedes Zusammentreffen, für jeden nur möglichen Eindruck. Und er fragte sich, warum er mit ihr zusammen war. Sollte doch der morgige Tag kommen, und sollte sie doch dahin gehen, um sich bewerten zu lassen. Hatte es der Zufall doch wie absichtlich so eingerichtet, daß er jetzt seine Unabhängigkeit gewinnen konnte. So löste sich alles der Reihe nach und auf einfachste Art und Weise.

Der Pförtner war sehr höflich, als er ihnen den Schlüssel gab. Und voller Verständnis dankten sie ihm mit einem Lächeln für seine eingespielte Freundlichkeit.

Als sie aber die Treppe hinaufstiegen, fuhr Arlette plötzlich zusammen.

„Minette, ich habe sie vollkommen vergessen."

„Sie hat zu fressen in Hülle und Fülle", murmelte er. Minette, sagte er sich, sie ist für sie von entscheidender Bedeutung. Und er hatte dieses deutliche, schon bekannte Gefühl, sie sei in kindlichen Zwängen befangen. Aber ihr Gesicht war besorgt, und ihre Schritte wurden schneller, als bedrängte sie eine plötzliche Ahnung.

Hinter dem geschlossenen Fenster, das auf den Hof hinabschaute, war nämlich ein schwaches und entferntes Miauen zu hören. Jetzt sind erst die Katzen an der Reihe, sagte er sich, und er sah diese Frau, die jeden Tag eine Tasche voller Futter den Katzen im Volksgarten brachte. Er lief hinter ihr her, die fast rannte, und er war zufrieden, daß das Treppenhaus schön, beinahe elegant war; er hätte um keinen Preis der Welt gewollt, daß sie beide in diesem Moment ein trauriges Treppenhaus mit elender Umgebung um sich gehabt hätten.

„Renn doch nicht so", sagte er, aber eher, um diese quälende Stille zu durchbrechen, als aus dem Wunsch heraus, sie aufhalten zu wollen. Aber als er dann die Tür aufschloß, bemerkte er, daß sich diese unklare Angst auch auf ihn übertragen hatte.

„Minette", rief sie, noch bevor das Licht anging. Durch das offene Fenster kam die Kühle des dunklen Meers der Dächer in das Zimmer.

„Minette!" Aber ihre Stimme war fast klagend. Sie ging zu Schrank und Bett, kniete auf dem Teppich nieder. Ihr Blick war verträumt, ihre Bewegungen fieberhaft.

Auf dem Boden stand das Gefäß mit der Milch, daneben Brotkrumen.

Dann hörte man auf dem Hof wieder das schwache Miauen.

„Minette!" Und sofort rannte sie zum Fenster. „Meine kleine Minette!" Und sie beugte sich über das Geländer, so daß ihr Körper in der Dunkelheit hing.

Er sprang zu ihr und hielt sie an der Schulter fest. Aber ihre

Hände umklammerten krampfhaft das Geländer, während ihr Körper sich streckte und verhärtete.

„Wir haben sie fallen gelassen." Und sie zitterte am ganzen Leib. „Wir haben sie fallen gelassen."

„Beruhige dich", murmelte er. Er versuchte sie zu sich umzudrehen, weg von der Dunkelheit und dem Abgrund. Aber ihre Glieder waren jetzt noch härter und steifer. Als wäre sie versteinert, alles an ihr, außer den Augen, die unaufhaltsam Tränen vergossen und die fiebrigen Wangen benetzten. „Minette!" rief sie aus, befreite sich von ihm und rannte hinaus.

Er rannte hinter ihr her, aber sie hörte nicht auf seine Worte. Ihr lautes, verzweifeltes Weinen weckte das abwesende Treppenhaus auf.

„Meine Minette", schluchzte sie.

„Komm", flüsterte er und nahm sie an der Hand. Aber sie eilte schon zu dem Pförtnerfenster und stand aufrecht vor ihm wie die Angeklagte vor der Schranke des Gerichts.

„Minette ist hinuntergefallen", sagte sie unter Tränen. „Sie ist auf den Hof gefallen."

Das Gesicht des Pförtners verriet höfliches Interesse und eine gewisse Verlegenheit. Der Mann konnte nicht verstehen, daß die beiden es waren, denen er gerade gute Nacht gewünscht hatte und die gerade noch so ernst gewirkt hatten.

„Suchen Sie sie", schluchzte sie. „Suchen Sie sie."

Der Pförtner kam hinter der Theke hervor.

„Wie schade", murmelte er.

„Suchen Sie sie."

Dann faßte er sie an der Schulter und ging mit ihr langsam in Richtung Treppenhaus.

„Beruhige dich", murmelte er und nickte dem Pförtner zu.

„Aber klar", sagte der Pförtner. Er war groß und stark, mit dem würdevollen Gesicht eines ruhigen Diplomaten. Und auch das Fenster im Erdgeschoß öffnete er mit einer routinierten Armbewegung, auch auf das Fensterbrett schwang er sich elegant, als wollte er mit seiner ganzen Statur betonen, daß dies nicht sein Geschäft sei, daß er aber wegen der ungewöhnlichen Umstände dieses gnädig besorge.

„Finden Sie sie." Und ihr Körper verhärtete sich noch mehr im Krampf, den er für einen Anfall kindlicher Paralyse hielt. Ihn aber, der nahe bei ihr stand, durchfuhr das Bewußtsein, in eine tückische Situation geraten zu sein, hinter der sich das Nichts ausbreitete. Der kalte Hauch von Leere und Vernichtung wie an jenem Morgen, als ihm aus der Kehle diese warme Flüssigkeit in den Mund drang. Und er war bestürzt, weil er diese Gefühle von der unerwarteten Äußerung ihres Gemütszustandes hervorgerufen sah. Es war, als wäre ihm etwas zum Schutz anvertraut worden, was seine Kräfte überschritt. Und er war betroffen und zugleich schuldig. Zugleich übervorteilt und mitverantwortlich.

Aus dem offenen Fenster kam die Kälte herein, aus der Dunkelheit hörte man ein kaum hörbares Miauen.

„Minette!" Ihren Körper erfaßte ein Zittern; so bebte ein hölzerner Pfahl als Ganzes, wenn man auf ihn schlug.

„Nicht so", sagte er. „Nicht so", wiederholte er wie in einem Schlaflied. Aber ihr Körper war so in ihrer Traurigkeit befangen, daß sie nicht zuhören konnte. Wegen der Schritte des Pförtners auf dem Drahtnetz, das sich spannte und knirschte, war ihr Zittern so heftig.

„Es ist dunkel", sagte der Pförtner wie zu sich selbst, das Netz unter seinen Sohlen gab gefährliche Töne von sich. Jetzt meldete sich auch das schwache Stimmchen wieder und erstarb gleich wieder.

Und es gab nur ihr Beben vor dem offenen Fenster und die Dunkelheit der stillen, kalten Nacht. Das Netz brach ein, der Pförtner aber schien verschwunden zu sein und nicht mehr zurückzukehren. Erst nach langem war er wieder da, aber er wirkte wie jemand, der lieber weit weg gewesen wäre.

Er faßte sie enger um die Schultern.

„Komm!“ sagte er, und seine Hand bezwang langsam ihre krampfgeschüttelte Starre. Aber ihr Körper war unempfindlich und abwesend. Trotzdem bewegte er sie mit der Zeit etwas, fast so als wäre sie ein Standbild.

„Laß mich“, sagte sie jetzt zornig; währenddessen streckte sie starr, ohne sich dessen bewußt zu sein, die Arme zum offenen Fenster hin. Aber jetzt bewegte er sie schon langsam, fast unmerklich zum Treppenhaus hin. Ein Standbild mit ausgestreckten Armen, dachte er sich, und er war froh, daß der Pförtner noch nicht im Fensterrahmen erschienen war. „Geben Sie sie mir!“

Aber doch folgte ihr Körper jetzt dem Druck seiner Hand, der sie hinaufführte. Gut, dachte er sich, trotz allem hat sie verstanden, daß es vorbei war. Und er fühlte sich erleichtert, weil sie sich von der Eingangshalle entfernten; am Fuß der Treppe sah er zwar den Pförtner, der, als er an das Fenster trat, seine große Gestalt beugte, aber jetzt war schon Arlette unerreichbar für seine Augen.

„Wir beide sind schuld. Wir beide haben sie umgebracht.“

„Komm“, flüsterte er, weil sie sich plötzlich widersetzte und wieder zurückwollte. So bewegten sie sich langsam, weil sie noch immer ganz starr war; und als er sie nach oben führte, hatte er den Eindruck, daß er vorsichtig sein mußte und aufmerksam wie bei einem Gegenstande, der jeden Augenblick zerbrechen konnte. So benahm sich der Packer, der bei einem Umzug eine wertvolle Vase aus Kristall oder Porzellan in die Wohnung trug.

Und auch im Zimmer stand er dann aufmerksam und besorgt neben ihr. Immer wieder wollte sie zum Fenster, um die Stimme aus dem Hof zu hören, aber er zog sie immer wieder zu sich. Er wünschte sich, daß es seiner Umarmung gelingen möge, die starre Haltung ihrer Glieder zu mildern, es wurde ihm aber klar, daß er wie ein Krankenpfleger war, der sich eine notwendige Therapie für eine Kranke vorgenommen hat. So half er ihr trotz ihres Widerstandes dagegen, sich hinzulegen. Und als kämen bei dieser alltäglichen Verrichtung ihre Bewegungen langsam wieder ins Gleis, fand auch ihr Körper langsam wieder ein wenig zu seiner Geschmeidigkeit zurück.

Nur das Zittern schüttelte sie weiter und wurde sogar dann nur wenig schwächer, als er sich zu ihr legte und sie eng an sich drückte.

„Wir beide haben sie umgebracht."

„Wir haben das Fenster offengelassen, damit sie frische Luft hat", sagte er weich. „Nicht wahr?"

„Ja", murmelte sie durch ihr Stöhnen hindurch. „Die Sonne hat so schön geschienen, so daß es eine Sünde gewesen wäre, das Fenster geschlossen zu lassen."

„Wir haben uns so über das Fenster begeistert und an die Mansarde und an so viele andere Dinge gedacht, daß uns gar nicht in den Sinn kam, daß Katzen auch durch enge Gitterstäbe schlüpfen können."

„Sie war so klein, die Arme."

„Ja."

Aber jetzt ist es besser, ich schweige, damit sie einschläft, dachte er. Und er fuhr mit seiner Hand über ihre Schulter und ihren Hals, ordnete ihre Haare und kehrte wieder zu ihrer Schulter zurück. Sie wandte ihm den Rücken zu, so daß die Oberschenkel ihrer angewinkelten Beine auf seinen Oberschenkeln lagen, und seine Hand fuhr über diese weiche Biegung und kehrte wieder zurück im langsamen, aber ausdauernden Rhythmus von öligen Wogen, die auf dem seidigen Sandufer ankamen und wieder gingen. Und es tat ihm leid, daß dies keine richtige Liebkosung, sondern ein Beruhigungsmittel war, das sie zur Ruhe und in den Schlaf brachte.

Und nach kurzem wurde ihr Körper ganz entspannt, und doch waren noch immer kleine und schnelle Vibrationen zu spüren, die die Ankunft des Schlafes anzeigten.

„Wie bist du gut zu mir." Aber es war schon ein Murmeln im Halbschlaf, als sie sich noch einmal umdrehte und sich dann in seinen Schoß hineindrückte.

Gut? Als ob dies im Leben etwas entscheiden konnte. Und es wurde ihm klar, daß er sich befreien und alleine liegen mußte. Schon, weil auch das Gefühl, ein schutzloses Wesen beschützen zu müssen, echt sein konnte, und echt war auch daran, sich in ihre Welt hineinzuversetzen. Aber die Frage war ja, ob er für solch ein Kind den Krankenpfleger spielen sollte. Und dabei blieb er bei dem Wort Krankenpfleger hängen. Ja, *dort*. Aber trockenen Mündern Kohlepulver zu geben und dann die knöchernen Gestalten mit schwarzem Mund und schwarzen Zähnen in den Verschlag hinter die Baracke zu tragen – das war die sehr reduzierte Form des Krankenpflegerberufs. Für sie brauchte man die zarten Hände einer Krankenschwester. Nein, es stimmte nicht, er wüßte ja zart zu sein und väterlich; ohne Schwierigkeiten wüßte er dies. Ein Beweis dafür waren ihre eben geäußerten Worte des Dankes. Aber wichtiger war jetzt wieder die Frage, ob der, der *dort* Krankenpfleger war, berufen war, ein solches Wesen hier unter den lebenden Menschen zu hüten und zu pflegen. Alle seine Tage mit dieser beschirmenden Tätigkeit auszufüllen? Da hinein alle Anstrengungen einer Rettung zu legen? Einen breiten Horizont auf ein Mädchen zu verengen, das wegen einer normalen Katze solch eine Erschütterung erlebte?

Langsam befreite er seine Hand unter ihrem Körper.

Jetzt hatte er den Eindruck, als läge neben ihm eine Unbekannte. Und wieder sah er ihren Körper, der steif aufgerichtet bebte, doch schien es ihm auch, daß das alles einst weit weg war, und er würde sogar nicht darauf schwören, daß nicht alles nur ein Trugbild war. Aber er war jetzt hier und gerade unten bei dem Pförtner. Und es wurde ihm klar, daß ihr Hang zur Unabhängigkeit ein realistisches Aussehen erhielt. Ein solches Wesen kann sich einen sorglosen Herrn leisten. Und der kümmert sich um sie wie in einem Gewächshaus. Was sollte ein Schiffbrüchiger mit ihr anfangen? Sollte er sie auf ein Stück Holz setzen, das kaum für einen reichte? Aber im nächsten Moment fühlte er, daß sein Gedanke auf einen Seitenweg geriet. Bequemlichkeit gab es viel zuwenig für sie. Es gab nur Kulissen. Nur eine Bühne. Und wieder schien ihm, daß er an einem Grenzstein zwischen zwei Welten stand und daß er keiner angehörte. Und unerwartet erinnerte er sich der Elsässer Mädchen, die sie in der Dunkelheit mit den Lastwagen abtransportierten; und da war er auch wieder unbeschreiblich weit weg von ihr.

Nur auf dem Nachbarbett lag sie, aber doch war sie einer anderen, unbedeutenden Welt teilhaftig. Und ganz überrascht und fast abgründig stellte er fest, wie natürlich und mit welcher Leichtigkeit er sich aus ihrer Welt ausschloß und auf ein Gebiet trat, wohin sie niemals kommen konnte. Denn diese Mädchen damals weinten nicht, obwohl sie berechtigte Gründe hatten, denn sie wußten, warum sie in das Vernichtungslager deportiert wurden. Sie waren Einheimische, Elsässer Frauen und Mädchen, vielleicht gefangene Anhängerinnen des Maquis in Donon, die im Lager Schirmeck eingesperrt waren, wo es kein Krematorium gab. Wer konnte das wissen. Deshalb rätselten sie zuerst in den Baracken herum, dann aber verstummten sie aufsässig und ohnmächtig. Weil sie so niederschmetternd war, diese Ankunft der Fahrzeuge, die mitten in der Nacht den jenseitigen Steilhang herabkamen zu den in den Berg eingehauenen Terrassen. Es kam eine gewisse Zufriedenheit auf, daß die

Alliierten nahe waren, daß die Flugzeuge dieses bergige Land überflogen, daß die SS-Leute Gräben um das Lager aushoben. Über die Mädchen, die sie in den Barackenknast einpferchten, von wo es nur einige Schritte zu dem nie verlöschenden Ofen waren, waren sie auf eine besondere Art erschüttert gewesen. Man konnte sich den Verlauf ihres Schicksals nur vorstellen, aber diese Bilder begleitete das irre Bewußtsein von der zerstörten Männlichkeit beim Ende der Nachfolgerinnen des Menschengeschlechts, weswegen auf der untersten Terrasse über dem schmalen Schornstein die Flammen loderten und die Funken davonflogen. Erst als sie die Baracken leerten und in Richtung Dachau fuhren, erzählte im Viehwaggon der weißhaarige französische Doktor, wie er aus seiner Baracke die Geschehnisse mit den Frauen und Mädchen verfolgt hatte. Jede für sich brachte ein SS-Mann über den leeren Platz und verschwand mit ihr im Inneren des Blockes mit dem Ofen. Eine nach der anderen, in festen Abständen. Und keine weinte, sie gingen still und ruhig, und er war fast der Nacht dankbar, daß sie dieses Unglück zudeckte. Ja, und er erinnerte sich ihrer jetzt, weil sie so geschluchzt hatte.

Er legte seine Hand an den Kopf. Schluchzen wegen einer Katze. Und er starrte vor sich hin, als hörte er wieder das Geräusch der Lastwagen, die den Abhang auf der Seite herunterkamen, wo das Krematorium lag, als sähe er ein Mädchen in der Begleitung eines SS-Manns und hörte auch den Schuß, denn ganz sicher haben sie sie damals nicht an diesen Haken aufgehängt; es hätte zuviel Zeit gekostet, denn sie waren ja in Eile.

L

Wie gewöhnlich versuchte er sich auch diesmal vor der Niederlage zu retten, indem er erneut seinen Tagebuchnotizen treu sein wollte. Als er sich auf das Bett legte, fühlte er zuerst, daß er das Zimmer mit dem Pariser Urlaub, der, wenn auch kurz, so doch überaus aufregend gewesen war, irgendwie verschweigen wollte. Und dabei warf er sich natürlich vor, daß er Arlette von dem Schicksal der Elsässer Mädchen erzählt hatte; aber es war so natürlich geschehen, daß er selbst erstaunt darüber war. Ebenso wunderte er sich, wie er so, als beträfe es ihn nicht, nüchtern feststellte, daß ihr Vater eigentlich recht hatte. Dabei mußte er sich sogar beipflichten, daß er in seiner Haltung fortzufahren hatte, um langsam zu einer Art von Gleichmut zu gelangen, ohne den er immer weiter von diesen unruhigen Wogen der Empfindungen regiert würde. Ja, am vernünftigsten war es wohl, wenn er sich wieder in die Einsamkeit zurückzöge, war dies doch die für einen Zurückgekehrten konsequenteste Haltung.

Und so ließ er es zu, daß sein Bleistift treu dem Lauf der Reminiszenzen folgte; aber dieses Mal berührten sie nicht das Land der Vernichtung, sondern sie wiederholten die erneute Entdeckung menschlicher Lebenswelten im Mai 1945. Es war bei der Ankunft in Lille, wo nach langer Pause – eine ganze Ewigkeit lag nun dazwischen – sein Körper wieder unter einem Bettuch lag, das ihn mit besonderer Sanftheit umgab. Aber schon vorher war er (weil sie am frühen Morgen angereist waren) mit René und François mitten unter den Häusern der Stadt, und er bewunderte den Zauber der stillen und freundlichen Fassaden. Nun, über dieses besondere Ereignis mußte er wohl noch nachdenken, sorgsam und geordnet alle Bewegungen der Seele aufschreiben, die ihn da im Morgenlicht dieses 1. Mais seiner Rückkehr in das Leben bewegten.

Es waren wieder zwei Blätter karierten Papiers aus dem Haushaltsbuch. Daß es halb zehn sei und daß er nun wohl gerade zurückgekehrt sei und den Berg hinansteige, von dem man zwischen den dicht stehenden Bäumen die weiße Mauer des ersten Pavillons erkennen könne. Ob er an sie denke? Seit sie sich am Bahnhof verabschiedeten, habe sie ständig seine höfliche, aber zugleich kühle Zurückhaltung vor Augen. Er habe festgestellt, daß sie den Zug versäumen werde, aber sie nicht gebeten, sie möge ihn versäumen. Und als sie ihm einen flüchtigen, bitteren Kuß gegeben habe, da habe sie gewünscht, sie hätte wieder den Koffer hinstellen können, damit sie sich hätten wieder verständigen und wieder finden können. Aber sie habe gefürchtet, daß seine Abwesenheit und ihr Widerstand gegen diese sich fortsetzen würden und daß dann die Nacht käme und sie zusammen wären ohne die Küsse, wie es gerade in der Nacht zuvor geschehen sei, wo sie sich nicht wegen Minettes Tod trösten konnte. So zärtlich sei er da gewesen, angesichts ihrer großen Trauer. Ja, zum ersten Mal, seit sie sich kannten, wäre ein wenig der Vorhang gelüftet worden, der seine Jahreszeit in der Hölle verhüllte, wie dies Rimbaud gesagt hätte. Und zuerst habe sie nicht verstanden, warum er ihr die Geschichte von den Elsässer Mädchen mit so ruhiger Stimme erzählt habe; es war, als setzte sich ein Gedanke immer weiter fort, der da in der Nacht begonnen hatte. Kurz danach, als er gesagt habe: ‚Und der alte französische Arzt betonte noch einmal, daß keine weinte, als sie neben dem SS-Mann in das Krematorium ging', da sei ihr ein Licht aufgegangen. Sie könne ihm nicht sagen, wie sie sich schäme. Diese Zurückhaltung der Mädchen, die sich, ganz ohne zu wissen, wozu, hoch in den Bergen wiederfanden, in ihren Bergen. Die Gefühle der Gefangenen, als sie erfuhren, daß sie verbrannt werden. O, sie verstehe jetzt, wie selbstverständlich in ihm diese Bilder wieder lebendig würden und wie sich ganz von selbst der Vergleich mit ihr ihm aufzwänge, wo sie so verzweifelt wegen Minette geweint habe. Und sie fühle es, aus welcher Ferne er sie anschaue. Nein, sie könne sich niemals mit denen messen, die da so im geheimen gefallen sind, fast ohne Zeugen, bei ihrem Eintritt in diese schreckliche Baracke auf dem einsamen Berg. Aber er möge ihr doch verzeihen, und alle Mädchen, die den Krieg überlebt haben, seien im Vergleich mit diesen Opfern nicht wert, zu leben, auch wenn man es ihnen nicht ankreiden könne, daß sie nicht durch dieses Grauen geschritten sind. Sei er nicht auch dieser Meinung? Was wäre es für eine heutige Welt, wenn alle ein solches Erbe mit sich trügen? Wahrscheinlich würde er sich aber nicht neben sie stellen, weil er das nicht finden wolle, was er suchte. Aber was helfe diese Feststellung, da sie sich in dieser Weise getrennt hätten. Nein, aber er denke wohl wirklich, sie würde sich in der Verbindung mit einem Menschen wohlfühlen, der sie am Sonntag schön zum Gottesdienst ausführen würde, einem nach alten Mustern gewirkten Mann, der gut und langweilig sei? Warum er mit ihr so sachlich darüber gesprochen habe? Und auch der Vater habe ihr beim Abendessen gesagt: ‚Jetzt hast du eine großartige Karte auf der Hand, und es liegt an dir, sie auch auszuspielen!‘ Als ob es um ein Spiel ginge. Sie wisse, daß sie einem solchen Manne ihr ganzes Leben lang untreu bleiben würde und daß sie mit den Gedanken an ihn und an die Benommenheit, die er ihr für immer genommen hätte, in ihrem Ehebett läge. Nein, es stimme nicht, sie könne sich nicht wieder in einen anderen einleben. Keinem Bemühen und keiner Zeit würde dies gelingen. Und wie er nur so betont davon sprechen konnte, was ihr möglich sei. ‚Du wirst die Möglichkeit haben, ganz mit deinen Büchern und der Natur zu leben‘, habe er ihr gesagt. Und er sei so unwahrscheinlich davon überzeugt gewesen, daß sie die ganze Zeit sorgfältig den betonten Ausdruck seiner Mimik verfolgt habe; als ob er jetzt, wo er sich von ihr entferne, damit rechne, wie er am besten ihre Zukunft einzurichten habe. O, es stimme ja, sie gereiche ihm nur zur Unruhe und keinesfalls zum Troste, und es wäre vielleicht in Wirklichkeit besser, sie nähme dieses Angebot eines bequemen Lebens an. Sie würde sich ihrem Kind widmen und ihm alles geben, was sie selbst nicht gehabt habe. Sie würde ihm Bücher kaufen, so viele er wollte, Bücher mit Bildern. (Damit er das schreckliche Haus ihrer Kindheit sehen könne und um all den Zorn wisse, der sich darin angesammelt hatte. Wenn sie nun in der Klasse reich werden konnte, die sie so gehaßt habe und noch hasse, dann würde sie gerne etwas für diesen Jungen tun, der jeden Tag voller Haß die Spielzeuge reicher Jungen betrachtet.) Aber warum sie daran denke? Bald sei sie wieder bei ihm und alles werde gut. Sie wisse es ganz sicher, daß alles gut werde. So, wie an diesem Abend, als er fortging und sie eine unbeschreibliche Angst erfaßte, auch dann hätten sie sich in ihrem Zimmer wiedergefunden, wie zwei Seeleute nach dem Schiffbruch. Er liebe sie und sie ihn. Das könne sich nicht so verlieren wie das Bächlein, das auf dem Sand seine silberne Hand ausbreite und das dann an seinen Fingern langsam versiege.

Und dann noch etwas am Schluß:

P.S. Jetzt bin ich aus dem Bett gesprungen, um Dir das zu sagen. Ich mußte Mutters Nachthemd anziehen, weil ich, wie Du ja weißt, meinen Schlafanzug vergessen habe. Das Hemd ist ganz lang und weiß und über und über mit Spitzen besetzt. Mama möchte darin begraben werden, jedenfalls sagt sie das.

P.S. Ich lese einen Artikel, der hinsichtlich der Ausstellung auf dem Boulevard Raspail derselben Auffassung ist wie Du.

Und er fühlte sich schuldig. Als hätte er mit seinen Ratschlägen ihren Vater in seinen Plänen hinsichtlich der ‚großartigen'

Karte unterstützt. Aber an diesem Morgen war er aufrichtig, auch wenn er gegen sein Interesse sprach und zugleich auch erwartete, daß sie sich dem mit aller Macht widersetzen würde. Und er wußte, daß ihr Widerstand seine Bemühungen nur noch verstärkt hätte, wenn er doch auch wieder wünschte, daß seine Worte ungesagt geblieben wären. Sie aber verteidigte sich nur schwach; sie war zu überrascht von seiner plötzlichen Sorge um ihre Zukunft, zugleich aber auch entwaffnet beim Gedanken an das Schicksal der Elsässer Mädchen und an ihr Weinen im Treppenhaus. Aber als er dann allein blieb, da ging ihm auf, daß er wegen all dessen, was er erlebt hatte, aufgerufen war, ihr zu Hilfe zu kommen, und daß die Geschichte von den unglücklichen Mädchen seine Vergangenheit zu bestätigen vermochte, nicht aber ein Mittel war, das man verwenden durfte, um sie zu demütigen. Und jetzt schrieb sie dies, was er schon lange selbst hätte wissen müssen. Daß sie nicht schuld war, wenn sie nicht auch selbst *dort* war. Und wer weiß, wahrscheinlich hätte sich auch sie so verhalten wie diese Mädchen, wenn sie solch ein Schicksal ereilt hätte; manchmal prägen die Verhältnisse den Menschen und die Notwendigkeit. Und der, der verzweifelt wegen des Todes eines kleinen Tieres klagt, wird vielleicht morgen in den Tod gehen, ohne mit der Wimper zu zucken. Ja, schon lange hätte er es wissen müssen, daß die Menschen auf dieser Seite der Hölle normale Leute geblieben sind. Während des Krieges haben sie gelitten und gezittert wegen der Bomben und wegen des Terrors, aber sie kannten nicht die Umgebung, aus der alles Menschliche entschwunden war. Und er hatte sie ohne Worte abreisen lassen, die sie ermutigt hätten, ihrem berechnenden Vater entgegenzutreten. Er redete ihr sogar zu, daß es für sie die bessere Lösung wäre, einen Bräutigam aus vermögender Familie zu bekommen.

Jetzt konnte er fast nicht glauben, daß er so gesprochen hatte, aber aus einer unklaren, nebelhaften Erinnerung heraus wußte er, daß er es wirklich gewesen war. Auch deswegen, weil er eine etwas schadenfrohe Befriedigung angesichts ihrer Verwirrung geschöpft hatte. Natürlich war dies nicht so gewollt; aber als ob sich der in ihm verborgene höhnische Geist darüber gefreut hätte, daß es ihm gelungen war, zu beweisen, daß der Umgang mit Arlette reine Zeitverschwendung war. Als ob sie ihn nicht schon in einem Brief gebeten hätte: „Behalte mich bei Dir, auch ohne einen Grund."

Die Erinnerung an diesen Brief brachte sie ihm jetzt wieder näher. Und wirklich war die stille Besessenheit, die ihn ergriff, wenn diese Welt tastend wieder zurückkam, ein wahres Verhängnis. Wie eine schwarze Wand. Wie ein undurchdringlicher Nebel. Und alles, was sich außerhalb dieses engen Umkreises befand, war entwertet. Alles nur aufgeblasen und ein Nichts. Und wie er auch den Einfluß dieser Welt auf sein derzeitiges Leben haßte, er wußte dabei immer, daß er trotz allem dieser Welt treu blieb. Es durfte aber nicht sein, daß die Vergangenheit zum Gradmesser seiner Beurteilung der wirklichen Welt geriet. Er durfte die Richtung nicht durch das Gefühl leiten lassen, weil die Bedeutung der Vergangenheit nur negativ war, sei auch die Negativität absolut. Und die Befriedigung, die das Gefühl gab, daß er *dort* gewesen war und daß er trotzdem wieder hier war, war eine sehr traurige Befriedigung. Auf eine Art war sie sogar verdorben und unnatürlich. Und er lag da und war allein im Zimmer, weil Yves zum Röntgen gegangen war. Und er empfand die Verfehltheit seiner Lage. Die Wände des kleinen Zimmers waren ihm nicht mehr vertraut, sondern ein stiller, feindlicher Panzer. Und auch van Goghs Brücke von Anglois an der Wand war gefesseltes Aufbegehren. Und wie bei einer Person, die wir nicht mehr lieben, begann er nun, die schlechten Seiten dieses Ortes zu empfinden. Aber auch, daß ringsherum so eine Stille herrschte. Und es war nicht auszuhalten, daß man tief in sich Heimweh nach dem Gedränge der

Stadt empfand, wo um einen herum nur das ruhige, eintönige Bild der Felder und Bäume war. Aber diese Unruhe und Ungetröstetheit würde sich trotz allem doch in geistigen Reichtum verwandeln, wenn er Arlette nicht mehr so weit entfernt wußte. Als wäre sie für ihn endgültig verloren; als käme sie nie wieder zurück. Aber warum sollte sie? Ein Zweifel blieb doch noch. Zweifel und zugleich eine Ahnung, daß sie nicht mehr lange dort bliebe.

LI

Doktor Lebon besuchte Yves.

Seine hohe und kräftige Gestalt füllte das Zimmer mit seiner Anwesenheit, die angenehm erregend und zugleich sanft war. In dem Bilde des kundigen, großstädtischen und auf geordnete Weise unruhigen Menschen war die ruhige Sicherheit des Psychologen erkennbar, der es gewohnt war, geistig aufgewühlten Menschen wieder Ruhe zu verschaffen. Ihm lag eine natürliche Güte zugrunde, aber auch diese war unerwartet, fast ungebärdig, so daß er auf besondere Art anziehend wirkte; auch schon deswegen, weil sein Blick trotz seines verbindlichen Ausdrukkes oft abwesend war. Es war diese ungegenwärtige Gegenwärtigkeit, fast schon Verträumtheit, die man bei bedeutenden Ärzten finden kann, welche einen schon fast künstlerischen Charakter besitzen.

So gab es im Zimmer wieder die sichere Atmosphäre der vergangenen Monate; und er hatte das Gefühl, daß mit Arlette alles gut würde.

„Großartig, nicht wahr?“ sagte Doktor Lebon, als er ihm das entliehene Buch Freuds wiedergab. „Und was sagen Sie zur Frage des Monotheismus auf der Basis der Psychoanalyse?“

„Ich meine das gleiche, was ich auch schon damals gesagt

habe, als Sie mir ‚Totem und Tabu‘ geliehen haben. Man kann sehen, daß Freud die einfachsten Antworten auf die schwersten Fragen gibt. Und man ist dabei erstaunt, daß man nicht selbst darauf gekommen ist.“

Lebon lächelte, dann ging er zu einem Stuhl und stellte ihn an das Fußende zwischen die beiden Betten.

„Nun aber“, sagte Yves; er hatte auf den Knien eine Filmzeitschrift, die ihm der Doktor gerade gebracht hatte, und blätterte sie zerstreut durch.

„Im zweiten Teil der Arbeit ist die Entwicklung der menschlichen Religion und Ethik so feinsinnig abgehandelt, daß sich in uns auch nur der Schatten eines Widerspruchs regt“, sagte Radko Suban. „Im Gegenteil, es begeistert uns auch die künstlerisch ausgefeilte Perfektion dieser Sätze, die immer auch Teil einer schwierigen und anspruchsvollen Materie sind.“

„Denken Sie nur an die Stelle, wo er über den Glauben an die *Allmacht des Gedankens* spricht. Für uns Psychoanalytiker ist die Aussage über die Allmacht des Gedankens von außerordentlicher Bedeutung. Wie die Primitiven und wie die Kinder, so verwechseln auch unsere Patienten ihre geistige Welt mit der wirklichen.“

Yves fragte: „Haben Sie auch Beispiele unter Ihren Patienten?“

„Natürlich.“

„Und?“

„Nichts. Wenn der Patient etwas über die Quelle dieses Schuldgefühls erfährt, dann wird alles gut. Jetzt wehrt er sich noch hartnäckig dagegen, all dies offen auszuforschen.“

Wieder wandte er sich an Radko Suban.

„Der Glaube an die Allmacht des Gedankens, an die Magie, dann an die Macht von Wort und Rede, die eigentlich den Anfang einer richtigen menschlichen Entwicklung darstellt. Das sind großartige Kapitel, nicht wahr? Und die Erklärung, wie eigentlich der Glaube an die Macht des Gedankens und der Wünsche – was ja für den Primitiven dasselbe ist – dasjenige ist, was in ihm das Gefühl der Schuld noch steigert."

„Sie denken darüber natürlich in erster Linie immer von einem therapeutischen Standpunkt aus. Doch wenn wir bedenken, daß wir in unserem Jahrhundert noch die Kinder in einem System ‚sündiger Gedanken' erziehen, so erscheint es beinahe unwahrscheinlich, daß wir den heutigen Menschen so vergewaltigen."

Yves verzog lebhaft das Gesicht.

„Nur, daß wir unseren Spaziergang nicht versäumen", sagte er.

„Um vier haben wir gesagt, nicht wahr?" Und Lebon sah auf die Uhr.

„Ja, ja", murmelte Yves. „Ich hab das nur so gesagt."

Der Doktor lächelte wieder; als ob sein berufliches Gespür von diesem Gespräch eine interessante Entdeckung bezüglich meines Charakters erwarten würde, dachte Radko Suban.

„Viele Erkenntnisse sind meiner Ansicht nach außerordentlich bedeutsam", sagte er. „Vor allem die über das menschliche Gewissen, oder davon, was Freud das Über-Ich nennt. Wir sind zufrieden, wenn wir böse Taten vermeiden, uns drückt das Gewissen, wenn wir sie tun. Für Freud hat das Gewissen den Platz eingenommen, den vorher Eltern und Erzieher innehatten. Und dies ist eine große und zugleich tröstende Wahrheit, befreit sie doch das Bewußtsein von der Stimme des allmächtigen und zornigen Gottes in uns selbst."

„Monsieur Suban ist ein Agnostiker", sagte Yves und schmunzelte.

„Nein." Und Lebon stand auf. „Die heutige Welt muß wirklich neue Definitionen zu all dem finden, auch wenn sie mit der Idee vom Vater beginnt, weil die Idee von Gott eine Projektion der Idee des Vaters ist. Allein schon die Möglichkeit, daß Diktatoren auftreten und Erfolg haben können, spricht dafür."

„Und das ist offensichtlich so, glauben Sie nicht auch? Ja, eine Diktatur steht immer eng mit den inneren, ökonomischen und sozialen Bedingungen eines Landes in Beziehung, aber nur auf der Grundlage ist es möglich, daß der Diktator dann doch nicht die außerordentliche, fast gottgleiche Position erreicht."

„Diktaturen gelingen um so eher, weil die Idee vom Vater die Treue zu seinen Gedanken, die Willensstärke und Entschiedenheit bei den Taten verheißt. Die heutige Gesellschaft ist ein großes Gemenge von Schwankungen, von Gegensätzen und Relativitäten."

Yves streckte die Beine aus dem Bett, er blickte lebhaft, als wartete er auf ein Zeichen.

„Ja", sagte er. „Es ist vier, ich weiß."

Sie war nicht da. In einem Brief Josephines aber wurde gesagt, sie läge im Bett und könne deswegen nicht auf die Reise gehen, daß sich aber dem auch, wenn sie es täte, ihr Vater widersetzen würde, der behaupte, daß die Arbeit im Sanatorium einem jungen Mädchen wie ihr nicht gut tue. Und dem schönen Gruß Arlettes schließe auch sie, Josephine, sich an, er aber möge ihr zugleich verzeihen, daß sie nichts Schönes berichte.

Das Gefühl der Verlorenheit, das ihn erfaßte, ähnelte der Stille mit dem unbeweglichen Tod aus dem Hinterhalt; eine unendliche Wüste in unbeweglicher Lautlosigkeit. Und er hielt es nicht aus; er ging in den Wald, obwohl es fror und der Regenmantel, den ihm das Rote Kreuz verschafft hatte, nicht geeignet war, dem kommenden Winter zu trotzen.

Denn kaum hatte er jetzt bemerkt, daß der Dezember seinem Ende entgegenging und daß in Kürze Weihnachten war. Und obwohl er sich anstrengte, konnte er nicht verstehen, was die Leute feiern würden und worüber sie sich freuten; er bemerkte nur, daß es an Weihnachten kalt war. Wenn Arlette bei ihm gewesen wäre, hätte er aus einer heiteren Stimmung heraus gesagt, daß die Leute froh seien, weil sie am Leben geblieben sind und in der Geburt des Kindes von Bethlehem die Geburt einer neuen Hoffnung erblickten. So aber blieb nur die Wirklichkeit des Frostes, der einen ins Gesicht stach. Und am schlimmsten war, daß jetzt auch die Welt des Lagers nicht eine gegenwärtige Wahrheit war, mit der man es hätte bewerten können. Er wußte nur, daß er sich vor Monaten im dunklen Wald in sie einzufühlen vermochte. Jetzt starrten die nackten Äste in den bleiernen Himmel. Weil er sich wieder in die menschliche Gemeinschaft eingeklinkt hatte, waren die Toten und das dämonische Szenario ihres Endes hinter ihm geblieben. Jetzt war ihm auch dies in die Ferne entrückt, weil er Arlette verloren hatte. Denn er hatte sie verloren, darüber gab es keinerlei Zweifel. Und er war machtlos. Er verurteilte sie, daß sie so schwach war. Und er verurteilte auch sich selbst. Und er fühlte, daß alles verschlossen war, und er durfte sich dabei nicht deutlich vorstellen, daß es sie nicht mehr gab.

Denn wieder war sie nun ganz bei ihm, vom ersten Tage an, als sie ihm den Rücken massierte, bis zu dem, wo sie sich auf dem Bahnhof verabschiedeten. Diese erste Nacht, wo sie ihn durch den Mondschein führte. Ihr lebendiger Körper, ihre kindliche Umarmung. Dann all die Nächte im Walde. Und das Wiederfinden nach der bitteren, ungewollten Trennung war das gemeinsame, gegenseitige Bewußtsein, daß das Gefühl des unwiderruflichen Verlustes zur Verzweiflung führte. So, als er sie im Wald alleine ließ und mitten in der Nacht zu ihr zurückkam und ihn unter ihrer Tür ein Streifen von Licht erwartete. Und ihre Ankunft in seinem Zimmer in Paris; als sie sich wusch und dann rezitierte, als sie sich danach dem Bett näherte und die Hände gekreuzt vor der Brust hielt, weil sie den Schlafanzug vergessen hatte. Und er vertrieb diese Bilder, aber sie kehrten einen Augenblick später in noch stärkerem Detailreichtum wieder zurück. Und sie waren ein einziger, vervielfältigter Beweis von Hingebung und einmaliger Liebe, dann aber wieder enthielt ein jedes ein Körnchen Unentschlossenheit. Immer ein Versteckspiel und immer eine Lösung in Ausflüchten. Und dann der Beweis, daß alle ihre leidigen Hilfsmittel unbegründet waren, so daß sie trotz allem eine Bindung begründeten, die ihn wegen des Gefühls der Unsicherheit nur noch mehr an sie schmiedete. Und er hätte ein Mann sein sollen, der das verwundbare Wesen entschlossen und bewußt in Schutz nahm, aber er war selbst noch viel verwundbarer. Bei jeder Bewegung war er auf der Lauer, jeder Schatten war ihm Grund zu Zweifeln. Und anstatt daß er sich mit der Wirklichkeit auseinandersetzte, war er und ist er noch immer bereit, in der Vergangenheit, als einem Vorrat von Werten, die ihm die Gegenwart nicht geben konnte, seine Zuflucht zu nehmen. Daneben war er auch noch eifersüchtig auf seine Freiheit und Unabhängigkeit. Aber jetzt, wo diese Befreiung zur Wirklichkeit geworden war, jetzt glich diese Freiheit einer stillen Verzweiflung. Zugleich wurde ihm klar, daß, würde sie zurückkommen, sich alles das schon bei der ersten Unstimmigkeit wiederholen würde. Nein, jetzt wüßte er sie zu empfangen, sie sollte nur zurückkehren. Und er versprach sich, wie weich und einsichtsvoll er dann sein werde. Sie würde sich wundern.

Dies aber würde geschehen, weil er jetzt *wirklich und endgültig* wußte, daß er die Gespenster der Erinnerung beherrschen mußte und nicht zulassen durfte, daß sie über sein Verhalten entschieden.

Nachmittags hatte er ebenso gefroren, nur daß die Umgebung noch dunkler war, weil sich die Wolken verdichtet hatten. Es roch nach Schnee, auf den Terrassen aber waren die Leiber bis unter die Achseln in Decken gewickelt. Aber dieses Mal verließen viele ihre Liegestühle und den Pavillon. Und so ein

Weggang zu einer Zeit, die dem Liegen vorbehalten war, war etwas außerordentlich Seltsames, fast nicht Angebrachtes. Und dieses Gefühl gab dem Bewußtsein eine besondere Note, daß es sich hier um ein Begräbnis handelte. Das war vor allem deshalb, weil sie fast alle einstige Kriegsgefangene waren und ihre Haltung beim Tod eines ehemaligen Deportierten nicht mit Erinnerungen belastet war. Auch die kameradschaftliche Bindung war nicht so lebendig. Deshalb empfanden sie unbewußt ein Behagen daran, daß sie sich bei einem Spaziergang zu ungewöhnlicher Zeit durch den Park bewegen konnten. Sie waren fast neugierig. Über das kleine Gebäude am Ende des Parks, an der Mauer, die Garten und Asphaltstraße trennte, von dem man womöglich niemals gewußt hätte, daß es als Aufbahrungshalle diente, wenn es nicht zum Tode des einstigen Deportierten gekommen wäre, der keine Angehörigen hatte; die anderen sind, als es keine Hilfe mehr gab, schnell nachhause gefahren.

Sie traten in Gruppen ein, und einige hatten nachdenkliche Gesichter, aber die Gruppe um Jules, Jojo und Robert war unverbesserlich. Eigentlich nur Jules und Jojo.

„So, siehst du, über Nacht bist du weg, und die Engel entführen dich auf ihren Flügeln“, sagte voller Trost Jules.

„Lieber jetzt ein paar neue Lungenflügel, als zwei Flügel im Jenseits“, murmelte Jojo.

„Aber wenn ich dort bergauf gehen muß?“ Und Jules sah neugierig aus. „Dann muß ich zu sehr schnaufen.“

„Du bist aber auch zu böse, als daß dir jemand Flügel gäbe!“

Jules stellte sich mitten in den Weg, hustete und seufzte:

„Könnt ihr euch Jojo überhaupt mit Flügeln vorstellen?“

Die Gruppe lachte.

„Als wenn man einem Walfisch Flügel umhängt.“ Und Jules nahm seine Hand vor den Mund, wie die Kinder, die ihr Lachen verbergen wollen.

Und es gefiel ihm nicht, daß sie so alltäglich waren, aber

doch war er ihnen im stillen dankbar, daß sie so waren. So konnte er sich in ihrem Geplapper verlieren wie in einem Rauschen, das es nicht erlaubte, eigenen Gedanken nachzuhängen. Eigentlich waren es ja Gefühle. Es war nämlich, als erfaßte ihn eine plötzliche unbekannte Furcht. Er hatte keine Angst vor dem toten Körper. Wie hätte es sein können, wo er so viel davon ertragen hatte. Er fürchtete sich auch nicht vor dem kleinen, grauen, niedrigen Gebäude mit dem flachen Dach, wo er doch das Innere des ewigen Ofens gewohnt war. Und doch wäre er am liebsten nicht gegangen; und als er am Pavillon der Krankenschwestern vorbeiging, dachte er ganz bewußt an ihr Zimmer und die Gegenstände darin. Dann an das Zimmer von Fräulein Rivière, das neben dem ihren lag. Es war richtig, was er von Claire geahnt hatte, hatte Arlette gesagt, als sie über den Montparnasse gingen; von ihrem elektrischen Kocher ging ein Brand aus, sie aber war im Dorf, und deshalb mußten sie in ihr Zimmer einbrechen. Im Schrank fanden sie einen Apparat aus Gummi, den sich Frauen umschnallen, um sich ohne Mann zu lieben. Er verdrängte dieses Bild und blickte nach links, wo durch die nackten Bäume sehr gut der vierte Pavillon zu sehen war. Und er sah Nalecki, dem es jetzt viel schlechter ging; deshalb dachte er lieber an sein erstes Treffen mit Arlette. An dem Nachmittag, als sie das Thermometer brachte, sie kehrte dann seinetwegen zurück, nahm ihre Haube vom Kopf und ordnete sich vor seinem Spiegel die blonden Haare.

Nicht weit von ihm ging Nikos, still und erkennbar von den andern abgesondert. Er würde zu ihm treten und ihn begleiten. Aber jeder war eigentlich allein, wie in der unendlichen Menge der Verurteilten einst auch er allein war, dachte er. Ja, es war, als fürchtete er, in dem Toten jemanden zu finden, der gerade, wer weiß wie, von *dort* gekommen war, um hier begraben zu werden. Als ob er sich gegen diesen Gedanken auflehnte, daß in dieser jetzigen Welt, mit dem Park, der Straße, dem französischen Dorf an der Straße jemand aus der Welt der Vernichtung anwesend war. Und er bemerkte dabei, daß in diesem Moment nicht nur eine undeutliche Furcht in ihm war, sondern auch der Schatten eines Widerspruchs. Er wußte ja genau, wie aufrichtig betroffen und wie kameradschaftlich er einem Menschen gegenüber gesinnt war, der von *dort* zurückgekehrt war, aber es war jetzt wieder, als wäre er nicht zurückgekehrt. Dennoch warf er ihm die Gegenwärtigkeit seines unbeweglichen Körpers vor, obwohl er zugleich neugierig war, ob dieser Körper so ausgepumpt und knochig war wie *dort*.

So kamen sie zu dem Gebäude an der grauen Mauer und traten ein, um ihn mit Weihwasser zu besprengen. Jojo stand da wie ein gutmütiger Bär, Jules aber hatte das Gesicht eines hageren Vaters, der alles gäbe, um seinen kranken Sohn zu retten, aber der Sohn hatte ihn eingeholt und war vorher verblichen. Irrende Gedanken. Und ihm war klar, daß er an sie dachte, um nicht an ihn zu denken. Und dies, obwohl der Körper des Verstorbenen nicht mehr denen ähnelte, die es *dort* gab. Er war bekleidet. Und über der gelben Stirn hatte er nur ein paar Haare, aber doch so viele, daß der Schädel nicht kahl war. Nein, er war nicht einer von *denen*, sondern einer von hier. Auf ihm lag schon die Berührung der Krankenschwestern, die ihn bedienten, der Ärztin, die ihm die Trommel des Stethoskops auf den Brustkorb legte. Auf seinen eingefallenen Wangen spürte man den Hauch der Stimmen, die auf ihn einredeten, die Berührung von Arlettes zarter Hand, als sie ihm in der Nacht die Arznei brachte. Und er erinnerte sich, daß sie ihm geschrieben hatte, sie wünschte einem Kranken fast, er möge bald aufhören können zu leiden. Ob es womöglich dieser war?

Draußen stand er gedankenlos in der Gruppe und hörte stumpf mit, was diese über ihn zu sagen hatten. „Irgendwo hat er vielleicht eine Frau." – „Sie haben ein Telegramm geschickt, aber es hat sich niemand gemeldet." Und in seiner Teilnahmslosigkeit dachte er an Jules, wie dieser Fräulein Gilbert von den drei Werten erzählte, von der Gesundheit, von der Arbeit und von der Liebe. Über die Liebe hatte er ihr eine besondere Geschichte erzählt, die so begann: „Wissen Sie, was die Scheidung für einen ehemaligen Gefangenen kostet, der zurückgekehrt ist und seine Frau mit einem anderen vorfindet? Was, Mademoiselle Gilbert?" Und Jules griff feierlich in seine Tasche nach einem Zettelchen, aber Mademoiselle Gilbert ging jetzt, und es blieb nur als einzige Spur von ihr das mehrfache Ausschlagen der Pendeltür.

Jetzt wußte er plötzlich, daß er ohne Arlette war, und in diesem Moment hatte er den Eindruck, sich mit dem Toten solidarisch zu fühlen; und es schien ihm, als wäre er wegen dieses Wissens vom gemeinsamen Schicksal weniger allein.

Dann kehrten sie zurück, und er gesellte sich zu Nikos, aber dennoch waren in beiden die gleichen Bilder von *dort* lebendig, und vielleicht schwiegen sie deshalb den ganzen Weg lang.

LII

Die ganze Nacht war ihm, als wäre das Begräbnis ein Symbol für ihn gewesen, daß sich die Rückkehr in das Leben in eine Katastrophe verwandelt hatte. Die Macht, die trotz allem die Vergangenheit noch hatte, glich einem unsichtbaren und unhörbaren Wind, der von der Bühne die Schauspieler und die Kulissen entfernt und nur noch die Trostlosigkeit der leeren Bretter übrig gelassen hatte. Und alle Wirklichkeit war wieder nur eine hinter der Bühne, die mit dem Schornstein und dem Geruch nach Talg, den der Rauch über die Baracken trug und der schwer war und der einem den Atem nahm. Und wenn er sie dabei doch eifersüchtig hütete und auf sie sogar, wenn auch ohne darüber nachzudenken, stolz war, so war diese Welt deshalb auch seine Verbündete, dachte er. Denn damals, als er mit ihr wegen der Heirat mit dem guten Jungen sprach, da stand ihm nämlich die Welt von *dort* zur Seite und unterstützte ihn. Und es war sogar ein Schatten von Bosheit in diesem Gefühl. Sollte doch auch sie so traurig sein, wie er es war. Es war ja ganz sicher, daß er diesem Gedanken nichts abgewinnen konnte, ihn auch nicht akzeptierte, aber er kam so in ihm hoch, es erhob sich aus ihm, es kam nicht in ihn hinein wie ein Fremdkörper. Und je mehr sich jetzt die Nacht herabsenkte, um so mehr verfing er sich in den Maschen dieses verwickelten Netzes. So daß der Gedanke an ein Ende kam, das wie ein selbstverständlicher und notwendiger Abschluß erschien. So viele von ihnen hatten schon gleich nach der Rückkehr auf diese Art Schluß gemacht. Das bedeutete, daß sie schlauer waren als er. Weniger naiv. Weniger pubertär, das war es. Es wurde ihnen klar, daß man die diesseitige Welt nicht auf das alltägliche Nichts verpflanzen konnte. Welche Lösung sollte ein weiblicher Körper angesichts solcher Gespenster darstellen? Das Vergessen durfte man nicht anführen, weil der Zurückgekehrte es nicht wollte, gleichwertigen Ersatz aber würde die Liebe niemals geben können. Und trotzdem war ein Abschluß durch Selbstmord eine noch größere Verunstaltung des Ganzen. Er war ein Eingeständnis der Schwäche. Während die Bereitschaft zum Leben, damals, als er aus dem Land des Todes kam, immerhin auch ein Beweis von Stärke war. Nein, er hätte gestern abend nicht so eine feindselige Haltung zu einem Körper einnehmen können, dem es vergönnt war, in banaler Alltäglichkeit zu sterben, wenn er sich nicht schon solidarisch mit dieser seichten und einfachen menschlichen Welt gefühlt hätte. Er hätte nicht neben ihm gestanden wie neben einem ihm aufgezwungenen Gast. Denn wenn die Verfolgung dieser Bilder ein Fluch war, dann waren die bunten und prallen Bilder des Lebens eine Versuchung, die unmittelbar mit dem menschlichen Wesen verbunden waren. Und es hatte keinen Sinn, diesem Wesen auf dem ganzen Weg durch die Vernichtung treu zu bleiben, damit nun die Notwendigkeit, Abschied vom Leben zu nehmen, die Oberhand bekam.

Bei dieser Feststellung hielt er ausruhend inne, so daß nun wieder ihr schlanker Leib zurückkehrte und sich mit den kleinen Schritten ihrer schlanken Füße näherte. So waren alle Eindrücke und alle Gedanken auf einmal unwirklich und erfunden. Alles war von Anfang bis Ende verkehrt. Denn sie würde ja wiederkommen und ihre Lippen schürzen wie zwei große Orangenstücke, und alles wäre nur ein trauriges Ergebnis seiner erschreckten Einbildung. Sie würde ihn berühren wie eine Welle weichen Wassers, wie der Druck des öligen, angespannten Meeres im rosigen Lichte des Sonnenunterganges. Denn ihre Haut hatte noch die Farbe der Kindheit. Ganz, von den Lippen an, die beim Kuß seine Lippen umschlossen wie ein unerbittlicher und rührender Polyp, bis zu den kindlichen, fast unartigen Knöcheln. Dazwischen die Geschmeidigkeit der glatten Rundungen und die verspielten Bögen der Waden und des Bauches. So stürzte im Spiel ein Junge über einen anderen Jungen oder ein Mädchen über einen Jungen, ohne um den Unterschied zweier Körper zu wissen, und drückte mit aller Gewalt ihre Hüften an die seinen, daß sich die Körper verbanden und sich die Vertiefungen mit den Rundungen ausglichen. Und ihre biegsamen Knie öffneten sich jetzt zum Boden hin, dann wieder zu seiner Hüfte. Und wie eine Stahlfeder war ihr Körper sowohl in der Verteidigung als auch im Angriff. Ihre Lippen aber waren fordernd, mit voller Hingabe.

Und er verbannte alle Gedanken und schloß fest seine Lider, um alle die Bestandteile ihres Kusses nachzuempfinden. Zu Anfang vielleicht eine Regung starker Dankbarkeit, aber schon im nächsten Moment das Bedürfnis, alles Beben dieser Lippen in sich einzusaugen, die da dankten. Als ob ihr diese Entdeckung ihres Wertes unwahrscheinlich wunderbar wäre und sie sie zu ihrem dauernden Besitz machen könnte. Und zugleich war ihr Kuß auch ein hingebungsvoller, herzlicher Beweis von der Richtigkeit ihres Urteils. Ein Beweis von der Dauer und in die Tiefe, in die Stärke und in die Anmut. Und doch lag darin auch der Zauber naiver Ergebung und kindlichen Zutrauens. Und als ihn der endlose Kuß bis an den Rand spülte, wo die Liebe in den Abgrund einer unbekannten Welt hineinzubrechen drohte, da hielt er gerade wegen ihres kindlichen Glaubens den Fall auf. Ihr Körper erhob sich wie der Körper eines Kindes, das ihm auf der Brust eingeschlafen war und das nun seine Brust küßte; eine Traube, der sie sich näherte, ohne sie mit den Fingern zu ergreifen. Und diese Pflege reifer Früchte an einem schlanken Zweig ist seine Dankbarkeit und die Bestätigung seiner Worte. Und zugleich eine Betäubtheit. Und dies zuerst wegen ihr, daß im unerträglichen Glück der ununterbrochenen Lust schließlich ihre Wahrheit besiegelt würde. Zugleich aber auch seine Betäubtheit über die Geschenke, die ihm die Natur gegeben hatte nach so langer Dürrezeit. Und er legte sie wieder vor sich hin, um sie in der Dunkelheit aufmerksam pflegen zu können, wie ein kaum entstandenes Feuerchen, das man mit den Händen schützen mußte. Er zitterte bei dieser Pflege, die wie am Rande eines ruhigen Sees wirkte. Damit sie wüßte, wie der Zurückgekehrte liebte. Und sich noch selbst dem Strudel überantwortete. Und es war, als befreite er aus ihr das Kind, das nicht untertauchen will und sich mit aller Gewalt seiner jungen und geschmeidigen Glieder dem Körper entgegenstemmt, der ihn retten möchte und ihn damit mit sich in die Tiefe zieht.

Er stand still auf, um nicht Yves zu wecken, und ging hinaus auf die Terrasse.

Die Nacht war klar, und der Himmel war übersät mit silbernen Stecknadelköpfen, die sehr unregelmäßig in ein weiches und bewegliches Gemenge gesteckt waren. Er ging, um nicht

Yves mit seinem Wachsein zu wecken. Vielleicht auch, damit ihn die frische Luft wachrüttelte. Daß sie ihn ermüdete. Ihn schlug und in einen dumpfen Schlaf zwang. Aber er wußte, daß seine Wachheit das Licht erwartete, das sich in der Ferne, jenseits des Waldes zeigen würde. So, wie sich im Frühling nach dem Regen ein leichter Nebel vom Boden erhob. Ja, weil ihr Weinen, das ihn in dem Pariser Hotel so desorientiert hatte, jetzt in ihm war wie ein Echo auf spielerische und zugleich bedeutende Laute, die er einst aus Gedankenlosigkeit überhört hatte. Eine solche untröstliche Traurigkeit eines menschlichen Wesens wegen des Todes einer kleinen Kreatur hätte ihn überraschen sollen aus einem unbeschreiblichen Gefühl des Glücks heraus. Ein so vollkommener, ehrlicher Ausdruck eines Verlustes, dessen der nüchterne, gleichgültige heutige Mensch nicht mehr fähig war. Das personifizierte Weinen. Das kopflose Flattern eines Vogels, dem man die Jungen geraubt hat. Und er hatte all dies bei sich, in seinen Händen. Und all dies hatte er übersehen, anstatt sie in seinem Bewußtsein zu bewahren, sie sich aufzupfropfen, sie in sich aufzunehmen. Gerade deswegen, weil so unhörbar zu ihm die Mädchen aus den Vogesen in seine grenzenlose Stille gekommen waren, hätte er ihren schlafenden Körper umfangen sollen, Zelle um Zelle ihre Wirklichkeit in seine Haut aufnehmen sollen, sie pflegen sollen wie ein nicht berufener, aber gerade deswegen unermüdlicher Wächter, den neuen Keim des Glücks im kindlichen Weinen.

Und er trat an das lange Geländer, entlang den Liegestühlen aus Weidengeflecht, die an der Mauer da einsam standen. Die Sommer hatten braune Flecken auf den schmalen Matratzen hinterlassen, und jetzt sahen diese Flecken in der Winternacht aus wie grauer, kalter Schimmelbefall. Sehr traurig würde dies für ein Wesen aussehen, das aus einem dieser Flämmchen dort oben herabkäme und diese Liegestätten für die kranken Herren dieser Welt zu Gesicht bekäme, dachte er. Aber er war wieder bei ihr. Er müßte sie empfangen wie einen Teil seiner Wirklichkeit nach dem Kriege. Wie Nalecki die Wahrheit akzeptieren mußte, daß England und Amerika wieder in ein Techtelmechtel mit der Heimat der Krematorien eintraten, um sich vor der roten Gefahr zu schützen, die wider Erwarten stark den Nazismus zerschlagen hatte. Ja, auch Arlette war ein Teil dieser Wirklichkeit. Ein Mädchen, das er in den Räumen des gemeinsamen Hauses haben mußte, mit bestimmtem Plan in dieser oder jener Umgebung der Nachkriegszeit, mit dem Bestreben nach etwas, mit dem Gedränge durch etwas, was sich auflehnte. Frau oder Geliebte, egal, aber gemeinsames tägliches Brot und gemeinsame Träume. Und dies mit Hilfe ihrer Unberechenbarkeit, die ihre Bewegungen umwand, welche die Quelle ihrer Bewegung war. Vom ersten Moment an, als ihre Hand wie von selbst bei ihm Vertrauen heischte, bis zurück in die Mansarde, wo die Sorglosigkeit des kameradschaftlichen Zeltlagers vom Abgrund der Mansardentoilette hinweggespült wurde. Und ihr wieder die Begeisterung des Zurückgekehrten zu geben, die er achtete wie die Tochter des Pan, so daß sich ihre Unerwachsenheit an ihm befreien konnte, ihre Verträumtheit aber erblühen konnte und damit ihn und sich selbst errettet hätte.

Er ging am Geländer entlang, und es war ihm, als wären dessen eiserne Stäbe die Grenzen eines Gefängnisses, das ihn in den unaufgelösten Gegensätzen der lebensfeindlichen Winternacht gefangen hielt. Als würden da nie mehr zahlreiche Körper kommen und sich auf die geflochtenen Stühle legen, und daß deshalb die gewundenen grauen Decken an ihren Fußteilen wie eine verschlossene und unveränderliche Wahrheit wirkten. Niemanden würde mehr ihre Wolle erwärmen. Und wieder kehrte die Stimmung des Begräbnisses zurück, um so mehr, als die Decken auf den Liegestühlen dieselben waren wie *dort*. Und er vertrieb diese Bilder, aber sie kehrten doch wieder. Und er hörte den, der sagte: „Vielleicht hatte er irgendwo eine Frau." Und einen, der hinzugefügt hatte: „Es hat sich niemand gemeldet."

LIII

So nahm er ruhig, als wartete er auf sie, das Telegramm auf, das man ihm zum Frühstück brachte; weil die Nachricht von der Operation, obwohl nicht die erwünschte Lösung dabei herauskam, sich doch richtig einfügte in den Gang der Ereignisse. Und dies um so mehr, weil diese Komplizierung von so weit herkam, daß schon allein deswegen jegliche Mitarbeit von ihm nicht in Frage kam. Ein Beweis dafür war auch die Teilnahmslosigkeit, mit der er diese Nachricht aufnahm. Denn er war sich klar (wie aus einem entfernten, sehr entfernten Vorzimmer seiner Erinnerung), daß die Kinder an ihre Eltern, Brüder und Schwestern gebunden sind, so daß sie Angst haben, wenn ihnen die Gefahr droht, daß sie sie verlieren könnten; aber es war ihm gleichzeitig, als wäre bei all dem seine Person ausgenommen. Und er fühlte die Unnatürlichkeit, fast Sündhaftigkeit seines Zustandes; er konnte ihn aber nicht verleugnen, und er wünschte sich auch nicht wirklich, daß sich dies geändert hätte. Er hatte Vidka gerne und wünschte sich, daß sie gesund gewesen wäre, daß die Operation gelungen wäre, aber diesen Refrain wiederholte er so automatisch, daß es wirkte, als würde er zwar sorgsam, aber ohne Glauben daran einen Zauberspruch aussprechen.

Und es ging ihm um die Abreise, und es war, als wäre da irgendwo am Anfang seines Brustkorbs so ein verhärtetes, vereistes Gewässer, das nur noch ein kleiner Strahl, die Berührung durch einen schmalen Sonnenstrahl zum Leben erwecken konnte. Aber er ging ohne Teilnahme, weil er wußte, daß es keine Wunder gab, so daß er noch nicht einmal jetzt, als er die Anhöhe zum breiten Tor aus Eisenstäben hinunterging, gewahr wurde, daß er wirklich fortging.

Und er sah ruhig aus, in der Hand hatte er seinen kleinen, dürftigen Koffer, den er dem Schrank in Bergen-Belsen entnommen hatte. Einige Tabletten Tannalbin waren in ihm, ein Röhrchen rötlichen Prontosils, eine Pinzette, Gummihandschuhe aus der SS-Ambulanz, die Pyjamajacke des verwundeten alten Belgiers. Daneben die Notizen auf vergilbten Blättern und die Briefe. Und im grauen Regenmantel mit dem kleinen Koffer in der Hand sah er wie ein sonntäglicher Fußballer aus, der wegen des Treffens mit der Mannschaft des Nachbardorfes an der ländlichen Haltestelle ausgestiegen war; zugleich verschaffte ihm gerade dieses Bild mit seiner traurigen Ziellosigkeit das Gefühl einer Verbindung mit den einfachen Geschehnissen der Menschen.

Und er war fast getröstet, daß er ihr zum Abschied berichtete, er werde vor der Abreise dort sein, wo sie von den traumhaften Gärten rezitiert hatte; und zugleich war er bescheiden, wie in dem Moment, als er mit Nikos von dem Verstorbenen zurückkam. Sind nicht auch gerade solche Leute wie er und Nikos ganz besonders für eine endgültige Einsamkeit berufen? Zwar hatte Nikos recht, trotz allem war es nötig, damit zu beginnen, den Stunden und Tagen wieder ihren Wert zu verleihen; der Gedanke, daß die Träume in der Nachkriegswelt ihre Erfüllung erhalten würden, war ein Trugbild, das sie ahnten, als ihnen einen Augenblick lang der Vorhang vor dem Nichts zerriß.

Und als der Autobus an den bekannten Feldern vorbeifuhr, und er sie sah, wie sie in die grüne Schote biß, da wollte er zum Fahrer treten und ihn bitten, anzuhalten, weil er etwas sehr Wichtiges vergessen habe. Aber er wischte nur den Beschlag von der Scheibe, während das Fahrzeug dem Fluß entgegenfuhr, der sich schmiegsam zwischen den kalten Feldern hindurchwand.

LIV

Das kalte Blei der Dezemberwolken und ein Streit mit zerstreuten Beamten genügten schon, um einen realistischen Kontakt mit einem Arbeitsplatz mitten im Winter zu gewinnen. Er sollte beweisen, daß er wirklich er war und daß er wirklich unten am Meer und nicht oben im Gebirge geboren war. Auch wenn er sich zusammennahm, um dem Mann hinter dem Schreibtisch nicht höhnisch in den Schnurrbart zu grinsen, so verzieh er ihm doch zugleich auch seine bürokratische Arroganz, weil er ihm mit dem Aufschub seiner Abreise auch die Möglichkeit eines Treffens mit Arlette vergrößerte.

Natürlich bedauerte er, daß er zu Hause einen Tag später ankommen würde, aber die Freude, die er bei der Feststellung verspürte, daß er noch nicht abreisen mußte, war vor seinen Gewissensbissen durch konsularische Paragraphen bewahrt. Und weil ihn die Hoffnung, daß er sie womöglich noch sehen würde, mit der Terrasse, mit den Liegestühlen und Yves verband, telephonierte er mit Lebon. Wegen der alten Stukkaturen und der weißen Gewänder der Ärzte erinnerte die Kantine der Medizinermensa an Pasteur. Sie mußten aber laut reden, um den Lärm an den zahlreichen Tischen zu übertönen und die Verständigung zu ermöglichen. Und es war nicht zu bemerken, daß der Kontakt mit verwirrten Patienten irgendwie die gute Stimmung der Männer in den weißen Kitteln beeinflußt hätte; damit hatte die Einladung zu einem Mittagessen in der Klinik für Geisteskranke fast nichts Verwunderliches an sich, und der Kontakt mit der Nachkriegsatmosphäre der Großstadt beinhaltete trotz ihrer Symbolkraft eigentlich nichts

Abstoßendes. Um so mehr, als Lebon die personifizierte Freundlichkeit war, und als er ihn danach in sein Arbeitszimmer mitnahm, da waren sie wie Zimmergenossen, die sich wegen einer zweifelhaften Diagnose zu besprechen hatten.

„‚Du trägst ihn nicht mehr, weil du ihn unmäßig ausgeweitet hast‘, meinte heute morgen meine Mutter zu mir“, sagte Lebon. Und als er den dicken grauen Mantel aus dem Schrank nahm, da beschattete eine leichte Verlegenheit sein wie immer ruhiges Gesicht.

„Wenn Sie zu Hause sind, geben Sie ihn irgend jemandem.“

Aber um ihn aus der mißlichen Lage zu befreien, ließ er nicht zu, daß er endete, während er sich zugleich über die Einfachheit und die Kälte seiner Worte wunderte:

„Danke, Doktor! Ein wunderbarer Mantel, ich werde mich darin nicht wiedererkennen.“

Und auf der Straße fühlte er wirklich, daß er sich nicht wiedererkannte. Bei der Wärme des geschenkten Mantels hatte er das Gefühl, etwas Unrechtes, etwas Angenommenes zu haben, auch wenn der Mantel seinen Gliedern eine angenehme Bequemlichkeit verschaffte. Und er sah wieder die Verwundbarkeit der Körper in dem Gitterstoff in nördlicher Kälte, und er sah die Kruppschen Loren, viereckige Becher, in denen diese Körper durch Schnee und Nacht fuhren. Bei diesen Bildern war der dicke Stoff, der jetzt seine Knie bedeckte und der ihm mit hochgeschlagenem Kragen die Ohren umschloß, ein traumhafter Gegenstand. Natürlich bekräftigte er sich, daß er an Pariser Geschäften vorbeiging und nicht mehr *dort* war, und er wußte auch, daß er Lebon und seiner Mutter dankbar war, aber doch war alles zu wenig überraschend. So, als wäre es auf eine Art selbstverständlich, daß er vorher ohne Mantel war und nun einen hatte.

Und wieder redete er sich zu, daß dies das Geschenk eines guten Herzens für einen Reisenden war, der dem Feuer entgangen war; aber das wieder war nicht ein richtiges gefühlvolles Erlebnis von Güte. Ebenso war es einfach wahr, daß er darin gekleidet war, wie es eine oder zwei Stunden später einfach wahr sein konnte, daß er ohne ihn war. Ebenso ohne Mantel, nackt und barfuß im Schnee morgen, übermorgen, in einem Jahr konnte auch der Doktor sein und seine Mutter...

Und er verscheuchte diese Gedanken und sagte sich, daß sie der bleierne Himmel herbeigebracht hatte, und so drückte er seine Fäuste in die tiefen Taschen. Und es war ihm egal, ob um ihn herum nun Paris war. Es konnte auch Halle sein oder München. Sie waren nur Kälte für den Leib und Bedeutungslosigkeit von allem. Menschliche Geschichte, bei der die Erinnerung keine Hilfe war und die deshalb niemals erwachsen würde. Und doch wußte er noch im selben Moment genau, daß er diese Sinnlosigkeit überwinden würde. Es war nur eine Frage der Zeit, bis es ihm wieder aufginge, daß er an sie dachte und daß er wegen ihr in die Metro stieg, die in die Rue Richer fuhr, wo ‚ihr' Hotel stand.

LV

Die Wärme, welche die Heizkörper abstrahlten, war den Gliedern wie eine laue Freundschaft, unaufdringlich und zugleich wohltuend. Er war nicht mehr in dem Zimmer mit dem Blick auf die Mansarden, er wollte es ausdrücklich nicht haben. Das Fenster sah hinab auf die Rue Richer, und jenseits des dichten Geflechts der gelben Vorhänge drang unaufdringlich das Geräusch des Verkehrs herauf. Er hatte eigens ein Zimmer mit Blick auf die Straße ausgewählt, daß, wenn sie käme, ihn nicht die Erinnerung täuschte. Aber als er erkannte, daß er wirklich auf sie wartete, kam er sich lächerlich vor, wie ein Vater, der in der Nacht erwacht, weil ihn die Tochter gerufen hat, der sich aber beim vollen Erwachen bewußt wird, daß er im Traum mit seinem verstorbenen Kind gesprochen hat. Aber es war doch auch möglich, daß sie kam.

Und zugleich war es ihm recht, daß er noch den morgigen Tag zur Verfügung hatte, und dabei trat er zugleich dem Gedanken entgegen, daß er noch so viele Stunden in dem Netz der Unsicherheit gefangen war, betört von einer Droge, ohne die er nicht sein konnte. Denn war die Liebe etwas anderes? Wenn er das Mittel hinwegspülte, dann waren die Dinge wieder fest und so, wie sie immer waren. So waren jetzt für ihn die vergangenen Monate Trugbilder, in entfernten, aber durchsichtigen Nebel getaucht, der die Umrisse der Gegenstände veränderte. Weil er alles zerstörte, was auf sie baute. Ja, zerstörte, darüber gab es in diesem Moment keinen Zweifel. Und weil dieses Bewußtsein so erschütternd war wie die Stille innerhalb des Stacheldrahtringes im Lager, da griff er automatisch zu den vergilbten Niederschriften und entzifferte automatisch die Sätze, um von ihnen langsam ein Bild der einstigen Orte und der Menschen zu gewinnen. Bei dem Zwang aber, den er sich anzutun fühlte, erhob sich zu ihm wie herauf aus einem nebligen Meer das Angebot, nicht mehr an all das zu denken, was er seit seiner Rückkehr Trauriges erlebt hatte, wenn er sich in die vergilbten Blätter vertiefte, um sie schließlich in lesbare Schrift zu übertragen. Dies für den Augenblick. Und dieses Schreiben würde wie eine Tat sein, die ihn jeden Tag erschütterte, sie würde aber auch wie eine Überzeugung sein, die ihn ganz einnehmen und ihm so ein Lebensziel verschaffen würde.

Und während der Zeitungsverkäufer unten die Abendausgabe ausrief, entfaltete er in der Wärme ein weißes Blatt. Und auf einmal verschwand da wieder die ganze heutige Welt, und er stand wieder ganz oben auf der engen Treppe.

So bot sich ihm nun auch wie von selbst der Titel an:

Der Mittag näherte sich.

Er blieb etwa in der Mitte der Treppenpyramide stehen, wegen dieses Augenblicks unterbrochener Geschäftigkeit wurde ihm bewußt, wie ihn die Stille umgab. Natürlich hatte auch alle Tage Schweigen das beständig die Terrassen hinabkriechende Leben bis hinunter zur niedrigsten mit dem Ofen begleitet; ebenso wehte auch das Schweigen mit dem Rauch aus dem schmalen Schornstein über Treppen und Baracken hinauf. Aber jetzt war die Stille eine andere, es war eine Stille ohne Menschen, die Terrassen aber waren wie die Treppen alter Ruinen.

Er stand da und dachte, daß das Lager ganz leer sei, wenn sie alle noch lebenden Körper aus der letzten Baracke auf allen Treppen nach oben auf Lastwagen wegschaffen würden. Gerade wegen dieses Momentes der Ruhe beunruhigte ihn so sehr die Ruhe in dem unbeweglichen Septembertag. Und es war ihm klar, wie verräterisch diese Stille war, würde sie doch in ein oder zwei Stunden, wenn sie nicht mehr hier wären, so diesen Berg in den Vogesen durchdringen, daß von ihnen auf den Terrassen keinerlei Abdruck mehr verblieb und auch in der Luft keine Aufnahme. Alles würde diese Stille verschweigen, alles würde sie wie taubstumm für sich behalten.

Und er setzte sich in Bewegung, um hinunter in die Baracke zu gehen, wo man noch auf Hilfe wartete.

Dann aber sah er die, die sie überholt hatten und die sich selbst auf den Weg gemacht hatten. Sie waren unhörbar, wie an allen Tagen, als sie dalagen und mit ihren knochigen Gliedern die feuchten Strohsäcke ausbeulten, sie störten nicht diese Stille, die sich da sonnte unter der van Goghschen ausgepeitschten Kugel, die da hoch über den Bergen hing. Es war wohl gerade diese ungewöhnlich gespannte Stille, die sie von den Lagerstätten hob, daß sie in das Licht tappten, die dürren Gespenster, die nicht mehr die Schritte ihrer barfüßigen Füße hörten. Es waren Leiber mit Hemden bis zum Schritt. Und als sie über die Terrasse schwankten, ruderten sie mit den Händen, um das

Gleichgewicht zu halten wie riesige Vögel, die ihre Federn verloren hatten und denen nur ein Geflecht aus gelben Knöchelchen geblieben war. Und als sie zu den Treppenstufen kamen, begannen sie dort hinaufzudrängen, um sich mit letzter Kraft vor dem Abgrund zu retten, wo auf sie das ewige Feuer lauerte. Dann kamen sie untereinander verbunden über die Treppen und kletterten zu je vieren hinauf, große Wasserläufer, angesengte Spinnen mit x-förmigen Hinterteilen, langsam, langsam, langsam, als ob jede Bewegung der hölzernen Schenkel die letzte wäre. Doch dann folgte ein endloses Warten in der besonnten Stille, bis irgendwo in diesem Komplex von Knochen und abgestorbenen Nerven die Erkenntnis durchdrang, daß die Sonne ein unerbittlicher Sauger war, der aus ihnen auch den letzten Tropfen von Lebenssäften heraussaugen würde. Deshalb sprang das erhärtete Glied wie ein Frosch bis zur nächsten Stufe, das Schalentier aber klammerte sich daran fest. Und wieder würde es eine ganze Ewigkeit dort verharren, während vor ihm noch andere liegen und auch noch einer auf der oberen Terrasse – Kriechtiere, die von Zeit zu Zeit ihre nackten Schildkrötenschädel hoben zu einem verräterischen Schweigen des Königreiches der Dunkelheit —

Er hielt inne, weil er zweifelte, ob es recht war, diese Körper mit Schalentieren zu vergleichen. Oder war es nicht angebrachter, daß er ganz einfach erzählte, wie sie sich zu retten versuchten, bevor sie zu ihnen mit den Tragen kamen, weil sie fürchteten, daß bei der Evakuierung des Lagers die SS-Männer die Schwachen umbringen würden und damit ihr Schicksal besiegelt wäre.

Nun, auf der Straße verdichtete sich jetzt der Abendverkehr, er aber stand wieder einmal vor der Frage, wie er die Bilder dieser entfernten, aber in ihm lebendigen Welt vermitteln konnte.

Da klopfte es.

Und gleichzeitig: „Ja, herein?“

Es war ihre Stimme in der geöffneten Türe; und schon war sie bei ihm mit einem Gesicht, das kalt war von dem Winterabend, und es schien ihm unwirklich, daß seine Hand über den goldgelben Pelz ihres kurzen Mantels faßte. Nein, dieses erneute Finden war nicht mit einem früheren vergleichbar, weil niemals die Gefahr des Verlustes so groß gewesen war.

„Ich war so in Angst, ich würde dich nicht wiederfinden“, murmelte sie.

„Wie du siehst, habe ich auf dich gewartet.“

„Und genauso kalt gehst du weg“, sagte sie wie zu sich selbst.

„Kalt?“ Und er lockerte die Umarmung, um ihr in die Augen zu sehen. „Ich würde nicht gerne noch einmal die Tage durchleben, die wir nun getrennt gewesen sind.“

„Und ich, Radko?“

Aber noch im selben Moment rief sie aus: „O, wie ich schmore in diesem Mantel!“

Als er ihn ihr abnahm, war sie in ihrem hellgrauen Kostüm wie eine junge Frau, die ihren Mann mit einem vorehelichen Liebhaber betrog.

Sie setzten sich auf den Bettrand.

„Wahrscheinlich war es auch für dich nicht leicht. Aber ich wollte meinen Vater mit diesem Besuch zufriedenstellen.“ Sie ist ernst und gefaßt, dachte er, als wäre sie in diesen Tagen erwachsen geworden.

„Du redest über uninteressante Dinge, während die Augen dich abschätzen wie ein Kalb auf dem Markt. O, wie habe ich mich gehaßt!“

„Und, hatte es Erfolg?“

„Der Vater ist ganz zahm. Alfred hat ihm wohl gesagt, daß ich seine Eltern bezaubert habe.“

Plötzlich schüttelte sie den Kopf.

„Aber was kümmert mich das! Er wünschte, daß ich die

Einladung annehme, und ich habe ihr entsprochen, damit Ruhe im Hause ist. Jetzt ist für mich die Sache abgeschlossen."

„Für ihn aber nicht, wenn er nicht will, daß du zu deiner Arbeit zurückkehrst."

„Ja", murmelte sie gedankenverloren.

Dann besann sie sich.

„Hat dir auch darüber Josephine geschrieben?"

Sie setzte sich hin mit gebeugtem Kopf, eine Wand ihrer goldenen Haare verdeckte ihr Gesicht. Er dachte daran, daß sie unendlich weit auseinander waren und daß er nicht wußte, wie er einen Weg zu ihr finden würde. Er strich ihr die Haare aus dem Gesicht und unterstützte mit seiner Hand ihr Kinn.

„Und jetzt?"

„Jetzt bin ich weggefahren, wie du siehst."

„Auf eigene Faust?"

„Er hat mich so bearbeitet, und er hat mir sogar gedroht, mir nachzukommen. Aber er wird sich nicht rühren."

Im selben Moment breitete sie die Arme aus und umfaßte ihn.

„O Radko, hilf mir."

Er berührte ihre Haare.

„Du müßtest mit mir abreisen", sagte er, während sie ihre Wange an die seine drückte, als wäre sie zu allem bereit, was er entscheiden würde. „Aber auch wenn so eine gemeinsame Abreise möglich wäre, hättest du ohne die Erlaubnis deiner Eltern weder ein glückliches Selbstbewußtsein noch den Mut."

„O Radko, ich bin so schwach."

„Und wenn ich zu dir sagte, warte auf mich, würdest du dann, wenn ich wiederkäme, dich wieder nicht auf den Weg wagen, ohne deine Eltern zu fragen?"

„Dann wäre ich anders, weil ich mich die ganze Zeit auf die Abreise vorbereiten könnte."

„Dann wart auf mich."

„O, mein Radko."
„Ich habe doch nichts Neues gesagt."
„Doch, das hast du. An dem Morgen, als du von den Mädchen erzählt hast, hast du nichts mehr dazu gesagt."
„Diese Abreise zu dem Besuch hat deinem Charakter allen Zauber genommen. Du warst nicht mehr du selbst."
„Dann bin ich es jetzt noch weniger?"
„Die Erfahrung dieser Tage hat dich verändert. Dein Reiz wird, wenn du wieder heiterer bist, mit einemmal wieder da sein."
„Ich bin doch schon heiter, Radko."
Sie lief durch das Zimmer, ging zu ihrem Koffer und hob den Deckel.
„Einen halben Liter Kölnisch Wasser habe ich dir gebracht", sagte sie und nahm eine Flasche unter ihrer Wäsche hervor.
„Einen halben Liter? Ich weiß nicht, daß ich mich gelegentlich für solch ein Getränk erwärmt hätte."
„Im Zug wirst du dich aber mit ihm waschen müssen, nicht wahr?"
Jetzt war sie tatsächlich wieder ganz Arlette, dachte er. Aber als sie wieder bei ihm war, da stand im Raum nicht dieses reine Glück, das jede Bewegung in einen noch unbekannten Wert verwandelte.
Es schien ihnen, als schwiegen sie lange.
„Radko", flüsterte sie schließlich.
„Ja?"
„Mein Zauber ist also doch vergangen!"
„Nein. Aber jeder von uns hat auf seine Art den anderen verraten."
Ihre Hand suchte nach seinem Ellenbogen.
„Meine Unschlüssigkeit ist allein schuld."
„Mehr Schuld hat der, der seine apokalyptische Welt nicht von der Welt des prosaischen Alltags trennen kann."

„Es ist leichter, etwas zu trennen, als es anzunehmen."

„Es ist schwer, sich der Wahrheit zu stellen, daß diesseits der Hölle die Menschen Wesen geblieben sind, die sich für ein Schnitzel oder ein neues Kleid interessieren, aber das Gesicht verziehen, wenn ihre Augen ein Photo von Belsen erblicken."

„Oder solche, die wegen des Todes ihrer Katze weinen."

„Aber diese sind nicht schuldig. Sie kennen keine Gespenster, die sich ihrer alltäglichen Wirklichkeit aufdrängen."

Dann schwiegen sie, und es erschien ihm, als hörte man in dem unklaren Rauschen des Verkehrs auf der Straße auch die Geräusche von Lastwagen.

„Man muß die Hände in die Wirklichkeit tauchen, wie der Bäcker in den Teig greift", sagte er.

„Etwas zu tun und das Gefühl dabei haben, daß du nützlich bist."

Und er schwieg wieder.

„Erinnerst du dich an den Wiechertschen Heimkehrer, der sich im Wald verbirgt? Auch das ist eine Wahrheit, aber eine nur kurz währende. Lange hat man nicht die Kraft, ein verwundetes Tier zu sein und jeden anzufallen, der sich dem Unterschlupf nähert."

„Vielleicht wäre das Leben mitten im dichten Wald doch eine Lösung", sagte sie still.

„Du würdest sehr bald der Einsamkeit müde sein."

„Aber der Wald ist keine Einsamkeit. Die Mehrzahl aller lebenden Wesen sind Bäume und all das, was um sie atmet und sich bewegt."

„Jede Vereinsamung wäre eine Flucht. Das aber löst nichts. Da bin ich lieber mitten in der unruhigen Stadt und schlage mich mit dem Schicksal herum."

Und es war, als hätte der laute Zeitungsausrufer sich eigens unter ihr Fenster gestellt; ihr Körper aber war von ihm getrennt, und es schien ihm, daß sie ihn von neuem gewinnen mußte, weil sie ihn von dem seinen abgesondert hatte. Irgendwo war ein Riß aufgetreten, und eine kaum wahrnehmbare Leere wehte daraus hervor. Und zugleich war ihm ihr Körper vertraut, er war unter dem hellgrauen Kostüm für ihn lebendig, auf ihn eingerichtet. Und er wünschte sich, sie zu berühren, so daß das Gefühl ihres Zaubers wieder über ihn käme. Nur ein Wort würde genügen. Nur ein silbernes Lächeln. Nur eine Bewegung der Hand mit den kleinen Falten darauf. Nur die Berührung ihrer Finger.

Und obwohl dieses Bewußtsein ihm keine ausreichende Bürgschaft für die Zukunft zu sein schien, fühlte er, daß ihr Reiz schon wiederkehrte, daß sie schon auf dem Wege war und daß er schon nahe daran war, einen ganz neuen Beginn zu wagen.

Triest 1958

Klett-Cotta
Die Originalausgabe erschien unter dem Titel
»Onkraj pekla so ljudje«;
3. Auflage: »Spopad s pomladjo«

Printed in Germany
Schutzumschlag: Dietrich Ebert
Gesetzt aus der Janson von Ebner Ulm
Druck und Bindung auf säure- und holzfreiem Papier
ebenfalls von Ebner Ulm
Wir danken der Trubar Foundation (Association of
Slovenian Writers) Ljubljana, Slowenien,
für ihre Unterstützung bei der Veröffentlichung
dieses Romans.

Die Deutsche Bibliothek – CIP-Einheitsaufnahme

Pahor, Boris:
Kampf mit dem Frühling : Roman / Boris Pahor.
Aus dem Slowen. übers. von Peter Scherber. –
Stuttgart : Klett-Cotta, 1997
Einheitssacht.: Spopad s pomladjo <dt.>
ISBN 3-608-93399-9

Literatur bei Klett-Cotta

Anthony Burgess:
Die Uhrwerk-Orange

Roman. Aus dem Englischen von Wolfgang Krege.
240 Seiten, Leinen, ISBN 3-608-95742-1

Eine der großen Höllenfahrten des Jahrhunderts – neu übersetzt. Die Geschichte von Alex, der gemeinsam mit seiner Gang harmlose Bürger überfällt und mißhandelt und später in einen guten Menschen verwandelt wird, ist in *Nadsat* erzählt, einer Art Steppenidiom, das gleichzeitig fremd klingt, weil niemand es sonst spricht, und vertraut, weil jeder es versteht.

Hugo Claus:
Belladonna

Roman. Aus dem Niederländischen von Waltraud Hüsmert
340 Seiten, gebunden, ISBN 3-608-93373-5

Die Provinz als Weltbühne – das ist gewissermaßen das literarische Markenzeichen des flämischen Autors Hugo Claus. Nach Flandern führt auch sein neuer Roman: eine Satire auf den Kulturbetrieb, figurenreich, rasant und mitleidslos.

John McPhee:
Orangen

Aus dem Englischen von Peter Torberg
180 Seiten, sieben farbige Illustrationen, farbig illustrierte Vorsätze, gebunden, ISBN 3-608-91301-7

»Ein ganzes Buch über Orangen – welch eine Verführung! Orangenrot gebunden, mit einem Vorsatz aus aufgeschnittenen Zitrusfrüchten und innen mit diesen hübsch-nostalgischen, bedruckten Seidenpapierchen geschmückt, in die gelegentlich spanische und italienische Orangen eingewickelt sind. Das macht richtig Appetit.«
Literaturblatt